读客

读客知识小说文库

读小说　学知识

高管们都推荐的EMBA级别出海教材

20世纪90年代，跨国资金和企业涌入中国，为中国经济注入动能。500强跨国巨头带来当时先进的技术和管理方法，我们不断学习与实践，努力让中国与世界接轨。

近几年，中国企业家开始逐渐走向全球，而我们也面对了一道全新的命题——中国的实践经验和方法，应该如何为世界提供全新视角，为世界经济注入动能？

我想，答案不只有理论，更要有亲身实践。其实在我们之前，早已有一批海外拓荒者用血汗换来宝贵经验和非凡成功，这些先行亲历者的一手资料极具价值。《海外征程》这套书很好地提炼和萃取了这段历程，以小说的形式，带领着读者躬身入局，穿越回那一场场经历，探寻自己的答案。我希望这本书能够为更多的希望出海的企业家带去宝贵的经验。

——张晓宇，友邦保险控股有限公司区域首席执行官、友邦人寿董事长

达尼的《海外征程》系列，以冷峻的笔锋刻画了中国企业全球化浪潮中的铁血与荣光。作为过去15年深耕中东市场的老兵，我有刻骨铭心的共鸣——想起了交标前的紧张、忐忑，丢标的沮丧，中标的平静和眼泪，一幕一幕，好像还在昨天。

那些深夜里与客户鏖战的执着、文化鸿沟前的辗转斡旋、政策雷区中的绝处逢生，隐秘的商战暗流与人性博弈，它不仅是小说，更是一部海外拓荒者的“启示录”：当技术理想碰撞地缘现实，当个人野心遭遇时代巨浪，唯有将“全球视野＋本土落地”融入血液的企业，才能穿越周期。

此书，献给所有在海外披荆斩棘的开拓者——我们或许未曾并肩，但注定同路，祝福我们都将走好自己的国际化之路。

——胡丹，腾讯云副总裁（中东地区负责人）、
阿联酋G42 Cloud前创始人、阿里云中东非洲前总经理

《海外征程》不是一本说教的“成功学”，而是华为老兵用亲身经历讲给中国企业的“出海实录”。那些年，作者和一群兄弟姐妹在世界各地摸爬滚打，踩过的坑、流过的汗，都在书里。作为在华为干了13年的研发＋销售＋管理，我可以拍着良心说：这里写的，真的就是华为的海外日常。

如今，越来越多的中国企业正准备出海，光伏、新能源汽车……可出海不只是卖产品那么简单，文化、制度、机制才是决定成败的关键。这本书，能让你身临其境感受到华为体系的魅力，为什么员工心甘情愿拼、公司又能不断赢？读完你可能会发现，原来传说中的“华为秘诀”，真没那么神秘，但也没那么容易学。

——Colin Chi，中国千亿级全球化科技集团欧洲业务负责人、
华为奥地利前副代表、12次总裁嘉奖令获得者

海外征程

华为海外业务前负责人

达尼 著

江苏凤凰文艺出版社
JIANGSU PHOENIX LITERATURE AND ART PUBLISHING

图书在版编目（CIP）数据

海外征程 / 达尼著 . -- 南京 : 江苏凤凰文艺出版社 , 2021.3（2025.4 重印）
ISBN 978-7-5594-4568-1

Ⅰ . ①海… Ⅱ . ①达… Ⅲ . ①长篇小说—中国—当代
Ⅳ . ① I247.5

中国版本图书馆 CIP 数据核字 (2020) 第 021833 号

海外征程

达尼 著

责任编辑　丁小卉
特约编辑　杨思雨
封面设计　章婉蓓
责任印制　赵艳斌
出版发行　江苏凤凰文艺出版社
　　　　　南京市中央路 165 号，邮编：210009
网　　址　http://www.jswenyi.com
印　　刷　三河市龙大印装有限公司
开　　本　680 毫米 ×990 毫米 1/16
印　　张　22.25
字　　数　330 千字
版　　次　2021 年 3 月第 1 版
印　　次　2025 年 4 月第 2 次印刷
标准书号　ISBN 978-7-5594-4568-1
定　　价　45.00 元

目　录
Contents

感谢家人的支持。

* 小说纯属虚构，如有雷同，纯属巧合。

自　序

那一年考研后，我担心能否考入，就去玉佛寺烧香。寺外有一个算命的，彼时，我正好奇于《周易》，便向他占卜。他没等我开口，却说了一句匪夷所思的话——“2年后，你会去海外，几百个人要靠你吃饭。”

哼，我一分钱没给他——当年，除了洗盘子留学或技术移民，一个年轻的中国人在海外还能干什么？还给人家饭吃？笑死人，那可是外企在中国红火的时代啊，最一流的人才不都该去外企嘛，明明是外国人给中国饭吃才对。

谁料一语中的，毕业后，我去了深圳，与全国毕业生一起经历了难忘的培训后，年轻学子们就各自浪迹世界。

欧洲、波斯湾边的中东，红海和地中海边的北非、撒哈拉以南的南部非洲、墨西哥和中美洲及加勒比海、安第斯山脉、亚马逊平原、巴塔哥尼亚、中亚的葱岭、独联体、东南亚、南太平洋。那些我从未知道的地方，这辈子99%的中国人都不能去到的地方。但这家中国民企，给了我们一种独特的人生。

当年的华为没有声音，在海外被客户认为“中国高科技不行”的偏见，而在国内被媒体污名。

而每当我从海外回到国内，在机场书店里，却看到了国内的自嗨，房地产商人的讲话，成功大佬的授课光盘，怎么也看不懂的互联网思维，以及牛哄哄的资本大鳄的预言。

望着这景象，我有点失落，更加慌张，怕错过了大国崛起的国内机遇。海外一久，我就不熟悉中国了，中国发展太快了，每次回国，朋友们都在讲人生成功的速成和捷径。我感觉没法聊天，成了“局外人”。

但当我看到的财经媒体上，专家讲中国海外时，我觉得自己又成了一个“局内人”，一个“走出去”的时代亲历者。中国大国崛起了，可外面世界的人又是真正怎么看我们呢？他们会认可我们吗，我们做得够好吗？这恐怕不是专家们，一次出国旅游，一次实地考察，一些网络搜索，一本文献就能说明白的。

中国有大学和文化的海外交流，有半官方的海外宣传，有华侨组织，有李小龙和成龙的电影。但谁也没想到，华为意外地承担了一个中国的海外叙事者。而许多被派往海外一线常驻的兄弟们，成了故事的每一个有机部分原子，他们不是羽扇纶巾、决胜千里之外的“评论员”，而是一块砖一块砖、脚踏实地的“建造者”。

回想近现代史上，第一代的走出去，那是清末民国，主流是当苦力；第二代走出去，是在80-90年代，主流靠洗盘子和拿奖学金的留学生和技术移民；第三代走出去，刚好是华为的海外员工，而华为的强大和坚韧，真让老外真的认识了一个与心中模板不同的中国人形象。

但华为从不主动宣传，也不愿意花精力去吹嘘。它永远低调的磨好自己的豆腐。这让我感到可惜，时代会忘了华为，没有人真正记录过“走出去”的历史细节，也没有人关心过这批走向海外的华为人的贡献。他们在中国的主流话语权下，好像压根不存在。

到了今天，华为为了生存，必须向世界展现自己。

于是，今年起，几乎每一个年轻学生，白领，企业家，商学院教授，政界人士都不约而同的好奇同一个问题：“华为是怎么走出去的，并到达今天的高度？”靠什么，它顶住了山呼海啸般的压力！

分析华为制度、历史的工具书，早已汗牛充栋。而培训市场，以学习华为的课程也层出不穷。每个人都想给出答案，然而，凡学习华为的企业，往往没有做好“移植”的准备，所以“形华为者死”。

我和同事们讨论过，为什么华为能赢？没有答案，但有了一个公认的想法：“华为的成功绝不是工具书上写的那些抽象的教条”。

华为就像一头大象，每一个人都在盲人摸象。虽然“形华为者死”，但“神华为者生”。想要找到答案，只有每一个人亲历体验一回，读者必须自己去寻找心中的答案。所以，我一直想写一写华为海外的故事。

这很难写，既要有主线清晰的商战，又包含海外跨文化的风貌，毕竟海外与国内是不同的，又要克制自己海外的趣闻，还得警惕自己过度的华为语言体系，免得每一个读者看不懂或觉得乏味。最大的挑战，是我脑海里有太多的记忆想说，但想把一个发展几十年的公司的重要时刻化成，紧密、有机的个人化故事，这很难。

另外，我不喜欢故事中，为了好看而故意戏剧化，也不喜欢江湖气、腹黑和权谋。真正的商业，并不是戏剧性的一击制敌。华为更像农民，选一片沃土，把种子撒下去，然后认真施肥、除虫、看护，能耐得住寂寞，熬得下去。伟大的工作，不是用力量而是用耐心去完成的。

最终，书选了一个2G-4G的时代，那是华为第一代海外初创，到发芽，到大规模突破的时代，写到了4个片区、10个地区部，几十个国家的故事，但浓缩在一个海外10年，又起伏跌宕，却富有领导力，勇往直前的海外总裁身上，虽然有虚构，但也是最真实的。

如果你是一个成熟的中年人，你会觉得这一套里有知识干货：有华为的制度，人，文化和技术，涉及国际政商和法律，有研发，有交付，跨文化经营。

如果你是一个年轻学子，你会觉得这是一本故事：这里有信念，有拼搏，有使命，有血有肉，告诉你他们是怎么克服偏见，承担大国崛起的“走出去”使命。

如果你只是随便看看，你会觉得异域的见闻很有趣，也会同情他们的人生很不容易。

华为并不完美，每一个华为人也不完美，他们会犯错，希望各位能够宽容。

达尼

chapter 1
何以为家

1

曼谷的All Season区是繁荣高档的CBD，相比于曼谷老城区的陈腐气息，这里摩天大楼林立，全玻璃幕面闪烁出21世纪财富的味道。东南亚人口达6亿，有着巨大的经济潜力，西方跨国企业都将All Season区当作风水宝地，在这里设立东南亚地区的总部。

棕榈树、喷泉、宽阔的行车道，不时会有奔驰、宾利等商务车在一身泰式礼服的高级保安引导下驶入本区。也有一些西方面孔的国际商务人士来这里出差，入住本区的四季酒店或凯悦酒店。

在世界顶级物业管理公司“第一太平戴维斯”的打理下，一切安静而有序。打扮时尚的泰国高级精英男女和一些欧美高管在楼下抽着烟，并用英语聊着天，一见到Taxi，他们灭了烟头，双手合十，嘴上喊一句“拉拱”（泰语：再见），便赶去客户办公室开会。

任何一本旅游指南书都不会写这里，旅行只能看到别人想让你看的风景，却不能真正理解一个国家。除非，你在这里工作与生活。

“于……于总。”嬉笑声骤停，两个在大厦下闲聊的中国员工像遇到了天神奥丁一样，自动让道。

没人敢惹他，就连泰国人也都闪避着。他面无表情地走了过去，俨然一尊石膏雕塑。

“你是不是傻？”老员工对新人小声说，“你要叫他Jacob啊！”

“为什么？他是华兴泰国分公司的CEO。”新人不解，这家公司“X总”的称法很多，小员工们也以“某总”来揶揄彼此。更关键的是，新人听闻于总是一位海外传奇人物，是炙手可热的红人，怎能直呼其名？

公司内，他曾是第一代海外老总，年纪轻轻，带着5个年轻人去“9·11”后战火纷飞的中东北非，在陌生而艰苦的地区，他用了三年半从西方封闭的市场里虎口夺食、开疆拓土，团队壮大到200人，所负责的代表处成了第一个海外产粮区，也形成了中东北非的样板点、辐射亚欧的品牌桥头堡。华兴因此有了第一片海外“根据地”，才一步步向全球扩张，而他也被破格提拔，成为公司最年轻的地区部副总裁。可谁也不知道为什么他竟自降了半级身份，跑泰国来了。

“‘于总’就是‘愚总’！东南亚地区部的领导，包括泰国的一些高管，都把他当笑话，每次背后议论都叫他‘愚总’。你这么称呼他，不是惹他吗？”那老员工今年29岁了，正是男人最“半瓶子水”的年岁，什么都想点评两句。

“是吗？”刚下派的新人从紧张变成了八卦。

“哼，公司的水很深。”

新人看着于总的背影，感觉到了有趣，转头道：“哥，那泰国的事情，以后你得多带带我哦。”

“带带我……”那老员工笑了笑，这话里有话啊。除了工作，肯定还包含了一个新人来泰国点点滴滴的需求，这不仅是生活起居、交通路线，还包括去哪里看人妖秀，哪里有最疯狂的酒吧、最刺激的Massage，如何交本地朋友，在大学里找个泰妹谈恋爱。曼谷是花花世界，而这才是海外生活嘛！

这里面有很多秘诀和风险，但他故作矜持，不想这么快就谈这些风流事：“哎，先说说于总吧，我告诉你他有多‘愚’……”

忽然，新人的脸色煞变，可那老员工还在讲。

他俩背后一阵风压——于总回来了！

他捏着刚买的红牛，又一次走过两人身边，侧头看着两人，目光停留三秒。短暂的对视中，那两人像通了电一样，肾上腺素暴涌，大脑紧张得一片空白。

“愚总？”于总说。

老员工两腿发软。慌乱中，他像求饶般低喊：“Jacob。”

怎么是这人？Jacob像被击中了一样，五味杂陈。他嗯了一声，停了下来。那一声低沉的男中音，像是大提琴拉了一下弦，一曲意外的小乐章就此结束了。他敛住气场，回到电梯边，安静地排队，等着回他的办公室。

“听说他被公认为‘暴君’？”新人先回过神来。

“……”老员工还没缓过来，“是……恶魔。”

去年，老员工想要回国休假两周，因项目紧张被Jacob叫住不准回国。他告诉Jacob一个合乎人情的理由：“我要做爸爸了，妻子想要我在产房外陪她。”但Jacob一句话顶了回去：“你他妈是二胎了！”

他的家人无一不惊怒于这有违人伦的上司，并把Jacob投诉到地区部道德委员会，而Jacob则不顾HR阻拦，强行开出一份“警告信”。员工吃两次警告就会被辞退，虽可以申请劳动仲裁，可老员工还有孩子要养，房子贷款要还，而且父母年纪也大了。草根家庭出身，唯有外派才能多赚一点，他只能忍。可由于泰国项目至今没完成，他还是没能见到第二个孩子！

终于，老员工在上周调到东南亚地区部，已不属于泰国分公司了。只是Jacob这个大魔头给他造成的心理阴影是如此之大，今天他还心有余悸。

新人怯怯地问：“可我在深圳总部时听说，他曾是公司升迁得最快、最年轻的海外老总，总部前辈让我多跟他学学，说他很有前途。”

“有前途个屁！他的职业生涯已经彻底完蛋了！”那老员工咬牙切齿，“他妈的！”骂完这三字的脏话，他不解气，又用泰语诅咒了一遍，惹得周围的泰国人惊讶不已。

新人望着Jacob的人影，疑惑不解。

Jacob耳朵很好，即便大堂很嘈杂，他也能听见有人咒骂他。其实他猜也能猜到，因为这一年来，他无数次被“问候家人”了。

四五年前，第一次外派中东北非时，他曾对员工很和善，手把手教做事、关心员工情绪，却被反感啰里啰唆。后来职位上去了，他顾不过来，也更明白员工不喜欢上司是一种自然规律，那还不如让自己的“人设”粗暴点，反正人在鞭子下更有效率。可他转到泰国，一股股压力快要把他逼疯，“粗暴”从一种管理技巧变成了他的本性。

Jacob望着大门，攥紧拳头，牙齿紧扣，罐装红牛被他捏出响声。

当领导就不可能讨人喜欢，只是那句带妈的脏话，放到今天这特殊日子，如匕首在心口剜肉——母亲的大殓已经确定了，就是今天。

可拳头还是松开了，谁让自己也曾亏欠了那员工的家庭呢？他当时把那人扣在泰国不准走，是因为泰国一个超重量级客户，泰国国资运营商DGG正向他们起诉，起诉华兴泰国分公司违约，质量不过关、工期和商用计划延误、靠私底下一些“小勾兑”中标，违约罚金高达6亿美金。可这都是被冤枉的，他必须证明华兴的清白。跟随他这样一个高标准的人是很痛苦的，他的下属、同僚、上级、总部，都被他折磨得不行，也包括他的家人。有人劝他放弃，而他却一直撑着，即使听到母亲失踪，他也没办法回国。然而，他又何尝不后悔、不煎熬呢？今天，终于他也请了假回国，准备参加葬礼。

Jacob在电梯口排队，他年仅31岁，瘦高体形，紧实有力，一身休闲西服，每次总引得候梯的泰国女白领注目。

大堂两位前台姑娘，她们不约而同地对Jacob露出“泰式微笑”。但她们也察觉最近这男人的笑容比来的时候少了很多，或许他生性就这么严肃。

叮，电梯门一开，队伍前进，他挡着门，让女士先进。

这栋写字楼一共50层，楼层是一个中资品牌在当地地位的象征，他把上一任CEO的中式吉利数字“18”楼换到了50层顶楼。

电梯继续向上升，越到高层时人越少，最后几层就只有几个人了。

忽然，电梯的灯一暗，只听哐当一声，电梯厢从43楼疾速下坠，一阵震荡后滑到40楼，紧接着断电后又继续向下滑到了38层……

电梯里的人一下子失去了平日的伪装，变得惊慌失措，职位、家世、国籍或财富，都在这生死一刻被拉平了。

女人们哭泣尖叫起来，精致的妆容顿时扭曲，一只Celine牌“笑脸包”被踩扁，“笑脸”也变得狰狞。一位40多岁的英国男士，躲在女秘书背后哭泣。西方人画十字，泰国人合十，各自喊着上帝和佛陀。

唯有一个女人理智尚存，她迅速地把一到三十五楼每一层的按钮都按了一遍，并强作镇定地喊道：“后背贴在电梯壁上，双手抱头，膝盖弯曲，脚尖踮起，背部弓起！”

别人都照做了，只有Jacob没有动。

他在中东北非时，曾听说几桩电梯坠亡事故。今天也许轮到他了，这样得到报应地死去，才能向家人谢罪吧。而生死一瞬，他的脑海也闪回起自己的一生的懊恼。

四年多前，他是华兴第一批派去海外的员工，他总对母亲说：“我带你出国玩。”可每年他只能回国休假一次，回国也总是只回深圳开会，或陪海外客户参观中国。那时，华兴刚开拓海外，他愣把自己的一亩三分地开垦出来，成为了海外的三大代表处之一。去年，他却莫名从中东转到泰国。为此，他放弃了晋升中东地区部副总裁的机会，这举动令人不解，但真实原因是他觉得泰国离家近，方便母亲来住。谁料到了泰国，他背了前任巨大的黑锅，母亲过来的事就又停了。直到十天前，母亲失踪，他却还得留在泰国，稳住大局……

黑暗中不知过了多久，灯亮了，随着“Hello”的声音，电梯门被撬开了——维修人员紧急救援成功。

2

泰国分公司有300多人，自动门打开的一瞬，员工们交头接耳的声音一下子消失，转而是此起彼伏的键盘声。Jacob知道，大家在通信软件上议论他。

“泰国能搞定吗？”员工悄悄打字。

“他妈走了，这可怜的家伙！”公司没有不透风的墙。

“这叫天谴！”一个讨厌Jacob的销售管理部员工与人低声交谈，见Jacob走过来，立即抬头看天。

这人35岁，是比Jacob更资深的老人，在总部、亚太片区、东南亚地区部都有人脉。他是来镀金的——华兴树立了新导向：“干部不肯下派海外者，不得升迁。”这人职级高、关系硬，可Jacob一视同仁地训斥他。这惹恼了其背后的某些高管，觉得Jacob恃才傲物。

“老板他待不久了吧。”女秘书目送Jacob走进办公室。

进到门内，他终于可以喘口气了。他站在顶楼落地窗前，望着湄南河。湄南河就像黄浦江一样把曼谷划分成东西两片，一边是繁华的新区，一边是有着大皇宫和郑王庙的老区。从50楼往外看，风景虽美，可高处不胜寒。

咚咚的敲门声，是主管销售的副总过来了。

“您太太去参加追悼会吗？”副总问他。

为了避免曼谷的花花世界中的麻烦，他把女友谎称为妻子。但实际上两人长期异地恋，聚少离多，已经快要分手了。

“她在巴黎刚好考试，赶不过去了。”他说了谎。

“什么时候接嫂子过来曼谷住住吧。”

Jacob眼神飘忽，副总也很懂察言观色，便不再多问。

“DGG的项目，你怎么看？”Jacob问。之前，他与东南亚地区部、亚太片区和总部为此事拉锯多时了。他在的时候，一人抵抗，而他一离开，地区部和片区定有动作，“这几天泰国政局可能有大事发生。”

“Jacob，我们已经尽了全力，兄弟们拼到极限，做了很多不可能完成的事，但泰国的困难没那么简单。这似乎是无解的，政局不稳，越来越多的外企决定撤离，不少华商都这么打算。我们也要做好最坏的准备。”副总说。

副总没说错。Jacob也知道，之前自己反对总部撤离的建议，强压员工执行，如今逆境下，手下都对他有了怀疑，大家都想干脆让总部来兜底，哪怕是解散泰国分公司。没人相信一个内外交困的地方有起死回生的可能，也没人愿意陪他坚持到底。

“我就回去几天，你要顶住地区部的压力，华兴绝不能退出泰国！”Jacob表情严肃。

“可是，EMT（全公司最高层）的许总都决定了……”

“EMT找你，你就把事情推我头上。这几天我回去办丧事，他们不敢动我。”

“那可影响您在最高层的印象分啊！”副总很紧张。总部最讨厌在一线自作主张的人，Jacob迟早会被秋后算账。

Jacob听得出来，副总怕被牵连。

“你能找到新岗位，他们呢？”Jacob瞟了一眼办公室，那些骂他的员工并不知道他们的命运，分公司一经解散，占人力80%的泰国员工都要失业。

“可这事跟您无关，是上一任签的订单啊！”

“船长是不能弃船的，你我就跟泰坦尼克号一起沉没吧！”Jacob狠狠地说。

副总有些委屈，自己明明是好心，他搞不懂Jacob为什么非要往火坑里跳。

Jacob手机响了，他一看是东南亚地区部总裁的电话，直接按掉了。

副总看到了来电显示，试探着问：“现在这窘境，明天与客户的验收团队会议还要继续开吗？”

“当然开，你还得想办法帮我约信息产业部部长，我三天后回来还是要见的。”

验收就是吵架，而泰国政局动荡，部长早已自身难保。副总快被Jacob逼哭了。

Jacob站起来，捏着副总肩膀：“通信科技业是全球规模的产业，离开泰国，全球拓展也会受影响。我们得把它扳回来。”

“好，那您也一路平安。”副总这一年都无法说服Jacob，也不指望这一次能搞定这顽固的家伙。私下里，大家普遍认为Jacob之前一帆风顺，不愿接受泰国是仕途滑铁卢，可上司真糊涂啊，长痛不如短痛，割了席，早死才能早超生。

Jacob目送着副总离开，才长舒一口气。其实，他也已失去撑下去的意志力，只是他还不愿意承认。

凌晨2点，曼谷素万那普机场。在泰国快一年了，这是他第一次回国。这一年来天天只能睡3小时，身体到达了极限。他戴上了眼罩休息。眼罩里，他肆意地回想母亲。回家了，终于回家了，但他却感到了害怕。

邻座的乘客察觉有人啜泣，向他望去，却见他依然坐如磐石。

3

他老家在北方，飞机在香港转机。

“请给我一杯美式，加浓。”他坐在贵宾厅。咖啡够劲，但他还是累得睡着了。

一个电话进来了，恐怕又是会议电话，他不想接。一看表，才睡了5分钟，怎么就像睡了一个世纪，他再次闭上眼。电话又响了，“0033”开头——是法国区号，佩妮的号码，他一下惊醒了。

“Jacob，我听到你妈妈的事……”佩妮停顿了一下，“我已经在巴黎机场了，刚才一直没打通你电话。”

Jacob恍惚了，女友竟打电话了。

那声音犹如天堂的圣歌，他痛苦又欣喜。相识七年了，从第一年起就说要去见他妈妈，可见到的竟然是最后一面。

“如果可以的话，你什么时候来曼谷住住吧……”他试探道。

“我还是更喜欢巴黎。”

“更喜欢巴黎”——这句话太耳熟了。

“先生，”贵宾厅小姐唤醒他，“您的航班开始登机了。”

他睁开眼，原来是梦啊。他早先给佩妮留言知会，但没敢提出同行的请求，她也一如既往地沉默，也许是自己潜意识里还在期盼她吧。

“谢谢！”他一口气喝掉杯底最苦的咖啡。

贵宾厅小姐的笑容甜美，这是给贵宾厅贵客的认可。可他自觉不配，虽是一个带领几百号员工的CEO，自己却一无所有：失去朋友，失去亲人，失去恋人，甚至还没买房，一切都因为常年不在中国！他犹豫着想要离职，可回国能干什么？他已不熟悉高速发展的中国了，也断了国内的人脉。

他走向登机口，这也是他人生的中转站。回不到过去，也到不了未来，就听天由命吧，如果这几天副总扛不住，他就离职，抗议高层的“撤退”，保全自己在泰国死战不退的荣耀。

飞行4小时，抵达北方上空，空气转冷。2月的泰国30摄氏度，而家乡零下10摄氏度。

一下飞机，他包车奔赴那个小乡镇，他人生的前16年就在那里度过。外面下着雪，司机把雨刷开到最大，发出破旧的吱吱声，车里弥漫着人呼吸的臭味。他望着车窗外，雪夹着霾，让人看不清路，他努力辨认着，但一切都很陌生。

“您哪儿人啊？”穿着袄子的司机从后视镜里瞄他。

他很惊讶，难道是口音已经消失了？一方水土养一方人，他多年在外漂泊，早就不适应这里的风俗。司机又问了一次，他思考着，是求学的上海、打工的非洲、深圳总部，还是建功立业的中东北非，或是东南亚？当失去母亲后，游子失去了家的答案。

“到了，”司机欺负着“异乡人”，“刚才说少了，得多加两百。”

他没发脾气地掏钱下车。在这个寒冷的村子面前，他站了许久，一会儿老家人会把他这个“不孝子”骂死的。

他从小就特立独行，一面是他聪明，另一面是他顽固。这在人际圈狭小的农村太突兀了，没人看得懂他，反觉得他冷漠、莽撞。就算他够优秀，也是被旁人嘀咕。唯有母亲能包容他，支持他做出的决定。读书、工作、出国，离家的一路成长，他做了太多事让老家人有争议。如今的悲剧，成了“慈母多败儿”的因果报应。

家门口，他遇到了一群充满怨气的长辈。

只有一个比他大5岁的堂姐跟他打招呼：“先进来吧……”

“不，先绑上，”一个50多岁的叔叔叼着烟，拿着一根披麻戴孝的白麻带，从他头上绑过去，勒得他很疼，在他进门时，叔叔一口烟吐在他脸上。

“不能进门，”一个婶婶又把他拽回来，呵斥道，“跨火盆，脚错了！”

“你不孝！”连和蔼的奶奶都愤怒地推搡他。

房间里，他与几十个亲戚很陌生，他们是父系一方的。妈妈从南方支边来做老师，父亲在他12岁时离世了，母亲独自把他带大。

在七姑八姨的指责中，他没有眼泪。叔叔们抽着烟，不住地摇头：“真白养了。”

“来吧，过来磕头！”堂姐好心把他拉出重围，来到一张母亲年轻时的黑白照片前，他凝住了。

他想起自己年幼时，看到一辆轿车从他们母子面前驶过，他奶声奶气地许诺："妈妈，我以后要给你买大轿车。"可他没来得及让母亲享福。

他接过死亡证明，上面写着被害人失踪数日后被发现，死因是遭遇车祸，肇事车辆逃逸，现于法医处检验。

"你娘是在去长途汽车站的路上出的事，她每周都要去！"

他第一次开口："为……为什么要去？"

"我们也叫她别去，可她最近中了风，拄着拐杖也要往外跑！"

中风？可母亲从没说过啊，他翻开她的病历本，他怎么竟一点没察觉。他问过她，可妈妈从不流露过分的想念，也不谈她的健康。自己真傻，儿行千里母担忧，她什么都不说，只是想让孩子安心闯荡天下。

"你出国赚钱，也不能忘恩负义啊。"另一个姑父说，"你娘又只空想，去汽车站瞎等，半侧身子不灵活，还非去不可。"

明知在汽车站是空等，母亲却从不提思念，这份执着是对孩子最深沉的期盼，令他悲伤至极。可当他听到说母亲是"空想""瞎等"的刺耳胡言时，他愤慨了，怪我就够了，凭什么还扯上母亲？

他转过头，要为母亲争一口气时，姑父把一本紫红小本甩在他脸上："你看看，这是什么？"

几秒后，他表情扭曲了。那是母亲的护照，竟是四年前签发的，原来母亲一直都准备出国看他，却又怕影响他。为什么啊，为什么妈妈你不早点告诉我，为什么你觉得会给我添麻烦？

母亲的屋子里，衣服都是旧的，餐具、杯子、牙刷和毛巾也都是一人份，这就是母亲近年来冷清的独居生活。终于，他扑通地跪了下来，任凭亲戚们责骂。

许久，众人才注意到门外正站着一位黑衣女子，她高贵的服饰和优雅的气质，令人印象深刻，显示她出身于一个官宦世家——那是佩妮。

收到信息后，她也内心纠结，两人关系名存实亡，她在巴黎也夹杂过两段新恋情，但她最终决定来了。刚才她一直等在门外，没好意思进来，当看见他压抑着碎裂的自尊，她实在是心生可怜。

堂姐把她领了过来，她上香三拜，转头也想拉起他，却发现他轻得像块泡沫塑料。

4

晚上，两人被安顿到招待所。一间房，两张床。

“事办完后，你还要回泰国吗？”她边卸妆边问。

“我没想好。”

如果她能给他一个机会，Jacob一定会选择离开华兴，重选另一种生活。那正是佩妮一直想要的。但佩妮已并不在意，目前这情况，她只想先帮他渡过这一关。

她给他倒了杯热水。“没事，你安心回泰国工作。别想太多，会过去的！”她把他搂到怀里，想释放他的积郁。

他闻到了她久违的味道，可他听不到她曾你侬我侬的心跳。

见他并没有哭，她回到自己床上，关了灯：“早点休息吧，明天还有很多事情。晚安。”

“嗯……”他脑袋枕在双手上，呆望着黑暗中的天花板。明天再多的事，也都失去意义了。女友意外地来了，不过是礼节性的出席，很快会离开；母亲一生付出，儿子却没能让她享福；而自己努力奋斗，最终泰国也濒临一败涂地。

回想过去，自己曾是省状元，考入上海最好大学的王牌专业——“船舶工程”，可毕业那年，就业滑坡，他专业冷门，找不到工作。曾经的状元成了大家奚笑的对象。上海没人脉，他只能回到老家省里一个没落的重工业国企，半年都待在冰冷的厂棚里，未来一眼能望到底，也许过20年，能混个主任。老家人都觉得体制内不错，唯有母亲看出他的心结：“你自己做的决定，妈都支持你！”于是，他辞去当地人羡慕的工作，跨专业考研回上海，乡亲们觉得不可理喻。而后，他又休学去赚钱，在尼罗河的援建工程打工一年，这又令导师同学不解，千辛万苦考回上海，又跑去黑非洲？为此，导师差点不给他学位证。那时，又是母亲包容了他。

他望着佩妮侧卧的背影，想起从非洲回来的研三，她出现了。她是深圳的官三代，有钱有文化，从小就谈笑有鸿儒，就连深通的琴棋书画，也都是祖辈世交的大文豪亲授。一次聚会上，两人偶遇了。当他说起自己非洲的经历时，她眼睛放光，充满新奇，莫名地喜欢上他身上特有的气质。

为了跟她在一起，毕业后，他放弃了能落户上海的顶尖外企，去深圳加入华兴。他们躺在深圳喜来登酒店的床上，那是他第一次住五星级酒店，连开房的钱都是她付的。他说："给我时间，我会给你幸福！我能向你爸妈证明！"

他为了能最快晋升而选择了销售岗。然而，选择华兴的销售，就必须去五湖四海工作——他被分配到了陕北榆林，负责当地电信客户。

佩妮欣赏他的努力，反正也能坐飞机探望。然而榆林当时连高铁都没通，从西安出发还要坐8小时绿皮车，她受不了漫长艰苦的旅程。而他却为向她证明潜力，忘我地投入工作，大半年了，两人就见了一次，她建议Jacob换工作，可他因晋升到陕西省公司而没舍得。一年后，他又因获公司金牌员工奖，得到EMT和CEO山总的接见和合影。

男人踏上工作的快车道，就疏忽了女友的感受。最终，她赌气地打算出国留学，建议他放弃工作，一起留学。春节，她带他去家里吃顿饭，他精心准备后，第一次踏进她香蜜湖的别墅。酒席上，她的亲戚们无不豪门显贵。他曾特意买了块4万的表，而在场的却都戴的是40万的。他又一次感到了碾压般的差距，只能加倍努力。

春节后，他说："你出国读书两三年，那我也打算外派海外，做两三年就回来。"

那时，华兴因战略失误，错失国内重大机遇，逼得向海外求生存，老员工不愿去，但在他眼里，这是一个机会，可以避开国内的论资排辈，迅速得到提拔，有机会成为"海外老总"。这样，她家人会看得起他，等她毕业回国后，他就能用更高的职位，说服她爸妈。

他带着5个年轻人去中东北非，那里除了极难突破的市场，还有战火、疟疾，自然比不上法国巴黎的优渥，但他非要去最艰苦的地区，因为在华兴，越是在危险艰苦的地区，回报兑现得越快。既然她将在三年后毕业，那自己也必须在三年里在中东北非虎口夺食。最终，他在奋力下成功做到，也成了华兴的海外传奇。可三年毕业后，她说："我想留在欧洲。"

三年里，她一次都没去过中东，也许她早习惯了欧洲，她喜欢香榭丽舍、喜欢枫丹白露、喜欢塞纳河左岸的咖啡馆。聚少离多，她想分手，只是他一直不肯撒手。

此时，他已是公司红人，并将成为公司最年轻的地区部副总裁，但他为了挽回亲情和爱情，下了决心放弃。高层派人来做他的思想工作，但他知道，人往上走必然牺牲家庭。鱼与熊掌之间，他选择把机会让出来，自己平调泰国，反正泰国同样是大代表处，也有机会，关键是泰国离她深圳家近，母亲也能来过冬。谁料人算不如天算，东南亚成了滑铁卢。

Jacob听见翻身声，佩妮也没睡着吗？他下床去看，可她蒙头钻进被窝。Jacob便坐在她床边。

一缕苍白的阳光照进来，她重新醒来时，他还在身边。“你怎么不睡？”

“我不累。”

怎么可能不累？经历岁月而成熟的佩妮，也在内心比较过Jacob和其他男性，她觉得Jacob是个能做大事的真男人，但她警告自己，不是谁都能做英雄的，更不是谁都能做英雄的另一半。所以他不属于她，这次她一定要一刀两断。

5

早晨，母亲的大殓开始了。作为独子，Jacob捧着遗像走在最前面，身后是敲锣打鼓的农村乐队，亲戚们撒着白花，哭得很大声。他作为母亲血缘与意志的延续，却依然没掉一滴泪。

北方传统是土葬，入土为安，会感觉人还在。虽然国家推广火化，尤其是公职人员必须火化，但只要肯花钱，还是能土葬。可由于他被泰国项目压在海外，遗憾地没能及时回来通融，经办人就默认了火葬流程。

8点30分，殡仪馆工作人员主持葬礼，哀乐鸣响，默哀三分钟。

灵堂的哀乐有巨大的感召力，所有人都忍不住落泪，就连与逝者素未谋面的佩妮也被感染，眼中翻涌起泪花，心里也止不住的哀怜。她望着侧身的Jacob，见他满脸紧绷，却无一滴泪水。

“请家人向遗体告别。”音乐停，工作人员主持道。

Jacob走到前面，看着母亲的遗体，回忆如大浪般涌进了脑海：

母亲生于南方，和那年代的人一样，她响应号召来到了千里之外的北方支援文化教育。虽然环境陌生、风俗迥异，但她努力适应，担任中学老师，一干几十年。即便父亲离世时，她本可以带着Jacob回南方，她却选择继续在岗位上实现教书育人的使命。现在，她的许多学生都考上大学，改变了命运，在祖国大江南北工作。

他问过母亲，为什么不回经济更发达的南方。母亲回答他：人的一生要承担很多角色，是孩子、是妻子、是母亲，但也是员工、是领导，是朋友。而她不能只选择其中一种。

他看着她，白色的脸上依旧慈祥。外人说她是慈母，其实她是一位严母，对他从小寄予期望，他小时候做得不好时，母亲会十分严厉地教育他。而当他长大后，她又放手让他自己去做决定，去摸索，去承担。现在他才懂得，她只是在教他，期望他在茫茫人生中，有独立自主的个性和安身立命的能力，她教育他遇到问题时不要哭、不要委屈，而是去面对、去解决、去战斗，希望他成为一个勇于担当的人。

“我能做到……妈妈……您可以放心。”他忽然吸了下鼻子，眼泪终于砸在了灵堂的地板上，发出滴答一声。

上一次流泪是八年前，他在上海读研二，家里穷，他背着导师去尼罗河做“中铁”的援建项目。那个春节，他被导师骂，人又回不了家，只能在简易工棚里看CCTV春晚直播。黑人邮差骑着车在工棚外给他送来妈妈的信。信里写道：“在海外看看世界很好，不要在乎别人，也不要担心我，你能自己做决定，妈妈就永远支持你！”

那时，春晚正插播着一句广告语“孔府家酒，叫人想家”，他瞬间泪目，奔向河边，眼泪裹着撒哈拉的沙尘，掉入尼罗河。他多想打电话对妈妈说“新年快乐”，只是附近几十公里都没有信号。

他绕遗体一圈，最后瞻仰母亲仪容，然后站在边角。现在，他成了真正的孤儿，必须独自一人向来宾回礼。

哀乐再次奏鸣，人们走上前安慰他，但他没再哭，因为从小妈妈就教育他，男儿流汗流血决不能流泪。他不会在最后一面时，还让她失望。

礼毕，他给棺木敲上八颗钉子，扶灵送进焚化炉。他发呆地看着火苗，与母亲阴阳永别。大约半小时后，工作人员捧出骨灰盒，这灰烬是人一生的物质尽头，而别人对她一生的记忆也将淡忘。他多么希望当人们忆起她时，会想起她的好、她做过的事，希望她的一生能在别人生命中留下印迹与意义。

佩妮心中的柔软被再次触及。这个上午，她替他保管手机。深圳和泰国拨来的会议电话不停震动。7×24h待命，是华兴管理者的责任感，而邮件则一刻不停地累计到了上千封。

中午的“豆腐饭”，她坐在他身边，静静地给他夹菜，但他吃不下，只是一声“谢谢”。那“谢谢”带着滚烫的热量，她一摸他头——也许是泰国与中国一冷一热，他发烧了。Jacob在中东北非时，肺部因沙尘有旧疾，如果高烧引发肺炎，那有不可逆转的后果。可他示意她别声张，怕这会给迷信的亲戚带来坏说法，进而牵连诋毁到母亲。

当夜烧遗物，他翻箱倒柜时，意外地发现母亲给他做的新衣服。慈母手中线，游子身上衣，堂姐和佩妮都建议他留下点做回忆。“已经没有意义，全都烧了。”说罢，他把母亲的护照也扔到熊熊地火光里。

次日，蒙蒙细雪中，骨灰盒入葬墓地。堂姐说：“你考虑回来吧。不小了，也该成家了。”堂姐又回头看了看身后的佩妮。

他站在雪里沉默着，回来？回来干吗呢？在海外太久，自己对国内发展一无所知。成家？佩妮和她家都不可能同意。

一阵寒风刮过陵园，佩妮听见了他对着墓碑的喃语：“我会照顾好自己，好好生活下去。请您放心地去往天国！”

他只是在勉强坚持，她觉得，Jacob只能回到泰国漂泊，但无家的孤儿就像浮萍，他也失去了海外奋斗的动力。

下午，机场，他和佩妮即将各奔东西。

“你生病了还去。”她帮他测量过，39℃。

“嗯。”他绷直身体。

“你姐让我交给你的，那天晚上她怕交给你，你会烧掉它。”

他拿过来一看，竟是父亲年轻时的一张照片，背后还有母亲的笔迹，落款的日期正是他12岁父亲过世那年：“没有人因倒下而失败，除非他们一直倒下或消极。哪怕万丈深渊，走下去，也会是前程万里。”

他仿佛回到了少年，又一次看到妈妈在那一年面对人生最孤独时的强大内心。

“接下来，我来照顾你好吗？”佩妮问。

他犹豫不决，不敢正视她。她站到他正面：“我可以中断学业，先改票去泰国。”

Jacob看着她，不知道这是爱，还是怜悯。忽然，她紧紧拥抱了他。两人很久没有身体接触了。他闭上眼睛，泪水流了下来。

“你就把我当你的家人吧。”虽然她出身豪门，然而她终究是个善良的人，想帮帮陷入绝境的他，说出的善意谎言。

万物之中，希望最美，人生的希望又重新燃起了。“相信我，我这次一定能把泰国拿下来，给你幸福。我说到做到！”

真不知道“拿下泰国”和“给她幸福”之间有什么关系。他总是这样。然而到了柜台，去泰国的机票卖完了。

“你先回法国，把论文搞定，我保证只要一年时间，等我拿回职务，会向你爸爸证明，然后我们结婚。”

他把她紧紧抱在怀里。航班时刻表翻动着，Jacob即将登机。她把他送到登机口，这样告别的一幕，她再熟悉不过了。

飞机滑行了，他系好安全带，准备重返泰国。人生可以没有很多东西，却不能没有希望，只要佩妮在，他还能爬起来。

她再一次凝望着他的飞机离开她的视线，甚至也有了一丝闪念，默念道：“于佑杰，你对我说的话，也要说到做到啊！”

chapter 2
再战泰国

1

飞机降落在曼谷素万那普机场。潮热的气候、怪异的泰文符号，还有身着黄绿色制服的军警。Jacob一下就调回“工作档”，他庆幸自己离开曼谷前，没有让副总放弃，他才有了拯救泰国分公司的机会。

华兴是一家中国高科技公司，给全球电信运营商和企业提供专业的通信与互联网设备。这一行，欧美巨头已坐拥天下100年，日韩工业财阀也不过做了二三十年。20世纪八九十年代，中国通信面对的是“七国八制”，必须高价采购外国设备。夹缝中，小小的华兴艰难发展。几年前，华兴向海外输送第一批人才时，中国企业在国际信息科技市场只是一个不入流的小玩家。

而今天，华兴泰国分公司已有300多人，他们大多是20多岁的年轻人，80%泰国人，20%中国人，还有一些马来西亚人、新加坡人、澳洲人，以及外聘的欧美顾问。泰国员工里一半有华裔血统，另一半是泰族。还有些“跨性别”员工。海外经商，跨文化冲击是难免的，而带领这300多人的领袖，更须有极大的包容性。泰国分公司CEO就是于佑杰，取“杰”的谐音，所以就叫Jacob Yu。

海关门口的外币兑换店和落地签入境口排起了长龙。机场里中国游客很多，叽叽喳喳的。渐渐地，声音越来越响，好像有大事。Jacob好奇地往前看去，前面中国游客和泰国军警吵了起来。一名皮肤黝黑、着紧身警察制服、头戴贝雷帽的年轻军警，与一名戴着金链子、穿短袖黑豹纹T恤、胖胖的光头男子发生了争执。争吵中，警察要带光头胖子走，光头胖男子飞起一脚踹在了警察身上。

几名军警围上来要制服胖男子。而胖男子周边的亲朋好友见状一哄而上，并在机场海关口大喊大闹，有些中国人想劝，但被淹没在一片激动的情绪中。

事情变得复杂棘手，一面是警员在对讲机里呼喊支援，一批持枪、牵警犬的警察正赶向事发地；一面是不明就里的大量中国游客。机场闹成一片，一些欧美游客显得十分害怕。

一名40多岁的高级警官站了出来，他个子不高，衣着紧身，戴着墨镜和大盖帽，一脸严肃，正在做部署，试图让自己的队伍保持克制。

海关处排队的队形已经乱了，Jacob努力站到最前面，看到那位官员警服上的领花是“盾与剑”，而肩章上则是三颗“米字星”和一颗“佛塔”。看来级别不低，警衔应该是泰国皇家警察的“警上校”。

最近泰国的形势很复杂，大选期间斗争本就很激烈，而现任政府被指控腐败，面临调查，反对派示威游行愈演愈烈，甚至率队冲击政府和闹市区，引发街头斗殴、破坏公共设施、焚烧汽车和严重罢工。在曼谷几个重要地标，支持和反对本届政府的，已有了多次上万人集会，更出现了流血事件，造成几十人受伤、数人死亡的恶性后果。

此刻，警方作为一股稳定力量，在选择支持哪方的态度上就异常敏感。虽说泰国是“微笑国度”，GDP不少靠旅游拉动，一般也不针对游客，但泰国警方目前的压力太大，就像在蛛丝上挂了个手榴弹，一个出错就容易因站错队而受追究，保不准在处理此事上就会一下子失控。

“警上校”的犹豫不决让光头男子觉得得了势，双方的僵持开始升级，多一秒就多一分危险。“警上校”深感无法再弹压了，如果这件事处理不好，一要受上司和政敌的批评；二来外交要受影响；三要受泰媒的批评；四要受下属的挖苦。作为，还是不作为呢？动了游客，就有政客说警方中的败类正在破坏泰国的旅游经济，而不动，麻烦更大……

一名“警中尉”告诉“警上校”有记者过来了。上校知道不能再等了，必须在记者扩大事态之前，先把事情化解。他回过头，对着肩膀上的对讲机说了几句，几个队长就被叫到他的身边。

Jacob看出来，这是要采取强制行动了。他在泰国偏远地区做项目时看到过这种情况，只是泰国警察很少这样对待游客。没想到短短几天，泰国局势不稳竟发展到如此草木皆兵了。

Jacob很少管闲事，但今时不同往日，不但为了现场的中泰双方，而且作为深陷旋涡的中国公司CEO，他不想出现任何一件被“借题发挥”而责怪中资的事件。他走到了警戒线的边缘，想突破警戒线，被警员呵斥退后。Jacob没有止步，反而向警员行了“泰式合十礼”，警员一愣，他上前用英语说了一句话。

警员面露难色，又找来警司，警司打量了Jacob一番：这家伙穿得不像游客。警司又找来警长商量，警长想了想，最终用对讲机联络后，对Jacob说：“你跟我来。”

他被带到了上校的面前。Jacob先打招呼：“萨瓦迪卡。”

上校条件反射地微笑回礼后，表情更严肃了，一副军警口吻道：“你跟他们说你认识我？”

“是的，我说我认识你，我要跟你谈谈。”

“我不认识你，”上校打量着这身着高档西服的男人，“你说我叫什么名字？”

“我不知道。”

“这都不知道，你不怕他们试探地问你？”

Jacob笑了笑。泰国人极为讲究尊卑等级，没有人敢阻拦上司的朋友。既然Jacob敢自信地宣称是上校的朋友，在这种紧急场合下，一定是真有要事的。

上校眯缝着双眼，隔了几秒，他命令：“把这个带头起哄的主犯，给我带走！”几位警员立即上来架着Jacob要带进海关小黑屋。Jacob的到来，加剧了剑拔弩张的气氛。箭在弦上，上校不得不发，就拿这个送上门的中国人先开刀。

“等一下！”Jacob喊道，“我认识素帕猜少将。而他应该认识你。所以，我也认识你。”

上校一惊，然后一挥手，让手下离开。素帕猜少将是陆军少将，虽然不属于泰国皇家警察，但泰国军队和警察几乎为同一个系统，关系密切。而素帕猜少将是个实权派人物，级别也高上校一等。

“你怎么认识将军的？”

“他担任泰国国有企业DGG电信运营商的董事会成员。我们是生意上的伙伴。”Jacob回答。

上校点点头。在泰国，军人地位崇高，代表着传统精英，在必要时会参加国有企业的运营监督。而泰国华裔恰恰又是泰国商界的中流砥柱。之间有交集也是可能的。

“我想您是来谈判的。”上校说。

“是的，时间不多了，要抓紧。”Jacob看了一眼远处即将爆发的群体冲突。

“嗯，时间不多了，我们要抓紧。”上校像复读机一样重复，以示对少将朋友的尊敬。

“我就开门见山了！”Jacob知道，泰国人受佛教影响，说话并不直接。现在他赢得了上校的尊重，然而一旦泰国人尊重对方时，反而很难谈判，因为他们很少提问，且很少说“不”，这样就无法知晓对方到底在想什么。

“上校，我需要你把你的人撤走。”Jacob提了一个要求。

“不，”上校立即把尊敬扔一边，人跳了起来，“不可能，我要是把人撤走，我就不用干了。”

“为什么？”

上校告诉他刚才发生的情况。那胖子看到一个可爱的泰国孩子，就摸了摸孩子的头，然而在泰国，摸头并不体现爱意，相反，按泰国佛教的礼仪，头是一个人最尊贵、最神圣的部位，见面行礼时，都要低拜，而以手抚摸头顶，意味着地位上远远凌驾于对方的羞辱。换作中国文化，好比当众被人拍脸扇耳光。

“孩子哭了，孩子的父母很不开心。然而那人还不停下来，也不知道道歉，我手下过来阻止，反而引起了更大的麻烦，”上校叹了一口气，“当然总有游客这样，但仅仅这样，泰国人是能忍耐的。”

但那个胖子竟然一气之下，指着墙上的泰王，怒骂起泰国来了，引发了泰国军警众怒！

“国王是神圣不可侵犯的！”上校说。全泰国百姓都爱戴国王，这是一种发自内心的共识和信仰，也是一条法律，更是不可逾越的红线。如果说私事可以忍，这件事上，再热爱和平的泰国人也要反击，更何况军警！

“在泰国，不文明的游客多到我懒得管，但这事非同小可，我必须要有交代！”上校没有退路，必须逮捕胖子，并把他关在牢里，否则最近紧张的政治局势下，自己的乌纱帽恐怕难保了。

警中尉忽然进来了，在上校耳边悄悄说了句话，上校告诉Jacob：“媒体快到了。我不能再拖了，否则就丢皇家警察的脸了。”

“上校，我同情您的处境。您被卡在两难之中，当然您也有好意，但身为领导者，您不能犯一点点错误。”

上校一愣：“谢谢你的理解。国际机场是一国的脸面，一旦发展成群体事件，那事关国际外交、泰国经济和国内政治。”他不再搭理Jacob。

“等等，关于最近的政局，我能看到的事远比你多。你就算在过程和法律上处理正确，而结果影响上出了错，我保证你的仕途还是会受很大影响。”

上校的泰式微笑僵住了，苹果肌抖了抖却又不说话，他正在飞速思考。

“现在，我恳请你给我一分钟，让我来解决。”

上校犹豫了，低声问：“你怎么做？”

“不要弄大，绿色通道先快速通关。”

“嗯。”

“两边都得撤走。”

上校没有回答，他可不能先撤。

“我会给你台阶下的，”Jacob凑在他耳边说道：“但你要是把后果弄大，我会告诉素帕猜将军，是你不听我的建议！”

“那要是你办砸了呢？”

“我不会办砸。”

“谁都不能保证。”

“那你可以把我们的话录音，出事就推在我头上。”

“别开玩笑了，那只有反效果。上司们不会喜欢。”

“那你给少将先打个电话确认一下？”

“不……不行。”

“那好吧，你只能信我了。”

上校看着这个主动出头的家伙，他压根不认识这个莫名其妙的人，也没有验证过其话的可信度，可不自觉地点了点头。

Jacob返回警戒线外，现在轮到他与中国游客沟通。游客们疑惑地看着他，对他刚才去那边抱有各种猜想。他站在高处，说：“刚才和平沟通了，他们让步，大家正常通关。”

众人一片欢呼，总算以胜利结束了。

“兄弟们，我们不能走，事儿不能就这么算了，”胖子嚣张地喊道，“泰国警察必须道歉，不道歉，我们就找大使馆去！”

Jacob看了看胖子，以及他身后蠢蠢欲动的人：“你第几次出国？”

胖子挥舞着双手，炫耀着护照：“老子刚刚欧洲十国。”

“你知道你刚才做了什么吗？”Jacob看着他越发生气。

“我就摸了摸孩子的头，他们就打我。”

有些明白人似乎懂了，渐渐退出了胖子的阵营，快速通关。

“还有呢？你如果什么都不做，人家为什么惹你？”

“没……没，没了。”

“你没有骂过泰国和国王吗？”

“就是骂了又怎样，他们能拿我怎么样！”胖子恼羞成怒了。

“好吧，”Jacob不问了，说多了也没有用，“他们的总队长会亲自给你道歉的。其他人都赶时间，大家排队吧。”

“你这个人怎么胳膊肘往外拐。在家靠父母，出门靠朋友，你刚才到那边，人家给了你什么好处？”理智的人散开后，剩余的都是胖子的拥护者，有人质疑Jacob的立场。

当一些记者到现场时，队伍正井然有序地排着，一切都安好。

过了一会儿，胖子不耐烦地问：“他们总队长呢？”

Jacob看了一看，还有一些人在排着。他说道：“你等会儿，记者来了，他可能避开了，一会儿他来了，你可以在记者面前拆穿他的谎话。”

没过多久，排队的人越来越少，人群渐渐分化了，有些人本就不想闹，想闹事的人也忘了。又过了一会儿，只剩下胖子一个人了，胖子有点紧张了："算了，我也走吧。"

"别，他过来了。"Jacob一把拽住他。警上校身后正跟着8位警察。

"你坑我！"胖子慌了，可胖子使了很大力气，也挣脱不开Jacob。Jacob说："你别动，再动就是抗法，听我的，我能救你！"

警察把胖子带到海关小黑屋，上校很满意地走到Jacob边："没有群体事件，和平方式逮捕他。你说到做到了。"说完，上校转身就走了。

Jacob跟在后面："你要怎么办？"

"无论是袭警，还是辱骂国王，都要定他的罪，至少要在泰国监狱里关他几年。"

"不行！人不能关押，"Jacob阻拦，"我只是答应帮你逮捕他，但你也有权力释放他。"

"什么文字游戏？抓了放？你是玩我吗？"上校感觉上了他的当，非常生气。

"现在，这人还在海关外，你可以以未入关为由，不执行泰国法律，将他遣返。"

"这不行。"但是刚才那么剧烈的对抗下，上校甚至还主动退兵，他气愤难平，既然现在不会引起群体事件，Jacob已经没有了讨价还价的筹码。

"记者并没有走完，他们还在外面等新闻，我可以把他们叫进来。这死胖子可以当记者的面向你道歉，而你还可以将他列入不受泰国欢迎者的名单，不允许他以后再踏入泰国国境。这样你更好交代，事件很透明，也大事化小。但如果记者现在不进来，他们事后再找新闻，那版本就五花八门了，真相一旦含糊不清，就小事变大，就像去年一样。"Jacob紧盯着上校。

去年，支持政府总理的红衫军与反对总理的黄衫军（红衫军、黄衫军并非军队，只是百姓代表）在机场大闹，警方犹豫不决，结果黄衫军占领机场抗议，造成国际机场大面积堵塞而关闭，甚至耽误了一场东盟国际会议。此事被报道后，泰方颜面丢尽，而警方的态度也受到国内国际一致质疑。

上校忽然意识到——"是你通知记者的？"

"是的，我认识一些，还有外媒。"

“放人！”上校不得不忌惮，除了这个Jacob，谁都不想惹麻烦。他看着Jacob，此人在三种不同的局势下，化解了这一场本可能闹得很大的危机，这件小事很快就会被忘却。但上校并不佩服，相反，他眼神中透露由衷的厌恶：“你这个骗子！”而胖子被送上飞机的一刻，也大骂他是“汉奸”。至于那些摆脱了一触即发的风险的军警和游客也没有半分感谢，反而嚼着舌根嘀咕他。

世上很少有皆大欢喜的答案，做事总要得罪人，但事情总要有人带头去做。

走出机场，已比原定时间晚了整整两个小时。他忠诚的泰国司机依然在到达大厅等着他，一见他又“泰式微笑”，行合十礼。

“辛苦你了。”他也笑了笑，合十回礼。

车飞驰着。摇下车窗闻着潮热的空气，他也说不清，究竟曼谷是家，还是中国是家。但是他清楚，为了他与佩妮的未来，他必须在一年里解决DGG项目。DGG这个大单当年2亿美金，是华兴海外的头号大单，前任泰国CEO因此平步青云，而他却为此陷入泥潭。

他摇上车窗，看到后排座椅插着一本《吞武里大帝》，他是统一泰国的泰皇，也就是曼谷郑王庙里供奉的郑信。

“你在读吗？里面讲什么？”

“嗯，讲他如何收复北部清迈和南部马来半岛的国土，抵抗住缅甸侵略，打赢柬埔寨、老挝和高棉，将四分五裂的泰国重新光复。他的军功武德就像希腊的亚历山大大帝一样。”

“你喜欢英雄？”

“那当然，先生，谁不喜欢建功立业的大英雄呢？”

他关上了车窗。这世上，人人都喜欢英雄，可善战者无赫赫战功。

2

他一身名牌走进写字楼，身带香水的气息。这几年他的穿戴已提升到一定的品位，淡色休闲西装，手工皮鞋和一块高级腕表，所戴的配件都是设计师手工制品。不发怒时是个儒雅绅士，这既归功于佩妮曾经的改造，也是工作的需要。

他打了个内线电话，让销售副总张舒进办公室，了解他不在的几天里的局势变化。Jacob不太信得过这位副总。

副总张舒在Jacob来泰国就任的第一天，他打听到新CEO Jacob之前在中东北非地区待了4年，想必吃不到猪肉。于是，便叫上当地商界伙伴，一起去位于暹罗广场的建兴酒家吃咖喱蟹和猪肉，接着又去是隆（Silom）附近最好的KTV娱乐，为他接风洗尘。

Jacob当时就震怒了，但他忍了下来，他得顾及泰国的场面，无论是出于熟悉本地人情，还是商务需要。直到欢场结束时，他告诉几位本地朋友，自己和女友佩妮刚结婚。本地朋友哈哈大笑，说泰国是花花世界，与他前一个地区部不同，这里晚间娱乐很正常，这是专为男人所准备的，谁都不带配偶。

但Jacob非常坚持："我很爱我的太太。"因此他一来就在本地圈子里立了一个旗帜——谁都别想用钱与色轻易拉拢他，从华兴身上捞好处。

第二天，他把张舒叫到办公室里狗血淋头地训了两小时，瞬间树立了他的绝对威望。他没去纠正自己是否真的结婚，"妻子之名"倒算给下属立了规矩。人在海外，男女性事虽为生理需要，但身为高级管理者这不算小事，这不仅仅是他不想在阴沟里翻船，更觉得作为一个男人，这样太猥琐了！

"您可回来了。"张舒一进门就说道。

"怎么了？"Jacob已经比原定计划提前两天回来。

"这几天出大事了！"张舒第一次以代理CEO的身份顶在前面，仅三天就被逼疯了，"该来的终于来了，素帕猜已向外界吹风。我估计再过几天，DGG要下最后通牒了。东南亚地区部和亚太片区的领导都快要疯了。"

"你坐下来，一分钟后再说话。"Jacob看着张舒。自打张舒带Jacob去KTV的那天，他就知道张舒的个性，他经不住真正的风浪。

张舒在泰国三年了，清楚地知道这件事的前世今生。

早年，"泰国国家邮电局"被拆分成了"泰国邮政"和"泰国国家电信"，这就像当年的"中国邮电部"拆分为了"中国邮政"和"中国电信"一样。但那时，泰国国家电信DGG公司只能提供固定电话和有线宽带，并没有移动网络。几年后，在泰国私营运营商的带动下，国有的DGG也开始部署移动网络，但仅仅覆盖曼谷、芭提雅、华欣等繁华的中部大城市，并没有扩展到泰国全境。然而DGG作为国有企业，代表国家力量，扩张到泰国全境是一件政治上必须做的事，就像通路、通水、通电一样。

两年前，前任CEO击败了欧美日韩等科技企业，与DGG签下一个2亿美金的超级大单。这使泰国成为华兴海外三大粮仓之一，盘活了整个泰国的市场销售。DGG项目成了样板点、桥头堡，影响力辐射着东南亚地区部和亚太片区的多个国家。

合同规定，除了曼谷、芭提雅等中部城市外，华兴要在两年内完成在泰北和泰南相对落后的几十个省上千个无线基站，以帮助DGG实现全泰国的无线信号覆盖。

当年，这个项目做不做，华兴东南亚地区部和亚太片区都存在争议。因为这个项目是一个“交钥匙”项目（Turn Key Project）。常规工程项目里，科技公司只提供基站、传输等通信设备，然后在运营商确定的站址上，安装调测好基站设备，科技公司和运营商各有各的分工责任，等于“只包料不包工”。但“交钥匙”完全不同，运营商什么都不操心，供应商“包工包料”，搞定一切，运营商拿着“钥匙”，即可“拎包入住”。

华兴必须负责找到一片土地，申请行政许可的批复，协调当地政府的资源，拿到土地使用批文，然后上面可能要造铁塔，可能还要修路、盖机房，要找市政局和电力公司帮忙拉通电线。这种项目，更考验基建能力和烦琐的政府关系，任何一个小衙门都可以“吃拿卡要”进行拖欠，而华兴不能在最后截止时间前有任何延误。因此，工程管理无论从时间、成本，都完全不可控。

尤其DGG“交钥匙”项目是在泰国南北农业地区。那里多山、原始雨林、海岛、河流沼泽，基础设施也十分落后。从安全角度看，南部有反政府武装，北部则有金三角地区，项目很难做。而且华兴还没有稳定的外包施工团队做海外“交钥匙”工程。

偏远地区的基建、批文、运输的风险都很高，私营运营商不愿碰，就连国资的DGG也怕协调麻烦，且国企效率本就低，便发了个“交钥匙”标书。华兴想做就得突破常规，冒很大风险去签这项目。

而一般西方科技厂商，都只愿意做价值区域、价值市场，也就是主要的大城市。张舒记得，对于这块农村鸡肋市场当时分公司三驾马车（工程、销售、产品）分三派意见，工程副总认为华兴应一步步来，等当地业务、合作分包资源都扎稳了，再做高难度的“交钥匙”项目。而张舒自己是销售，一见项目金额那么大，哪能等什么“先易后难”啊，奖金才重要，便一时贪欲蒙了心，反正责任是工程副总的。而产品副总认为，DGG采用的是美国的CDMA系统，华兴更擅长欧洲制式的GSM/WCDMA，如果拿下DGG，将树立起华兴在CDMA领域的全球地位。

结果，投票二比一，产品和销售都倾向于冒险，前任CEO也有不断扩张的压力，又害怕失败，犹豫不决中，项目就升级到地区部和片区做决策。

最终，华兴激进了一把，决定破例去做。因为泰国市场的体量诱惑太大了，一旦做成，很适合作为经验案例。泰国又是旅游国家、开放度高，一旦做成“样板点”，可以带全球客户来参观交流。至于风险，泰国离深圳总部近，文化也相近，真要有困难，即便从中国总部调重兵投入也不难。就算亏一些，也要拿下。

然而，很多事都出乎预料，没人能想到。

收回思绪，张舒的情绪已经稳定下来：“6亿美金的罚金怕是要成真了！现在连总部EMT都要派人来了。”顿了顿后接着说道，“5分钟后开电话会议。地总（地区部总裁）和片总（片区总裁）要亲自过问。”

三位副总和Jacob找了一间隔音会议室，打开八爪鱼式的会议终端，键入会议组号。

“亚太片区上线”“东南亚地区部上线”“深圳总部全球技术服务部上线”“无线产品上海研究所上线”“全球产品行销部上线”“战略产品管理部上线”——总部也上线了，华兴是“四级部门”管理体系，但事关重大，今天上线的多是“一级部门”总裁。

东南亚地区部包括泰国、越南、老挝、柬埔寨、缅甸、孟加拉、尼泊尔。亚太片区则更大，除了东南亚地区部，还管理南太平洋地区部——包括印尼、马来西亚、新加坡、澳大利亚和新西兰，以及斐济、汤加、东帝汶、文莱等密克罗尼西亚的群岛国家。

Jacob听着上线的部门，有些他也第一次听到。如今的华兴部门庞大，海外已建六大片区，下辖15个地区部，纵横一百多个国家。而总部的研发、生产、市场、财经、行销、IT、技服、培训和公关在华兴的高速扩张中，也膨胀得庞大无垠，别说外人，连他也摸不清了。

他拍了下张舒，张舒喊了一声："泰国上线！"

今天是东南亚地区部总裁召集的会议，地总直接说道："今天有特别情况，请泰国分公司先介绍。"

张舒接过话："DGG这个项目大家之前都参与过，我把最近一年的具体情况说一下。

"这一年里，泰国政局巨变，本届总理旺达的改革触动了一批人的利益，总理受到反对党的强烈质疑。最近，反对党称总理将自己的私人产业卖给了中东的主权投资基金，违反了法律，并认为总理主导的一系列国家采购中出现'高价低质'的现象。这其中包括了华兴参与的DGG项目。

"反对党正启动弹劾，而旺达政府则采取反制，原本旺达有一定来自偏远地区支持的民意。既有很强的支持率，又有政府实权，但最近的局势是，反对党的抗议力度不断升级并且暴力化，这说明泰国军方已经做出了选择——他们支持反对党。"

桌面共享的PPT中有一页显示，泰国军事政变十分常见，自君主立宪制起，七十多年里有二十多次政变。一般总理如不能得到军界支持，军界可以支持反对党来间接施压，即使反对党无法弹劾，军界也会推翻其执政，重新再选举。

张舒继续介绍："DGG隶属泰国财政部和信产部。我们正是与总理签约的，虽然这不是总理直接领导的第一梯队项目，但我们还是受到了波及。这几天，有消息说旺达总理将觐见泰皇做最后努力，但现在预判，总理将不得不下野，可就算下野，目前的政府行政、高官、内阁和议会依然是旺达总理的核心班子。斗争还将持续，军界和反对党一定会对总理掌控的重要岗位做人事清洗。"

亚太片总向来凶悍，不耐烦地说："张舒，给你一分钟，讲重点！"

Jacob拍了拍张舒，愣住的张舒才缓了过来：“DGG董事会刚进行重大调整。之前中标时的决策层全变了，态度也变了。董事会的素帕猜少将已经吹风，由于华兴的交付迟迟无法商用，影响DGG的商业战略，华兴须承担全责！预计赔偿6亿美金。”

“妈的，太离谱了，合同才2个亿美金，而且一分钱利润都没有，还要我们赔6个亿。”深圳总部的无线产品行销部二级总裁抗议。当时为了CDMA产品线能有全球案例，是他强烈支持要做这项目，哪怕亏损也要做，可谁知现在亏损远超预期。

东南亚地总问：“客户投诉的依据是什么？”

张舒看了看Jacob，对着会议终端颤颤地说：“工期延误……”

“延误？哼，不早就预料到了？现在要为你们擦屁股了，”亚太片总讽刺地指责着泰国的管理，“张舒，你说我警告过你们多少次了？”

片总为一级总裁，是与会各一级总裁中地位最高的，他威力很大，张舒顶不住。

“没有延误。”Jacob一把推开张舒，凑近“八爪鱼”。这是他第一次发出声音。

“你提前回来了？”地总惊讶地插了嘴。

“Jacob你说什么？”片总感觉被冒犯了。

“我说，没！有！延！误！”

片总听到了他冷冷的回答。Jacob正当众顶撞他，这不是第一次了。当DGG项目到了中期时，很多人都意识到“交钥匙”巨大风险的浮现，大量意外事故层出不穷，成本远超投标时的测算，工期也会大大超时，大领导们都担心KPI而想启动与DGG的二次谈判。而且这时，泰国已有政变前兆，如果借此理由暂停工程，一方面可以控制成本和工期，另外这也是一种在目前复杂的局势下的“自我保护”。华兴在东南亚还有很多项目，不能让DGG牵连到全亚太的大局。

那时，Jacob刚调任泰国，他了解完情况后，做了个反常的决定，非但没谈判和停工，反而加倍交付。他向地区部和片区陈述，绝不能停工，停工谈判是见风使舵、是选边站队，只会带来更大的风险，华兴只是一家商业公司，履行合同，说到做到，而不会参与任何政治纠纷。

“那为什么还会被人指着鼻子？”片总问道。

Jacob不自觉地骂了句脏话。外人还没发力，自己上司的上司就开始捣乱，这最消磨一个人的干劲。

“哎哟……”张舒连忙按下静音键，他知道Jacob的脾气，便在胸口起伏比画了一下，示意Jacob做深呼吸。Jacob没有理他，重新按下麦克风：“刘总，我知道你的意思。”

“你知道还去交付？别忘了，你来了之后，泰国还遇上大家预料之外的水灾！你居然还硬扛？”

去年雨季，连续五个月的暴雨给泰国造成了特大洪灾，原本建好的设施也被冲毁，需要重建，而交通线也全被破坏了，后续的设备货物运不进去。计划中的修路、水泥机房浇筑、铁塔地基、电力电缆挖沟也必须暂停。工期被水灾又硬生生地耽误了大半年。

做生意得讲些气运。如果没有水灾，或许猛冲猛打，还能过得了关。但Jacob就像是一个“灾将”，让交付雪上加霜。古话说：“换将如换命。”而商战也是如此。刘总就看Jacob不顺眼，觉得自从他来了，原本聚宝盆一样的泰国，就成了潘多拉魔盒。

“我下过军令状，自然就会做到，”Jacob拿过麦克风，“但我想告诉你，我们确实赶在期限内完工了！这一点他们抓不到把柄。我们所有人员，这一年里全体取消了周末、探亲假、法定假。上千个基站站点，我们都由三百多个员工认领包干，到农村现场去监督分包商站点施工。就连司机、保安、行政、财务和HR的女生，都在培训结束后被派去了偏远地区。不干完，就不准他们回曼谷！”

全场震惊，这不瞎胡搞嘛，竟然把泰国团队解散，采取化整为零的一人守一块阵地的方式。

张舒看着Jacob，深感这一年员工的辛苦。销售是有奖金包的，但交付没有，可Jacob在没有预算的情况下，强行挪用一笔钱，用作员工的激励补偿，甚至动了张舒团队的销售奖金。张舒对不按常理出牌的Jacob既讨厌又佩服。最初他和另两位副总都叫Jacob“愚总”，愚蠢的“愚”，后来就改为“愚公移山”的“愚”，最后叫他“禹总”，他是能治水患的大禹。

“好，就算你干完了，”片总改了口吻，“那DGG究竟以什么理由说我们不能商用？”

“说我们的产品不过关，DGG拒绝验收……”

“不可能，”无线产品线一级总裁拍着桌子，“我们的产品很好！”华兴研发有一条红线——产品必须保持技术领先，否则无法在国际投标上入围。

Jacob的耳朵被吵得耳鸣了，他皱着眉、挪开扬声喇叭，等无线总裁发泄完后说：“素帕猜少将给我们看当时签下的合同，上面写的是华兴要提供CDMA 2G网和CDMA 3G网，两种制式，现在我们却只有2G和2.5G这种制式。”

“不对啊，DGG标书里不是这么写的，这标是由总部行销亲自答的，我记得合同，你别蒙我。”产品行销部的二级总裁大声回应。华兴产品行销负责投标管理，如果标书看错就是他们的重大责任。

“有的，标书有3G要求的！”Jacob的右手正翻着标书合同，而他电脑邮箱里，鼠标选中DGG客户的投诉邮件。泰国产品副总也用眼神和他确认。

“没有，没有的！合同上写只要2G CDMA网络，我们为了赢得项目，是答应免费送一些软件升级到2.5G。但3G版本，则是可选可不选的啊！”总部说。

可选可不选……所以，就不选了吗？可选可不选，在泰国文化的语境下，往往是要选的。泰国很少在生意中发生表面的激烈争执，所有人都是微笑，都和你说“才，卡普”（泰语：是，好的），但事实并非如此，有时是出于礼貌，有时是出于尊重，有时是不愿意直接拒绝，有时仅因为对方是外国人，其中的奥妙要靠日积月累才能揣摩出。

但多少人是揣着明白装糊涂呢？为了签单，大家回避商务价格的评审，故意在测算时把成本压低，大家自我蒙蔽，反正未来的风险未来再说。而华兴销售战术也是有问题的，因为华兴讲究研发、行销、销售、工程、规划的集体作战，然而集体作战的战果均沾，出了事却法不责众。一线协调困难，总部又找不到牵头人。

Jacob叹了口气，他感到一股巨大的疲劳感，跟总部官僚开会，甚至比跟客户缠斗还累。两年前，正是他们激进地赞同这个项目，为了夺标而“投机取巧”，像鸵鸟把头埋沙子里一样，对风险视而不见，却还因此加官晋爵。现在，片区的大领导为难他，而总部的官僚则躲在远离泰国的安全地带，远远地撇清责任。如今的一切，都落到坐在火山口的Jacob身上。责、权、利不对等，还怎么干?

他终于喷发了:“你们难道只会龟缩在家里，有种倒是来泰国看一看！看看泰国人是怎么谈业务、怎么写标书的！”

一阵静默，谁敢来啊！

“我去泰国！”片区总裁说，他深知这件事的分量，“EMT来泰国之前，必须解决这事。不然真赔6亿美金，大家都要下课！”说完他先下了线，此刻他还在亚太片区总部——马来西亚双子塔。他怕的是，这件事一经新闻发酵，就会引发华兴的国际商业形象崩塌，刚在全球打开的局面就会急速萎缩，那些正犹豫不决的客户，一定会放弃使用华兴。目前，从其他片区的商业情报中获悉，西方友商已散布出一句貌似玩笑，但实为精心设计过的黑文案——“华兴，the CTO Killer”（敢选华兴的CTO，是职业自杀），甚至还有一家海外知名技术媒体歪曲事实，说华兴有“所谓的秘密”，才以高价签单做豆腐渣工程，这就是华兴进入海外市场的手段。这个项目是牵一发动全身的大事，他必须去灭火。

一个电话跳进了Jacob的手机——是DGG的素帕猜将军。

“张舒你继续开。”Jacob悄悄离开了电话会议现场。总部的人还在争吵扯皮着。

今天这场会议的信息，像一场冲击波席卷了海外各大片区，一线将士对华兴怀疑的风气正在蔓延——“海外还能再打多久”“华兴的产品行不行”“华兴是否不道德”成了基层员工讨论的话题。渐渐地，国内的各大论坛里也有了关于DGG项目延伸到中国与东盟之间的讨论。

EMT决策层已经有所震动，在更高的视野下，最高决策者们也有了路线分歧。这股巨浪不仅在空间上产生影响，在时间上，也向未来延展出了涟漪，改变三年后的Jacob、华兴，乃至行业的走向。

3

马路上，红衫军与黄衫军正在游行抗议，一方支持总理，另一方反对，但这不会引起武装冲突。目前，普通人民的生活还没受影响，路上，还有阿婆在卖芒果饭、青木瓜沙拉、泰式炒饭，寺庙的香火也还很好，学生们也面露天真的笑容，但是也只是现在。大型户外广告牌上除了国际品牌的巨幅广告外，路边也拉出了越来越多的政治横幅。

Jacob的车徐徐开去了DGG公司，他要会见素帕猜少将。东南亚政府的办公大楼在旧城区，这一带的建筑风格，令他想起小时候TVB港剧里的样子，透露着一股旧殖民时代的气息。

车开到了一个蓝色的“DGG”Logo下，他到了。穿过草坪，进入一座大楼，直达5楼办公室。他见到了少将。

少将四十多岁，穿白色军服，而白色是泰国最崇高的颜色。

“萨瓦迪卡。”Jacob行着合十礼，他的手举在了额头前。

“萨瓦迪卡。”少将回礼，但是手只放在胸前。因为手的高低，是一种地位的象征。

“请坐，Jacob。”素帕猜把他带到沙发边，副官给两人上了茶水后，便退了出去。

“很抱歉，但我必须这么做了，明天我要召开记者招待会！”素帕猜微笑着说，“请原谅，但这是形势。”

“我们的片区总裁要到了。希望能够见到DGG董事长汶查中将，想再沟通一下。”

少将哼笑了一下，放下茶杯：“这可没用。”

“我们已经如期完成了工程，现在的问题是DGG不肯做‘最终验收’！”Jacob结尾加重了语气，眼神没有半分犹豫不决，他必须显得强势，要让客户知道他的想法。

“很感谢你，Jacob先生。若非是你，我真不敢相信你们能完成在泰国南北的‘交钥匙’工程。你们在雨季里很辛苦。”

少将是在Jacob到来前五个月被军方委任为董事会成员的。那时，泰国政局已经动荡，他代表着军方力量，以防止政府与反对党的冲突升级、稳定局势的名义，第一批进入到国企董事会。最初的时候，他也戴着有色眼镜，认定华兴一定有问题。明明高科技这一行里欧美日韩企业才是王者，为什么在总理负责下，要给华兴做呢？少将的态度是很严厉的，然而Jacob到来后，用雷厉风行的手腕完成了本不可能完成的进度。少将从心眼里是认可Jacob的，甚至改观认为选了华兴是一笔好买卖，只用了50%的预算就完成了以前欧美企业做的工程。但是少将并不能明着表态，更何况汶查中将要来了。

“但是验收人员一直拖拖拉拉的，为什么拖呢？”

“他们也没有办法，肯定是有原因的吧。”

“他们在初验时已经认可了，终验其实只是看系统是否稳定，可是系统没问题——网络管理系统没有故障告警。”Jacob递上一份报告，他一步步增加压力迫使少将讲真话，而不是转弯抹角。

“网络不能商用。”少将说。

“不可能，这不影响商用。”Jacob一面施压，一面又用双手做道歉的姿势。

少将站起来，从抽屉里拿出了一盒雪茄，用雪茄剪剪出一个烟嘴：“你要一根吗？”

“不，谢谢，”Jacob知道少将总算卸下了架子，可自己有肺炎，少将算是故意刁难，但Jacob不能阻止少将在自己的办公室里抽雪茄。

少将深吸了一口，就像切·格瓦拉一样的姿势享受雪茄，他站在窗前，眺望草坪：“董事会决定了，DGG要新成立一个关于本项目的督察委员会，替换原来的验收团队，而新的督察委员会下设两个工作组。一个负责技术问题，另一个负责法律问题，以确认你们的罚金。”

言下之意，之前负责验收的专业人员不能做主了，而且罚款已经预先定好了。

“我们还有的谈吗？”Jacob也放下了礼仪的伪装。

“督察委员会成员和工作组组长的任命，都是由董事长汶查中将亲自选定的。”少将没有正面回答。

政局动荡下，财政部的高层三个月前发生了一系列的人事变动，汶查中将一个月前刚被新财政部任命为新的董事长，军方作为维护社会稳定的力量，正式接管DGG。泰国是个多政变的国家，军方作为传统精英势力，有接管政府的传统。而汶查是出了名的铁腕治理者。作为新上任的反派董事长，一定要否定前任的作为，所以，汶查中将会掘地三尺，查个底朝天。

“喀喀喀，能告诉我工作组有谁吗？”Jacob止不住咳嗽起来。

“明天我开好招待会，你就会知道是谁了。”

“有什么建议吗？”

“我建议你尽快换一个工作职位，离开泰国吧。”

“谢谢，但这不可能。”

“呵呵，”少将又抽了一口，搁下雪茄，从窗台回到了沙发边，“作为朋友，那我劝你马上去做一个泰式按摩，接下来你要伤筋动骨了。DGG的案子可大可小，你们站错队伍，我们能把你们在泰国彻底抹掉。”

这是有可能的，Jacob将手放在嘴角处，陷入了沉思：DGG的前身是泰国国家电信部。虽然泰国大型移动运营商都是私人公司，却都要向“政企合一”的DGG公司购买“特许经营权”来做，甚至必须租用DGG的主干传输线路，或公私合资来确保私营电信的“合法性”。如果DGG说“不”，其他私营电信公司必然忌惮。

他告别素帕猜少将后回到了公司。公司里人心惶惶，因为谣言已经在泰国业内传开了，泰国员工感到人人自危，重担又一次落到了他的肩头。

当天晚上，刘总来到泰国，东南亚地区部总裁和张舒去机场接他，刘总一看，Jacob没有来，心里更是窝火。

那时Jacob正在素坤逸地区的一家不起眼的小餐厅里，和一些华商以及几个有威望的当地泰国华裔商人吃饭。泰国商业大多掌握在泰国华裔手中，而这些人祖籍多为潮汕。这家店专门提供潮汕打边炉。

酒已过三巡，话就说开了，一个地产界的港商说：“我们的投资要暂停了。政局不稳的地方，投资就很危险。外企人少了，想要买房的人或是给外派员工的租住用房都会减少。”

“是啊，我们马上就要撤走了。”一个车企负责人说道，“你们呢？”

“我不撤。”Jacob说。

“为啥？”众人看着他，他总跟别人的论调相反。

“房子可以住小的，车也可以改坐地铁，但通信像水电煤一样，不能撤。”

众人一通哄笑：“又不是你一家，你不在时，人家西方公司不也提供了网络吗？西方公司回来再搞就是啦。”

“但不会在偏远地区！”Jacob反驳着，“他们才不做这些不赚钱的地方。”

“你以为你是做雷锋吗？人家可不领情啊！你就偏偏栽在了这些不赚钱的地方。”

在场的一个华裔大佬补充说：“Jacob，我早就跟你讲了，泰国社会力量分为商人、政府、军队三股。三股权力要相互平衡，社会才能稳定。”

这不是第一次听这些论调了，但是这次他听出了浓浓的担忧：“但原来的板块变化了，旺达总理做得太强势了，另一方就不得不反制了。这一回与以前的冲突烈度完全不同，我都想不到，这几天已经出现暴力和流血事件了。大局危乱，而你们合作错了人，没有人会考虑你的小细节，该清算的就会被清算！”

就在Jacob回国的几天里，一些不幸的事发生了，红衫军内部的温和派失去了领导权，年轻鲁莽的强硬派出了头，相应地，另一方温和派的领导权也无法维系，成了强硬派VS强硬派。部分地区数千人集会，打弹弓，扔石块，点爆竹，还焚烧汽车，把轮胎列成一排点火，黑烟笼罩半个曼谷，伤及无辜人员。一些势力浑水摸鱼，事态正往极端化发展。

“老板，再来一份吊龙筋。”

“好的。”这家潮汕餐厅在十字路边的转角，老板拿肉时在玻璃窗边看见黄衫军与红衫军恰巧沿着90°两条路，在转角不期而遇，双方瞬间变得尴尬，紧接着开始吵吵嚷嚷，这在以微笑著称的泰国本不多见。争吵逐渐凶狠起来，也许会发生一场打斗。餐厅的年轻店员想去劝，可又很害怕，而老板开门做生意，也不想惹事。他们几位闻声从二楼玻璃窗向下望去，这时，一位身披黄色佛袍的僧侣忽然出现在街对面，一步步向人群中央走去，一瞬间，所有人自动分开，本能地向僧人行合十礼，一场争执就此化解。

Jacob在二楼凝视，曼谷的僧人只会在清晨和白天出现在街头乞食，晚上还真破天荒了，这说明事态真的是在恶化。身边的人喝了一口酒："可惜这里的佛教并不在三股力量之中，也完全不在高层博弈中。"

"Jacob，我一直建议你别卷进去，不然你万劫不复，斗不过的。"有人劝他。

"是啊，我们的'特许经营权'还有几年就到期了，如果临时军政府指示DGG找理由不批准，我们也就断了生计……"一位泰国私营电信的家族成员说道。

桌上的人都怕了，他们其中不少是泰国华裔富翁的家族第三代成员或管理者。

"你今天在机场的事情，太冒失了，"华商总会会长四十多岁，抽着烟，"你来泰国一年不到，根本不理解这几年泰国的变化——警察、军队本来传统上是一致的，这几年啊，因为高层人事上的插手，立场已有分化。你不知道那位警上校是哪一派的，万一你站错了，华兴泰国CEO的身份能让华兴在泰国直接Game over。"

Jacob不动声色，内心却已充满了不安。他不知道职责使命能不能完成，也开始担心对佩妮许下的承诺能否兑现。

"上周，反政府的示威者占领了会议中心。现在是特殊时刻，机场、交通枢纽、电视台都可能要受保护，还可能有宵禁。听说即便是旅游区，也要做管制措施。警上校有权力认定你是捣乱分子，这标签一贴在你身上，你说华兴在泰国还有希望吗？"

大家沉默了。有人试图打破尴尬："人算不如天算，想那么多浪费精神，还不如去找找开心！"

众人决定去KTV，谁都想自我麻痹一下。

"你们去吧，我咳嗽着呢，不去了。"Jacob找了个理由，"老板，买单。"

其他人走了，他一个人买完单，独自离开，他不想回宿舍，此刻更需要一包烟来减压。对面是7-11，还有一个深夜在摆摊的阿婆，阿婆应该是从农村过来的穷人。

他走向了阿婆。阿婆双手合十，面带微笑，感谢Jacob生意上的惠顾。Jacob也合十回应。

一缕香烟，他咳嗽得更严重，阿婆说了几句他听不懂的泰语，并且伸手要把钱还给他。他不太明白，阿婆拿回了香烟，指了指外包装上——一个烂肺的照片。

Jacob笑了笑，这是他喜欢泰国的一个原因。但Jacob更需要减压，他反而摸出了一大笔钱给阿婆，让她早点收摊回家。

一辆嘟嘟车停在了他身边，司机刚刚看到他有很多钱，于是按了下喇叭，问："您要去哪儿吗？"司机手上拿着一份照片：人妖秀和红灯区。

Jacob摇了摇头。

司机不愿意放弃——Shopping Mall、苏拉旺夜市、四面佛等，个个都是热闹的好去处。

"我想找个安静的地方。"

"可以啊，我知道……"司机还没说完，Jacob说，"去湄南河边。"

夜色下的湄南河很安静，白天热闹的郑王庙只有几盏灯。他坐在河边安静地抽烟，旁边插着两根鱼竿。

当年，在中东北非时，在科威特的波斯湾，在约旦的红海边，在埃及的尼罗河，他都插着鱼竿钓鱼。在伊斯兰的生活格外枯燥，没有家庭的人很难打发时间，在沙特都没有电影院，他在那里跟着当地人学会了夜钓作为娱乐。自从到了泰国，他保留了这个习惯——去年洪灾，他一边在湄南河边祈祷水患停止，一边观察水势和鱼儿的动向判断上游雨季的情况，以此推算工期。

这附近的小棚里，常年放着他买的渔具，他用钓鱼来打磨自己的性子。回来才第一天，他就觉得快撑不住了。

水流缓缓，佩妮打来了电话："我看到新闻，泰国最近很不安全，你还是回来好吗？"

他坐在河边，看着鱼竿鱼饵好像在动，说："再等等。"

佩妮听着，一股说不出的感觉，钦佩而又失望、崇拜而又同情。

要么鱼儿不咬钩，要么他出手慢。凌晨两点半，他知道自己的性子出问题了，今天肯定钓不到了。

4

上午，刘总在地区部总裁的陪同下，第一次见到了汶查中将。这也是Jacob第一次见汶查。

新任董事长汶查温文尔雅，一番礼仪后，双方气氛意外地友好。

“我们是严格按照合同办事。Jacob去年做了很多努力。”

“嗯，是的。”中将微笑点头，他看了看少将，少将一言不发，中将说，“很感谢，去年有大雨，不容易。”

“谢谢，将军，”刘总觉得自己沟通得很顺利，“我期待我们能以一种全新的方式合作与沟通。尽力满足DGG的要求。”

“那当然，我听见了，我会考虑你们的想法。”中将微笑着。

“华兴一定支持将军您管理下的DGG。”

“哦，那很好啊。”中将笑得幅度更大了一些。

Jacob看着素帕猜少将，深呼吸了一口，似乎刘总讲了不该讲的话。他的肺一阵刺痒，想咳嗽，但这场合，他必须忍住，任何小细节都容易招致不必要的怀疑。

“那您对我们还有什么问题和建议吗？”刘总问。

汶查中将反应了一会儿：“很好，没有了。”然后环顾自己的团队，“大家还有吗？”众人也微笑着没有回答，中将回过头来，“刘总，您呢？”

“没有了，感谢您来参加这次会面。”

会议结束了，中将以工作忙为由，没有接受刘总午餐的邀请。刘总、地区总裁等人回到了All seasons一间后现代感的咖啡厅，里面坐着泰国白领和一些欧洲脸孔的商人。

地区部总裁买了拿铁和奶茶，和大家复盘起刚才的交流。刘总有些得意：“今天有一些不错的进展。”地总也恭维起片总。Jacob一言不发，今天本是难得见中将的机会，一定要抓住机会谈具体矛盾。

“你觉得怎么样？”刘总转过头问Jacob。

“你老是试探，对关键问题避而不谈。”

在去程路上，刘总就与Jacob对论题有争议，Jacob说要追问监督委员会和工作组的负责人，并追问其痛点。但刘总不同意，坚持高层会见须先建立信任感，而非施加压力。

“在东南亚，我比你更懂怎么和高层谈！”刘总打心眼里不喜欢Jacob，“之前是不是你故意夸大情势？”

这几年海外片区的大将，更多是从总部指派，而非如Jacob那样起于卒伍之列。Jacob不信刘总更懂。“你就是这样被别人带走了节奏，”他把一沓备着的详细资料扔在茶几上，双手撑着脑袋，无奈地搓了搓脸，“就算你想表示尊重，也不该说‘效忠中将’的话！——外面都认为，华兴是靠关系拿单子的，也更让汶查觉得华兴是软弱没原则的墙头草。”

“这单子我知道是怎么来的，你别胡说！我们没有涉及政治。”刘总气得咖啡都洒了。

“我知道，但关键是客户现在认为你有！刘总，我们不但错过了唯一一次澄清的机会，还强化了汶查对华兴的糟糕印象！”

“汶查发话了，态度很好，我现在就问你，你能不能搞定后面的事？不能你就下课！”

Jacob没有退路，泰国要是他的滑铁卢，哪还有自己的未来。

“小于，你先回去吧。”地总给Jacob使了个眼色。刘总也不理Jacob，打开电脑，准备给公司EMT通报进展——“局势好转，后续可控”。刘总想，也许EMT不必来了，即使来，也是让最高领导们做个锦上添花的事。

下午，素帕猜少将召开了DGG的记者招待会。最近局势变化，很多部委、企业，都举行记者招待会，直接或间接证明立场问题。原先传出去的风声，一一都在会上证实了。

“各位，由于华兴承建的CDMA网络，出现严重的工期拖延。我宣布，DGG将对华兴进行相应的惩罚：

1. 华兴承担合同规定的违约损失费，每天400万美金。到今天为止，合计6亿美金。

2. 华兴如果不同意，赔偿金额将以每天400万美金继续增加，上不封顶。”

台下一片哗然，6亿美金本已十分离谱，400万美金一天这种过于严厉的谈判手段，谁都扛不住，这逼着华兴必须立下决断。

“400万美金一天是怎么算出来的？”一个记者举手提问。

“合同写明：乙方责任下，乙方要赔偿DGG所有的损失额。400万美金是DGG每天的损失额。”

“少将，”另一个记者举手问，“请问华兴有没有与DGG主动沟通和解过呢？”

少将回答：“没有。他们始终保持沉默。”

又是一片骚动，这不单是商业抵赖，眼下局势，沉默即是一种站队姿态——华兴在对某一方的投机。

“今天您宣布这个新闻后，那DGG是否会再给华兴机会沟通？还是华兴只能认罚？”一位有倾向的记者以挑战方式问。

“当然沟通，最近DGG就给过华兴一次见面澄清的机会，董事长汶查还亲自会见其亚太片区高管，但遗憾的是，华兴并没意识到自己的问题。DGG沟通的大门始终敞开。之前敞开，之后也会。”

少将环视一圈，用威仪的姿态继续说道：“但是我们敞开，只是为了给华兴一个澄清问题的机会，而不是让华兴对赔偿金讨价还价，DGG的赔偿金额不会变，因为DGG给出的惩罚符合技术、符合法律，不存在任何不公正。”

“如果华兴不给反馈呢？”

“拒不配合，那我们将采取法律行动！”少将用拳头重重砸向演讲台。当代表暴力机关的军方谈法律行动，Jacob听着总有些怪诞感。

会席散场，各国记者迅速记下信息，奔跑到新闻中心发布。对华兴不利的新闻迅速发酵了。西方新闻评论员指出：华兴卷入复杂泥潭。海外科技媒体评论：华兴技术确有问题。

被坑了！当刘总看到这些新闻曝光出来时，他在泰国办公室里虚汗猛出。秘书以为他过度疲劳而低血糖，连忙为他倒了杯热巧克力。

刘总缓过来后，把自己关在办公室里给汶查打电话。然而，汶查没有接，过了一会儿，一位号称是汶查副官的人打了回来：

“刘先生，将军很忙，他让我口头转告您，接下去将由督察委员会处理，必须公事公办，在具体的工作组讨论出结果前，他不好再介入。您能谅解吗？”

“好的……当然。”刘总压根没法拒绝。中将先给机会，再切断沟通。中将这种沟通方式，婉转、礼貌、得体，无懈可击。然而想到400万美金每天，刘总顿感无力。

他邮箱里跳出一封邮件——“EMT即将启程赴泰国”。他中午才发了喜报，晚上就打脸了。EMT的高层们一定对他不信任了。

湄公河边，竖着四根鱼竿。少将和Jacob坐在一起，每人两根。

“发布会上，为什么说之前我没有和你们沟通？我不是一直在找双赢的方式？”

少将饶有兴致地看着鱼竿的动静：“如果DGG不公开宣称，华兴就已私下沟通过，难道说我们暗中勾结吗？你不觉得，我是在保护你吗？”

“哼，有吗？”Jacob苦笑了下，“代价还是400万美金一天？！”

“我可不会对华兴手软的，而你，得找到自己的筹码。”这时，鱼儿咬钩了，少将收了线，把鱼放进桶里，“不钓了，我不喜欢钓。这条鱼送你吧，浪费一晚上，可值400万呢！”他收拾了下渔具，“走了，你要搭车吗？”

“不，我走回去。”

“别老给自己选难走的路，那得很长哦。”少将迟疑，然后笑了笑，接着引擎发出响声，他挥挥手，路虎卫士风驰电掣地离去。

Jacob花了大约一个半小时，走到了自己公寓楼下，他犹豫着，却找不到一个能商量的人。这栋公寓一梯两户，住在他对面的是张舒，他站在张舒的房间门口，想敲门找人谈谈心，可是，张舒也不怎么靠谱。他只能折返关上门。

次日，华兴最高管理层——两位EMT大佬抵达泰国：一位是销售体系的叶总，一位是战略体系的许总。他们需要做一个决定：

是否立即赔款6亿美金？还是以协商谈判降低赔偿？

汶查董事长谁都不见，高层沟通渠道关闭，只允许“监督委员会”的中层沟通完，他才参与。然而，监督委员会绝非第三方独立，控制权掌握在汶查自己手里。

而最近局势紧张，EMT见不到“国家电信委员会”主席，原机构要重组了；见不到政府总理，总理以开会的名义出国避风头了；见不到财政部或信息产业部部长，人事结构调整了；也见不到实权人物。政府失灵，军方和反对派也暂不出面干事。

大局一团乱下，华兴的事情只沦为了小事，往日的政商关系都瓦解了，没人能管，也没人想帮。两位EMT能见的，是当地华人巨富和精英。但别人都认为风险太大了："总理是泰国华裔，DGG项目不给欧美公司，而给中国华兴，肯定有人质疑有猫腻。""泰国电信业'政企不分'，我们的电信特许经营权还要靠DGG续约，不能得罪DGG，不好意思我们要中止与华兴的业务。""总理本来要成立一个独立的国家电信机构，取消DGG的'电信特许经营权'，但现在一切都成了泡影。"

两位EMT成员回到All season，迅速做决策，因为多拖一天就是400万美金的代价。

片总、地总、Jacob和EMT围坐在一起。因为判断严重失误，刘总挨了EMT很重的批评。刘总解释道，他的误判是基于以往的经验，以往都是有效的，这次的失误正说明了泰国已暂不适合商业拓展，要尽快切断泰国业务，不然会殃及亚太其他国家。

地区部建议送掉两年来辛苦"交钥匙"的CDMA网以向汶查表示投诚，2亿总比6亿少。

"但员工们会怎么想？这是他们冒着水灾拼命交付的。"Jacob没忍住反驳了一句。

EMT的两人看了一眼Jacob，这家伙在总部有点小名气。

"不送不可能，"地区部总裁拍了拍他，冷静地沙盘推演，"合同规定，尾款达80%，DGG完全能拖着不付，事实上，他们正欠了我们80%的款项，何不顺水推舟做人情呢？"

刘总接了上去："并且DGG找借口，提新增需求，又拒不付款，甚至还能借此制造二次赔款！一直拖到6亿美金。"

"刘总说得对。Jacob，就算你能靠谈判压低赔款，也只是象征性的，DGG总有办法再罚你，泰国所有电信公司都被DGG捏住'特许经营权'。所以6亿美金的天价赔偿，在DGG的眼里，是以整个泰国电信市场来估价的，他们可觉得一点不贵，"地总拂了下桌上的一粒尘埃，叹了口气，“在人家的地盘上，你不先摆正态度，整个市场都没人敢陪你玩！”

地总有自己的算盘：“泰国对东南亚很重要，这个办法就能把6亿找理由拆开，从一年付变成几年付，摊入几年慢慢消化，既保留泰国，又避免一次性大额罚款。”

“不，别拖，”刘总说，“泰国像一个发炎的烂疮，久而不愈就癌变。当年这个案例我们全球宣传，现在友商就会以此负面案例，在全球散布黑材料。而华兴正在欧洲高端市场布局，不能让泰国影响亚太，更不能累及全球声誉！”

这帽子盖得很大，EMT的另一位正在点头表示赞同。

“好吧，我也认同……”地总说。想起来，东南亚今年有几个重大项目在越南、柬埔寨、孟加拉投标，只能靠它们的业务增长弥补失去泰国的阵痛，“说直白些，甲方都怕乙方撂挑子，只有持续的订单，乙方才更听话，但DGG一点情面都没给，说明我们已经出局了。”

400万美金一天，折合每一秒钟就是46.2美金，EMT的着眼点不止于此，两人似乎看到另一些复杂的、精妙的、连锁的风险。

“你看呢？”那位刚才点头的EMT问着这位辛苦“交钥匙”的华兴泰国CEO。

告别泰国，不管内部怎么看，但在外人眼里，那意味着是Jacob的失败。太丢人了，Jacob的自尊心无法接受。一瞬间他脑海里划过很多人和事，他刚进公司时的样子，和他一起培训的同学，在中东北非的日子，他刚来泰国吹过的牛，向客户说过的大话。为了DGG项目，他付出了太多，甚至没见到母亲最后一面，放弃泰国，更会让佩妮家人看不起。

“走了，就坐实谣言，一旦退出，五到八年都回不来。华兴会在整个东南亚连锁性地失去商誉。”Jacob说。

前面点头的EMT正是负责战略的许总，他看着Jacob，这年轻人最终只是一介校尉，能冲锋陷阵，但见识浅薄而自私，绝非有大局观的良才。许总问Jacob，并非征询Jacob的意见，只是让Jacob有心理准备，然后服从撤离命令。

“别空谈希望，”EMT战略体系的许总下了决定，“准备战略撤出泰国。东南亚地区部暂时移到马来西亚。”来之前，他已经考虑了该预案，只是现在启动了按钮。

“一周内拿出具体撤出的计划，”EMT销售体系的叶总，捏了捏Jacob的肩，“撤出处理完，你先回国休息一下。后续再看，有什么适合你的位子。”上次调离中东，也是Jacob与叶总提出的，现在叶总有几分歉疚。

办公室里，泰国员工惴惴不安地猜想他们的最终命运。全球六大片区，十几个地区部，一百多个国家分公司，一位EMT到达任何一个国家都是当地办公室的大事件，而两位EMT同时到来，这就是危险的信号。

会议结束了，关上灯，五人下楼去食堂吃饭。

食堂离宿舍很近，从中国调来曼谷的厨师已经工作三年了，厨师笑嘻嘻地端上为几位领导加炒的几个小菜。

“好吃好吃，辛苦了，为大家在海外烧这么好吃的家乡菜。”许总说。

“不苦，大家爱吃家乡菜，我也高兴。”厨师的老婆又端上来一盆农家小炒肉，她陪同丈夫常驻海外两年。五人嬉笑着赞扬了一番他们的厨艺与恩爱。

待厨师离开，这一桌又恢复了沉寂。许总夹着一片回锅肉，可筷子又放了下来：“泰国也是公司的大粮仓啊……”

周围的员工，也刻意坐得离领导们很远，Jacob低着头，感觉愧对员工。

佩妮从巴黎打来电话，Jacob陪在大领导边上讨论军机要务，他不便接，也不想接。然而在几位领导说话时，他还是一个人走到院子里去接了电话。

“应该没问题。哈哈，佩妮。你放心好了。”

“嗯，那我跟我爸爸提了哦。”

“嗯……再等下！”Jacob压根不知道该如何面对，难道自己要向佩妮的家人示弱吗？

5

公司间的纠纷，如同国家间的对峙。在正式宣布撤退之前，华兴对外辞令只有两种选择：沉默或死硬。当DGG宣布惩罚时，华兴就只能打破沉默，Jacob向媒体表达：“华兴非常吃惊，也无法接受赔偿。因为华兴没有延迟交付，网络已在实际运营，而有争议的部分是因为DGG不派验收小组，才造成拖延的。”

外交辞令之下，内部的实际沟通上还有第三种选择——认㞞。

泰国分公司的三驾马车——工程副总、销售副总和产品行销副总，与两个工作组开始了正面对接。由于撤退计划还是绝密，三位副总不知要撤，于是Jacob给的谈判尺度是“放开手脚”。他不愿意在泰国灰溜溜地逃跑，他一定要争些东西回来！

工程副总与DGG监督委员会的技术组谈；销售副总与DGG法务工作组谈；产品副总则一分为二：技术行销支援工程副总，商务投标办支援销售副总。

技术谈判的会议室里，监督委员会技术组总监颂猜：“水灾不构成理由，华兴延迟交付了，CDMA网络至今没有完整商用！”“交钥匙”的建设周期短，工程量非常大，华兴不惜代价交付，却被一句话否定了。

“我们第一、二期已经在合同规定前交付了。还办了隆重的启动仪式，举行了新闻发布会。”工程副总拿出一张照片和一页打印的新闻，几个月前，Jacob要求开新闻发布会，就是为了在愈演愈烈的局势下留下自我保护的证据。

“请不要把你们的完工，当作网络交付的时间节点！”颂猜看也不看，似乎早准备好对策，“商用才是。”颂猜把一本合同扔了回去，“你们难道没读合同吗？”

“DGG已使用CDMA网络好几个月了，市场宣传，加上营业厅推动，已承载了几十万用户，难道这还不算吗？”华兴泰国无线产品部长说。

“不算，要经过最终验收后的商用，才是真正的商用。”

“我们的网络，经过测试已具备商用能力了。”华兴泰国无线技术服务部长拿出了测试用例，“这份测试用例来源于DGG的初验，而终验和初验的测试结果一致，您的验收团队却迟迟不肯验收。所以是DGG不验收，我们就会违约。”

“不，不是！部分通过，不是完整通过，”颂猜的口气变硬了，手指用力地敲击桌面，“测试是否通过，由DGG说了算。请你尊重事实，不是我们慢，我们很努力了。因为终验涉及的细节问题更多，参数要大量的核对。我要表扬我们的验收团队，工程师们不惧华兴的施压，保护泰国国有资产不受损失，他们夜以继日，非常负责！”

颂猜的回答，虽然官僚虚伪，却没有漏洞，华兴无法突破。

另一个房间里，是法务合同的谈判。监督委员会法务组总监是一位女性，叫帕亚：“这是你们当年白纸黑字签的！”

华兴投标经理一看就发冷，当年竟是这么签的——“签订合同后，下PO内90天，支付首付款5%；工程期间不付款；初验后60天内开发票，180天支付15%；终验后60天内开发票，180天支付80%。”

这条款极为不利，大笔费用要垫资，极为被动。

“初验、终验、付款等待期，出现任何一次网络指标问题，付款所定义的时间要重置清零，从头计数。”华兴售后运维总监看着一头是汗，且不说验收的标准掌握在DGG手里，就算验收后，还要几百天的等待期，这些都能让人前功尽弃，合同的坑之大，钱恐怕是收不回来了。常规的网络交付都不敢这么签合同，更何况“交钥匙”项目。

“可即使不通过验收，收不到款，也不应该有这么高的罚款。”华兴的商务经理说。

“你再看一下总章中1.27条款，算了，我来给你读一读吧——‘任何乙方造成的问题，甲方有权以甲方认为的损失，要求乙方全额赔偿’。”帕亚把一份计算损失的细节给商务经理看，商务经理一看，心中愤怒——帕亚故意只给出泰文版，而不给英文版。

“罚款按照国际惯例，是由总合同的百分比做日息赔偿，会对罚款做封顶，一般不超过主合同价值的20%！”商务经理努力挽回。

“哦，你倒提醒我了，我忘记加这部分的赔偿了。”帕亚拿回了合同，在电脑Excel里又重新计算起来。

看样子，她就是咬死了要赔款，一处能降，她就要在另一处翻倍升。

“请您说明，我们错在哪里？到底哪里是你说的‘乙方责任’引起的？”

“你看看这个，基建的质量东倒西歪。”帕亚扔出一沓照片，是技术小组所拍的照片，照片中是地基、房屋、铁塔、管线和电力等。

“这个标准太高，是城区标准，不能以此设定偏远地区和山区标准。”投标经理说。

“这我不管。”帕亚说。

“等一下，”华兴售后维护总监仔细核对着，他对每一个基站站址都了如指掌，“这个应该是编号S235号站址，”他打开一张Excel表格，上面列有每个基站的经纬度、站点资料，“帕亚女士，这张照片应该是几个月前拍的，我们已经做过整改了，您看这一份。”

帕亚似乎被反戈一击，又提出新的问题，面对售后维护总监，她要找一个基建质量之外的东西：“你们的CDMA模块，承诺是含有3G功能的，这个部分你们没有交付！就是这个。”

商务经理回应：“但这是我们的附赠功能，不该按主合同一起作为同一交付时间。”

“这我不可管，我不是技术人员，不要跟我说这些。”

“这不是技术问题。这是合同问题。”

“我认为就是！”

简直强词夺理。商务经理低着头，问外聘的法律顾问：“如果我们不认可，你觉得我们能打赢官司吗？“

法律顾问摇了摇头：“光泰国的宪法就改了十几个版本，其他的法律更加不成体系，你要是被军方盯上，最好是协商，而不是上法院。”

少将的办公室里，少将看着那两间透明的会议室，说：“谈得很辛苦啊。”

Jacob坐在少将办公室的沙发上：“给我一支雪茄吧。”

“哼，好啊！”素帕猜少将笑了笑，递给他一根古巴的Cohiba五号，“知道为什么切·格瓦拉和丘吉尔喜欢雪茄吗？他们压力太大，雪茄有助于减压。”

一会儿就轮到Jacob了，他将直接面对监督委员会主席——安育塔少将，他是汶查一手培养的嫡系。

今天是两位EMT要求撤出的倒数第二天了。可Jacob一直拖着，试图在斡旋中找到最后的方案。他抽了几口雪茄，咳嗽了几下："少将，我得去洗手间，太辛辣了。"

"好的，走廊尽头。"

Jacob嚼了个口香糖，却没有去洗手间。他走到走廊尽头，从紧急通道再爬上一层楼，去找汶查中将的办公室，雪茄只是障眼法，他不把方法用尽决不罢休。

楼上十分安静，第三间就是中将的董事长办公室。他往前走过去，一个士兵把守在外，而且办公室是一个套间，外间是秘书，里间才是汶查，他还得想办法突破。

他往前走着，忽然楼道中间的电梯门叮咚一下开了，有一拨西装革履、拿着高级公文包的人从电梯里出来，他们有说有笑，如入无人之境地走进了汶查的房间。

从背影看，有两个泰国人、三个西方人。在泰国，西方人担任高管的很多，但那两个西方人的背影有点眼熟。

他想起来了，那是FRAN科技的泰国总经理和东南亚总裁。在华兴进入之前，FRAN是东南亚通信设备领域无可争议的王者，长期垄断着亚太业务。不单如此，这家栖身于美国西雅图的公司，更是全球行业公认第一的超级巨头，引领世界网络技术的走向，长期以来，华兴在技术战略上也一直跟随着FRAN的脚步。

而这四人中的C位，却是一个陌生的西方人背影，那人高大强壮，金色卷发，风度翩翩，气场沉稳，散发着亲和的魅力，却又夹杂着一丝不容拒绝的强悍。

当他们转进去时，只有那人留意到了背后有人，他回望了一眼Jacob，Jacob仿佛被通了电一样，被对方震慑到了，如同中量级拳手突然面对一个超重量级的世界拳王。

FRAN和汶查显然是有预约了！Jacob知道自己没戏了。他回到了楼下素帕猜的办公室，直接问道："今天有FRAN的人来？"

"是啊。"少将先是吃了一惊，然后很快就明白Jacob上楼了，他已经很了解Jacob。

"有一个陌生人来了。我能问下他是谁吗？"

“FRAN全球高级总裁，帕特里克，他是原来拉美片区总裁，两年前升任全球高级总裁，主管全球销售。”

Jacob把手指放在唇边，为什么DGG能这么有底气要赶华兴走，看来FRAN已经主动来找他们了，是来承诺接管吧。

等一下！一个念头划过他脑海，刚才，他的手下与DGG的“监督委员会”交锋中，他明显感觉DGG的谈判能力比一般泰国企业要强了很多，但照理说，国营企业在技术和专业素养上是不及私营企业的，这种反常的背后，令他怀疑有高人帮他们演练——难道是FRAN在最初就参与进去了？

“FRAN最近常来吗？”他问。

“帕特里克最近常来。”少将说，只要Jacob想得到，他也从不隐瞒，“时间到了，你该去了，我祝你好运。”少将拍了拍他的肩膀。

“于先生，委员会根据董事会指示，需要调查当年华兴与DGG投标中是否有舞弊案，请您配合。”安育塔少将发话了，他的左侧是一个书记官，右侧是另一质询者。

在泰国一般商贸生意都有15%～20%的浮动费作为好处费，这很常见。因此，安育塔显得信心满满，既要抓华兴，又要抓上一任DGG的管理层。而Jacob很难处理。

“两年前，我还没有到，但我会把我知道的情况如实告知。”

“请您介绍一下，为什么这个项目会这么浪费，要做到全泰国？”

“泰国国家邮电部被分拆，DGG要‘政企分开’，把DGG的‘电信特许经营权’剥离给‘国家电信管理委员会’，而DGG转变为一家自负盈亏的企业。为与私营电信公司竞争，DGG计划要启动‘全国覆盖’，因为泰国大多数的运营商只在曼谷、春武里等人口大区有信号。”

“自相矛盾，既然要成为一家彻底商业化营利的企业，就不该做这种带有公益色彩的国有企业的行为。”

“‘全国覆盖’是为了建立一种差异化优势，避免恶性的价格战。”

在安育塔少将眼里，总理是在故意讨好偏远地区的普通百姓，寻求选票，然而这浪费了太多国有资产为自己做嫁衣，他说：“你说的倒佐证了另一件事——DGG当年成为企业后，按原计划要IPO上市，然而失去了‘特许经营权’的保护，又无法竞争过私营企业，尤其是这个‘交钥匙’项目后，陷入亏损。其目的，就是做低国有DGG的资产，再让私人财阀抄底收购，这非常可恶。”

“而你们支持了这一计划。”安育塔把一份厚厚的资料在手里晃了一晃，这是两年前的网络建议书，但那只是投标文件之一，每一个参与投标的公司都要交。Jacob顿然皱起眉头，不知这位监督委员会主席，是故意还是无知。

“另外，为什么建议书同意选CDMA技术？现在主流的不是GSM和WCDMA吗？这已造成了严重损失。”委员会主席继续打压。

“这我不清楚。”监察官僚最擅长事后诸葛亮了。

“为什么当年中标时，总理还亲自出席？”安育塔拿出一张照片，总理到达现场，宣布华兴中标。

见Jacob被问蒙，安育塔直接深入到核心问题：“请解释一下，为什么报价中标要2亿美金之多。我手里有一份各电信公司的采购数据，证明通常项目报价不会到那么高。你们是否向相关人员输送了利益？”

“给我看一下。”Jacob深呼吸着，脑海中飞速地搜索，而安育塔则有几分胜利的快感。

“您知道为什么和以前的单价不同吗？”Jacob抬起头，用泰国人难以接受的反问语气，“这是泰国电信界有史以来第一次做‘交钥匙’项目啊，‘交钥匙’能和普通工程的单价一样吗？”

主席被问得很尴尬，这是一个低级错误，然而他竟然没注意。书记官也抬起了头，看了看现场，不敢把这段交流记录在内。

“我来跟您讲一下当时的情况，原先DGG参照欧美企业的报价，以4.1亿美金做预算，但华兴加入后，把项目压到了2亿美金，使得竞标打成了地板价，我们怎么可能再有腐败的空间呢？您别忘了，华兴至今只收到了20%的工程款，连设备、工资和分包商都是华兴垫付的。我反而想问您，什么时候能够支付项目设备和工程款？”

安育塔被问得哑口无言。

“我来说说为什么我们能中标吧！当时，有六家公司被邀标。美国的FRAN、美国的Molu、韩国的三晟、欧洲的诺阿、中国的众信和我们华兴。

“三晟通过一家泰国代理公司参与投标，而众信也与另一家代理公司合作。在第一轮技术标时，大家鏖战了三个月，最终韩国三晟、中国众信、欧洲诺阿出局了。

“我想，三晟和众信出局的原因，就是DGG为避免‘代理人’可能有‘白手套’的嫌疑，主动规避了腐败。至于诺阿，它是欧洲企业，欧洲主导的是GSM/WCDMA，技术上确实不如发明了CDMA的美国企业。因此，美国的Molu和FRAN被保留到第二轮的商务标。

至于保留华兴到第二轮，这说明华兴肯定过了技术关，DGG一定是想用华兴的价格冲击一下FRAN和Molu。只是FRAN和Molu不愿意跟进，华兴最终才以超低价中标的。我想提醒您，当时递最终商务标时，采用了最公正的‘电子竞标’，现场大屏幕能直接看到三家的实时出价，不可能黑箱作弊！至于您说的总理出席，我倒要讲呢，当时美国大使、中国大使也都在电子竞标现场出现了，总理外事接待，有什么问题？”

当华兴在与DGG两个工作组交锋中落于下风时，Jacob勉强扳回了一局。然而，说着说着，一个怪异的联想在Jacob脑中一闪而过——FRAN也到了最后一轮，而刚才又见到了FRAN。

他偷偷地翻阅一份笔记，吃了一惊：当年电子竞标中，FRAN不但报了低价，而且在最后几轮里一直疯狂跳水，甚至低于比它口碑还差些的Molu，华兴仅以10%的价格优势险胜！

他觉得这太不可思议了，FRAN这种顶级大牌公司，一直做人口密集的大都市，正是“价值市场”，是“肉食者”，一旦以此价中标，不等于破坏了在东南亚地区的价格水准吗，是要吃草吗？

Jacob悄悄收好笔记，万一安育塔知道这些细节，一定又要质疑华兴并不便宜了。然而安育塔被说得十分气愤：“明天再谈！”

可明天，如果安育塔与FRAN一沟通当年的情况，Jacob就扳不回来了。而明天，是EMT宣布撤出计划的最后期限。Jacob离开了会议室，给地区部总裁打了个电话：“能否再宽限两天？当年的投标有蹊跷。”

地总又何尝想走呢？但这件事只能做个干脆的了断：“明天上午你还搞不定，我们下午就要宣布。”

Jacob挂掉了电话，素帕猜从他身边走过：“你把安育塔折磨得怎么样了？”

“那你得去问他了。”他一贯沉着地笑了笑，连少将也没看出蹊跷来。可实际上，他着急得像热锅上的蚂蚁，他必须赢回自尊和证明佩妮的眼光。现在就像42km的马拉松进入了最后一公里，前面却还有100个人，他的肾上腺素就像水龙头一样浇灌着全身，燃烧起来。

现在，只有了解两年前DGG的项目运作和投标全过程，才能找到破局之处。可当年参与投标的人，有的回国了，有的去了地区部或片区，这些人他不熟悉，也不便直接沟通，以免地区部和片区认为他要搞幺蛾子。

自己的三位副总也参与过当年的投标，但他们正和DGG激烈地沟通，只有张舒一脸败相地先走了出来，他看出了一丝端倪：“Jacob，怎么了？”

“没什么，你也辛苦了。”Jacob按住张舒的臂膀，然后走了出去，这让张舒大感意外，这可是Jacob第一次对他说出那么有人情味的话。

“喂，是施总吗？”Jacob拨通了一个电话，是华兴在商业上的一个重大对手。

“于总，稀客啊，这是你第一次给我电话。”众信泰国分公司CEO回答。

“我想拜见您一下。但不想在您公司，人越少越好。”

6

已是下午4点了。他们约在了游客聚集的考山路附近。

喝得半醉，穿着麻质背心、花裤衩，身上飘过一阵大麻味道的西方青年在这里享受着Gap year。东方学生情侣的背包客则拿着旅游指南书，寻找着网红咖啡馆。街头小店里，最近因为局势而少了些生意，纹身店老板百无聊赖地抽着电子烟，做“雷鬼脏辫”的发型师则把牙买加音乐放得震天响。

轰轰轰，一辆摩托车在川流不息的交通中，脱颖而出，停靠了下来，几分钟后，另一辆嘟嘟车也到了。

“你为什么选这儿？这个点，到这里开车太不方便。”施总37岁，微胖，头发少了些。

Jacob摘下头盔，挂在车把上："这块儿是国际游客区，没有红衫军和黄衫军闹事。"

施总笑了笑，猜想Jacob恐怕为了低调，故意不想让自己坐公司司机的车，以避人耳目。30多摄氏度的天，他俩在一片圆领衫的街道上穿着西服，显得格外突兀。

走进一个弄堂，有一个小庭院，里面有罗望子树、喷水池，这家店叫"灰猫"。他们坐下来点泰式奶茶，施总反客为主起来，还带着挖苦："你最近很惨啊！"

众信和华兴是中国两家最优秀的通信科技公司，中国早期通信业的六大公司，只有这两家生存了下来，并在海外直接建立代表处。而另四家，则在与西方企业的竞争中，逐步衰亡。

通信科技非常残酷，不但在科技上不能踏错节奏，更讲究"规模效应"，需要在全球范围内竞争，因为只有把规模做大，才能降低成本。因此竞争绝非只存在于中国与西方企业，华兴和众信两家中国企业更因为彼此熟悉，套路相似，在海外搏杀得异常凶狠。因为目前阶段，海外运营商只能接受一家中国供应商的存在。

"我要是走了，"Jacob给了施总一根烟，用火柴点上，"那你要不要感谢我？"

"切，我是那种记仇的人嘛，而且当年又不是你投的标。"施总吐着一口烟。

"那是谁？"Jacob用刚才的火柴也给自己点了一根，火已经烧到了他的手指，但他没有叫嚷，"当时到底是什么情况？"

现在不比往日了，竞争也要看大气候，施总也放下纠葛，决定做一次复盘分析。

"三年前，DGG决定转型，从有线固网的运营商，自建一套移动网络，我当时就觉得奇怪，泰国多数公司都用GSM/WCDMA，DGG为什么要做CDMA网络。CDMA虽然好，但也因为生态链问题，很小众，不及欧洲2G的GSM/3G的WCDMA普及。除了美国和拉美国家在用，还有就是中国。因为中国20世纪90年代'加入WTO'的紧迫需要，在与美方的谈判中，作为对价，中国电信也用了CDMA。

“我当时觉得，和美国关系好的盟国会被迫用CDMA，这有点像军事采购美系装备一样，盟国得买点美国的波音飞机，换取政治利益，而泰国正是美国长期的伙伴。你看泰国当年经济腾飞，可离不开美国的全球化。DGG作为泰国企业，倾向美国的CDMA，倒也不奇怪了。”

“您的奶茶。”漂亮的女服务生打断了施总。而隔壁几个老男人正在讲晚上要去芭提雅看人妖秀，然后再去“大浴室”和“GOGO BAR”好好风流一把。泰国佛教与风俗业都举世闻名，看起来十分矛盾。但施总和Jacob都知道，20世纪50年代至70年代，美国在泰国驻军，形成了大量为美国大兵服务的色情业，并保留到了今日。两人心领神会，也没有说什么。

“你没有疑惑？”Jacob问。

“疑惑啊，泰国虽然靠美国实现经济腾飞，但也是美元回流引发了泰铢汇率的崩盘，在1998年的亚洲金融危机，泰国被华尔街资本削弱了，一部分人严重不满。而旺达总理那时担任部长，在他的带领下，泰国慢慢走了出来。所以，泰国完全有底气，不选美国的CDMA网络制式。”

“所以，我一直觉得CDMA是被强行引导的。你觉得呢？”Jacob往前凑去。

“现在回想，我觉得是的，FRAN曾告诉泰国当局，建CDMA网络能与其他私营运营商GSM/WCDMA有差异化竞争。但当时我没想那么多。我还巴不得DGG采用CDMA呢！”因为众信承建了中国大量的CDMA网络，其在CDMA产品稳定性和工程案例数量上，远胜华兴，施总说，“我司的策略是以CDMA为支点，撬动海外业务的，所以在竞合策略上，我们与美国的FRAN和Molu在技术建议上是站同一边的。”

“我本以为，DGG一战，我们势在必得！”施总当年的意气又上来了，一拳头砸在桌上。

Jacob点点头：“可你们在第一轮技术标出局了，这让我很惊讶。”

“按理说，是该你们出局！当然华兴的竞标战斗力确实非比寻常。”

“你们唯一的败点是——与当地代理人合作，联合竞标！”Jacob拿出一支笔，画下当时的竞争格局和合纵连横，最后他画了一个大问号，“我找你，就是问你当时为何这么干？”

“唉，东南亚往往是中国海外商业拓展的第一站，但东南亚做生意，透明度不高，用代理人也可以。那一次，是我刚到泰国的第一个大项目，有人牵线主动找上来，这人在当地经营过电信业，有威望有钱有关系。众信初来乍到，也需要‘朋友’。况且，韩国三晟也用了代理人，我当时觉得我的价格比美国的FRAN和Molu要好，CDMA技术比华兴和诺阿有信心，所以真正的对手是韩国三晟。而三晟找了一个代理人，如果我不找代理人，我就可能输。”

“谁告诉你三晟和代理人合作的？”

“当时这个大标价值4亿美金，市场上风声很多。”

“所以，三晟也可能是收到了你和代理人合作的消息，才使用了代理人。”

施总深呼吸，眉眼微皱：“是的，当时只有风声，但时间的先后顺序都被模糊了……”他陷入思索，“结果……”

Jacob替他回答：“结果DGG怕被认为存在腐败，最有竞争力的两家公司都因为代理人问题，被一票否决出局。”

施总回过神来：“是的！而欧洲的诺阿更擅长GSM/WCDMA，像是来陪标，按规则，第一轮技术标，我们三家出局。你们因为有价格优势而被保留到商务轮，用来杀另两家的价。”

两人分析下，当年的情形被逐步还原，代理人显然是一个局。而这个做局者自然是进入第二轮的三家公司之一——美国FRAN、美国Molu和中国华兴。考虑到华兴是受害者，就只剩Molu和FRAN了。

Molu在美国和国际市场大量依靠FRAN，而在中国市场和华兴有深度合作，Molu主动坑华兴的事情是不会干的，但难免会被FRAN牵制。所以，这一切背后指向了FRAN。

联想到那“代理人”早年就参与了泰国电信市场，那时是FRAN独霸东南亚的时代，他们与FRAN是老关系了，一定是有密切联系的。

“FRAN做了局。”——这答案更令施总不寒而栗，“当时我还奇怪他们干吗要做这种偏远农村地区的亏本项目呢。”

“你也参加了最后电子竞标的现场观摩了吧？”Jacob继续问。

“是的，当时为了保证公正，把淘汰出局的公司代表也叫了回来。出席的还有泰国电信管理委员会主席、信息产业部部长和美国大使，而总理是在最后开标后才来宣布的。”施总拿出香烟，Jacob再次给他点上。

“因为是‘交钥匙’，FRAN也是第一次在东南亚做这么麻烦的工程。”

“这也是华兴在海外第一次做那么大的项目，你们内部也极为重视，派了不少人。”

“先跟我讲一下电子竞标的细节吧。”Jacob说。

所谓电子竞标，是针对商务标的报价环节。比起纸面交标的焦虑感，电子竞标现场出结果则更刺激。

“电子竞标时，三家公司的报价人员会被关在三间透明隔音的会议室。进入后，一律没收手机，使用专用电脑，以免作弊。而观摩大厅里，三家的出价会实时传输到大屏幕。同时，三间会议室有小电视，也能看到另两位对手的出价。而电子投标中取胜的关键是，你要预演对手的N种出价，模拟出应对策略。”

“因为每一次报价都得复杂地测算，不同的配置报价、不同的组合模式、不同的软硬件搭配，都有不同的价格授权。但这么复杂的大项目，一定是到总部测算的，基于区域价格线、历史价格线、吃水线、利润池、回报周期等。我看过产品行销部的授权，每一次测算简直是这些投标经理的噩梦！”Jacob说。

“是的。不可能现场测算的，中国总部对接不了高频度的来回出价。但是当时我觉得你们还有胜算的，毕竟，FRAN在明、你们在暗——FRAN在东南亚深耕多年，你们总能拿到FRAN的历史报价，探出他们的底牌，而且FRAN的出价有很多顾忌。你们是容易预测模拟的。”

“对，我也这么觉得！”

施总吐着烟：“但是那一天局面全乱套了。我看得出来，你们最后的人都是慌了神的。”

那一天，电子竞标一共两小时，第一轮报价：

号称4亿美金的项目，Molu报3.85亿美金，FRAN报3.7亿美金，最后一个出场的华兴把价格拉到3.5亿美金。

这一轮除了FRAN报价出乎意料比Molu还低，但总体正常，然而随后FRAN开始乱出牌，拉到了2.95亿美金，突破了3亿美金的心理关口。

电子竞标气氛令人窒息，华兴总部也无法精密测算，一切更多的像是一种意志的搏斗。三方不断将价格下探。

最后一轮开始了，三家先是按兵不动，到了倒数30秒，大家开始疯狂降价，Molu的代表在最后10秒钟狠心写下了2.45亿美金，而FRAN更是举出了震惊的2.1亿美金，而华兴为拿下这个饱含重大意义的项目，树立全球标杆，不惜大亏血本举出1.97亿美金。这个价格震惊了泰国电信界。

“其实，我不太看好。这价格，我们根本做不下来的。但你们已经杀红了眼，估计总部都已经放水放到脱底裤了。”施总有一些庆幸自己早早出局，“你们都忘了，这次投标的商务条款都是格式合同，想要参与第二轮电子竞价的前提，就是无条件遵从所有的商务条款。你们今天的坑，就埋在这里了。”

“我想问你，这个项目谁最早参与？”

“FRAN。”

“谁参与的最深？”

“FRAN。”

“谁‘标前引导’（正式标书以前，引导影响标书条款）做得最好。”

“FRAN。”当第三次说FRAN时，施总的口吻也变得惊异了，难道这个标是FRAN做局送给华兴的？“Jacob……”

“别打岔，我先问你，你认识FRAN里叫帕特里克的人吗？”

“不认识，东南亚地区里没听说过他。”

Jacob在FRAN官网上和LinkedIn上搜索，找到了一张照片。施总皱起眉头：“我好像记得，在观摩大厅里，他也在。”

Jacob沉默了。早年这个局就是FRAN做的，但动机呢？知道华兴拦不住，故意放进来，用华兴不熟悉的CDMA，又故意引导一个连FRAN自己也不做、极难的“交钥匙”类型，然后又在商务条款里挖坑，最后一轮乱报价，逼华兴跳死局。这就像是冲着华兴的一场谋杀。

只是FRAN没有预料到，Jacob的到来，还真的把网络给交付完了，哪怕是面对去年的洪灾。

又下雨了，雨季的下午总要迎来一场暴雨，施总躲进了室内：“那一轮，放开了历史包袱束缚的FRAN，变得无比强悍。但只要你们华兴因交付失败而被赶出东南亚，东南亚的价格就又会回归正常水平。Jacob，我不觉得FRAN能预测到泰国政局，但他们一定不会浪费这个干掉你们的机会。”

是的，FRAN不会浪费这个机会，于是又找到了CDMA 3G这个事情上，说华兴交付不完整。而新一届DGG领导班子，有了FRAN的支持，就有了大动干戈的底气，开6亿美金的天价——华兴已把基站最难最贵的基建工程都做完了，剩下的电子设备大概也就只值5000万美金，这6亿足以支付FRAN的新设备，替换掉华兴的设备，哪怕从CDMA改制为GSM/WCDMA，也绰绰有余了。这样，汶查既否定了前一任，又获得了大量建设资金，是一大功绩。

所以，FRAN帮助DGG一起找寻当初埋在合同里的陷阱，就是要把华兴赶出泰国，乃至东南亚。

外面已经暴雨倾盆，施总问他：“你想怎么办？”

Jacob看着窗外，水滴斗大，简直似冰雹：“我也不知道。”他知道，地区部已经箭在弦上，不得不撤。但他还是转进洗手间，给地总电话。

“So what？我们已经中计了，你以为就你看穿了？Jacob，你不要搞事！这件事的决策权不在你，不在我，也不在刘总，这是EMT的直接决策！”

已经是晚上6点了，他们在“灰猫餐厅”吃了点东西，这恐怕是他在泰国的最后一顿晚餐了。施总一看表：“兄弟，真不能陪你晚饭了，保重吧！”

大雨过后，施总离开，Jacob推着摩托车，寂寥地走着，直到感觉虚脱时，他随便在一个路边摊坐下，点了一份鱼丸米粉和Pa Thai。

一个中年男人为他上了菜，他吃着吃着，听见中年人和老家人在讲话，他大概能听懂一些，应该是问候家人。抬头一看，那人拿着DGG贴牌的华兴CDMA手机——这是他建的网络。可这一战后，华兴将被FRAN连根拔除。

佩妮的电话打了过来，正是佩妮上课的午休时间：“在干吗呢？”

“我在吃晚饭。”

“呵呵，我在吃午饭。告诉我你吃了什么。”

“泰式炒米粉。”

“说不听，怎么老吃纯淀粉呢？”佩妮的声音格外温柔，安抚着他，“不是说要好好照顾自己吗？看来没有女人照顾，男人是没法独活。对了，你最近如果有回国计划的话，我想带你跟我爸妈宣布了。我不想再等了。”

嗯，回国吗？但Jacob的自尊心，决定了他绝不能接受自己以失败者的身份回国，他忘不了她爸爸的语气，也忘不了在汶查门口那位高大的帕特里克的眼神。

“你不允许说‘不’哦！上次你可答应了。”她说。

“嗯，好……好的。”

晚上9点，他在自己的宿舍里发呆，从高耸的现代化公寓里，凝望着曼谷的繁华夜景。他摸着落地玻璃，就像抚摸这座城市。忽然，他摸出手机：“素帕猜少将。我……”

少将像是知道了Jacob在劫难逃：“需要我陪你出来吗？”

“好的，也许我得走了。”

少将沉默了一会儿：“行，老地方钓鱼吗？”

“不，我不想钓鱼，最近我一条也钓不上来。我今晚要放肆，彻底地放肆一把！”

“行，我今天陪你到天亮，你想要去什么样的场子，找什么样的姑娘，我都给你找。”

“不。”

“……你要找汉子吗？”

“别开玩笑了。我想去靶场射击，我想开枪！”

“行！走吧。我来接你。”泰国允许公民持枪，也有政府和私人的射击场。但晚上只有高端的室内专业射击场，军人是可以进去的。

7

室内射击场，白炽灯通明，空调开得很足，门口摆着神射手的纪录和照片。这里十分高档，是高级军警的训练营。

登记、选枪，接着是等待。他在隔音玻璃外，里面有12条射击廊，有点像保龄球馆，远处是靶子，只是墙和隔板都是黑色的。有几个教练坐着，他们一身专业服装，戴帽子、护目镜，脖子上挂着隔音耳罩。

他看着一张照片，看了很久。

少将问他："你开过枪吗？"

"呵呵，"Jacob鄙视地笑了一下，"我在中东待过。"他去过伊拉克，那里手榴弹都能买到。但真开枪是在科威特靶场，去那里玩只因为中东N年的生活实在太枯燥。

步枪50米射击，他坐着打靶，10发都在九到十环之间："看来，我的情绪还算稳定。"

少将笑而不语，过了一会儿，他拿起步枪，瞄也不瞄就枪枪十环："步枪射击是最简单的，枪身固定、枪托顶肩、后坐力小，还有瞄准镜。50米内，就是十岁孩子都可以打十环。"

"最难的是手枪，"少将给了他一把沙鹰、一把左轮，"五米内都会脱靶。不然就开老子一枪，让你泄愤。"

"你说的！"Jacob说。靶子从50米沿着轨道，移到5米近，砰砰砰，每一声巨响超过了步枪，后坐力大得让他无法掌控，开一枪枪头就上翘，一不小心会伤到自己或隔壁。

"果然每一枪都脱靶了，"少将拿来靶纸一看，"Jacob，你输了，就认输吧。"

输，他就没有一个"输"字——"我最后一个愿望，让我开一下大火力美制器械。"

这种违禁品，一般不会拿出来，但少将好歹也有点面子。搬出来一台机枪，机枪需要有人帮他拖住弹药。而机枪射出的每一颗子弹都很贵，这一次射击要数百美金。

"啊！！！"Jacob狂喊着，子弹与火苗喷泻而出，很快他的喊声就超越了子弹的声音，让戴着耳罩的人都被吵到，原本的点射也变成了连射。最后令人吃惊的是，他竟然扫射起来，靶场一排12个靶子都被他全部打穿，一次彻底的大满贯。

这举动太恐怖了！射手和教练都害怕了，以为这疯子要杀人！众人把Jacob按倒在地。这让他意外地成为了今晚的射手之星。

“过瘾了吗？”少将又怕又怒，他把12张打成纸花的靶子扔给Jacob，“回家吧。”

路虎载着他，一路开到曼谷的街头，纷乱杂陈，上等人、中产者、农村打工者，还有那个7-11门口卖烟的阿婆。有人住得很好，有人光鲜亮丽，有人吃着垃圾食物。

“有些人做事，为什么这么流氓？”

“生活的真相就是这样，不流氓一些怎么行。”少将一边开车一边说。

凌晨1点，他到家了。Jacob重新回到宿舍，他自己的独间很大，有180多平方米，这是给领导的，只是妈妈和女友都没有来过。他坐在窗边，看着月亮挂在曼谷的夜空，他渴望着自己能够和别人一起住。

他打开大门，站在张舒的门外，迟疑了半天想要敲门。他知道，接下去他想做的事，将是一条不归路，这件事，他不可能和佩妮去说，但他太需要找一个人去诉说，哪怕张舒不怎么靠谱，但这是他唯一还能信任的人了。

忽然，张舒打开了门。他听到了电梯声，也知道Jacob这几天都晚归，Jacob是不可能去鬼混的，他只是四面受敌，心情极度低落。

张舒指了一指，轻轻地说：“去你家吧。”因为张舒的公寓里还有其他同事住，不便讨论秘密。

张舒拿了一瓶单一麦芽的威士忌，坐了下来。他已经知道公司要撤离泰国了，这本是他所期待的，然而真到了这一刻，他也变得无比难过。

两人喝了一会儿，他俩第一次交心。Jacob把他的想法告诉了张舒，张舒听得很惊讶：“不行啊，于总，你这样的话，就完蛋了！”

“但我觉得有希望。我们才能掌握主动权。”

“我才不关心公司，我是说你自己！你的未来！”

“怎么回事？”

“哪个女孩子会愿意这样，你要让她空等吗？”

“难道女孩不希望男的能够成功些吗？”

“老大……”张舒不知道Jacob是不是醉了才想出这个计划，这等于把自己逼上了绝路。但如果他是女的，即便贪图功名，也绝不愿意找Jacob这样的人。他甚至想到了自己的妻子也在国内受着相思之苦，真是悔叫夫婿觅封侯。

“呼……呼……”Jacob趴着睡着了，这几天他太累了。张舒看着他，眼睛挂着一滴晶莹的东西，他的选择总是那么怪异，说他聪明吧，他总又显得那么笨。算了，就让他酒后把梦话都说了，过了今天，一切也就都好了。张舒轻轻地关上门，回到自己对面的房间。

大约凌晨6点，公鸡叫了，僧人出门乞食了，太阳又升了。早上8点30分，张舒打算今天陪着Jacob一起上班。可是敲了半天门，门没有开。他以为Jacob出事了，紧张却又不敢声张地找物业帮忙开门。结果，Jacob已经离开了。

最后一天的上午，地区部毫无征兆地收到一条突发新闻——“驻当地大使馆介入，华兴莅请大使调解纠纷。”

片区和地区部极为震惊，急Call Jacob。EMT也十二个电话追身而来，可没人能联系到Jacob。张舒着急得不得了，挨了不少批评，直到下午3点，张舒才找到了Jacob。

“你看你做的什么好事！说过纪律吗？”刘总勃然大怒，“我们在商言商，你个大傻×，把商业问题复杂化！公司公关要有一盘棋的！”

Jacob没有说话，任凭总部、片区和地区部对他如疾风骤雨般地批判。他也知道这道理，但是他还记得昨晚地总说：决策权，不在他。而地区部、片区、总部官僚都不顶用。攘外必先安内，只有这样，他才能把事件的控制权重新拿回自己的手里——因为事情闹大了，撤出计划肯定暂时取消，此外，也没人敢接手这个烫手山芋，短期内也只能任由他做主。

其实，他很早以前就与驻当地大使馆商务参赞沟通了，但今天，他下了决心：“刘总，请给我3～6个月时间，我一定能解决。我说到做到！”

“你说得就像放屁！”刘总骂完，却也无可奈何，这时聚光灯下，华兴是不能动Jacob的，否则只会显出华兴的错乱无序。

而这时，DGG对外宣布：临时搁置对华兴此前的处罚决定，并同意与华兴协商解决。这印证了Jacob的计划有其可行性，他也得到了临时的保全。

然而，汶查的内心是无比震怒的，眼前的决定无非让他对上头好交代一些。很快，汶查的报复会如暴风雨一般摧毁华兴泰国分公司。

Jacob只有一刻的喘息，这一刻会有多久？一周，至多一个月，只要新闻热度和大使馆的面子一过去，便会加倍地绞杀回来。Jacob必须在这个窗口期做好新的准备。

新一轮的谈判开始了。通读标书后，Jacob要求谈判团队，封住其他路口，像口袋战一样，引导谈判的关注点留在唯一一处：华兴认可商务条款中的赔偿责任，也认可赔偿不设上限，但是华兴不认可项目逾期。

这符合事实，符合商业道德，也没有理由做巨额赔偿。Jacob相信，FRAN必然会给DGG支招，他猜到FRAN只会给出一个理由。

果然不出所料，监督委员会渐渐把重心放到了：CDMA模块承诺是含3G功能的，而华兴提供的只有CDMA 2G和CDMA 2.5G，因此工程不完整。而华兴认为：主合同的交付时间只规定了2G和2.5G版本，3G版本的CDMA是免费附赠，不受主合同影响，因此工程是完整的、不逾期的。

双方汇聚于这一点上争执。尽管华兴曾在补充合同里做过解释，占据了上风，但Jacob认为必须在打一阵攻防战后，见好就收，主动放弃防守，承诺满足客户需求。否则DGG将恼羞成怒，一旦暴走矛盾就会再次分散化，不利于和解。

同时，Jacob也“挟天子以令诸侯”，用DGG的怒火反向压总部研发，要求开发已拖了一年的CDMA 3G模块。他相信一旦交付CDMA 3G版本，客户就找不了麻烦，而这整件事就有了一个新的和解基点。

自驻当地大使馆出面，已经过去了十天，相当于省下了4000万美金的罚息。DGG剑拔弩张，Jacob只能斗而不破，然而日子一天天流逝，大使馆的威力在削弱。

一个权力在握的人和一个耍性子的小孩一样，一旦有了欲望，时间越久却拿不到，就会变本加厉。20天过去了，到了三月的月底，而月底往往就是心理关口，也是耐心的极限。

8

多方电话会议。

“现在，我们能不能免费送客户一套CDMA 3G网络？”泰国销售副总张舒说。

“软件是免费的，但问题是我们CDMA 3G版有硬件了吗？”泰国产品行销副总问。

“有，按两年前投标时，规划部的CDMA路标，去年就该有3G版的CDMA硬件了！”总部投标部翻阅电脑存档的投标资料。

“这个硬件还没上版本呢……”总部产品规划部部长表示。

“说好的规划，怎么能换呢！”总部投标部长大怒。

规划部也不满了：“我早说了，路标每季度都会调整，变化可能是研发资源不足，可能是调整优先级！你当时也只是‘后手’以备万一，又不是确定了一定要上。”

“别争了，现在就做的话，要多久？”张舒打断着。

“六个月。不，八个月。”CDMA研发产品线总裁想留一些余地。

“最多给你三个月研发。”Jacob冷冷地说。

“什么？”总部几个人大叫起来。

“你刚才说了六个月，”Jacob说，“我们问的六个月是交付，必须包含新硬件的生产、运输和安装调测的时间，而不是你自己的研发。”

“这怎么行！”总部感觉又被他坑了一把。

正当Jacob要回复，张舒倒先跳了出来，呛了总部：“客户会管你是研发时间吗？人家只看你最终交付时间！要不，请你研发部长先来泰国出差几天？”

张舒这几天跑遍了整个泰国航运公司，通关系查阅有没有其他电信设备的进口排期——果然，FRAN将在三个月后，向泰国出口第一批

CDMA 3G网络。根据工程副总的预测，FRAN应该能在九个月内完成整网的交付，把华兴的设备替换下来。因此华兴必须在九个月内，率先交付自己的3G才行！

“FRAN有九个月，华兴最多只有六个月，你们占掉三个月，我们泰国一线占掉三个月。我们能力已经压到极限，没有水分了，希望你们也没有水分！”Jacob缓了一缓，看了看自己那位苦楚的工程副总，而电话那头正静默着，Jacob忽然嗓音抬高八度，不怒自威地说，“各位老大，我已然没有退路了，我要是死在泰国项目上，一定拖躲在总部的你们一起下水！”

Jacob早年在中东北非时就是“研发杀手”，跟着他做项目的人，头发也比同龄人白得早些。

“但你能保证我们开发出来后，还能用吗？我们开发一套产品，要走投资委员会的流程，要保证一定销量才能过审。你泰国的客户到底是虚的要，还是真的要？”一位二级总裁质疑着他，显然Jacob在总部的名望正逐渐衰败。

轰——泰国办公室前台，许多人围观喧哗——前台有三个平板电视，两台播放着宣传片，一台播放着新闻，可一条突发新闻插播了。

“DGG正式宣布，将按合同合法接管华兴交付的CDMA网络。”

这其实就是军方不想谈了，以国家名义没收网络——员工窃窃私语，英语、泰语和中文夹杂。当Jacob走出来时，迎来的是八卦、不解、质疑和批判的眼神，他被人轻蔑嫌弃。

张舒连忙把他拉到角落：“事到如今，我也说句讨骂的话，那一晚我就劝你了。原本，撤也就撤了，最多名声差一点，上头还是知道你很努力，但你现在自作主张、惹祸上身啊。”

“FRAN……”

“FRAN又怎么样，你有办法对付吗？你不是面对FRAN，而是泰国政商环境啊。”

Jacob看着员工们，员工们还不知道，如果他不这么做，泰国分公司就会被解散。他知道，员工们更认为是他的错误决定，害得分公司解散、员工被解雇。而他的副总张舒也在一阵坚持后，沉不住气了，似乎每个人的职业生涯都是被Jacob拖下水的。

这时，地区部和片区的电话也追来了，他从与研发的会议，切到了亚太片区的紧急会议上。一阵批判后，Jacob才向大家解释道：

“原本客户的目标是6个亿美金，而20天里，他们的期望值已经降到2亿美金的网络价值。只要继续谈，还能再降低。”

这倒是很多人没想到的。

“2亿？这是你谈崩了，”片总已对Jacob失去耐心，“你在泰国出局了还有什么好谈。”

“难道之前不已经崩了吗？现在这么耗，不反而有新的希望吗？”

“没收了还希望个屁！”

“你想怎么干？”地总缓和着。

“既然都到了这个地步，我希望片区给我资金支配权和独立决策权。让我独立干！发生什么都别管。”

“……”

“我要反诉DGG，他要没收网络可以，先把钱给我付了！我已经准备好申请法院的资产保全，他们想动，先过法院这一关。如果强行闯关，现有政府那关也不是那么容易过的，至少我们还能撑几个月。”

电话里又一阵沉默，从6亿美金的罚息到向华兴付款2亿美金，一进一出差8亿美金，汶查是断然不能接受的。

可Jacob说：“当人家一直在指责我们时，我们解释什么都没用，一定要把火也烧到对方房子里，让对方也陷进来，我们才能脱困。”

产品副总声音很轻地说：“其实，合同上他们能找到一项理由没收的。”

“前提是我们违约，但我们没有违约！”Jacob呵斥道，他不容许下属此时的反叛。

“你最终的策略是什么？”片总淡淡地问，似乎已经没了力气。

“耗……”Jacob说。张舒紧张地看着他，那个字，在喝酒的那晚也曾说过，当时张舒大惊，没有一个正常领导会认同的。

“耗？！耗是什么！！！”果然，片总原地爆炸。

Jacob也说不清，这是模糊的、毫无主动权，而职场上向上司汇报策略时，绝不能无为，尽管很多事恰因“有为”而搞僵的。

“反正已经没收了。那泰国账面上剩余一些投资款和收入，本来用于破产清算的，现在我不管你怎么用，我也不再管你了，你出的事情，都与片区无关，我也不会再为你说一句话了。”刘总挂掉电话。

电话里传来了忙音，“好的！”Jacob已经准备好了。

其实，20天前，那个请求驻当地大使馆帮助的早晨，他就准备好了。他知道，接下去迎接他的是一条更暗无天日的路。

第二天，华兴正式反诉，要求法院保全华兴资产，并要求DGG赔偿拖欠的工程款。

泰国业界都吃惊不小，谁敢在非自己的司法领辖地里，起诉主人呢？真不想活了。此外，Jacob还接受了好几家媒体的采访，表示：华兴从不选边站队，只是因为对合同理解的出入，而他会坚持认真交付3G版CDMA网络。

业界对Jacob的态度是既敬佩又鄙视。敬佩他的勇气，也鄙视他的疯狂。

然而，除了官司之外，他又做了一件事：动用分公司剩余资金，投入泰国社会公益上。

他租下了市中心一个豪华大厦的3层楼，将原来可容纳300人的泰国售后中心，升级兴建为可容纳3000人的东南亚最大信息科技培训中心，为泰国培养自己的科技人员。

他赞助了曼谷数家顶级大学，为大学生组织实习、奖学金、就业、工程教育和3G网络实验室，他对外宣布，优秀的学生将于年底参与华兴全球六大片区的科技之旅。

在新一次洪灾中，他组织华兴向泰国红十字会募捐，并派人第一时间进入灾区，开通网络，保障了救援。

这仿佛告诉世人，华兴不会走，还会留下来并且活得好好的！

这些有利泰国发展的义举，让法院和DGG都很为难，华兴长期以来，的确口碑很好，强压会造成口实。法院只能和稀泥，让双方的官司纠纷一直拖下去。

而Jacob向法院争取的三个月，正是华兴研发开发的三个月。而这三个月也正是FRAN启动CDMA 3G生产备货的三个月。

FRAN东南亚地区部开始着急了。原本，FRAN的网络勘测人员已就位，工程分包商也整装待命。透过众信施总的情报，FRAN在泰国的分包雇用人员都处于“带薪休假”，而原本在西雅图工厂码头，准备发往泰国的第一批替换华兴的设备也延期了，至于第二批货，现在连生产周期也无法排上。

时间就是解决一切的方法，他相信DGG与FRAN也并不真正地紧密，他们的联盟也在一点点地瓦解。他每过几天就会与素帕猜少将通一个电话，从那里得知，帕特里克最近出现的频次越来越低了。

Jacob要等的，就是帕特里克的离去。毕竟东南亚不是帕特里克的主战区，只要帕特里克离去，FRAN东南亚地区部的信心就会削弱，而他带领的华兴泰国分公司就能增加胜算。

三个月，FRAN与华兴将这么耗着。但双方隔山打牛，却没有真正见过面。

善战者无赫赫之功，善医者无煌煌之名。商场上的斗智斗勇，并不像诸葛亮的妙计，而是像一场水下憋气比赛，大家在水里看不见对手，在观众看来，双方选手在水面下也都是安静的，比的是谁先撑不住浮上水面，但Jacob也可能把自己淹死在水底。

DGG被压得喘不过气了，自然对华兴施加反作用力，而Jacob不得不将对泰国的大学项目、科技培训项目和社会公益的工作一丝不苟地推进下去，否则DGG一定会抓把柄。另外，他还得在研发交货的同时，预先部署三个月后的CDMA 3G工程交付，研发、生产、测试、供应链、清关，他一秒钟都不允许有多余，工程师都必须提前抵达站点，提前搭好现场环境，更要防止心怀不轨之人的阻碍。

泰国团队超负荷运转，而他的标准不得不提到更严格，“暴君标准”又激起了员工的矛盾。平日，飞速增长的业务掩盖矛盾。但现在，内部频繁争吵，抱怨滋长，中层捂盖子，老员工辞职，新员工罢工，白天公然在公司吵架，深夜里有人给他打小报告。员工渐渐分化了。

矛头统一指向了Jacob，骂他偏袒、无能，他的个人行为都被八卦成人品问题，他的执政也动荡起来，而他背后没上司的力挺。但Jacob没有余力关心这些，他剩余的精力全用来逼总部开发CDMA 3G硬件，他必须让研发在三个月不再延误。

所有人都看淡他的策略——人家要整你，你交付3G也是无用功，

Jacob永远是个逆行者。但他就是要赌一把，看是把自己憋死，还是把FRAN憋死。

只要3G版CDMA网络完工，FRAN就没有了机会，法院也有了台阶下。这正是他把华兴与DGG的谈判引向CDMA 3G这一条的理由。

华兴研发终于在三个月内交货了，而原本预计六个月交付，Jacob硬生生地在泰国雨季中缩短成了4个月20天。

这5个月来，他根本没有那么多资源和底牌，无法支撑官司、研发、新工程、兴建培训中心、赈灾、与大学合作等一系列事情。10个瓶子，7个盖子，他只有以飞快的速度去腾挪。他透支声誉、体力，以一人去与一国争。战车启动起来，是不容易刹住的，他必须承受。

“少将，帕特里克最近还来吗？”

“不来了，他回去了。”

“哦，谢谢。”他终于等到了这一天，FRAN走了，DGG也找不到借口了，他挂掉电话，给张舒拨过去，“后天，召开3G CDMA交付的新闻发布会。”

从他离开佩妮起，整整六个月了，接下来他必须“等待”，等待一个与DGG和解的转机。

CDMA完工前的几天，他加班完已是23点30分了，司机又送他回到宿舍门口，手机里跳出了几条短信——一些黑道发的威胁短信，说要他的命。

他没有理会，从4个月前，他就开始收到了，最初还考虑是否要找私人安保，但最终他谁也没告诉，免得手下害怕，也免得总部把他喊停。

一辆黑色的轿车等在他楼下，似乎是在监视他。

他下了楼，楼下有保安，但保安没有泰式微笑，对他也不是很客气。一来，保安认为华兴站错了总理一方，他不喜欢华兴；二来，最近有一拨军警反复上门，就是要调查华兴宿舍情况，每两周都要来一次，来调查华兴是否有签证过期的人，是否有吸毒、违法等。不但搞得人心惶惶，保安也经常被骚扰问话。

眼下，军警带走人的情况不少，为了控制局势稳定，连日传唤、扣押过几百名人员。

“等一下，先生，”车上下来一位军人，“请出示您的证件。”

“原来的护照掉了，正在使馆里补办。”Jacob拿了一份原护照的复印件，以及一份大使馆的证明，军人看了一眼，还给他：“先生，现在依然有宵禁，晚上12点至次日4点，如果您出现在街头属于违法。”

宵禁已执行了一阵子了，之前是晚上10点到次日5点，说今天会取消，原来并没有。

“好的，我一定遵守。”Jacob收好资料，他不能犯一点点的错误。

其实，白天就有移民局工作人员冲到办公室，调查华兴是否有员工持落地旅游签或者商务签在泰国工作。在项目紧急时，非泰籍员工支持项目，来不及申请工作签，之后再转工作签也很正常，这本是灰度空间，但现在，有人要故意打压华兴——移民局和商务部，检查华兴员工花名册，以调查中泰员工报备是否属实，比例是否符合外资投资法律。一个月两次有人寻衅滋事，严重影响着员工的状态。幸好张舒有所准备。

Jacob上了楼，他打开抽屉把那复印纸放好——他的护照并没有掉，也在抽屉里面。他知道，护照带在身边，就可能被没收，然后会被借故驱逐出境。

他坐在床上，床对面的玻璃窗，能望见整片曼谷。叮咚叮咚，不是会议电话，而是闹钟，他看了看时间——0:30。他因为太忙，时常忘记给佩妮电话，甚至要用这种方式来提醒自己。

他拨了VOIP，给还在法国的佩妮打去。对面没有“喂”，只是接起了电话，等他先说。

“再等两个月，我就回去见你爸爸。”

“这话说了很多遍了，我已经等了半年了。”

佩妮有一些冷淡，然而这种高冷格外地迷人，令Jacob想起第一次遇到她的时候。可当男人对熟悉的恋人出现初见时的心动感，那是一种危险的信号，意味着她将逃离他。

“就再等几周，项目完成了，新闻发布会后就有转机。”

“于佑杰，你的话，是不是‘说到做到’？”

“是……”

电话那头传来了一阵压抑的抽泣声，Jacob心如刀绞，他恨不得佩妮大骂他。他从向大使馆求助的那天起，他就知道，自己在与DGG达成和解前，绝对不能回国。因为他有一份三年工作签，一旦离境，很可能被列为泰国的“不受欢迎者”，而无法返回。

张舒也在那一晚警告过，他早就看穿Jacob并没有结婚，而没有一个未婚美女能容忍一个没有准确期限的等待。

“佑杰，我好怕，我真的好怕。”

“你怕什么，有我在，亲爱的，我会永远保护你。”

“不，佑杰，我怕即便没有你在，我也能保护自己。”她哭泣着。当一个女人适应了离开恋人独自生活，这也意味着她不需要他了。

Jacob的眉头和鼻子都要皱到一起了，他牙齿紧咬着，咬合着到要崩碎的样子，他有万般情绪要爆发，但他不能出声。然而，电话里，她看不见他那副挣扎的样子。

异地恋是痛苦的，Jacob原本只想向她的家族证明自己，可现在，他变得有另一份责任。

双方沉默许久，Jacob向整座曼谷城市祈祷：“再给我几天。我说过，我一定会娶你的。”

他从月改到周，再到天，这话谁能相信？10秒后，电话里传来她抹干泪后的声音：“嗯……我相信你。”

两天后，华兴新闻发布会召开，Jacob和三位副总一起出席，媒体宣传攻势也很大。

“我们终于干成了！”另两位副总兴奋不已。他们压根没想到，自己能有那么大的潜力。

唯有张舒看出了Jacob笑容后的端倪。

事情并没出现预料中的转机，DGG和FRAN也还在水面下，没有认输，而泰国华兴已经透支到了极限，分公司的账面也几近没钱了，他弹尽粮绝，忍不住要浮出水面。

CDMA 3G交付了，可DGG没付款，研发又追着他骂。泰国其他的项目订单也没有恢复。白天，他坐在办公室里，维持着科技培训中心，维持对DGG的售后服务，尽力让一切维持下去。至于对佩妮的交代，他也只能再一次扯谎。

好心的地总，在流程上额外给他三个月的流转资金帮他续命。现在，他只有一个字“等”。

宵禁的时间又缩短了一些，他并没有去夜钓。

少将有时会约他：“不钓鱼，那去喝酒吗？”

喝酒容易被人借机搞事。“去射击场吧。”

这几个月来，他的水平已经很高了。5米内的左轮手枪也都能在10环，20米内也都可以9环，这是超高的水准，比军队的高手还厉害。他的名字被挂在了射击馆的名人榜里，更何况他第一次疯狂扫射就出了名。

他去射击馆的时间很固定，每次去都有人会找他PK。但每一次，他都能赢。

一把柯尔特在手里，开枪前，他闭上眼睛，调整呼吸，举起手，抖也不抖，射出去。

“心性这么稳定，你把射击馆当寺庙禅修了吧？”少将说。

“我得等下去啊。”Jacob把一瓶红牛给了少将。

少将冷不防地一把抓住Jacob的手臂，从下臂摸到上臂，吓得Jacob以为少将是同性恋。

“一般人的手臂在肘关节处，多少带有弯曲，但你是直的，笔直的！这是神射手的身体天赋。”少将把Jacob的手臂扔了回去，“但手臂太直的人，性格也太硬，容易吃亏。你还要扛下去吗？”

这时，有一个挑战者过来了，问Jacob要不要比比。Jacob离开了少将，迎接挑战。

“下次打活动靶吧？”少将喊着，“反正你不是还打算耗吗？你下周不回国吧？”

“行，反正没人来找我。”

自事件起六个月了，没有人敢来泰国，谁都不想卷入这摊烂事，以前泰国是最热络的地方，总部常来调研，搞搞海外会议，就连欧洲片区为了证明华兴的海外交付能力，也把泰国当样板点，泰国光是接待参观交流，就很忙。

现在冷清，这倒也还好。

他喝酒是一个人喝的，吃饭是一个人吃的，他从不与公司下属走太近，与同行也保持着适度的距离，泰国华商现在也不便接触。除了厚脸皮的张舒，会主动串门到他房间喝点威士忌，他真没有太多个人生活。唯有少将颇为热情，亦敌亦友。

又是一周末的射击场，少将决定考验他一下："我想告诉你一件事，汶查中将其实都被你折腾得不行了。"自FRAN撤退后，DGG也开始松动了。

"是吗？"他不戴耳罩，开了一枪，十环，"我不是故意针对他的。"

"跟你搞了这么半年多下来，他倒也有点相信你了。"

"是你也起了作用吧。"他又是一枪，九环。

少将说："中将认可了，但是没有用，上头还有人压着。你唯一的办法是要找地位更高的人。"

少将盯着Jacob看，Jacob的手臂在颤抖，少将想，这一枪一定是脱靶了。

他举了半天，没有射出去，把手收了回去："不打了。"

"Jacob，下周再约吗？"

"不行。"

"为什么？你慌了吗？"

"不，下周末华兴总部的高管要来。"

"哦？"少将迟疑着，总部终于有人要来支持了，这算是好事。

人人避之不及，而这是第一位总部人员来看他。

9

曼谷40℃，机场里，一个漂亮高挑的女孩，戴着草帽、墨镜，脚踩凉拖，身着岛服。

"于总好！"

"小玲总好。"

"你比以前更帅了啊。"

“开啥玩笑。”Jacob尴尬地笑了笑，这六个月里，他过得不太平，睡得也少。连大堂的前台姑娘也都不再看他了——他变得有点老、丑了。那些电梯里的女白领对他也没了兴趣。自己的泰国女员工有一次告诉他：“我现在再叫你帅哥，都有点叫不出口了。”

“是真的啊，你以前多土啊。”她笑了笑。

小玲比Jacob小两岁，当年入职华兴时，是同一批的应届生。当时，入职“大队培训”时，一共一百五十号人，他俩都是排名前十的“优秀学员”。小玲排第三，Jacob排第四。这么多年，他俩既是竞争的敌人，又是一起入司的小伙伴。

小玲很优秀，在总部多个部门轮岗，会三门外语，人情也很练达，在总部重要的“客户工程部”时，她接待全球各地客户两年，原本以为要派到海外。然而，她因为表现出色，反而被总裁办留下，做高级总裁的业务助理。

他乡遇故知，有无数的话要说。自从他到泰国，就没有回过总部了。这个周末，他带着她，吃遍逛遍了整个曼谷。

Jacob开着摩托车，小玲坐在后面，买曼谷流行的NaRaYa包包，吃路边的鱼丸米粉，参观大皇宫和郑王庙。

“曼谷姑娘化的妆真好看。说实话，你没有对你女朋友不忠吧？”她喝着奶茶。

“滚！”

说起来，他们没有那种男女之情，更像是同期战友情谊，那时天南海北的学子，离开校园来到了华兴总部，一起学习成长。

晚上，两人找了家按摩店。暗灯下，两人隔着一层布，气氛静了下来，这才把无厘头的对话变得正式了。

“其他人怎么样了？”他问。

她在总部，情况最清楚，“瘦子去了驻马店负责河南市场，不打算出来；田总去了南非片区，她好像混得还不错，在那里谈了恋爱呢。还有漂亮的徐总，美艳未婚。”

“呵呵！”他笑了，一边按摩一边回忆，好多天没这么放松了，连空虚感也消失了。

“乡长同学，他在东北，这家伙不能喝酒，不过东北业务他做得很不错，为了继续发展，他要下派越南了；局长大人，他在总部做了几年网络设计，被派去印度投几个超级大标，只要他成功，估计就能做上印度网设部的头，印度可是出成绩的地方呢。上次听说他游泳的时候，染了登革热，公司给他记了一功。”

Jacob有点愣住，这些老朋友本来是十名开外，在他之下，现在厚积薄发，迅速崛起，而自己止步不前，这让他多少有点郁闷。

“张磊很稳定，现在成了4G开发部的负责人，负责预研4G网络。”

张磊没外号，因为他太没有个性了，可就是这么一个没有个性的人，居然研究重要的4G！

“哦，那班长呢？”Jacob特意问。

“他去拉美了，在安第斯地区，现在也是国家CEO，好像这次拿下了一个大项目，要提拔为地区部副总裁了。”

正好按摩技师在他背后帮他扭颈骨，Jacob啊的一声叫了出来。

班长当年排名第二，他俩都在入司第一年就拿到了极为难拿的金牌员工，班长比较高傲和Jacob并不合得来。在一次佩妮来深圳时，佩妮告诉他班长还主动追过她。这让Jacob一直不喜欢班长，发誓要超过他。Jacob出来海外得早，超过了班长，成为第一代海外老总，离地区部总裁也近在咫尺，如果他能拿到地总头衔，佩妮的父亲就不是问题。

而现在自己已经快要跌入谷底，人家倒是要上去了。

隔着一层布，她仿佛猜透了他的心思说：“其实啊，还是你于大才子，遥遥领先。”

他摇摇头：“你呢？现在。”

“才想起来问我啊，我是升了，但暂时不能告诉你细节。”听起来小玲并不像故作神秘。

买完单，她神清气爽，他却觉得浊气上升。“去哪儿？”她问。

“看DIRTY SHOW，人妖秀！”

“呃——”她倒吸了口凉气，“还是喝酒吧。”

好久没在外喝酒了。在泰国，一个单身男人在外喝容易出事，尤其Jacob有恋人、身为管理者，还被监视，他像忍受酷刑一样，克制着雄性荷尔蒙。

行吧，就放松吧，今天有她盯着就没大事。他找了一间迷乱电子乐的夜总会，她把他拉了出去："你一把年纪了，跟年轻人嗨混什么，你颓废个屁啊！"

她带他去了湄南河边的高层大厦Rooftop BAR。只有轻音乐，她给他点了一份鸡尾酒，端了过去，两人在凉风下谈了一个小时。

他把自己的计划和盘托出，对于他现在而言，站在高处总是孤独的，每次说了出去不是被人笑，就是人家听不懂。

"我什么都做不了，只能一个字'等'。"今晚，他的酒有点喝多了。人的抑郁在于别人的不理解，人的孤独在于不能找到志趣相同的人。

"行了，我帮你理理思路吧。"小玲温柔地说，并拿出纸笔给他建议。虽然不是常驻海外，但她在总部接待过全球各地的高管、政要，不单是亚太和中东北非，还有拉美、南非、欧洲和北美。在总裁办，她的视野更为开阔。

"你闲着也是闲着，有一件事可以做：把泰国案例总结好。我会把这份东西交上去。"

"谢谢。"他酒量是不错的，但今天有点醉了，他想起来，曾经在大队培训后的一段时间，那时青涩的伙伴们起哄过，硬是要把他俩凑为一对。但那时，他们都有对象。

一种莫名的情绪升腾了上来，一个男人常年孤独漂泊，真的很需要被理解，不知不觉他睡着了。

小玲把昏沉的Jacob送了回去。Jacob睡了一个白天。次日，小玲自己回了深圳。

10

小玲走后的一个月，他写下了所有的心得。

"在商务条款里，付款条件、罚款上限、验收方式、尾款比例等都要做好禁止性规定，避免一线签单冲动。

"在产品规划里，要考虑是否有过度承诺，一线投标与总部研发经常不同步，因此海外一线必须设产品规划人员。

“在研发设计上，最好有一种通用硬件，能兼容2G/3G/4G，这样CDMA 3G就不用再安装一次，直接把3G软件导入到通用硬件就好，就没有争议了。”

FRAN的帕特里克走了、CDMA 3G交付了，华兴终于扛住了DGG的压力，在这个月里，双方转为相持了一阵子后，素帕猜说汶查也开始反思了，这是渴望已久的契机，双方能冷静下来，重新讨论新一轮的和解基点。

终于，他重新见到了汶查。

有时候，尊严是打出来的。汶查的态度好了一些。中将说，他刚到时，曾认为上一任花了太多钱，拿本该拨备军费的钱，取悦于前总理的选民区。而中将没有见过Jacob，对华兴也持怀疑态度，但随着调查，他觉得Jacob是无辜的。而且自从CDMA 3G网络交付与日常维护后，他觉得华兴确实很优秀，用一半的价格实现了欧美企业同等质量。

“中将先生，请原谅我所做的，我并不针对任何人，但向您确认一下，您个人是希望DGG恢复正常的发展，是吗？”

“那当然！你怀疑什么？”素帕猜少将瞪了Jacob一眼。汶查是个传统军人，脾气不小，但人并不坏，他正直刚烈，忠诚勇敢，没有丝毫贪腐，是一个真正的爱国者。

“我理解。”汶查摆了摆手，安育塔少将还气呼呼的。

“那我们能否一起重新努力呢？”Jacob逼近这最终的一步。

“这是我的私人态度。”汶查当着他的面，把一本印着FRAN的笔记本扔到了废纸堆里。终于走到了这一步，Jacob要的就是这个表态。

“但是有些事，你的做法也太过激烈了，军方上头也不想收场，还有人不信你们。公对公地和解是不可能的了，”汶查说道，“眼下，我必须时不时地打压你们，来保护你和华兴，保护DGG。”汶查搓了搓手，表示无奈，“希望你不要恨我，并且认真履行你的义务。”

汶查虽然明白了道理，但他要的不是和解，而是继续对抗，可Jacob不能再搞对抗了，因为汶查也要保护自己，而保护汶查就是保护华兴，可是这又成了蛇追着咬自己尾巴的循环局面。

“这恐怕将是无休无止。”汶查有一些心痛。

Jacob的三位副总无一不露出痛苦的表情。

“不，我一定能在春节前完成。”Jacob镇定地说，但他除了能听到自己的心跳之外，什么都听得恍惚了。

安育塔少将惊呼一声。“好，但愿你能做到吧。”中将淡淡地说，“你做不到的话，你也知道我职责所在。”

少将同情地看着Jacob，不知道这个中国朋友怎么想的，何必要搞成这样。而张舒也心疼，他知道，Jacob答应过佩妮只要一年，但只要双方没和解，Jacob就不敢回去，可到了春节就正是一年了。

一个多月后，那是一个重要的日子，11月，也就是泰历12月的第一个月圆日——水灯节。这是泰国最重要的传统节日。Jacob终于等到了这一天，这是他筹划的最后一步，但他没料想到，自己为此竟走得那么远。

那一天，泰国枢密院元老要参加一场重要的节庆宴会。

泰国有上下两院、政府、军方，这与多数国家一样。但由于历史不同，自1932年君主立宪制以来，军人政府占了绝大多数时间。军方有泰国历史传承，有精英思维，也富有力量；而文官有现代西方政治的背书，也有道德高地，善于经济；双方相互缠斗，一方认为腐败，一方认为独裁。

因此，泰国的君主成为平衡社会矛盾的“缓冲器”，君主在军队与政府矛盾激化到不可开交时，出面调停，训斥过错一方。在泰国政商界有一句话：“军队是马，政府是骑手，真正的主人是国王。”

为了维持稳定，王室任命了国王咨询机构——枢密院。枢密院大臣通常是退居二线的政坛军界元老，包括前政府总理和前军队上将。这个机构将双方协调到一起。

枢密院大臣不能担任公职，如议员、法官，因而脱身于利益纠葛，以他们的政治智慧，给出中立意见。他们资历老、威望高，平衡军队、政府、议会、工商界之间的关系，在特殊时刻能“代国王摄政”。如按中国古代参照，那就是“内朝廷”。

今天，德高望重的枢密院元老洪坤上将，也将出席水灯节庆典宴会。

水灯节期间，人们会去河边漂放水灯以祭祀，祈求来年风调雨顺。

传统的水灯由橡胶树的枝叶支撑，以鲜花装饰，造型如莲花一般，里面放入硬币，献给河神，祈求原谅自己一年的过失。

这几日，湄南河上漂浮各色水灯，男孩女孩更喜欢这浪漫的节日，这节日已被世界游客誉为泰国情人节，也是泰国最美丽的文化遗产。因此，曼谷的商业活动和政府庆典很多。

天色暗去，Jacob跟着名流进入了大皇宫边的一栋公馆。一些政府人员和工商界人士身着正装，还有些将领穿着白色的军服，草坪边上站满了仪仗队。泰国社会各界名流欢聚一堂。

每位来者恭敬地向枢密院成员奉上白色茉莉花环，他们双手举过额头，谦卑合十。而枢密院大臣用手蘸水、点水为他们祝福。

Jacob看见他了。洪坤八十多岁了，满头白发，是除了泰王之外，最受崇敬的人物。

“你手怎么样，好点了吗？”洪坤笑着问一个要员。

Jacob一看，洪坤问的是一个位高权重的军政要员，在台前的最大人物。要员的手有腱鞘炎，羞涩地把手藏起来：“现在已经好了。”

洪坤笑得很慈祥，可爱地问：“你是去打了谁吗，把手搞这样？”

“我打了我自己。”大人物说。

事实上，这位军人出身的要员，为平息社会舆情，总是惯用军事暴力为手段，却被洪坤的双关语巧妙批评了一番。在场工商界、政界、军界的众人都哈哈大笑。

另一位政府文官来献花环。

“你胖了啊，新劳力士戴着都勒得好紧啊。”洪坤笑着说。

“那我得多运动减肥了。”

“不啊，是你‘油水’太肥了啊。”他轻轻地说，深知这位草根出身的文官，掌握了点权力后，忘了初心，寻租贪腐起来。

“我一定‘吐’出来。”文官说。

众人听明白洪坤的深意，又哄笑起来。

洪坤贵族出身，曾任国王卫队、海军上将。20世纪泰国军方与民间存在严重分歧，各政党也无法推出一个大家都能接受的人选。他作为开明派的军人，无党无派、品格高尚、清廉忠诚，是一个能稳定局势的中立人物，最终被各方接受，联合组阁成为当时的总理。

他开明温和，为政廉洁，在泰国军人中享有崇高威望，一方面利用宪法条款强化军人的政治影响力，又同时鼓励政党发展，巧妙协调不同利益集团，还大赦过政敌，使泰国在20世纪80年代社会进入稳定状态，实现经济腾飞。时至今日，他依然有强大的个人魅力、公信力，被文官与军人同时支持，也是国王亲密的伙伴和顾问。国王与他相互支持，多次度过政变危机。

Jacob以前见过洪坤。那是在他刚来泰国时商会的团拜会上。然而，他现在没有资格入场。今天他想尽了办法，才进到这场合，只是他也没资格献花环。而且，泰国眼下的事务杂乱，洪坤和枢密院忙于应对各派博弈，根本无暇管这件小事。

Jacob坐了下来，寻找着机会。泰国的宴席招待虽隆重，但并不铺张，财政部规定过各级政府招待有着严格的预算。简单的茶点，七八个菜品，而且几乎不喝酒。

讲话，表演，宴席到了后半程，气氛渐渐松弛。

黑夜之中，湄南河上漂浮着火光点点的水灯，如同星辰着落，梦幻而唯美。年轻的情侣一起期许美好的未来，而与会众人，能从巨大的阳台上，看到曼谷一年一度的水灯美景。

忽然，夜空绽放着巨大的礼花，五彩缤纷照亮了整个夜空。

“哇！”众人都围到了阳台上，欣赏着湄南河边漫天的焰火，普天同庆。

众人往外走，而与此同时，Jacob从最末尾位置，再一次逆着人流而行，走到了最前头的洪坤身边。

人们都在外头，而Jacob则在里头，他手高举过头顶，行合十礼，贴身侍卫要拦住他，洪坤摆了摆手。

“你找过我的孙子了，看来枪法不错啊。”

今天的请帖是洪坤的孙辈弄的。而那位孙辈也加入军界，酷爱枪械，是一位神射手。早在九个月前，他在考山路与施总讨论的傍晚，他已想到了这一步。因此，他找了素帕猜少将，带他去了洪坤孙子最常去的军方内部射击场。

自第一次去，他就决心要结交上洪坤的孙儿，投其所好。当他发现自己手枪射不中5米内的靶心，他只能以暴怒的火力连射，以“摧毁者”的坏名声第一次在靶场出了名。接下来，他每晚都去射击，遇见了洪坤的孙子，而他的高射击水准，令两人成了朋友，甚至长时间一直互相竞赛。

走到这一步，他整整用了九个月。

“上个月的节日，他也给你请帖，你怎么不来？”洪坤也得给孙儿个面子。

上个月是纪念朱拉隆功大帝的节日，他是现代泰国的缔造者，带领泰国开展自强求富的改革运动。

“上个月还太早，尤其是谈如何改革的节日，我会让您为难，”Jacob恭谨地说道，“但这个月，有了变化。这都是您的功劳。”

路上的军警少了，军事政变后，反对派也趋于安静了。这背后正是枢密院全力协调，防止分裂、动乱和误解。为此，Jacob一直忍耐着，又多等了一个月的时间。

“那这是你的功劳咯？”洪坤指了指阳台外的烟火，人们还在围观。

Jacob点点头，洪坤不愿私下与还有争议的华兴公司接触，因此是Jacob安排了一家烟火公司进行本次商演，引开了人群，这才有机会与枢密院元老进行几分钟的见面。

“可我并不觉得现在就是时候了。”洪坤当头棒喝。他虽有一言九鼎的威望，但早年执政时也有被少壮派军官扣押的事件。最近，一颗小型炸弹在他府外不远处爆炸，几个路人无辜受伤，两辆车被炸毁。调停是困难的，他要看住反对派，也要看住当权派，还有军队，谁都不能冲动，但他也必须保护自己和家人，要拿捏好尺度。

可Jacob已经等了九个月，他快用尽了自己的机会。

“洪坤先生，今天我也许不该来，但来参加您这个会议的人也各色各样、不同派别。有人理想，有人偏执，有人为利益，有人被裹挟。他们来您这里，各有各的目的。

“可美丽烟花一来，他们又飘去了那里。政治上这样的场面，来来去去，您也很熟悉吧。”

Jacob的话说到洪坤的心里去了。他望着阳台上各色名流正嬉笑着观赏烟火的最高潮，而他一生见多识广，人性善恶早已烂熟，甚至疲惫。

“太多人认为华兴是在泰国政治上选边站队，结果投靠错了人。但是他们都理解错了，无论泰国的政治如何变迁，华兴都不会改变商业承诺，继续安心服务好泰国的电信网络，更不会因害怕而撤出。电信是一个国家的基础设施，人民每天要用，是国家工业的基础，更是泰国互联网的起点。华兴在商言商，绝不掺是非，要真走了，那才成了政治站队的！”

Jacob毫无惧色地走近一步：“这九个月来，我一直是这么做的，以后九十个月，九百个月，都一样。华兴不会走，华兴绝不是投机者。”

这就是他最初向刘总、向张舒、向佩妮说过的“耗下去”，在公司内部重压下，在没有资金输入下，他坚持交付并维护DGG的网络，坚持建立科技中心，坚持与泰国社会互动。他用了九个月，都是为了向洪坤证明：再大的压力，华兴也顶得住，并不断与泰国社会更深入地融合。

“你是有点委屈，但这没有办法。”洪坤的语气弱了一些。

“华兴不委屈。这一阵子，泰国社会各界委屈的太多了，我们只是不起眼的一个。”

阳台外，烟花到了最高潮的时刻，绽放声响彻天空，阳台上不知情的众人正在欢呼。而屋里，只有Jacob和洪坤。

璀璨的光芒透过旧时代风格的窗子，照在洪坤的脸上，老人竟然有一些感动。他想起了1998年，亚洲金融危机自曼谷爆发，曾经来拜访过他的国际投机商人，说得花好桃好，给出大量发展用的金融贷款。可那些人最终留给了泰国一地鸡毛。

Jacob说：“而我还在，无论如何都会在，华兴就会在。”

这一刻只要老人家一个点头，一切就都结束了。他焦急地等着洪坤的回答，可洪坤老成持重，一言不发。他望着站在阳台的那群人，他明明欣赏这个年轻人，但他也必须精细微调着整个大局。老人家再次向内心确认：不，还不是火候，至少还有半年才行。

烟花表演落幕了，众人回来了，给Jacob的时间到了，他不得不走了。他再一次逆着人流，格格不入地反向穿行而出，孤独地消失在了晚宴中。

老人看着这个逆行的年轻人，心中感慨万千。每一个真正的领导者都无比孤独。

11

几周过去了，一切越来越无望，Jacob已穷尽了一切，却还苦苦找寻着新的方案。

每一天，他能做的也只是拖延，总部和当地的骂声越来越大，但他极为强硬地撑了下去。白天，他燃烧自己的血肉骨髓来维持华兴泰国的局面；每一个夜晚，他都如五内俱焚般失眠，只能睡两个小时，次日一早，他继续摆出自信的姿态去上班。

“Jacob上线了没？”

在总部看来，“DGG工程贪腐案”依然是一颗定时炸弹，总部也沉不住气了。

“我们都在，”三驾马车，张舒他们三人一起说，“泰国代表处，我们都在。”

“总部有了最终意见。”亚太片区总裁助理说。

会前，片区和EMT再次沟通，决定华兴一定要战略撤出泰国，以绝后患。

这风不是今天才刮的，Jacob的三个副总是知道的，而唯有Jacob没能察觉，在他的意识里，已经坚持到了麻木，而三位副总也决心陪他到底。

“总部EMT、片区联席会议都决定了。这决策虽痛苦，但有效。”片总说，“Jacob，我知道这对你很难，你也做了很多，但没办法，身为一线就是这样。”

“6000万人口的大市场，”Jacob像精神病一样偏执，“我说过，给我一年时间能办好，我说到做到……”

“于佑杰，总部已经定了！这是决定。”地区部总裁训斥他。

“我不同意！想撤，你就自己来撤！”

“你是要挟吗？”片总问。

“我拦不住你们怎么想！”

片总和地总已线下沟通过，如果Jacob不肯做好移交，无法有序地关闭泰国分公司，片总和地总会亲自主导“撤出”，EMT已授权了。

“于佑杰，那我只能罢免你的泰国CEO职位。”亚太刘总说。

在场三位泰国分公司副总一阵同情，在大家看来，Jacob的那份坚持已不再是美德，而是不健康的病态。

今天的这场会，算是盖棺定论了。人事、财务等“后勤”要开始善后，比如辞退赔偿员工、清债和清款、转包项目、出售股权。从一个国家市场撤出，这在华兴历史上绝无仅有，Jacob曾是第一批海外老总，也将是第一个罪人。

两年前，他的事业蒸蒸日上，是炙手可热的新星，是最年轻的华兴地区部副总裁级老总，中东北非第一号功臣。平调TOP级的泰国大代表处，只要安全地在泰国做两年CEO，他就会是华兴15个地区部总裁之一，成为最年轻地区部总裁。

Jacob此时惊呆了。他一无所有，还如何和佩妮一起见准岳父呢？他付不起这一意孤行的代价。

“小于，你有本事，但也是刺头，我只能拔掉你。”片总惋惜地说，他想要剥离泰国这个风险，目前这笔烂账已转由总部核算消化，这样年底前亚太的利润率还能高一些。

Jacob深吸一口气，这是要与片总PK了。张舒抱住了他。华兴团队讲究服从，有着一种强执行力的文化。Jacob这么干，上司们已经很包容了。

张舒情商更高些，他明白Jacob当年的成功，是靠开拓海外的一股子蛮劲，那时Jacob能获得支持，是因为政策的扶植。但阶段变了，Jacob也不在中东了，南橘北枳。Jacob在泰国的表现证明他不堪大用，是冲锋骁勇的校尉而非运筹帷幄的将军，不可能升到更高层了。这与Jacob背的“黑锅”无关，而是在战略上的错误——快一年了，Jacob决定要搞定泰国项目，但结果华兴陷入烂泥！这在EMT大佬眼里，是Jacob为赌个人前途的一己私利而为，是不识大体。刚才，Jacob不懂进退，还偏硬顶高层，那是更无大材的表现。

于总，真的就是愚总了，他在华兴的职业生涯到了尽头。

“好了！就这么决定，Jacob交接泰国项目。”一个强大的声音拍了板。电话那端是上次来泰国的EMT之一、主管销售体系的叶总，片总也要向他汇报，是Jacob这条线上最大的老大，再上去，就是创始人傅山了。

Jacob不能再争论了。他望着50层高楼的窗外，明明泰国的雨季过去了，怎么还在下雨呢？

HR正在悄然做起清退员工前的准备。Jacob猜想泰国员工会怎样恨他。之前他为了不受人左右，不得不树立起过高的独裁权威，才不至于泰国分公司分崩离析。而现在，他的员工、友商、媒体和客户会用怎样的眼光看一个失败者呢？

人走茶凉吧！他高傲的自尊碎了一地。

张舒使劲地拍着他的背，他知道Jacob离成功只差一步，付出太多却什么也没有得到。

三天后的晚上，新加坡雅诗阁的一间酒店式公寓里，亚太片总的手机响了。对方用英语问："请问，您是华兴亚太片区总裁刘先生吗？"

"是的。"刘总回应道，他也7×24小时接电话，但来电号码很陌生。

"哦，刘先生，这里是泰国枢密院，枢密院大臣需要跟您通电话。"

"哦哦，好的！"亚太片总一惊，立即放下手头一切工作，在办公椅上正襟危坐并拿出纸笔。但他心中疑惑着，此刻怎有如此高官打进来？

"你好，刘先生。我是洪坤。"一个老者的声音，带着泰国典型的客气。

"您好，尊敬的洪坤先生。"刘总尽量不露怯。

"我想节约您宝贵的时间，所以就开门见山吧。我听说华兴要离开泰国了，是吗？"

"嗯？"刘总十分惊愕，这计划怎么就漏出去了。

"我希望你们慎重考虑一下。"老人咳嗽了一下，夹杂工作人员照顾的声音，"外资在这个时刻离开泰国，不是一个好信号，对于泰国经济并不好。"

"我明白……"刘总怕言行失当，会有巨大影响。

"很好，我觉得刘先生很有能力，所以不需要我再向叶先生表达了，请您向他转述我对他的问好。"

“好的，一定，感谢您的祝福，也祝您一切顺利。”亚太片总知道，枢密院大臣在警告他不办就向叶总告状。

电话挂掉后，片总用了几分钟平缓下心情，现在怎么办？不留就是不给面子，留下就是违令。华兴又被卷入更尴尬的处境里。

“一定是Jacob发了疯！”刘总一阵怒气，他怎么跟总部讲这事呢？他立即给东南亚地总打了电话，“枢密院洪坤到底是谁？”

“啊？！他是泰国皇家的帝师，影响力很大，他打给你了？”地总不敢相信。早期拓展泰国时，只有山总或EMT来了，他才赏脸露面，难道今天就为了Jacob？

片总叹了口气：“好吧，那我们没有别的办法。你准备一下材料，明天我要和EMT汇报，只能暂时留下，你也问问Jacob到底是怎么回事。”

这一晚，Jacob的电话也没有停过，他也有些意外。他给洪坤老先生打去了电话：“谢谢您！”

“年轻人，你只要证明你自己就行，你能保证吗？”

“能……”Jacob已经没有那么自信了，但还是补了一句，“我能！”

保证的话，洪坤这辈子听太多了。只是人老以后，他更相信直觉，他愿意信这个年轻人。

那次宴会上，老先生看见Jacob的样子，难免回忆起年轻时的自己，他把私人电话给了Jacob。而三天前，Jacob拨通了老先生的电话。

洪坤依然拒绝了他，认为调解的火候没有到，外面还会有很多反对声音，因为这一次的政变力度很大，将延续很久。可是他忍不住让副官展开了调查。他问了很多人，华兴是什么，谁是Jacob，他的问话专挑那些与华兴打得最凶、与Jacob矛盾最深的人。

从颂猜到帕亚、素帕猜、安育塔到汶查，每个和Jacob打过交道的人，每一个之前和Jacob打得很凶的人，实际上并不讨厌他，相反他们觉得他很靠谱，从来都是说到做到。

那些泰国商界里的大佬，说起他的为人，除了说他不合群之外，却无一不称赞他的人品；那些泰国的合作供应商，虽然都被他的高标准压得喘不过气来，但他没有拖欠付款和狡诈经商；那些偏远地区的用户、那些大学里的学生教授、那些工程师、红十字工作人员都认同着华兴。

洪坤也调查了一下FRAN，还有那位帕特里克，确定是否要将华兴替换为FRAN。

“成本会抬高40%，而质量也并没有明显的区别。”——他从好几个渠道得到了类似的回复。

他又跟着问：“华兴有没有在这局势下浑水摸鱼？”

“显而易见，他们只是在顽强交付。”

“FRAN呢？”

“显而易见。”

他甚至问过孙子，孙子说：“这家伙不太一样，很认真。”

洪坤被触动了。多数的外资还在观望状态，日本投资的新农业项目、韩国投资的汽车纺织项目、新加坡投资的基建项目都暂时停止了。洪坤需要一个切入点，向外资证明泰国的稳定，而华兴备受牵连和折磨却挺住了。解铃还须系铃人，若宽容地放过华兴，这是证明局势正在好转的信号。这一点上，DGG汶查中将也同意了，所以只要Jacob肯干，就可以破局。

“你们得留在泰国！”洪坤在电话里对Jacob说，他手边有一份FRAN计划书，当年FRAN的小算盘，他已经知道了。他更知道了在没有华兴时，泰国电信设备单价比现在贵，任何维护费都必须讲价，并且遇到灾害时，华兴往前冲，而FRAN则往后撤退。

“Jacob，你知道我为什么要拒绝你吗？”

“不知道。”

“作为一个统帅，听兵法说，‘胜可知而不可为’——胜利无法取得，只能靠等待。你不能求战胜之法，而是求立于不败之地，等胜利自己向你走来。

“在我一生里，处理过太多无法协调的冲突，唯有‘时间’改变一切，我也只能等待。而等待的过程很苦，自己只能‘修道保法’，做好自己。

“我扭转一个矛盾要等十八个月，但你来找我时，才九个月。”

“抱歉，我过分了。”

“这九个月，谁都看不透泰国局势的走向，然而越看不透的时候，你一直不变地忍耐着。到今天，你等了十个月，却修了我十八个月的事，我不算为你破例。”老人家咳了一下，副官递上了毛巾，他抹了下嘴唇，“孩子，‘时间’是扭转一切的钥匙，而你已经等得足够了，很了不起。”洪坤挂了电话。

Jacob漫长的委屈终于得到了承认。在水下憋了十个月的气后，他浮出了水面。

大约一周后，双方取消诉讼，达成了谅解。在DGG核对细项后，向华兴支付了2亿美金尾款。新闻发布会上，汶查中将向Jacob颁发了“优质交付”的证书。

连锁反应发生了，观望中的私营运营商，把压了一年的订单发给了华兴，12月的年终销售冲刺上，泰国分公司的收入猛烈反弹。但罚款还是免不了的，这点面子是得给的，最终，Jacob向总部报请3000万美金的象征性罚款。但泰国分公司保住了，华兴能继续经营，这是最好的交易了！

在一场死扛的硬仗中，业界第一次认识到“华兴从不因政治局势的变化，而改变商业承诺和准则”，更证明华兴比FRAN巨头便宜，不是因为贿赂官员，也不是“豆腐渣标准”，而是华兴“物美价廉”，科技已不比西方差。

当别人要泼脏水的时候，你可以忍耐，但你必须大声说出自己的清白。这一战是翻身仗，之前对整个亚太的负面新闻澄清了，还扩大了华兴的品牌影响力，而泰国分公司也磨炼成一支真正的铁军。

但这不是没有代价的。水灯节宴会时，洪坤举棋未定，Jacob只剩下两个月了，须找一件事倒逼洪坤决断。于是，他露出败相，让EMT和片区失去信心而决定二度撤出泰国。而他已两次抗拒来自EMT的命令。

泰国分公司保住了。但华兴总部财经测算，“DGG项目”因Jacob的过度投入，赔款3000万美金，加上开发成本、供应商欠款、工资、扩建科技中心投入、赞助大学等，亏损达6000万美金。

这笔账是三年前测算的激进问题，但必须Jacob来背，毕竟这是在他任上的，按华兴的规矩，前人种树，后人乘凉；前人挖坑，后人也得填。更何况他的不顾一切所表现出的强硬态度得罪了片区、研发和EMT不少高层。

因此，评价泰国近两年工作，他有功有过。最终继续按片区执行既定人事安排，Jacob将在两个月后被撤下泰国CEO的职务，临时归入地区部。少数人提前知道后，有嘲笑、有同情、有唏嘘。

一月，他去了洪坤的生日宴会。老先生很开心，他没有看走眼：“Jacob，你过来。”

Jacob已由一个外人融入了泰国上流社会，被当地政商接纳。在前来祝寿的政坛军界大佬们的注目下，洪坤让Jacob坐在自己身边，两人合了影并聊了很久，几个孙辈也来了，洪坤说：“你们都是同龄人，都交个朋友吧。”

那位爱射击的孙子，曾染过些恶习，因和Jacob处得来，而渐渐变了一个人。老人家很喜欢。

“我希望你留在泰国干得久一点。电信是重要的产业。”

“还有一个月吧，”Jacob得让老人对自己的信任转化为对华兴的信任，“我被调到了东南亚地区部，地区部总部还在曼谷。”

“那你还会管泰国的业务吗？”

“会的。”Jacob再难过也不能展露。

“哦……”洪坤笑了笑，想做事总会有所牺牲，但人们不会知道他们的付出。这是华兴的家务事，枢密院也不能干预，“我祝你前程似锦。”

一个月后的一个中午，All Season区的50楼，几位泰国小员工推开Jacob办公室的门。

“Jacob，去吃午饭吗？”他们问他。

Jacob装出爽朗的样子：“想跟我吃饭？要见的人太多了，太忙了，下午3点以后吧。”

“那我们下午就吃甜点吧？楼下新开的那家，芒果很好吃的。”

“哪家？”

“灰猫餐厅。”

他想起来，那正是在考山路上与众信施总吃饭的那家，就是那天他确认了背后是FRAN在怂恿，也决定走上今天这一条不归路。

“嗯！”Jacob一笑，大手一挥，高傲如常。

这时，办公室空无一人，所有人都出去吃午饭了。

他孤独地坐了下来，防线瞬间瓦解。就在刚才，在法国的佩妮发了几条Skype信息："我们分手吧。"

快春节了，去年的此刻，他在北方机场里和她有过"一年誓言"，两人哭着拥吻，他跟她说过——"我会在一年里搞定泰国的项目。一年后，我们结婚。我一定风风光光地娶你。我说到做到。"

"佑杰，是我没做到，不是你的错。"

然而，DGG搞定了，可是他的职位丢了，至于娶她，她已经决定分手了。爱情长跑里，他和佩妮已经说不上爱，更多的是异地恋的歉意，他曾固执地以为自己要用薪资职位作为娶她的筹码，所以以往的他走不开。而这个春节，他一定要把她追回来，不管自己是什么头衔。

地总来了电话："我把办公室给你腾挪好了，你下午几点搬过来？"

"4点吧。"今天，他正式卸任华兴泰国分公司CEO，负责地区部的销售管理，"我把私人物品整理一下。"他知道，在华兴的前途到头了，他只是想晚一点走。

地总怕他想不开："我给你申请了'地区部副总裁'的职级，人力资源沟通过了，片区联席会议和总部已报批了。"

"谢谢。"他泰国大粮仓的CEO身份本就有"地区部副总"地位，如今这"副总"是一个特设的闲职，不过是每天整理一些销售数据和表格，手下也只有2~3人，是明升暗降。但他还是感激地总竭力为他这个刺头争取的这个头衔，算是待他不薄了。

东南亚地区部总部，还是在All Season，地区部办公室就在泰国分公司的隔壁大楼里。

下午三点，灰猫甜品店里，一群泰国年轻人围着他聊天。他对基层员工，之前可能要求太高了，也许有过伤害，但他心里也一直爱护他们。欢声笑语中，他有点怀念、有点怨念。但，Jacob还是没提前宣布调任的消息，他怕尴尬。

"Jacob，我们合个影吧。"几个员工说。

Jacob爽快答应，欢快的笑容里看不出他的沮丧。一个泰国女孩拿出了一个木雕大象："这是我们给您的礼物，把大象放在您卧室大梁的下方，在泰国文化里，它就能替您顶住一切压力与厄运。"

世界上没有不透风的墙，原来就连这些年轻人也知道Jacob被降职，但他们都感谢Jacob，因为若非他努力，这些毕业不久的年轻人已经失业了。

“哟，挺精美的嘛！”Jacob滑稽地拿着这只大象，掂量了下，装作满不在乎。好胜心强的他被之前他高标准呵斥过的小孩子们看穿，只能强装轻松。也许很快，人人都知道他丢盔卸甲，不再是一言九鼎的那位CEO了。

还有FRAN的人，他们一定很讨厌自己，恐怕正在某处添油加醋地散播他“下课”的消息。

“于总啊，”一年前，那个曾在电梯边被他瞪视过的员工也来这家店尝鲜了，“下午就要到地区部了吧，您就坐我隔壁呢。”

他笑了笑，算了，人走茶凉，总有人想报复一个失势的“暴君”。吃完甜品，他上了隔壁大楼，他手下从300人变成了3个人。

12

春节前几日，回深圳找佩妮之前，他先飞回了上海。她曾经说过，留学回来后，想去上海，那是他们相识相爱的地方，也好避开她的家族——她知道Jacob畏惧她爸爸。

上海的春节前夕，相比泰国，阴霾潮冷。毕业之后，他好久没回上海了。上海变了很多，让他不太熟悉。

平日拥堵的道路，一路畅通。出租车司机告诉他，因为这座城市工作的外地人都回老家了。

司机问他：“你过年不回家吗？”

简单的询问竟复杂得像是哲学问题。他按下车窗，哪儿是他的家？北方老家，妈妈没了，就不是家了。在上海读过几年书，可只是过客，连大学同学都不联系了。深圳只是打工之地。而海外，是成功的中东还是苦涩的泰国？

“我在泰国工作，过年回上海的家。”Jacob决心辞职，以后要在上海和佩妮生活下去，一直陪她到老。

“哦，我看你也是新上海人啊，把爸妈接来上海过年吗？”

他不说话，雾霾中的上海充满了异域和魔幻感。车飞驶在高架上，开到黄浦江滨江一带的高档商圈，本地主妇们正做最后的年货购置，他也要购买一样东西。在热恋时，他们曾有一个小小的约定：哪天他能在上海买房，他们就结婚。他希望这约定依然有效。

车停在一个高档楼盘售楼处，他要赶在售楼小姐下班前买下人生的第一套房。

“先生，不好意思，我们要下班了。”售楼小姐也急着要走。

“请给我介绍最好的一套房子。”

售楼小姐不搭理，选房是一个长周期的事，没有人会冲动。

“我今天就买，您急着走吗？”他不懂房子，更不愿意浪费时间去研究。

售楼小姐一愣，脸瞬间扭曲到兴奋：“不，我晚几天回去也可以。”

“不必，您今天就可以走，早点回家吧。”

她贪心地给这位“高富帅”介绍了一套近顶层180平方米的房子，整个上海天际线一览无余。一看价格，他倒吸了一口凉气。华兴的收入在国内首屈一指，而且他七年工作生涯，又有五至六年的海外补贴，在海外靠华兴强大的后勤行政支持，也不用花太多钱。他依靠优秀的表现，每年加薪和股票也很多，然而上海的房价增长还是远远超过了他收入的增长。

他忽然觉得跟不上时代了，常年的海外生活，他的认知与蓬勃发展的中国割裂了。

销售总监走了过来：“先生您好，这套房子已经被另一位先生预订了。”

“还有其他的吗？”

“没有了。”狡猾的销售总监说。

Jacob心生鄙夷，身为销售，他当然知道这无耻的伎俩。

“还有，就是没有这么好的景观。”售楼小姐瞪了销售总监一眼，生怕Jacob会离开。

“不，就这套。”Jacob不愿再等，也不愿让佩妮吃亏，她和他不同，她一辈子金枝玉叶，跟他一起，却吃了这么多年相思之苦。

“那订金……”销售总监说。

“我今天把首付款付了，没人会动了吧。”

总监连忙赔不是，去准备资料。售楼小姐才想起来，他都没看过样板房。她带着他单独去看。出于职业习惯她难免想打探买家的实力。

“于先生，像您这样一表人才，家庭条件这么好，恐怕有很多女孩追吧……”

“小姐，我不过是个无亲无故的傻×臭屌丝。”

这话呛得售楼小姐不敢多问。

巨额贷款年后再办，他先拿着销售合同，飞奔回机场，赶回深圳。手里还攥着一枚2克拉的蒂凡尼钻戒。

南山区香蜜湖边，佩妮家的豪宅区边上，Jacob找了一间酒店住下。他洗好澡，精心试着明天的衣服，比第一次见客户还紧张。三次深呼吸之后，他忐忑地按下了佩妮的电话。

但佩妮一直没接，残月下，他的心情变得抓狂，一口气连着打了十几次，她还是不接。

他打开酒店冰箱，一口气喝了很多洋酒。走到窗边，他拉开窗帘，从上往下，望着那套别墅——那就是她的家，今天是小年夜，提前庆祝春节的礼花已在空中绽放，而他却形单影孤，他用力推窗子，甚至想从20楼往下跳，还好酒店的窗子是推不开的。

第二天，他在地板上醒来，毯子上还有吐的酒精。他在床头放了1000元，算作小费，自己匆匆下了楼。

这是他第一次一个人走进那扇令他恐惧的豪华别墅的大门。大年夜的早晨，他绝不该去麻烦人家，但他忍不住，也不管她那豪门显贵的姻亲父祖，天王老子也不管。

“你是哪位啊？”私人官邸的警卫傲慢地拦住了他。过了一会儿，里面确认后，他进到小区。

小区很漂亮，小道宁谧、绿植典雅、园景精致，有一种英式的贵气。可他越走越慌，他自己也奇怪，在海外什么大人物、大世面都见过了，这有什么好紧张的呢？

“于先生，请进。”管家出来了。

走进去，一切都是昨日的老样子。他记起第一次随她来的样子，甚至那条她喜欢的柯基犬都摇摇摆摆地过来嗅嗅他。

“叔叔。”他见到了佩妮的爸爸，比见到洪坤还紧张。

“坐吧。”佩妮爸爸穿着裁缝定制的白色衬衫，系着丝巾，穿着背带裤，一副金丝眼镜，头发花白，梳着个大背头，很有民国银行家的样子。佩妮妈妈泡了大红袍给他们。

Jacob今天就像是提亲，他送上了礼物——给她爸的是当代画家何多苓的一幅画，他叫小玲从北京拍卖行里买的；给她妈的是一块上乘玉佩，是托缅甸的同事在当地找最好的供货商要的。

她爸爸是个藏家，看了一眼画：“在泰国发展得怎样了？还忙吗？”

“呃，还行……还行。”他有一丝紧张，如果被问起职位，自己就说地区部副总裁。

“带多少人了？”

他撒了谎：“三百多人。”

“嗯……干得不错。”她爸徐徐地点头，然后看看她妈。

“幸亏我们没有出门，小于。”她妈说。

“要去拜访谁吗？”她父母的朋友非富即贵。

“不是，我们改今晚去欧洲，和佩妮一起在欧洲过年。”

“佩妮不在？”他极度尴尬，人像烧红的铁，她竟然不告诉自己，让他一个人在她爸妈面前丢人现眼。

她爸使了个眼色，她妈走开了：“小于，我是看着你这几年成熟起来的。我想，你一直可能有个误会。”

“你刚来时，我只把你当一个孩子，”她爸给他一根香烟，“你我之间总是保持着一种距离感，但现在我们可以聊聊男人之间的话题。”

她爸吐着烟：“你总觉得我不看好你，也许这激发了你的好胜心。但我从没这么考虑过。男孩成熟得晚，是一杯慢慢才能泡开的茶，到了30岁才有茗香。佩妮遇到过很多男生：玩音乐的、搞运动的，还有世家公子。但她跟你在一起比谁都长。

“你身上一定有她没有的东西在吸引她。其实，我也为你们高兴。比起我朋友的孩子们，他们到了30岁也没什么长进，而你在国外打拼，更像一个男人，一个男人不经历一些是不可能成长的。人生是一场长跑，我看的不是起点。男人，是要看格局和胸怀的。”她爸给他倒了一杯山崎威士忌。

“谢谢叔叔。”他站起来，恭敬地接过。

“干杯！祝你工作蒸蒸日上。”她爸和他碰了一下杯。

她爸抿了一口：“但是，你在她最好的年华时，不在她的身边。”

“可我是为了我和佩妮的未来。”

“我懂，小于，”他在年轻时又何尝没遇到过时代的无奈呢，他拍着Jacob的手背，“人啊，一生要承担很多身份，是子女、是父母、是丈夫、是员工、是领导。一个人，不可能在所有方面都是完人。你追求一个方面，就肯定会损伤另一个方面。”

Jacob急忙打开包裹，要拿出房产合同，向她爸证明自己和她的未来。

“你和她在一起，你一直很有压力，其实你想错了，她也很有压力。我本想给你们创造好物质基础，但佩妮拒绝了，她怕伤到你的自尊。你们聚少离多，我也没机会多说。”

他从没想到，自尊害了自己，断送了他的爱情：“不，叔叔，我会离职的，陪在佩妮身边。”

“你不再是个男孩了。男人是需要事业的，而一个男人也要知道自己的极限，面对难题，男人有时也要学会放手。小于，她已经做了决定。”

男人之间的谈话在烟酒中度过，他头一次在外人面前流下了泪。她妈端出了一些菜：“来，小于，吃完饭再走吧。”

三人在静默中吃完。她爸妈退回了礼物，他出门扔进了垃圾桶。

他明明看到，那条柯基犬穿着他买的鞋，那鞋是她在深圳租的一套房子里锁着的，只有她有那套房子的钥匙。他明明看到，院子里放着一个杯子，那是她专属的杯子。他们根本不会去欧洲。

她在家，她一定看见他的眼泪，但眼泪是可耻的，他不想再祈求。

除夕的当夜，他没有在深圳停留，直接从宝安机场飞往中国北方，他坐在舷窗边一路飞行，多少年没能在中国过年了，这一次，他从南到北，孤寂地领略了全国庆祝的烟火。

大年初一的早上，他没有回到自己出生的小村镇，而是去了母亲的墓地，整个墓地只有他一个人。他拂去了墓碑上的一丝青苔。

“对不起，妈妈。”他因为泰国的事情，一直没能来扫墓。他不知道，明年的春节会在哪里过，也不知道哪里才是他的家。

游子从来就是报喜不报忧的，他坐了一上午，跟妈妈说了很多没说过的话。他也想起妈妈曾说过，按照老历法，人活到33岁，难免会有一道坎，要么是健康，要么是人生，一定要渡过这劫。不知自己还挺得过去吗?

“新年快乐。”——一堆无用的拜年短信跳了进来。他也给佩妮发去了一条，然后还有一个笑脸符号和一个红包。

好久之后，她才回了一条“新年快乐”。女人若想分手，可比男人决绝得多。

光标闪烁了半天，他想追问她是否在巴黎有了新的生活，但还是换了句话：“下次还来曼谷吗？”他看着屏幕上，连续3分钟都显示着“对方正在输入”。

她在迟疑，而他渴望着转机。

消息来了：“我更喜欢巴黎。”

“那上海呢？去年的事情，我做到了。我马上辞职，我买好了房子，还有戒指。”

“你不懂，你什么都不懂……”佩妮写了，删掉，又写了然后又删掉。

“我觉得门当户对的老话是对的。你要花太多的时间去证明自己。我真的等得太累了。”佩妮已哭得稀里哗啦，一切太晚了，“你真的很优秀，但你不属于我。也许，会有更懂你的女生。”

人的热情是经不起消耗的，就像一杯热水在冰箱里放得太久了，也会变成冰块。

“那好，也祝福你。希望我们还能是朋友。”

她沉默着，而他也哭了。他想起洪坤说他的经验——时间能扭转一切。它让沧海变成了桑田，也让恋人变成了路人。

“房子我打算退租了，回我爸妈家了，你什么时候拿走你的东西，我也拿走我的。”

三天之后，房东来到他们曾经租过的小屋，里面是一男一女。然而却不像情侣，和墙上贴着的大头贴照片也不一样。

“这个东西他要吗？”女的问。男的说：“你等一下，我打电话问问他。”

这曾经充满甜蜜爱意的房间，渐渐撤空。他俩都不敢来，连分手也都是找了朋友代劳。

“要吗？”

“她说都烧了……”女孩尴尬地说，“怎么办，那他怎么说？”

“他也胡说呢，”男孩双手一摊，“他说要租个仓库，都留下。”

13

Jacob回到了曼谷。春节期间，他唯一的活动是参加地区部为留守员工举办的内部联欢会。

他的工作成了无趣的文书作业，手下三个人，负责销售信息的对比、催要、周报。偶尔随地总出差去柬埔寨、缅甸、越南、菲律宾、尼泊尔支持，他没有了自己的根基。

他的三位副总，都因与泰国DGG和解而升迁了，张舒更成了新一任CEO。

Jacob本是下任东南亚地总的热门候选人，可他已错失了机会，在华兴、天涯论坛和微博里都留下了闲言碎语。地区部有人议论：“Jacob的污点是洗不掉了。”“Jacob也许在泰国认识了什么女人吧，人品作风也不好，所以还离婚了。”

在地区部的每次开会，他也不再激进。虽贵为VP，但这是无权的虚职，天天就是汇报数据，他从一名将领，变成了一位内侍，从一头狮子，变成了黄牛。

新一年的第一季度，开工会很多。泰国新任CEO张舒、几位旧部下，都想鼓励他，拉他一起去唱歌放松。别人努力地唱着，可他却不点歌，大家不知该怎么办，等曲终人散时，他已经买完单。等他们走了，他又悄悄留在房间里，一个人听着张信哲的情歌。

后来，他也变得更加孤单，常常一个人去看电影，一个人去食堂吃饭，失去了人生目标。

地总看他的样子不太对，拉他谈心：“公司有句话：凤凰浴火重生，圣人崛于泥坑。调你来地区部休整，就是让你学习一下更高的维度，为你下个阶段做准备嘛。要往上走，做华兴的大干部，哪个不是能上能下的？”

他哼笑了下，有什么好学的，不就是坐十年冷板凳吗？坐就坐呗，反正自己现在被那套房子的债务套住，回国也不知道干什么好。

就这么过了一个月。日子清闲，他也不好意思联系客户和同事了。

“周六去哪儿？”新来的几个员工讨论着，“先加班，下午去‘Central World’购物，那里打折呢，晚上吃个珍宝蟹。”“太棒了！吃完再去酒吧。”

新员工都不知道他是谁。八年来他第一次那么自由，以前他总抱怨没有时间给家人，但真给了自由，他却无所事事。

周末上午，他一个人在灰猫餐厅吃Brunch，下午回到家，学难如天书的泰文，晚上去酒吧喝酒。可生活失去坐标，他的作息也变得糟糕，每天凌晨三四点睡，不规律的起居，又让他陷入低落。他就又去酒吧喝酒，这成了一个恶性循环。他成了酒鬼，流浪在曼谷酒吧里，他唯一的社交，就是和陪酒妹喝上两杯。

六个月里，他的周报不再准时，工作也不再认真，半年考评打了C，却对曼谷娱乐场所无比熟悉。他的健康每况愈下。有一种男人就像雄狮，他们无所畏惧、勇敢善战，但是不能料理自己。一旦缺乏明确的目标，又没有女人的照顾，是活不了太久的。他发现自己就是这种人，这样下去不是办法，他像在黑暗的深渊里往上爬，渴望着自救，却始终无望。

六个月后，他决心摘下之前那枚订婚戒指，要找个姑娘谈场恋爱，重新走出来。

他的第一个女友是华裔，家里在中部还有一大片农场，有别墅。但他无法适应，两人貌合神离地谈了一阵子后，女孩先踹了他；第二个女友，是一个极为漂亮的“White Thai”（带白人混血的泰国人），是一个小有名气的泰国广告模特，她拥有立体的五官、红润的脸庞、完美的身材，可他除了性欲之外，什么也感觉不到，但他也不敢捅破。他不断给她花钱满足她的虚荣，可一个月后，女孩找了另一棵大树，招呼也不打就离他而去。

他越挣扎着向上，反而越滑越深，尤其当钱都买不到爱时，他有点绝望了。年纪在变大，身边平凡的同事都有了孩子，他觉得自己这辈子恐怕都要单身了。

于是，他成了一个玩世不恭的浪子，迷失在曼谷。

他通常不会戴戒指，有一天他心血来潮地戴上戒指时，却在夜店里结识了一个朋克女孩。她眼影浓重，叛逆写在脸上，带着黑色金属的气息，和一般泰国女孩迥然不同。而她看到他的戒指，反而更有了征服欲。在酒店里一场巫山云雨后，他感到了真正的酣畅。

他望着洗手间镜子里全裸的她，刚才妖娆鬼魅的她，卸完妆竟无比清纯，她转过身来，看着他的眼睛。他没有多问，而她也不问他戒指的事。

“我们都是让人第一眼讨厌的人。”她亲了他的额头，“但把我们剥开，我们都让人喜欢，不是吗？”她穿好衣服，背上挎包，给了他一个名片，上面有她的电话，她是个幼托班老师。

她对他没有额外的索求，而他也是，不问过去，也不问未来。他们只是偶尔相聚，随便相处了几个月，他在风中的钢丝上平衡了下来。

就这样到了12月，他在泰国整整3年了，在华兴也8年了，8年的员工有几天带薪休假。一般人都会回国团聚，但他失去了团聚的方位。

他拿了人家办公桌上的《Lonely Planet》。在泰国很多人都会选择喧嚣的芭提雅，但是他选择了向北的佛教心灵路线——就去“大城府”吧，那是泰国数百年的旧都，有不少寺院遗迹。

周五，他坐了两小时大巴，又租了辆摩托车，绕着古城转。

蓝天、卧佛、绿树、骄阳。一个南传佛教的年轻僧侣走到他面前，他双手合十，在泰国布施是很正常的，因为僧侣不干活，要靠普通人供养。可小僧拿出一张传单——“Meditaion Course”（冥想课程），小僧问：“您有兴趣来参加吗？两天一夜的短课程，让您彻底忘记困扰。”

他早就想找一个寺庙清修，来泰国那么久，一直看到平和的僧人，他渴望着安宁之道。

下午，寺庙坐满了不同国家的人，北欧、法国、德国、美国，他是仅有的东亚学员。一位老僧介绍道：“这两天一夜，需要您不吃荤腥，过午不食，不能说话，观察内心的波动。”

Jacob本就不想说话。

“请大家把手机交过来，冥想时，要切断与尘世的连接。”小僧收走学员的手机。

从下午到晚上，他从更衣、打坐、步行、洗澡中都在聆听和观察自己。僧人不断传习技巧，他和大家一样保持着均匀的呼吸，以调整状态。

思考、思念、牵挂、打坐、冥想、禅定，

清心、寡淡、禁语、禁食、辟谷、觉醒，

自在、静心、觉察、开悟、明亮、清爽，

见证、法喜、轻盈、内观、了悟、雨天，

午后、涓涓、溪流、呼吸、瑜伽、平静……

晚上熄灯了，他和一个葡萄牙人住在两人间。僧人说这样的冥想练习有助于睡眠，而这一夜，他依然失眠了。

黑暗中，他看着漆黑的天花板，眼前浮现了过往。

他是省高考状元，他现在有点钱，他是最年轻的海外老总，可又如何？去考什么研，去什么海外，干吗找个门第过高的女友？现在，他甚至找不到人生的出口。

有人羡慕地说：“你的人生很精彩。”可他觉得，他还比不上老实待在家的同学。

他家在哪里？归宿在哪里？眼泪湿润了枕头，他暴捶床板，吵醒了葡萄牙小哥。小哥用手势示意自己也一夜没睡。

Jacob背身抹去眼泪。一腔热情，换来了什么？“狗屁的公司文化，为什么自己当初被洗脑了？”

小哥说：“你做噩梦了吗？”

他却摆摆手，不愿破戒。热情的拉丁人也撬不开他的嘴，只能拿出偷偷藏好的烟，两人就对着窗外，一根根抽到天亮。

第二天吃完早饭，又修行了一上午，老僧做最后的结业总结，问到Jacob时：“To See is To Be Free，您观察到自己的欲望了吗？”

“我观察到了。”

“不错，观察是第一步，以后你多加练习，就能伏住心魔。”

他相信人一辈子平淡是真，而今心如湖水，伏住并不难。

课程结束了，他和葡萄牙小哥告了别，然后打开布袋一看手机，他惊呆了——竟然有50个未接电话，有深圳总部的总机号，有地区部的电话、片区号码和总裁办号码。

被遗忘了那么久，谁还会急Call一个废柴啊？

一个电话拨了进来，是亚太片总刘总："于佑杰！你又不接电话！"

"刘总，手机掉水里了，我刚拿到店里修好。"Jacob已经习惯性地胡扯。

"7×24小时开机，别找借口！"刘总训斥。

"我不是在休假吗？您有什么急事？"

"不是我！是EMT点名找你！你今天就回深圳总部。周一一早EMT要见到你。"

"这恐怕不行吧。"他嘴上这么说，心里确实一动。

"给我马上动身！"

"到底什么事情？"Jacob认真起来。

"我只知道，你比别人少了两天。"

深圳还能有什么等着他？唯一知道的是，他32岁了，下周就33岁了。回想入职时，他还那么年轻，白驹过隙，已是这把年纪了。他曾怕耽误而加倍努力，现在却在泰国徒劳三年。人近中年，他有点认命了，也甘于佛系平凡。

僧人合十告别，他回礼。在车上，回望着佛寺，他没有发愿。人年龄往上走，他愿意去相信，可生活告诉他，信什么都没用。真正的佛教从不提倡许愿，而追求内心的平静。

手机叮咚，跳出来一条短信——"工号XXX，于佑杰，曼谷到深圳，航班已经确认。"他的心咯噔一下跳起来，一种被压抑的本能正重新唤醒。

chapter 3
深圳基地

1

飞机降落深圳宝安机场。

如今的华兴，在深圳地位极高。司机在国际航站楼接到的商旅客人里，10个里6个就是华兴。一说去华兴，司机闭着眼都能开到“关外”龙岗区。

一路上，师傅打探起Jacob的终身大事，想帮华兴男介绍女友。这不奇怪，华兴是深圳的一张名片，围绕着华兴，延伸出各色的生活服务产业，从吃喝玩乐、到恋爱交友、婚嫁丧娶，再到投资理财、兴趣培训、子女教育、旅行出游。甚至是不法分子，也盯着华兴员工下手。

车开在高速路上，已经中午了，Jacob看着手表，管他呢，迟到就迟到吧，“师傅，走市区吧。”

“市区堵啊。”

“没事。”他就想看看。

师傅看了下后视镜：“您这样子也很久没回来了吧，之前去哪个国家，去了几年啊？”

他没有说，就任凭师傅绕路。

“世界之窗”、罗湖、福田、华强北、大小梅沙、深南大道、地王大厦、万象城、莲花山、深南路上的那块改革开放的巨大宣传画依次滑过，眼前新的COCOPARK开起来了，好多新楼没见过。

他放松下来，都是熟悉的味道，那南方特有的潮湿、那广式的早茶、那全国最好的服务态度、那充满商业活力的城市。深圳，混乱无序但又不断发展，这就像纽约刚刚开埠后的那种朝气蓬勃，像是一个男孩在野蛮中成长。

深圳很年轻，路上老人都很少，三三两两都是大江南北来寻梦的年轻人，他们都像自己当年一样热情。无论东北人、湖南人、湖北人还是四川人、江浙人，来了都只有一个字——“拼”，在他们父辈时，这里有过“深圳速度”的神话。

背后是大山，快到“梅林关”关口了，从前这里要检查“入关证”才能通行。车停了一会儿，他开始心跳加速了——关外再开半小时，就是华兴了，三年没有回来了，重回华兴总部，虽熟悉又陌生、虽亲切又紧张。

关外原来是一片农田和荒山。现在成了工业用地，一些工厂散布其间，尘土飞扬，规划差了些，附近还有那种城乡接合部的农民房和城中村，零星散落着一些足浴和餐饮店。

再往里开，就完全不同了，周边配套了一个巨大的西班牙式小区，有小湖、广场、天鹅，还有高档餐饮。米黄色的建筑，罗马圆拱造型，棕榈树，别墅和大平层，充满着浓郁的地中海风格。这里，就像一块飞地、一片离岛，那么与众不同，隐秘于世间。

总部快要到了！

八年前，他加入公司时，总部还只是在南山区的一栋大楼，四五千员工。

六年半前，他离开中国，新总部刚打下了地基，员工近万。那时华兴的老板说过：“未来华兴将在全球排名前三，员工要扩张8倍！你们每个新人都要管8个人。”当年Jacob信了，但回头想来，成熟后的他不那么单纯了。道理很简单，那时是互联网、通信业的超级寒冬，华尔街股票暴跌，泡沫化的“.com公司”跌到了几美分，国内数家互联网巨头公司濒临破产。而华兴在技术选择上，押宝接连失误：重金研发出2G的GSM在国内关上了大门，3G的WCDMA在国内迟迟不发牌，而华兴没有开发当时能在中国赚钱的CDMA和PHS小灵通。

一句话，华兴快要破产了！什么“世界前三”，什么“扩张8倍”，光每个月要养活1万人的工资就快入不敷出了。华兴不想裁员，只能集体降薪以节流，然后走向海外来开源，然而这又意味着与世界级的对手作战，甚至在别人耕耘了几十年的土地上抢市场。

Jacob就是那时被招进来，第一批走向海外的。

“到了，先生。”

“不急，你带我再绕一圈。”他想再看看，他发现来总部参观的外国客户越来越多，这和他在中东时完全不同，甚至比他刚到泰国时更多，每年都要翻番的样子。他负责销售管理时，发现今天的形势变了，海外销售额已经从0%占到了全公司60%。

他也只是上一个时代的英雄，过气了。

华兴总部，员工戏谑叫它“基地”，矗立在四周荒凉中的一个世外桃源。

它低调、豪华、高科技、巨大，就像一个“抵御外星人的秘密基地”。

巨大的基地，分成了1～8的区域，有500个足球场那么大。有时为了开会，员工需要坐“穿梭巴士”和“穿梭火车”才能到达。

车先开到1区。这是“IT中心”，巨大的全球云机房里，运转着全球各分支的数据。核心机房建在地下20米处，0℃恒温，进去得穿防冻服。为防止数据被物理毁灭，建筑采用特殊岩材，可抵御3000℃火山喷发，10级地震甚至核攻击都无法破坏它。地上二楼有个像NASA宇航中心一样的巨型作战室，指挥官像坐在旗舰上，依靠墙上几百个监控屏，进行战场资源的实时调度。而作战室下俯瞰到的一楼，坐着近千位工程师，他们以四种语言，解答全球员工的内网问题，维护公司效率，毕竟华兴几百套管理系统、几千个订单、几万个测算、几十万个电话、几百万封邮件都在线上进行。

2区是“全球供应链中心”，1楼有巨大的产能，按订单进行半自动化生产，后方仓储则自动分拣，货物按一线需求打包代运。2楼至4楼的物流专家，他们能第一时间占住空/海运的舱位，加速进出口清关，最快地发货到一线，满足工程。最震撼的是一条“空中铁轨”，犹如科幻里的新干线，凌空地将货物在马路上方传送，并伸向无尽的远方，直通码头与机场。

3区是“全球技术服务中心”，停着许多商务车，技术专家陆续不停地坐车赶往机场，赴海外支援。而提供差旅服务的，正是华兴后勤部。这相当于“内部的携程网”，从全球签证、机票，再到海外住宿，一个内部400电话搞定。

Jacob感叹着，好久没回来了，现在连为主营业务配套的IT、物流、差旅系统也都那么厉害，这三大体系要是能独立上市，恐怕都是国内的独角兽了。

“行了，放我下来吧。”Jacob说道，一股浓浓的自豪感又涌起来了。

他一个人走到4区，那是中央研发部，有16个大楼。正是午餐时间，乌泱泱的研发员工去食堂了，迎面与Jacob撞着。

Jacob发现，年轻人很多，真的扩张了很多倍啊。但没人认得他，他早年在中东北非的传奇已被“稀释”了。他有点饿，索性也去吃饭吧。这里有几十个餐厅，大江南北各种口味，还包含中东菜、东南亚菜和西餐。他选了一份泰式炒米粉，坐了下来。

Jacob听见了隔壁桌的人讨论着，研发与以前不同了，现在他们对市场切入非常超前。

——“印度Bharti和Reliance要发标了，是几十亿美金的大单，我可能下个月要去新德里支持了。但那边客户很难搞，先画大饼，最后取消，我一定要证明华兴是物美价廉的。”

——“英国‘沃达丰’，要在印尼投一个新网络，印尼有2.4亿人口，全球第四啊，可那是千岛之国，挺难建的，还是‘交钥匙’，但项目预估十几亿美金呢。我得过去，因为之前去的兄弟几个月都做不出方案，我就算掉一层皮也要搞定它。”

——“阿联酋Etsalat要建一套全球最快速的网络，哎，中东土豪总喜欢最炫的东西！但FRAN、诺阿、爱立森、三晟都在！我就算吃不到猪肉喝不到酒，也要证明中国可以技术第一。”

战斗气氛十分浓，连程序员都摩拳擦掌！

Jacob听着也被感染了，但很快又冷静了。年轻人充满活力，他们身体虽长成，但心智还在发育，对华兴迷惑而惊喜，陶醉于一种莫名的优越感。

人年轻时的想法都是相似的，他能从那兴奋劲里看到自己的影子。

华兴员工中有许多寒门学子，他们往往是离乡背井求学、找工作的年轻人。这些家境贫寒的孩子，个个都想改变命运，渴望与众不同。华兴把他们招来，给他们机会，而孩子们坚信自己能进化为任何人，用奋斗实现生命的种种可能。

华兴一直提供梦的平台——只要工作认真，你就有翻身的机会，哪怕中间遇到磨难，你只要投入时间、集中精力，就能完成伟大事业，获得人生幸福。

对于年轻人，这洗脑简单有效。然而，Jacob成熟了，他的感受更深入也更现实了——磨难是磨难，幸福是幸福，没有因果关系，磨难不会变成幸福，反之亦然。如今的Jacob变得格外讨厌给年轻人不实且幻想的东西。

“你们看过奢侈品广告吗？”他冷不丁地插嘴问这桌人。

“嗯？”研发直男不知他想说什么，“怎么了……”

“你相信一件衣服、一块表、一双鞋、一个包，就能让你变得与众不同吗？”

年轻人皱着眉头，疑惑地看着他。他责备道：“人家说什么，你就信什么。”

对方嫌弃地端走了盘子，换了个桌子，又开心地聊起来。

菜凉了，他孤独地放下了筷子，通信科技业是集群协作的，是没有个人英雄的，它不像互联网里好汉林立，不像金融业俊杰辈出。这个行业的英雄寂寂无名，迭代很快，正如他自己。33岁，人生茫然，是该接受自己走下坡路了。

远处，Jacob见到30多岁的同龄人孤单地吃饭，像从外企跳来的。看来外企也不好过。以前外企称霸时，优秀的人都去外企，生活工作完美平衡，现在华兴也夺走了他们的好日子。

Jacob起身离去，坐巴士到5区，这里是度假酒店，叫“千花园”，给海外员工和客户回国时使用。这里全五星标准，有泳池、棕榈树、高级餐厅、酒廊、SPA、网球场、健身Golf、医院。当年“千花园”还很空旷，现在住满不同肤色、不同种族的人。

唯有一角很普通，那是四人宿舍，给新员工两周大队培训住的。

“全体报数，出发！”教官喊着口令，Jacob在阳台上看到又一股新鲜血液注了进来。

他本想躺会儿，但新员工出操的喊声吵到了他，年轻人的存在让他心神不宁，而曾一起的那批大队培训的同学今何在？

一个电话打了进来，是小玲：“Jacob，你怎么还不去6区报到？”

2

6区很大，分布着“展厅”和“华兴大学”。

走过“展厅”时，几位一米八五的黑西服男礼宾、还有一米七二的红裙女孩迅速排好——20岁的男生英气逼人，女孩美丽大方，他们隶属“客户工程部”下的“礼仪队”。接待标准达超五星级酒店。

Jacob心想，应该是重要客户要到了。有人正查询着电子流，调整电子屏上的欢迎信息。他看了下屏幕——13:30东欧Telkom，13:35越南Vinaphone，13:37葡萄牙Optus。他吃惊了，以前可没这么快的节奏。最初，哪怕能请回一个小工程师，就很了不起了。

有谁能像华兴，在海外坚持七年，哪怕颗粒无收。三年前，全球3G终于大爆发，运营商如雨后春笋般发3G牌照，这时，华兴“小媳妇熬成婆”，终于有了被“邀标”的机会。可真要拿下订单并不容易，搞不好就是“陪标”。因为电信业有“鄙视链”，尤其对华兴这种“新玩家”。为了打动客户，华兴必须一个个积累海外据点。

而这最初“从0到1”的地基，正是Jacob在战火纷飞的中东打下的，属于Jacob的“拓荒时代”过去了，新一代冒了尖，如今，海外大单涌现，员工们异常亢奋，组织也在大跃进。一旦拿单就能步步登高、给番号，配人配枪。他听说，有人在十八个月里三级跳。而同期，恰是他在泰国的至暗时刻，被甩下了高速列车。

一辆“考斯特”停下，打断了他的思绪，几个白人在华兴客户经理的陪同下参观展厅。

这些人高大肤白，金发碧眼。他本能察觉CEO是一位女性，而CTO则是一个30岁的年轻男性，坐驾是中巴车，不讲排场——海外经验告诉他，这是北欧社会的“平等”特征。

“已经进入北欧市场了吗？”他惊叹，北欧可是通信业里强大的竞争对手，爱立森和诺阿都在北欧啊。现在唯一的黑洞恐怕只有美国了吧。

好奇心催使他跟进去看看，搭着一台超长的扶手电梯，一行人下探到了20米深的地下。

这里犹如一座神奇的“地下城市”，有强烈的科幻感，又有全球调性，有些像南太海洋文明，部分是极地民族，还有像法式、美式、地中海式和伊斯兰风格。但最强烈的是神圣庄严感——里面陈列的技术，像人类博物馆那样，装满全人类的智慧。

华兴至今的几大磨难、成功、濒死、复活，都被记录在其中，像极了红军长征。他看着“世界地图”的背景墙上，一盏盏灯亮起，宣告华兴在全球新兴市场位列第一！

“你们第一？”北欧客户像打开了一扇新世界的大门。因为他们心里，中国人的形象依然是长城、唐人街中餐和李小龙，至于产业也就是制衣业。谁能相信中国有独立自主的先进科研水准？

“你们说自己是全球新兴市场的第一，科研方面是抄袭的吗？华兴虽然便宜可靠，但我们不能用有法律问题的产品。”北欧人并不傲慢，但很直率。

华兴的讲解人员卡壳了——可能还不熟悉世界不同的英语口音。

Jacob看那是个新员工——恐怕是入职三个月的新员工在实习。如果连英语听力都有问题，还怎么让人相信你呢？

一直反感华兴的Jacob，又本能地要维护华兴，可刚想插嘴，只听背后一个清丽的女子声音，带着悦耳的伦敦音：

“知识产权绝对没问题。我们49%的员工都是研发，其中40%是硕士，每年我们会把18%的收入投回研发，持续投入大资金研究技术。在美、瑞、德、法、印都设有研发中心，每年新增10000件知识产权，你看，”她指着一块显示屏，“我们与欧美公司互换知识产权，这是我们与FRAN、爱立森、诺阿等巨头一起参与制定的4G通信标准。如果我们不是个合法玩家，西方巨头又怎么会允许我们一起参与呢？”

“嗯。”女CEO被打动了，她又看了眼年轻的CTO，CTO也点了点头。

这气场可真有说服力啊，Jacob一看，竟是大队培训时的老同学——韩菲。

她比他小四岁，当年交换到古巴的上外本科生。她貌若天仙，是培训时的女神，而且她才华出众，更是培训中的第一名，一次模拟辩论赛里，他甘拜下风，排名第四。与Jacob开拓边疆不同，结束后，总部几大部门都竞相要她，她便留在了总部。以她的出众，轮岗到每个部门都引起了老员工们的追求。

韩菲是个神奇人物！连Jacob也生过好感。今年她29岁了吧，他在微博上看到过她的更新。

不知为何，他冒出了一种本能反应——看到昔日女神般的对手，他竟又有了当年的自卑羞涩，想拔腿就跑。

“于佑杰，是你？”她惊讶地笑着。

“是你啊！太巧了，还这么漂亮呢。”他不得不留步了。

多年未见，两人的生活已经有了些变化，但聊起当年的往事，瞬间就有了昨日重现的默契和共鸣。

“你当时可是我们的‘于大才子’，果然是第一个拿到‘金牌员工’。”韩菲笑得很美，这令他更不好意思，无论今天如何，他在她面前总会脸红，即便她还比他小几岁。

“别笑我了，你是美女加才女，你才是我们最看好的人呢。”她的优秀之外，漂亮更令她职场加分，得贵人相助，事半功倍。

“老都老了，你别取笑我了。”

“你怎么样？”他问。

“就这样吧。”两人走到一边闲聊，聊起八年前新人时的往事。这几年，她都在华兴总部，为了家庭和生活的稳定，放弃了海外职场的镀金，在经历多个部门后，她最终选择留在了展厅——这里朝九晚五，最稳定。

“我记得你在海外发展得很好，在泰国怎么样？应该更上一层楼了吧？”她眼睛透出一丝羡慕。

他有点尴尬，她在总部这么久，怎会不知他大起大落的窘境呢？毕竟展厅还是海外第一手信息的聚集地。

人到三十，哪怕是同学也要攀比，谁能上、谁不能上，逐渐拉开差距。每个人都怕变成了Loser。他怕在这位“公主”面前被挖苦。

“大家怎么样？”他走到展台边，拿着咖啡岔开了话题。

“八年了，联系少了，不少人离职了，”她转口一说，“但有些人也成了中流砥柱。你知道以前那个不爱说话的张磊吗？他已经是一个无线产品线的头了，没想到吧。

“还有局长，他赢了一个印度大单，现在是印度的产品副总了，接下去印度还得再谈一个数亿美金的特大项目，都号称10万个基站，印度预计会独立成地区部级分公司。”

“嗯，局长是赶上好时间了。”他祝福中不禁带着阴阳怪气。一年多前，小玲告诉他时，张磊还只是负责4G的预研，局长也才刚下派，他们竟然后劲那么足。

“乡长去了越南一年，然后创业了。”

“我知道。”Jacob和乡长都隶属东南亚地区部，当时和乡长喝酒告别时，也羡慕他，“他拿了越南最大的电信项目后，反而离职了，融资了2000万和别人合伙做互联网。”

“嗯，还拿到了杭州市政府的智能交通项目。”

“都挺好啊……”人人在进步，只有他沉沦不前。他越发羡慕起“后发”的人。人生长跑，那些同学跑得很稳，而他一马当先冲出去却崴了脚。他讨厌人家夸他“于大才子”，像是在挖苦。

“班长最好了，他现在是地区部总裁了。片区联席会议给他单独划片了，新设‘安第斯地区部’，是最年轻的地总。”

十八个月晋升地总的竟然是班长？班长是中科大少年班的，比他这个理科状元更牛，班长出去比他晚，成功比他早。这与“后发”无关，天才就是天才。Jacob仅剩的自信，也被摧毁了。

韩菲看出了什么：“当年，你可是唯一一个敢去海外的人啊！你一直都很有胆色！”她露出小妹妹崇拜的眼神，“我觉得和你每一次谈话，都很有收获。”

“开玩笑吧？”

“当然是真的！他们是赶上了好时代，但得先有哥伦布啊，”她正经起来，“你就是那样天生敢冲的人，所以会选不一样的路。”

“你真会说话，”他开心地笑了，“那你呢？你原本这么优秀，怎么？”

“哈哈，我一直就想简单平凡地生活啊。”

他看着展厅安逸的环境，笑着说：“那你做到了。”

“哼，你肯定是看错我了吧，我就喜欢简单。当然，我也羡慕你们，在海外长很多见识，过着我在国内上班体验不到的人生。”

“我也挺羡慕你的，能在家人身边，很好。”

生死有命，富贵在天，第一名的韩菲，如今很平凡，对他也是一份安慰。他也冒出一个新念头：“能帮我看下总部的职位吗？”

“啊，要回来？你不觉得可惜吗？”

“有什么可惜的。留在海外，也是消磨生命，从一个遥远的国家去到另一个遥远的国家，从一个食堂吃到另一个食堂。”快七年了，他厌倦了海外生活，至于荣誉，他不想了。当年最优秀的才子佳人，复归平淡，时间抹平一切差距，他也可以有另一种活法。

她手机响了，“我先去接个电话。”说着便离开了。

这时，他在展厅办公区听见她同事说——“雍总说，他们的二宝发烧了。”

雍总是她老公？Jacob很震惊，雍总是片区级总裁，工号190，很有钱。可雍总已婚了啊，难道也离婚后二婚了？但雍总四十多了，她还给他生了二胎！这就是她的甘于平凡？这就是她要追求的另一种生活？不，她一直过着很好的生活。

他才是那个最差的人！

他望着她，她浪费了自己的才华！然而，他冷静下来，韩菲善用了才华，在男权社会，女人有权选择一位成功男士。而雍总也不是那种肤浅于美貌的人，韩菲的情商和才华才是他欣赏的。谁都没错。

可惜男人没有这种机会。

没有人会止步的，“平凡”只是他的幻觉，一旦机会来了，谁会放弃？

也许，韩菲早就知道他在职场的自残吧。两人情商一个在天一个在地，她刚才给足了自己面子。雍总和她会怎么Judge自己呢？他最怕人家把他的人生赤裸裸拿出来分析。

招呼也没和她打，他就离开了展厅。搭着长长的电梯，他逃亡般回到了地面上，而太阳却已钻入云层，只剩闷雷滚滚。

在6区，他继续穿过一片热带雨林，进入一个像神庙的巨大建筑，里面全实木装点，3层楼，100间培训室，12个大礼堂，1个镂空的空中花园。这是华兴大学——华兴的精神中心。

华兴大学培训各个级别的员工，从新员工、基层骨干、中流砥柱、封疆大吏到核心高管。他呆坐在一楼广场，看着人来人往。有应届新人、有海外将士、有新晋干部、有守土一方的大员，每一种人，都有各自的使命感。

而他已经历过了这一个轮回，就像六道轮回中佛祖看穿了一切，热闹是他们的，他倦了。

窗外下着雨，滴在华兴大学门口一块标志性的巨石上，上面刻着：天道酬勤。而新员工正冒雨与此石合影。

他初见此石，也很相信，这种鸡汤最滋养年轻人了。后来，他在华兴大学高级干部的培训班上，老师说："凤凰浴火重生，圣人崛于泥坑。"这话真洗脑啊，可一次烧不死，多烧几次，也就烧死了！

一个穿西装的助理走来："于佑杰，于总吗？快进去吧，大领导都等您多时了。"

"嗯，这里面什么事儿？"

"我不知道。"助理面露难色。Jacob瞥了眼："那我就再让他们等一会儿。"

"呃……是拉美片区的事。"

3

方总现在最头痛了，他被临时委任为拉美片区的总裁，华兴创始人兼CEO山总只给"试点一年半"。他原是EMT成员，一场与他无关的争论后，他莫名地被降级了。如今，一年半做不开就是自己的责任，仕途还得再下滑。

他必须思考"试点成功"的定义——怎么打拉美才算赢？

拉美有二十多个国家，而华兴拉美片区现为三个地区部，十来个分公司。虽然能深耕细作，但一个个打，短短一年半能普遍开花吗？

这几年，华兴到处有机会，可就拉美没出成绩，根子还在人身上。但如果把三大地区部、十来个分公司大换血，换新思路，组织动荡，哪还有时间搞业务呢？而且，新赴任拉美的人也未必更熟悉情况，如果一半新一半老，发生必然的冲突又怎么办呢？

他茫然地看着EMT们讨论，在一栋别墅里，众人对方总投去同情的目光。

有人插话：“既然路线定了，那干部就是成败的决定因素。”

方总抬头一看，正是“人力体系”的EMT成员李总。李总说：“老方，我建议你先找一些能啃硬骨头的人。像种子一样，一点点传、帮、带。”

方总点点头，可谁来啃呢？拉美是人才绝缘体，其他片区都有大项目，谁肯去拉美啊？除非是和他一样的倒霉蛋。

“我找了些候选人，”李总递上了一份候选名单，“猛将，也都是刺头。双刃剑啊。”李总笑了笑。

“不好管。”方总翻着文件，一看竟有Jacob的名字。Jacob真是他的克星啊！

方总是主管研发的EMT成员。上一任EMT研发的易主，离不开Jacob创造出的海外销售文化，一线强压研发造成了开发事故。而这一轮，泰国项目里，Jacob大肆批评研发在产品路标管理混乱，造成CDMA 3G版本的争议，使DGG找到借口。接着Jacob逼研发，硬让研发把资源投到CDMA 3G硬件开发上，从立项到完工竟压到破格的三个月。方总很难摆平内部研发兄弟们的情绪。更麻烦的是，印度地区部投诉，说研发不支持印度的超级大单；欧洲片区更狂，认为研发不懂全球战略，说失去欧洲，就无法争夺制高点，要拿研发祭天。

然而，小玲拿回的那份Jacob的《泰国总结报告》广受总部的重视，方总不能忽视。

当其他片区向研发要资源做WCDMA网络，他却被迫做CDMA这注定过气的产品。而财经体系拨款不到位，他人力又不足，只能逼研发长时间加班，造成离职率和秃头率双双增高。

Jacob真阴魂不散啊！方总可不想要这家伙，面试了几人之后，他有了自己的想法。今天这一场是专为迟到的Jacob而留的。

“还没来？”方总问。

“再等等。”李总说。

“不等了，我与巴西有个远程会议，你们决定吧。”方总提前离场，不想见他。

门推开了，一个助理把Jacob请了过去，方总与Jacob对视了一眼，各自背向而行。

Jacob落座，里面坐着三个人，全是EMT——人力体系的李总、销售体系的叶总和战略体系的许总。

许总和叶总之前都去了泰国，许总看着Jacob就心烦，Jacob在泰国两次捣乱，打乱了他的战略部署。

对于泰国，许总有一种深刻的观点：华兴已从小规模渗透海外的阶段，进入与FRAN为代表的西方巨头“战略相持”的新阶段了，这是一种格局平衡的稳态。不光Jacob发现FRAN在背后使绊子，许总也能推断出来，泰国DGG事件不过是FRAN在全球市场的一次试探性警告。

东南亚虽然市场不小，但不是FRAN的核心价值市场，对华兴却很重要，这是敲山震虎！华兴接下来的重点在欧洲，拿下欧洲市场有十足的全球示范效应。许总韬光养晦，可Jacob居然大胆地破坏了这一切。行吧，既然有人举荐，那就扔他去拉美自生自灭吧。反正拉美一年半不可能做出什么，那Jacob也将不再有前途，也不会再捣乱了。

“小于，”叶总想拉近距离，“辛苦啊。”

“哦。”Jacob不高兴，自己被拿下，调地区部闲职，也要经过叶总审批的。心中暗道：虚伪。

叶总和许总不同，他欣赏Jacob。他认为如果FRAN与华兴必有一战的话，泰国一战就告诉FRAN，华兴越战越勇，别想随意讹诈华兴。

至于现阶段华兴海外重点是什么？当然是欧洲！但他觉得打市场跟打仗一样，狭路相逢勇者胜！作为销售体系老大，他讲究势能，顺着打势如破竹，才能以少胜多，一路打到敌人首都。Jacob打得很好，泰国一战华兴没被打断气运。

自泰国后，许总和叶总就有分歧。许总要为欧洲而丢车保帅，主动收缩，但叶总说那恐怕像苻坚败给谢安的淝水之战一样，前队转后队，兵败如山倒。

“我们就不绕弯子，有一个机会，当然也很有挑战，你愿意接受吗？”叶总问。

“是说我能回总部了？”Jacob明知是谈拉美，却把叶总堵了回去。

“不是，把你派到一个离中国最远的地方。”人力体系的李总说。

“拉美吗？我已经去过两个地区部了，还要去第三个？”

李总的考核表里，把Jacob归为刺头类，对这种干部的培养会复杂些。首先，一场激烈的大战后，这类不走寻常路的干部身心损耗很大。第二，内部功过评价也不统一——他们虽有功，但也破坏了规矩。强行提拔刺头，一来难对其他干部交代；二来引发组织的激进化；三来Jacob易受到别人的排斥，而Jacob会再施加更强的反作用力。这样，个人与组织双输。

人才成长，要一张一弛，也要流动变换。此时最好的方法，就是休养、蛰伏、磨炼、安抚、积累、沉淀。而Jacob在东南亚地区部里已休整一年，他如果真是人才，那只要重出江湖，就能突破瓶颈，在更高维度上成功转身。

成才如铸剑，要高温熔炼、重击敲打、冰水淬火，不停循环往复。可Jacob怎么刚性有余，韧性不足？李总不免皱了眉头。

他打开表格，评判一个干部可否堪“天降大任”，他有一套“干部四力的模型”：理解力、执行力、决断力、与人连接力，Jacob的“雷达图”没问题；考虑能一票否决的品德作风，Jacob能吃苦，用人也五湖四海、不拉帮结派，也没绯闻；从绩效上说，他不仅对华兴更对最终客户产生贡献，即使过程冒险，但论结果导向，他做得无比出色——Jacob已被列入公司重点培养的后备干部之内了，只要他能在挫败中重新站起来。

李总不禁问道：“Jacob，坦率地告诉我，你心里长远怎么考虑？”

“我出国快七年了，真的太久了，对国内已经一无所知，也毫无人脉。我曾以为人靠能力赚钱，但到头来发现拼关系才是硬通货。我想在中国过点正常人的生活。”

李总沉默了，而叶总试着挽回：“其实，你的性格留在总部不适合。这里都是流程、报告与吵架，你从泰国一线调到东南亚地区部总部适应吗？”

“不适应。”

“是啊，你骨子里就是一个‘伏波将军’。”

Jacob不高兴了——“伏波将军”的下半句叫“马革裹尸”，就是“死都要战死在外头”。

Jacob问：“我这么差，是不是没人愿意去？”

三位EMT被他噎了一下。

“再去个地区部，至少三五年的，怕是我一生都要在海外过了。”

“只有一年半！”李总说。

“叶总、李总，才一年半，我做不成呢？你们得为我的人生考虑下啊。”

李总和叶总像错失了宝贝，叹着气，明明能在中东北非耐住寂寞，明明能在泰国那么坚守，也许他已到达了极限。

“想去海外大干一场的人越来越多，”李总挪了挪桌上的简历，“你以前只负责一个国家，这一年又参与地区部工作，而让你站在一个片区的高度。你觉得不好吗？”

他们真在乎自己吗？这是个坑，他们不过是让没退路的自己，再当一次炮灰，拉美将是第二个泰国，第一次失败是冷宫，连续两次失败，他就彻底废了。

“请问谁提名我的？”

“每个片区都由片总直接推荐最优秀的人。”

难怪，刘总早想把自己撵走。

“你再想想，”李总继续说，“你有执掌过两个不同文化国度的经验，又有政商攻守的经验。你考虑一下和方总一起做拉美吗？”

“方总？那方总怎么刚才走了呢？”

李总也不知怎么回答，只是在本子上把他的名字划掉了——算了，拉美确实折戟沉沙，一年半里想做成绩，只能下猛药，可也得罪很多拉美老人，他很难活下来，就放过他吧。

“那我先出去了。”他准备起身。

叶总在边上观察着，忽然开口：“上一次泰国，FRAN打到华兴粮仓，而这一次，你就不想打回美国FRAN的后花园——拉美？”

他脚步停了，平静的心湖划过了一颗小石子。

“你知道FRAN拉美片区的总裁是谁吗？”叶总问。

“帕特里克？！”Jacob惊讶地回忆起来。他还记得在汶查办公室门前，那个身形高大的美国人——他是FRAN的高级总裁，也兼任着拉美片区总裁。

叶总没有回答他：“你真想放弃这个机会，我随便你。”

“他俩都觉得你很合适，”许总的话并不客气，“但我不觉得，你不去就不去吧。”

Jacob认真起来：“拉美真的很重要吗？”

“是的！”叶总回答，许总则瞪了一眼叶总。

“怎么样，你先回去考虑一下。”李总说。

Jacob摸了摸衬衫的袖口：“李总、叶总，谢谢你们看得起我，但这么重要的工作，我怕担不起。”

领导们互相看看，也不好强逼，面试就此结束。

“他不是什么凤凰。”许总觉得这一下午是在浪费时间，“我早说了。”

“也许吧，”李总整理着文件，一边点点头，也许泰国那次，Jacob跨过了自己的弹性极限，刀锋已经脆断了，“那还是让他在现有的岗位上吧。”

“他一定是怕什么……”叶总往后仰着。

“怕什么？怕输咯！”许总不喜欢Jacob，Jacob总逆着他的战略反着干。

几场面试下来都不合适，各大片区推荐的人选中，有热情的却不具实力；而有实力的人又都委婉地拒绝了。

许总说：“算了，老方自己做主吧。”

“你还有其他人选吗？”叶总问。

“还有一个特招的，”李总抽出一份资料，“FRAN中国区刚跳来的高管，既然拉美是FRAN的腹地，这样的人能起到作用。”

“那就先这样吧。”面对拉美，许总和李总怏怏离去，而最烦乱的是叶总。

他出差过拉美的两大国家——墨西哥和巴西，深知20世纪的“拉美危机”，经济腾飞的拉美忽然陷入“拉美陷阱”。现在，拉美已完全被欧美企业封锁三四十年。当地的话语权者，早已与西方有了一代人的盘根错节的利益。而拉美，离中国最遥远，对中国也最陌生。

叶总的车来了，司机开往第7区，那是“全球销售中心”和“财经中心”。

4

7区在“基地”地位不一般，因为“销售”与“财经”是公司最核心的秘密。每天，7区像神经中枢一般，要支持全球各地的投标、报价、产品上市、展会、战略规划、合同评审、资金运转等重大决策。而7区也是高管最集中的地方。

7区中心有一片湖区，湖区不但美丽，也很宁静，与其他区热火朝天的状态完全不同。

大湖将7区一分为二。饭后，有些员工喜欢绕着湖的北岸散步，但湖区南侧很神秘，几乎没有人去过。那里不编号，但大家都叫它“第0区”——EMT办公区。

0区被茂密的树木遮蔽，矗立着十一栋别墅，保安在主道上把守，其中九栋分属于华兴最高的九位EMT成员，另一栋则是华兴创始人傅山的。还有第十一栋英式别墅，是他们的议事堂。这九人都是人中龙凤，现在华兴人多了，要靠这九个人竭力凝聚人与组织，并确保全公司的高水准和统一性。但随着企业快速发展，分歧已经很大了。

就在Jacob来的几日前，九位EMT一同在第十一栋别墅里议事，讨论着一件战略分歧。

华兴所在的电信科技领域，是一个高度全球化的行业，牵一发而动全身。“泰国DGG事件”是华兴成立后几大公关事件之一，EMT在态度上也分成了三派。

主和派：战略体系的许总。

主战派：销售体系的叶总。

中间派：研发体系的方总。

坐正中间的是一位女性，孙董事长：

“今天的议题，是美洲地区的销售。这三年，在亚欧非，我们成长很快，但美洲新大陆一直啃不下来。该怎么看？”

“问题本质，是我们还做不做拉美。”主和的许总也很直接，“我认为，公司要掌握节奏，先缓一缓，休整团队。”

“为什么？”主战的叶总并不同意。

“老叶，你别只想着做大地盘。今时不同旧日，不需要急着攻山头，相反，华兴已获得了一片广阔天地，但也因扩张的步子一下子迈太大，如果不能收稳，做好经营，反而会反噬了华兴。”

许总是20世纪90年代从邮电部下海的领导，今年48岁，他戴着眼镜，个子不高，气场不算强，但他有极强的战略判断力，在九人中地位极高。他带着湖南腔，继续说道：

“泰国就是一个案例，你看过那本合同吧，签得什么坑都有，从研发到成本、到商务再到工程，再到财经回款。这几年，为了鼓励一线开疆拓土，这样没有底线的合同，签了有多少啊！”许总扔出一沓文件，“一个泰国DGG就能把大家吓成这样，要是几十个合同一起暴雷呢？”

大家都静了，早年是这么激励的。但DGG事件后，许总审时度势，他努力整改了总部的研发和投标管理，想改变一线浮夸风气。他批判泰国分公司，但他扔出的那份资料恰恰是Jacob总结的内容。

“必须先整改好，不然一线乱卖，卖越多，风险越大。”

另一个主和派附和道：“嗯，现在人人都想去海外，再不收一收就来不及。华兴到了要精细化运营的时候！”

“怎么精细化？”孙董事长问。

“总部统一审核，集中管控风险，一线的权力要回收。”许总说。

“不，还没到那火候。”叶总不同意，叶总常年奔波于全球一线，能嗅出市场气味，“我们不是占据了很多市场，恰恰相反，我们才刚挤入全球市场的一点点而已，现在一线都听总部的，那就失去攻击性，就会被友商反扑！”

“哼，你怎么能确定现在的节奏在哪里？”许总问。

“难道你确定？”叶总说。

争论的局势，变成了定义华兴的当前状态。“下定义”很难，因为现象模棱两可、忽明忽暗，而领军人物要看见别人看不见的东西，是非决断出一条“主路线图”，引领众人。

“我以前不知道，但现在知道了。泰国就是一条边界线，是以FRAN为代表的全球级企业的格局瞬态平衡点。我们在东南亚打破了平衡，差点影响了全局。现在，我们必须寻找新的平衡点。”

许总转头对着大家：“各位，华兴的重点在欧洲，欧洲有多家跨二十国的大T运营商，它们又大又有名气，欧洲治理不像美国那么封闭，并且是透明规范的，经过我们七八年深耕，这是够得着的战略机遇。再次，是印度，人口十亿的大市场，渴望便宜的产品，这也是有机会攻入的价值区域。我们必须聚焦这两大战略高地。”

许总转向了叶总：“因此，我们难道不该有所取舍？先放弃一些地区的争夺，达到一些平衡交换点。我们如果不划江而治，就会引发全面锁死。泰国就是反噬。”

“不对，只有一线火力全开，才能给欧洲和印度主战场松一口气。”叶总说。

“别扯了，那人家也不会给你活路，全行业都陷入恶性竞争的死循环。”

“哈哈哈，许总太抬举我们了，华兴强到不给对方活路了吗？”

“过早暴露自己的意图，人家认真起来，我们能对付吗？届时，就算能迎战，一线也必然陷入无止境的被动中，所以你绝不能打全面战争，而是先抢下印欧制高点！”

“你放弃了第一道防线，就会有第二、第三道被接连突破！‘势’决定‘阵’，我们要用高速发展掩盖业务问题，先把规模体量继续做大！”叶总说。

通信科技业讲“规模”，谁市场大，谁成本低，就像马太效应，赢家通吃。

“许总，华兴能否突破那层西方公司的天花板，就只看这几年了，趁FRAN来不及转身，我们更要加速跑！”

正当两人争得不可开交时，右边传来一个声音——“我同意许总，资源已经不够全线支援了，我们必须聚焦一处。”

大家往右看去，那是CFO，她已转变为“主和派”。

“财经资源前所未有的紧张——现在战线太长，补给崩断，大量项目回款都没收到。而我们之前的项目测算与实际不符，因为一线太激进，过度承诺，而总部审批太松，做了三四年的项目还往里贴钱，我就怕家底都打没了。泰国就是典型！”

“我们的企业贷款呢？”中立的李总问。

“顶不了多久，”CFO说道，“美元利率增长，央行收紧银根，贷款会变少。另外，海外运作手续费也高了10%。”

“那你的意思是？”孙董事长问。

“我也建议把弹药留在价值市场，不要再分心于拉美了。”CFO说。

叶总颇为烦恼。主和的庄总也跳了出来：“我看先收缩吧。”

庄总气宇轩昂，负责产品行销体系。与叶总一样，他也常常奔赴海外，亲历一线投标。他判断，这三年全球3G大迸发，华兴从一个儿童进化为少年，少年一旦长大，足以让西方前辈警觉，怕他们在大树长成前连根拔除。

以前，敌明我暗，华兴能调集优势兵力，单点歼灭一个敌人的小据点；现在，华兴地盘大了，“经营区”的包袱重了“打天下易，守天下难”，友商在华兴绵长的防线上找弱点不难。

“泰国就是警告！”许总看了一眼叶总，“先踩一踩刹车看看，审视华兴在全球的市场格局再说！”

叶总没能反对，许总已占上风，他继续最后的拉票，锁定全胜之局：“你看呢，方总？”

“什么？”主管研发的方总有点走神，他是中间派。

“先收缩。”许总有点不满意，他在公司的发言权最高。

“嗯……”方总担任EMT没多久，也不想与许总正面冲突，“收不收缩不重要，关键是把产品行销对研发的倒逼改一改，别老假借客户逼研发。”

“你怪我？”庄总皱了皱眉头，这些压力就是他们“产品行销”强逼的。

华兴海外有一条规矩——“投标中，华兴必须技术拿第一”。因为老外认为，Made in China“天理上”就得比西方便宜，但仅有便宜一项，反而像是“豆腐渣工程”，让支持华兴的客户遭受其内部非议。唯有“商务标”和“技术标”双双大幅领先西方友商，华兴才能在海外市场的牙缝里找到一丁点儿的碎肉吃。

“难道不是吗？”方总问道。他俩是同一批进EMT，互有不服。

“不是。”庄总哼了一下。这文化的源头，其实是Jacob等第一批海外老总在屡次碰壁后弄出来的。在海外，销售对研发神挡杀神、佛挡杀佛，而庄总把这风气发扬光大，凭着打下一个个海外项目，庄总跻身EMT之列。

相反，研发前EMT成员被贬，方总才进入EMT。他感慨，做研发最命苦。

“庄总，研发一直支持市场，但市场也要分担研发压力。”方总和庄总是死对头，他要为研发争取主控权，“我们会把技术做到世界一流，但你们不能一打下项目就是市场的努力，一出事就怪研发的质量。”

“怎么没分担？”庄总问，“我们做多少轮的宣传，才能获得一次客户珍贵的友情支持。而我只要求你们别毁掉来之不易的机会。”

庄总也没错，早年的Made in China，名声不太好。哪个外国CEO，敢在没有先例的情况下，就把电信项目给中国公司做，那简直就是拿左轮手枪对着脑袋玩“俄罗斯转盘”。

市场与研发互不理解。但许总没忘记自己的目的：“大家都不容易，来，回到正题，老方，你不是要做一款牛逼的产品吗？”

“嗯，是啊。”在Jacob提交的《泰国项目总结》中，研发突发灵感，正开发重量级概念产品，想在世界通信展发布，一炮而红！

“老方，如果打拉美，就要定制拉美产品，你资源够用吗？”许总慢悠悠地戳着关键。

方总恍然大悟：华兴做不开拉美，一个原因是缺乏拉美产品的投入。拉美的制式与欧亚非统一通用的产品不同——拉美先跟随美国，采用美制CDMA，而改制后，拉美的频段也随美国主导，目前在欧亚的新产品不适用于拉美。

许总加了把火：“拓展拉美，你可看准了，能否收回本！”

方总一沉，上任研发EMT押错了宝——不投中国的小灵通和CDMA，却重兵开发3G，结果全球3G启动比业界预测晚了三四年，华兴严重亏损，被迫下马。而这三年，姗姗来迟的3G井喷了，前任虽做对决策却错失了时机，而方总却吃着红利。

“做了拉美原型机，一旦卖不掉，那不如把资源投到欧洲、印度去。”方总终于站了队。

“对了！”许总笑了，大策略算是定了下来。唯有叶总把手上的A4纸捏成了一团。

“你们有钱都不要。”一个亮堂的浓重口音冒出来了。

房间瞬间安静了。

“你们还不如一个老头有野心！”华兴真正的创始人进来了，他六十多岁，神采奕奕，“市场不都是苦着过来的吗？就算是在中国，当年不也是一个个省打赢的吗？”

大家不知道他要来，纷纷站起来。两位礼宾人员加了一套骨瓷茶具，倒上红茶。在他身边，还有一个一身职业装的娟秀女子，她是傅山的高级秘书。

许总凑近他：“但这是拉美！离中国太远，又是FRAN的后院。”

山总却看向方总：“你刚说花钱做出来，怕卖不掉？”

方总尴尬地点头。

“那你造完了，再去拉美卖掉它，不就好了吗？”山总端起杯子，喝了一口。

“老板，拉美这么多年，都没铺开。”许总再次提醒山总。

“几年没开张了？”山总放下茶杯。

叶总知道这问题该自己回答：“小打小闹，一直没有大规模突破。”

“欧洲都能渗透，为什么拉美打不进去？”山总步步追问。

叶总没法回答，在座的其他人也回答不了。

“小方，那你既然担心，你就去拉美帮叶总一把！”山总又说。

“我？”方总不确定老板的意思。

“你调去做拉美片区总裁，自己造的产品，自己卖！”

“啊？”方总有点晕头转向了。

片区总裁相当于“巡抚总督”，EMT则相当于“中央的最高内阁”，尤其还是拉美这个落后的边陲小片区，落差了1.5级。方总大感莫名——自己没做错什么啊，怎么就被贬了？

“那研发体系谁管呢？”方总稳住情绪。

“你和庄总不老吵嘛，你俩换一换——你去市场体验，庄总替你研发，两个人也好相互理解。”山总说。

“那产品行销谁管？”庄总也紧张地问。

“叶总，你能兼管一下吗？”

“没问题！”叶总说。

人事变动后，大家陷入一片沉寂，过了会儿，许总正面问道：“您的意思是，拉美还得继续做？”

主和派已是多数，一些元老盯着山总，他们和许总一样质疑着山总的这些决定，而他们都是山总创业时的核心班底。

华兴高层的决策是“民主集中制”，这是团结大家的方式。山总也不能一言堂，站得越高，他也越需要纠偏的力量。但眼下，拉美是一个奇点，这不仅关乎拉美本身，更关乎对全公司未来走向的判断——是收缩，还是扩张？在与FRAN这些顶级公司全面对抗的危机到来的前夜，在一线狂啸的销售冲动下，山总该选择中央收紧内控，还是放任一线各自为战。

“大家还是担心风险吧？”山总问。

“现在的系统风险像滚雪球一样的积累，我们经受不起了。”CFO跟道。

叶总反驳：“不，通信业必然是全球性的。我们只要猛踩油门，加速冲过去。”

“但得确定好我们的安全边界。”CFO说。

“安全边界不是与对手议和议出来的，也不是数学算出来的，‘兵无常势，水无定形’，防线本就是流动的。我们一退缩，对手就能反扑掉我们的滩头阵地！”

工号002的元老终于站出来了：“老叶，我不是不让你打，而是不要随便打。”

“是啊，先不要在欧亚大陆、美洲大陆两线作战！”005号也主和了。

拉美是全球第一的FRAN深耕多年的粮仓，又有产品护城河，华兴很难打，没有武器，难攻易守。

“各位不要争，我就想问大家一个问题，”山总手肘放在桌上，“未来三年的收入，能不能在没有拉美市场的前提下，保持60%的增长率？”

CFO回答：“很难。”

“我问的是‘能不能’。”

“我觉得不能。”

60%的增长率，是一条分水线——如果未来三年能保持60%的复合增长率，华兴将跨越二流企业，迈向世界级一流企业，否则，就将彻底止步。而目前是仅有的窗口期。

山总转头看着许总：“那我们是做一个二流公司，还是一流公司？”

许总蒙了，这一刻大家也有初心般的松动。

“那以现有资源，我们可扩张的极限会有多久？”山总又问。

“一年半。”CFO回答。

“就用一年半，去验证一下。一年半不成，就退守吧。大家先讨论讨论。”

山总说完便离开了第十一号别墅。女秘书紧跟其后，她正是小玲，身高1.72米，面容精致，身材婀娜窈窕，一身职业装显得很干练。

出了门，四下无人，小玲问：“山总，方总要去海外一线吗？”

她已阅历大增，深知做到这一层，“慈不带兵，义不掌财”。

“他要带个头。”

新的干部人事策略上，研发要向市场一线输送人才。同时，有一线销售经验的人，也要反向去总部做HR和财经，无论多高职务的人，必须多向轮动，让“真懂业务的人参与管理”，而不是让业务之外的“专家”限制业务。

虽然人事变化会带来阵痛，但宰相必起于州郡，猛士必发于卒伍。山总要的不是互不相通的官僚，他必须宽猛相济，下点猛药。

“其他人反对呢？”

“就一年半，这点面子，大家总要给我。”

“嗯。”小玲紧跟在后头。

“华兴过了点苦日子，这几年刚有点成绩，有点小富，大家就怕了。”

“但，大家考虑风险也有道理。”

“想当年一穷二白时，我们还能艰苦奋斗，”傅山一脚踩到了泥塘里，他拍了拍泥，望着这一片豪华绚丽的基地，“正是当年欧美百年老店轻敌，华兴才在世界上有了点声音。而现在，我们倒像是吃老本的公司了，他们和我们换了个儿，重新强大了。”

“创业真不太好玩，一天都不能松懈，我大概要累到死的那一天了。”雨又下了起来，小玲急忙打伞。领路人是最累的，其他人都能依赖他，而他要承担最大的压力，甩也甩不掉，至少小玲要为他遮挡一些，但老头推开了。“大家都想主和，我也想，但我们这一行无险可守，敢战才能言和，我干不动时，就得靠你们年轻人一批批不停努力！可不能想着贪玩。”

“嗯。”小玲看着山总。自从泰国回来后，她从总裁办调任山总的秘书。一年多来，她无数次列席EMT会议，亲身经历人中龙凤的交流，她也更理解一位元帅的领导力，并非在于冲锋陷阵，也非执掌一场大战役，或有什么三韬六略，而是在于所有人都看不见时，元帅要看清那个遥远的目标，也要了解自己的处境、极限与潜力，为其他人设定目标。

“那您更赞成叶总？”

“叶总和许总都不全对。一线既不能那样收缩，但也不能放任。”

“那……”

老头的脸上布满岁月的褶子：“我小时候，爹妈让我们几个孩子长大，不是手把手地耐心教，而是把我们轰出家门，自己对自己负责。”

“啊？”

他想将决策中心从总部前移到一线，让一线倒过来指挥总部，但一线必须对后果负责，不再让总部兜底。

去年起，山总发现了总部一再地“越俎代庖”“过度决策”。早年，总部还能通盘支撑海外一线，但当海外大规模拓展后，总部负担不过来，经常出现误判，贻误一线战机。如果现在回收权力，要么就别扩张，要扩张就会决策失灵。因此，山总觉得调和主战主和的唯一解决方法，就是把权力和责任同时交给一线。同时，还进一步扩大授权，也扩大责任，由各地一线自行决定竞合关系。

“战争的输赢不取决于阵型的精打细算和资源底子，而取决于两军的组织活力的比拼，无数历史都显示过，身为弱者想打败强敌，‘做势’比‘布阵’更重要。我更不能让一线失去活力。”

山总说完，他绕开宽阔的石阶路，重新踏在泥潭里，两腿的裤子和皮鞋沾地很脏，甚至有滑倒的危险。小玲知道，他是故意的，只有在危险中才能提高自己的警惕意识，不让自己有片刻松懈。

相比穿得朴实的山总，小玲的衣服和高跟鞋更昂贵。她也一脚踩了进去。山总回头看到年轻的她，笑了笑，这就是他要的年轻人，拿得起，也放得下，敢于放弃现有战利品的享受。

下午的会议又重新开始讨论。

讨论成了“权责下放”，但争议更大了。一线可堪大任吗？会不会为功劳谎报瞒报？这将像原子核裂变一样，如果领导集体走错了路，可能三五年都无法纠正过来。如果走对了路，那华兴将像量子跃迁一样，升级到一个世界级平台。

EMT也摇摆不定，有的人说：“一线还太年轻了，不可信。”另一些人说：“总部不可能比一线更了解业务。”

在对手和对自我的拿捏尺度上，山总不是没有犹豫：之前，西方公司设下领航的航标，现在他们注意到了华兴的跟随，悄然掩盖着航迹，华兴将在浓雾笼罩的大海里夜航。所有的海图、罗盘、星象都不好使，灰度中，船往哪里开、偏多少度，甚至目的地在哪里，山总不知道，也无人可问。他的幕僚们，或多或少也会受本位的蛊惑，对长远判断失误。失之毫厘，差之千里，巨轮偏离航道，就可能遇浪触礁。老船长年纪再大，也不能放松，必须不停地微调，让船员们齐心协力抵达彼岸。

强人自渡，圣人渡人。山总终于做了决定：

“今天连开发个拉美产品，都要到EMT层面讨论，半天也没结论。这足以说明，总部无法替代一线做决策！也是在浪费你们的时间。你们要松手，一线才能在摔倒中成长起来。我们的组织绝对不能僵化，哪怕为此我们会付出代价，但我相信这样的组织是打不垮的。”

在座的人都知道，接下来的这一年会很关键。一旦失败，后果不堪设想。拉美这片影响较小的处女地，就成了华兴“权责下放”的试验田。

今天，渺小的拉美成了棋眼。

5

每天晚上，华兴总部周围的火锅店、烧烤摊、高级西餐厅、私家菜包房，大大小小上百个餐厅，都有许多同事在消夜聚餐。

每当海外员工回国，总要和国内老友叙旧，打探下总部的情势，八卦高层的故事。

小玲和Jacob认识8年了。Jacob每次回国都会找小玲，他们约在一个很普通的海鲜粥档口，等小玲下班，已是22点了。

“于总，这次待多久？”小玲一身清香，穿着Gucci碎花小裙。她租的房子离公司很近，洗完澡，她换了身衣服。

她看了看坐在凳子上的Jacob，比在泰国时更帅了——儒雅的白衬衫，蓝色修身牛仔裤，一双布洛克皮鞋，袖口隐约露出积家翻腕表。他不是当年的那个傻小子了。

Jacob抬头一看，小玲头发微卷，打扮得可爱迷人，自泰国一别，如今的她还有了一些些女人味。

“怎么了？”小玲问。

“哦，没啥，我估计后天就回曼谷，”Jacob说，“另外，别总叫我‘总’，你才是‘二号首长’，你周围的才是真‘总’！”

“真酸！”小玲放肆大笑。她每天身边虽都是大人物，可只有在老友面前，她才是放松自然的，“好吧，不叫你‘于总’，但你永远是我的‘于大才子’。”

“嗨，还谈那期的同学啊，恐怕只剩我俩还有这么好的关系。”这话一出，竟有一丝的暧昧。两个早已熟悉的男女，试图换个话题，摆脱尴尬。他们亦师亦友、亦伴亦敌。今天，这夜色里，又多了一些其他的意味。

“喂，吃点什么？”他盯着菜单，转移话题。

“海鲜粥吧。老规矩。”

她的声音清脆悦耳，举止优雅。周围总有人偷瞟她。

“有人在偷看你。”Jacob说。

“让他们看吧。”小玲像是知道一样，但懒得去管，帅气地一摆手。

“你对外貌很自信啊。”

“那当然，”她放下菜单，笑眯眯地看着他，“不过，我觉得很快那些男的就会议论你是谁了。”

Jacob一时没想好怎么撑回去。

“两只蟹，一斤虾。”她用广东话叫来老板点菜。

“广东话讲得很溜嘛。”他记得，小玲是上海人，大学毕业时，家里人都反对她到深圳工作。一方面，上海女孩都不离开上海，家在一线城市没必要换；另一方面，她还有一个优秀的男友，要去美国读书。异地恋的结局，最终是分手了。

当时，Jacob就是在这家粥铺里安慰她——“你全心工作，很快就能忘记痛的。”Jacob没说错，她解脱了，但一个扑在工作上的女孩，也就无暇关注恋爱了，一般的男生她也看不上，一晃年纪到了30岁，她也不在乎要不要结婚。

“我脸上有虫吗？”她注意到他的眼神太直，正待回避时，粥铺老板捧上了热气腾腾的砂锅粥，锅盖一开，两人之间，氤氲弥漫。

“今天你33岁生日，祝你老人家生日快乐。”她举起塑料杯，倒满啤酒。今天是他生日，他身边的所有人，只有她想起来，并特意为他过生日。

“谢谢老铁。”他不好意思地拿起杯子。

这时，一百多个“大队培训”新员工穿过他们身边。年轻人穿着西装和套裙，在教官的口号下，一字长龙在马路上去6区做夜间培训，夜空下，雄赳赳、气昂昂，蔚为壮观。

一位腰杆笔挺的教官路过，她一愣，试探着招呼：“黄教官？”

黄教官英武地一回头：“小玲、小于！”

他小跑着从队伍里走了出来，久别重逢，大家兴奋异常又感慨万千。黄教官那双强健的臂腕搂了搂他俩，还是那么有力。

“您带的新人？”

“嗨，一批比一批娇气，可没有你们那么能吃苦了，”教官摘了摘帽子，头上都是汗，“或许我颜值失去号召力了吧。”

三人哈哈大笑，黄教官是华兴最优秀的教官，他严格、专业而优秀，是女生们崇拜的偶像。小玲说：“您靠的是男人味吸引我们呀。至于帅嘛，也就那样吧！”

“小丫头，翅膀硬了是吧，给我去操场跑两圈！”教官用手轻轻敲打在小玲的脑门上。

小玲轻轻地吐吐舌头，指了指Jacob：“让他代我去。”

教官冲着他大吼一声：“跑！”

Jacob有点僵住，教官和小玲又是一阵大笑。可Jacob看着当年英武无比的黄教官脱帽后露出的两鬓白发，却有一丝时过境迁的感觉。

“你们都咋样了？”教官正经起来。

“我是小屁屁，”小玲说，她看了看尴尬中的Jacob，“他，海外副总裁！”

“厉害厉害！讲真的，教了那么多年，我还是最喜欢你们那批，精英荟萃，都成了中流砥柱了。那个小美女韩菲，还有你俩，还有班长……”黄教官回忆当年，老师的一大爱好，就是预测学生里谁能成才，八年之后，正是检验眼光的时候。

“哦，你班长前两天也回来过，他是地区部总裁了。”黄教官拿着照片，上面是一个西装里穿着黑色高领毛衣、戴眼镜卷着发的高冷男人。

“教官，还有很多人，也都很不错啊！”她一边笑，身子悄悄挡在Jacob前。

“那当然，我希望大家全都很好。”黄教官看着他俩，当年的“小朋友”退去了青涩，年纪也不小了。

教官悄悄瞟了眼小玲和Jacob的无名指，空空落落的，而他俩的打扮不经意中又有些刻意取悦异性。

“我任务在身，先走了。”黄教官致意了下，继续赶路，他喊着口号——“一，二，一”，“喂，你站好！”在教训了一个顽皮的毕业生后，他回头对着Jacob坏笑，还做了个加油的姿势。

此情此景，就像八年前一样，那时黄教官说：“过几天你们要派去研发、供应链、服务、销售、财经、人力，很难再相见。你们是一张白纸，要珍惜这里的友谊。你们中一定有人会大放异彩，也有人失意，但你别忘了在你的伙伴需要的时候拉他一把。”

确实，他俩进步很快，远超同期生。

小玲懂西班牙语、法语、德语，她去了华兴“客户工程部”，负责接待国内外的高规格客户；筹办在巴塞罗那、硅谷、上海、新加坡的科技展会；参与政府公关活动。两年后，被调去总裁办，她才思敏捷，善于观察，领会力强，很快被任命为高级助理，在总裁办一干五年。她经过了考验，去年起，被任命为山总新一任的“二秘”。

而Jacob在总部三个月，就调去陕西榆林做客户经理，又花了两年，他在全省替换了一个西方供应商的设备，声名鹊起，而后他又抓住一个向上攀登的机会。当海外是一个烽火狼烟的扩张时代，Jacob搭上了快车。

“听说你今天撑了叶总？”两人重新坐下后，小玲给Jacob盛了一碗粥，话题一转。

“这也叫撑？”Jacob忽然一愣，“总部真八卦。”

他嘴上强硬，可心里怕她知道自己的窘境——公司内网正嘲笑和批评着泰国的事。

“你还记得第一次来这里吗？”小玲没有接他话，“你八年多前的样子多意气风发。”

“记得，和其他伙伴一起来的。你刚才说其他人也很好。”他酸酸地笑起来。

“人家一步一个脚印上来了。”

“不用再说一遍了，韩菲跟我说了，”他像被透视了一样，恼羞成怒，“你刚才故意挡在老黄面前，还说我什么副总裁，连你也看不起我了吗？”

“没有人看不起你！”她轻轻地说。

他没说话，只是略显孤独。

细雨又下了起来，以前的他不是这样的，她又给他舀了一碗热粥，夹了片蟹肉，问道：“那你接下来有什么打算？”

“唉，先混着吧。”他的吃相像个痞子一样。雨被风吹着，飘在他身上，但他也一动不动。

砰的一声，小玲把勺子扔到锅里：“Jacob，你才32岁啊，怎么暮气得像个老头子一样。”

“还有1个小时就33岁了，”他抬手看了下表，“人到中年要清醒一点。别再幼稚了，公司一直都在给我们洗脑，黄教官从第一天起就给我们洗了，”他的思绪像湍流，可话到嘴边又不知如何表达，“你看看我，你看看。”

“我最不喜欢这样说话的人了。”小玲听着生气了。

他先一愣，马上狡辩：“我是暮气多了，小玲，你也不小了，怎么还这么傻呢？是不是跟EMT的老家伙太近了，统治阶级的鸡血打太足了。”

“你有完没完？”她放下啤酒，“于佑杰，男人要能上能下，算我白白帮你了。”

“一套套的。那你呢，30岁的老女人了，也该结婚了吧？有没有看上哪位‘总’，或者哪位离婚的老总约你了吗？要不也学学韩菲？”

她没回应，只是冷冷地起身，还顺手带走了给他的生日礼物：“Jacob，不要年纪轻轻，就觉得自己进入了人生低谷，你还有更大的下降空间。”

“好，你走吧！”

漂亮的女子，消失在夜色里。他有点揪心，不知是为了自己，还是为了她一个人的夜路。

隔壁一群新员工在欢声笑语。而这桌只留下了他一人面对一锅香喷喷的海鲜粥。

他们想得太简单了，以为除了业务和亲人外，就不会再有什么苦吗？他第一次去海外，带着5个毛头小伙子，在戴高乐机场海关被关了10小时小黑屋；后来，又被当地黑帮威胁过；被犯罪组织构陷，一位员工差点被投入大河，是靠地方酋长解救出的；有被当地警察上门抓捕过；有草创时资质不齐，被海外法院起诉取缔过；为了赔偿和解，他甚至一个人带着一箱几十万美金入境闯关，冒着被判洗钱坐牢的风险……

现在华兴海外拥有后勤支援，可当年一个互联网旅行资讯都没，一无所知中，都是他们一点点磨出来的。

他像赌气地喝完了一整锅粥，肚子胀得难受。

口号又喊起来了，大队培训的人又回来了。教官再次向他点了下头：“小玲呢？”

他不知怎么答。

身后传来一个女声："我帮他去拿东西了。"

啪！一块生猪肉被扔上了桌子，包着保鲜袋，似乎已解冻了两小时。他抬起头，是小玲。

她头发散乱，穿一身睡衣回到了这里。显然，她经过了一番挣扎才又过来的。

教官看出了些什么，回到队伍里了。

"这是？"Jacob惊讶地问她。

"你不是说，你妈妈关照过你，'三十三，乱刀斩吗'？"

母亲是南方人，他记得自家有一个迷信风俗，说男人在33岁时，要买一块猪肉，斩碎后，扔到马路上被车压过去，这样他人生一道难关就过去了，否则就会有厄运。但这肉，一定要由一位女性帮他买。

妈妈叮嘱过他，在海外时别忘了，但他一直不以为意。去年在母亲的坟前，他才真真实实地感到那不是迷信。33岁就在眼前，他也并没忘记，然而这道工序必须由一个女性完成，可母亲？佩妮？难不成随便找个女人吗？

"……特意过来的吗？"他小心地问。

"特意？我连手机都没带，像特意的吗？你要是走了，你就活该没法斩！"她霸气得像呵斥个小媳妇。

时钟快到0点了，马上就要33岁了！神圣的仪式必须赶在此前完成。

"好好，不废话，老板给我一把刀。"他冲过去夺刀，终于赶在23:55，把剁碎的肉放在塑料袋里，拉着她一起奔到马路上一扔。

然后，他俩坐在马路边，等车过来压。然而，这是深圳关外的深夜，不是南山或罗湖的闹市。

他问："车怎么还不来？"

她说："别心急，晚上车少，再等一下。"

"我答应你，小玲。如果有车压过去，我就跟叶总赔礼道歉，申请去拉美。"他两眼盯着马路上的塑料袋。

"好！"路灯下，她眼里透着期许的光。

时间一分一秒过去，两人紧张地看着马路，一辆车都没有。不知怎的，两只手竟牵在了一起。

"来不及了！"他说。

“我去取车。”她也急了，奔跑着去停车场，准备用自己的车压过去。

“你坐下吧。”他拉住她，变得冷静极了，就像这夜的一阵寒风。

“什么？”她太了解他了，作为一个身在海外不能顾家的孝子，完成母亲的交代，这不是他最重要的事吗？作为一个野心勃勃却被迫蛰伏的男人，他难道不想改变自己的未来吗？

她惊讶地回头，却见路灯的一束光照在他侧脸，阴影下，棱角坚毅。

“坐好！”他的声音稳得像一块磐石。

最终0点过去了，直到0:05才有一辆卡车开过去。这不是个好兆头，他的未来会有更大难关。她担心起来，即便只是一个仪式，却容易摧垮人的信心。

深圳的冬夜还是有点冷，这对帅哥美女坐在街边马路牙子上，成了旁人眼中的一道奇景。

人跨过30岁，无所庇佑，在此世中独行，安全感犹如镜花水月。

“对不起啊，佑杰。”她道歉了，自己不生气就不会晚来，这是一个糟糕的生日夜。

“是我的问题……我知道……而你一直在帮我。”他隔了许久才回应。

“……”她想抚平他的情绪，“那你留在国内休息一阵也好，我帮你打听一下岗位。”

“不，我明天就去找叶总！”

“你不担心吗？”

“拉美吗？”他平视着前方。

她没有吱声，看着地上破损的塑料袋与被车轮碾过的肉酱，未来已经占卜，三十三岁的渡劫失败，他应该是知道她的意思。

拉美这一仗，是很难的硬仗，要立军令状的。Jacob虽然背了黑锅，但也已经是有职场污点的人了，要是再打一次败仗，还都是忤逆着EMT主流的主和意见，他在华兴就废了。再过三年，他将是36岁，只能在华兴混日子，即使离开华兴，一个男人这年纪也很难再成功了。成熟的男人都不愿冒这种风险。而“占卜”说他凶多吉少。

是啊，自己怎么能不明白呢？但他早就明白他沉沦于自暴自弃，却死撑着男人的面子！

“黄教官不是说过嘛：人可以被毁灭，但不能被打败。”他说这话时，语气不是在喊口号，相反，他整个人是松弛了下来的，又带着当年年少时的阳光味道。那些逐渐步入壮年后难免渴望的安全感已经消失了，路灯把他的侧脸照得很光洁，他像是又一次获得新生。放弃才能重生，直到这一刻，寺庙禅修的效果才涌现了出来。

她笑了，笑容带着欣赏——这才是她喜欢的男人气概。每天她遇到形形色色的男人，手握重权的她见多了，她已不是青涩的女孩，以权位高低来衡量一个男人。很多男人位高却不值得仰视，有人虽草根，但英雄豪气。在她心里，一个男人可以输，但不能输不起。

“谢谢你费心，”他双手拍了拍灰尘，又把她拉了起来，“不早了，明天你还要早起呢。”

“这么晚走夜路，你不送我回家吗？”她看了看表，又忽然意识到说了不该说的。

这是今晚第三次的无心撩拨，她红着脸说：“我警告你，你别乱想哦。”

“你哪儿需要。”他也打着岔，俩人的暧昧一瞬而过，又恢复成原来的友谊关系。

“你是嫌我丑？”

“快走吧，金刚芭比。”

“哈哈哈，那我走了，33岁咯，中年人。”

她走去停车场，可他眼神没有离开她半步，关外并不安全，他要预防任何的危险。

一会儿，她开着车，过来说晚安。

他看着她，原来她一直才是最懂他的人，他们有着相同的背景、相同的理念、相同的经历，小玲已经取代了佩妮，更超过了他在泰国的那位伴侣。

“等等，”他趴在她车窗边，心中还有一个疑问，“你想帮我，但干吗非把我安排去拉美呢？”

“你记得劝我的那句话吗——‘只要全心工作，很快就能忘记痛的’。”她调皮地眨了眨眼睛，“Jacob，我俩是同一种人，我知道这是唯一的办法。与其让你活得很惨，还不如让你死得很惨呢。”

“小玲，那你把我往火坑里推？”他笑了，点起一支烟，原来她是真懂他。

“没有推你啊，帮你选路的人是你自己啊。不是我，你自己有答案。”她也笑了。

“永远都辩不过你！”他哼笑着，佩妮说的是对的，会有更适合他的人，而兜兜转转，她一直是最适合自己的。

车停在他面前，那还等什么呢？他灭掉烟头，拉开车门，让她坐副驾：“我送你回家。”

车到了她的楼下，他俩都屏住了呼吸，香薰催情着两人的神经，安静的地中海式小区里，暖灯暧昧。无声得越久也就越尴尬。两人都在等什么，双方几乎同时开口打破这一切，却被一只发情猫咪的叫春阻挡了。他俩笑了。

“我先回去了。”他摸了摸她的头。

她注视着他，给了他一个浅浅的拥抱。

“路上小心，到家后给我发消息。”

两人都不是纯情的小年轻儿。突如其来的冲动，他们本可跳过暧昧与朦胧。但他们都尝过异地恋的滋味，知道结局将无处安放。

他目送着小玲上楼，男人总是冲动而很少考虑爱的结果，但一个成熟的男人则不行。他必须学会克制，包括爱与情感，她值得拥有一个更稳定的伴侣，只是如今他又要漂在海外，无法给对方一生的承诺。

在华兴就意味着不安稳，你永远不知道自己下一站会被派到哪里。

chapter 4
重装出发

1

Jacob再一次整理好包裹。常年的差旅生活，他已经很善于打包。

今天23:30的“法航”红眼航班，护照机票都已在手，他要从上海浦东机场出发。法航规定，一位乘客能带两个28寸的箱子。但他带了三个32寸的超大型箱子——他已决心在拉美安家。

上周他火速回泰国交接，曼谷公寓里还有多年海外的纪念物，没时间处理，只能断舍离。他只回来三天。

第一天他中午到，第一次想回去看看自己泰国分公司变成了什么样子。他约了担任CEO一年的张舒好几次，可张舒没工夫接待他。下午，Jacob回到那间50层楼自己的办公室里，张舒并不在。

直到第二天的凌晨3:30，他被一阵敲门声吵醒。张舒一身西装，头发笔挺，只是领带略微地松开了，看上去比一年前更有英气了。

“不好意思，我怕你睡了，”他站在Jacob的公寓门口，“但是再不找你，你走之前，我恐怕就碰不到你了。”

“没事，我没睡，”Jacob笑了笑，“进来吧，冰箱里有吃的。”

“我带了。”张舒笑着，晃了晃手里的一瓶威士忌，还专门从夜市里带了鱼丸米粉。

他们还像最艰苦时聊天的老样子，但张舒不再是以前的张舒了，他第一次真正独立负责分公司，但现在泰国的业务量、销售额、烦琐制度、员工规模、历史包袱都已经远超Jacob负责的时期。而且，此刻正是销售冲刺，作为新一代CEO的张舒正在摸索，忙得无法抽身。

“我今天去了你的办公室，已经不一样了。”

“哪里，都是老大您给我铺平的道路。”张舒对Jacob充满了感谢，感谢他让泰国分公司迎来了大幅的收入反弹。

“有什么困难找我吧。”

张舒笑了笑。之前的一年，张舒不敢去找消沉的Jacob，生怕惹到他。重建泰国的这一年，大家期待很高，内外一双双眼睛盯着，不容有失，张舒压力很大，他一个人挺过来，付出的代价也不比Jacob少。

两人吃完了米线、喝了威士忌，Jacob又给张舒煮了泰国泡面，两人喝着红酒一直聊到了东方鱼肚白。

“老大，其实我一直想讨教你件事。”张舒坐在地板上，背靠着沙发脚蹬。

“说吧。”Jacob也坐在地上，背靠着落地窗，窗外是曼谷市区的初晨。

“如果时光倒流五年，你是前任CEO，会签DGG的项目吗？即便条款被FRAN逼入那么差的绝境？”

Jacob沉思了一会儿：“会的。”

“即便你知道后面会发生那么多事后？”

“我说过反悔的话吗？”Jacob是认真的。

张舒若有所思。Jacob给他剥了块榴莲：“那你呢？”这也正是他一直想问张舒的，张舒曾是那个善于拍马、奉迎，却顶不住压力的人。

“我也会。”张舒接了过来，“别忘了，当年投标时我一开始就支持做，你的前任CEO并没有错。”

Jacob笑了笑，他知道张舒这一次同意的理由与五年前完全不同了。张舒成熟了，甚至超越了他。而他也可以放手了，只要放心大胆让年轻人去做，他们永远会比你想象中更出色。

天亮了，他们各自回到房间，洗漱得整整齐齐，再去上班。

中午时分，东南亚地区部总裁给他打了个电话：“中午给你送行吧。”

“还是别搞欢送会了吧。”

“不，就咱俩，楼下的灰猫餐厅吧。”

“你……有空？”

“忙里偷闲也得抽时间啊。”

灰猫餐厅里，他们点了一些甜品、面食。如今灰猫菜谱已经变得很丰富了，更加入了一些国际混合菜系，现在东南亚地区部指标也大幅好转，在总部地位更上一层楼。

“还好当年没有撤出。”地总吃着一种西班牙与泰国的混合菜，酸酸甜甜的新菜品，泰国似乎正在恢复重建，灰猫迎来了新的外资投资，一下子连锁化了，这也说明局面正日益好转。

“您不嫌我给了你太多的麻烦？”

“幸福的烦恼，哈哈哈……”地总笑着拍了拍他的背，“不管怎样，东南亚是你的家，现在你要离开家，我就是你的后盾。”

Jacob这才真正意识到地总一年里让他休养，他能接触到更高层面的管理视野，这给了他足够的新能力面对拉美片区级别更高层次的挑战。若非地总为他扛下很多压力，保护好他，恐怕自己早就废了。

“下午去哪儿？”地总喝着咖啡。

“找下客户。”

“那快去吧，你时间不多了，”地总招呼了声，“服务员，买单。”

“你有时间的话，我想您跟我一起去见汶查。”

“好，我抽时间。”地总笑了。

一路上，地总欲言又止，到了DGG大楼楼下，他犹豫地拉住Jacob：“我之前一直想跟你说，没有人看不起你。”

“我知道你一直罩我。”Jacob看到过前几日的那份面试表格，地总评价他在地区部经过了考验。

“不是我，还有很多人。”地总用力地捏了他一下，“华兴要选的人，从不是一帆风顺的人，我很看好你的未来。”

Jacob点了点头。

“每一个带头的人背后都受过不少挫折，能重新起来的，现在站得越高的人，曾经就摔得越重。你也不要小看刘总，走之前跟他打个电话。”

但Jacob并没有答应，径直走进了DGG的大楼。

他和地总拜见汶查中将，交接着高层客户关系。不打不相识，英雄惜英雄，硬派的汶查对华兴是相当满意的。

“只可惜你要走了，什么时候飞？”

“明天上午10：30的飞机。”

“这么突然，”汶查看了看手表与日程，“可真来不及一起吃个饭。”他转头看着地总，“华兴都是这么快的吗？”

“是的，和您的军队一样，高效执行，听从指挥。”

会议室里发出一阵短暂的笑声。

“可惜啊。”汶查看着地总，地总也感同身受。两人一齐觉得损失了些什么。汶查说：“我想送你些什么，也来不及安排。”

昂贵的东西，没有意义也不符合规定。定制的东西，又需要时间。汶查叫来了副官、安育塔少将和素帕猜少将，备好了一份笔墨纸砚。

汶查要送给他一幅字，泰国的华裔众多，中华文化氛围浓厚，汶查有中华文化的功底，只是字还是写得很丑，让Jacob和地总猜了半天。

“度尽劫波兄弟在，相逢一笑泯恩仇。”

大家终于看出来了，汶查当着他几位手下的面，送给了华兴，算是发出了明确的暗示。

素帕猜少将在一旁笑着，在送他们下去时对Jacob悄悄说：“下班去钓鱼，时间不变。”

傍晚，湄南河边，少将问：“下次什么时候回来？”

“谁知道呢？”

天色渐渐暗下来了，少将回到路虎，把车灯打开，鱼儿容易被灯光吸引，他又插了一根杆子。

“给我一支雪茄，好吗？”

“难得啊，你的肺怎么样了？”少将用都彭打火机给他点起来，但又觉察出Jacob依然心不在焉，似乎在等着什么，这样是钓不到鱼的。

“还不打算成家吗？跑那么远，泰国姑娘不够美吗？”

“美。”

“讲真，我妹妹挺喜欢你的。”

Jacob吓了一跳：“我去拉美，会给你买最好的古巴和多米尼加的雪茄。”

“哈哈哈哈哈！”少将大笑，水面在一艘船开过后，又恢复平静，鱼儿再次汇集过来。

“恐怕是为了帕特里克和FRAN吧，你想要报仇吗？”

“哼！”

少将笑着，忽然又钓到一条，是今晚的第五条：“我是年年有余，你怎么越钓越差劲。”他始终不忘埋汰Jacob。

“我已经不准备钓了，我给你介绍个朋友，以后替我来。”远处，张舒来了。凌晨时分，他让张舒陪他第一次去钓鱼，可张舒也不知道，原来Jacob把少将交给了他。

“以后你要常来钓，少将比我更喜欢钓鱼。”他把自己海外多年珍藏的鱼竿用具送给了张舒，自己却准备离开。

“喂，你这就走了啊，没什么东西送给我吗？”

他明白，少将其实一直帮他。

“给我。”张舒随身带了一样东西，本来是送给Jacob的——一枚小的不锈钢戒指，是用当时那批DGG的铁塔和第一批研发造出来的CDMA 3G模块熔炼而成的。

“这个是用DGG铁塔和基站熔炼出来的纪念戒指，造出来分给项目功臣的。”

“你拆了现网设备？”

张舒摇了摇头。当时铁塔被水灾冲坏了一批，CDMA 3G模块因为Jacob压得太急，研发第一批到货的不少都是不良品，但这些比在网络上运营的设备，更见证整个过程，是张舒接管CEO后做的一批纪念品，传承着当时的文化，还剩几个，他本要给Jacob的，谁知Jacob给了少将。

“可我没东西送给你。”少将戴在了手上，也第一次露出了遗憾。鱼是吉祥之物，可他送不走。

“你已经送了我很多了，”Jacob真诚地看着素帕猜，“你刚才不是还要送给我你的妹妹吗？”

“哈哈哈，行，改天来我家吃鱼生，我妹妹给你做。”

“说定了哦。”他行了合十礼，开着摩托车，去了考山路——众信的施总主动找他。

“其实我们也算是宿敌吧。”施总给Jacob倒上了酒。

Jacob说：“算是，我们打法很相近。”

海外客户始终把中国厂商当作西方厂商的替代品，或是一条搅局的鲇鱼，因此客户并不会让两家中国厂商同时存在。众信和华兴的厮杀烈度，比与西方厂商的更高。

“但我要感谢你，因为你中国品牌反而变强了，众信在东南亚的总盘子变大了。”施总敬了Jacob一杯，他现在也已经荣升为副总裁。

“我可不是为了你干的。”Jacob一口干了酒，把杯子拍桌上。

“那当然，”施总伸出手，用力地与Jacob握了握，“我会告诉我拉美的同事，叫他们小心你。”

“你太抬举我了。”

“我是真心的。”施总说，“即便在众信你也已经是个传奇了。”

火锅一直在煮着，这话倒让Jacob颇为意外。

“另外，你也要小心FRAN，为我也报当年之仇。”若非FRAN做局，DGG项目中标者肯定是众信。

“这你得自己去报。”Jacob盛了一份冬阴功汤。

“这光我想也没办法，”施总给他拌好了芒果糯米饭，他看出Jacob的饭量变得超乎正常地大，恐怕是留恋这最后的泰国晚餐，“因为你，FRAN东南亚被迫集体换班子了。现在，只有你才能去拉美打倒帕特里克。你人在拉美，别忘了根在泰国。”

“好，”Jacob低着头扒饭，“到时一定算你一份。”

最重要的安排在最后，大约22点，他收到通知，可以到洪坤的官邸。洪坤白天事务繁忙，只有晚上才有私人时间。只是人年纪大了，这个时间对老人已经很晚了。

老先生问：“怎么决定去拉美？”

Jacob讲了几个理由，但洪坤笑了笑，一个都不相信。相反，他把自己年轻时从一位上校开始，到现在的50年经历，顺带着泰国的历史隐秘都说了一遍。老先生是泰国现代历史的缔造者之一，Jacob听得很仔细，不知不觉已经到了半夜2点。

管家劝洪坤早点睡，可他让管家再泡一壶茶：“你能忍也能扛，只是我没想到你会为了自尊心去拉美。”然后他晃了晃杯子，茶叶在杯中先漂浮又下落，“我见过很多人的一生，都上上下下的，今天万人之上，明天就阶下囚，但那些能忍耐的，会发现一切苦难都是考验，帮他成大器，能赢过一切的是时间。”

Jacob笑了笑：“不过，我在拉美好像只有一年半的时间。”

“那你不该急着接受。”

“在泰国的事情，并不是我本来的个性，我不是一个能忍的人，甚至有仇必报。”Jacob双手合十，以示歉意。

“好吧，祝你成功。”老先生蘸着盆里的水，点在这位年轻人的额头上，“我说过，改变一件事可以只用坚持十八个月。”

但老先生望着Jacob离去的背影感叹着，以他80多年的阅历，经历“二次大战”、“冷战”、“越战”，深知美国科技与实力在世界上举足轻重，跟随美国发展的地缘政治思维在东南亚已经根深蒂固，而拉美与美国密不可分，当年拉美经济危机之后，关系恐怕更牢不可破。十八个月突破拉美，根本不可能。

管家扶着洪坤进去休息：“今天您难得这么晚休息，聊得还好吗？”

“不太好，这年轻人见识这世界的时间还太短，心还太热。”

在泰国的最后一个晚上，Jacob并没有回公寓，而是去了那个朋克女孩的租住处。已经是凌晨3点半了。他推开那一间普通到不能再普通的民房，里面有些简陋。她是从偏远省份来到曼谷都市的，在曼谷这样的女孩有很多。

“你来了？”她显然在等他，“让我再看看你。”

她触摸着他的脸，似乎失去了往日那种朋克的不羁。最直观的原因是她卸了妆，透露着清纯感。

在他低潮的时候，谁都没能给过他什么，哪怕那个模特、富家女，或是少将的妹妹，那些表面热情的人给予不了什么。也只有她，以一种冷酷的方式，给了他长久的微暖，让他缓了过来。

他们躺在床上，什么都没做。

“我明天要走了。”

“我知道。明天别让你司机送了，我送你去。我请假了。”

在素万那普机场时，她送他到国泰航空的值机柜台，给了他一个浅浅的吻。

“再见。”他回头说。

女孩很酷，没有回答。

“你不问我回来吗？”

“哼，无聊吗？泰国的女孩见识的外国佬多了，你不用这样黏着。”她画着浓重的烟熏妆。

“好吧。”他转身走了进去。

“而你不一样，”她的眼泪冲出，几个月的相处，她了解这个男人，他有足够的自尊与野心，她即使再酷、再孤傲、再温柔也留不下他，“谢谢你。”

Jacob给了她一笔钱，怕被挥霍而改为信托，分5年按60个月支付到她的账户。她拿到了一张大学培训班的通知，那是他当年赞助的大学项目。

拎着小包，出了海关，见到当年那位警上校，他闪避着躲开了。

他没去贵宾厅，径直跑到23号登机口。他坐在那里，透过巨大的透明玻璃，沐浴着泰国最后的一缕阳光。

又一个电话进来了，是刘总的。

“我开车过来了，你在哪儿？我上午找不到你。”

“我已经到了登机口了。”

电话里安静了一下，接着是刹车声，好像刘总把车停在了路边。

“我想开车送你去机场，但菲律宾那边误点了。”刘总压低着声音，“Jacob，你是不是还一直怪我？”

Jacob摸了摸包，不自觉地划动着拉链，沉吟了片刻：“我理解，您有更大的责任，也有全盘的难处。”

“有些心里话，我想跟你说，”电话里传来高速路边呼啸而过的车辆声，“你去了总部，知道拉美的意义吗？”

“感觉到了。”空姐呼唤着乘客，Jacob拎着行李，开始排队登机。

“经过去年，我觉得你是对的，我要跟你道歉。”刘总看着泰国明媚而热烈的阳光，硬挤出来这句话。

“不用这样子，刘总。”他已经在飞机上找座位了。

“现在公司高层也在博弈。”刘总再一次沉吟，亚太片区有很多新项目，刘总也不愿意为了印欧而战略放弃亚太的势头。

“Jacob，你是我见过最合适的人，我只能推荐你去。”

双方沉默着，都知道Jacob一旦搞砸意味着什么。

“拉美那边，我有些老同事，有事我可以帮忙，”刘总深呼吸着，“如果你没有成功，我给你留位置。”

“但愿用不着。”Jacob坐定下来，看着舷窗外。这是刘总的好意，但也只能是客套话，如果这一次搞砸，没人能保他。

今天的一切都是因果际会，因他在泰国起，也因他在泰国的影响而延展开去，在他那次寺庙的禅修中，他领悟自己沿着这条因果链，继续追索下去，一直找到那个人——FRAN的帕特里克。

这一切必须有个了断！飞机加速滑行。

再见了，泰国，3年了，再见了，东南亚，飞机起飞升空……

“于先生，我马上就到。”出租车已开进小区，上海司机打来的电话扰了他的回忆。

家里床上还堆了几样东西：几件泰国品牌的白衬衫；泰国员工送的能替他消灾扛事的“木雕大象”；母亲给他织的贴身内衣；中东客户送他的水晶鹰隼，鹰隼是中东神圣的动物，早些年，中东的客户叫他Jacob时，也常喊成Falcon（鹰隼）。但箱子已装不下，只能再选一样。

他一样都不带了，轻装简行。

他最后看了一眼房子，这正是他一年前买的婚房。他本想向佩妮表达亏欠，买得特别大，如今空荡荡，没有任何主人，自己也背了不少的贷款。

他关掉了灯，窗外星星点点。在海外，他觉得自己高人一等，犹如在上海外企的西方高管。回到中国，他感觉自己就是城市芸芸众生中的一个，一切都靠奋斗。

门口的玄关上，放着小玲送他的生日礼物——万宝龙149签字笔，上面刻着他的名字。他撕掉包装盒，把笔直接插在胸前口袋。她告诉他，一定要用它签单，然后凯旋！

去拉美是一条One way trip，成则挽名，败则尽毁。

楼下在按喇叭，他关上了门。在电梯口，闭上眼睛，轻叹一声，这是第三次常驻海外了，Jacob摸了摸这支笔，这一去又要几年，不知何时归来。

Jacob并不知道，为什么EMT能允许他拒绝去拉美后，继续批准他去。

深圳基地的0区，第十号别墅，山总还在加班看着汇报，其中最关心的一项是方总对拉美的计划。

人力体系的李总拿来了资料，上面有本次外派的干部计划。

华兴拉美总部设在巴西里约，那里同时也是南美南地区部的总部。巴西是金砖四国之一，拉美最大的国家，里约则是拉美第一大城市。虽然电影里总见到其贫民窟和黑帮，但巴西曾经GDP的增速达到14%，工业、军事和科技力量都很强，甚至能自己改装和维护航空母舰，造中型飞机、核潜艇和火箭。

这次方总将从深圳经南非开普敦，飞达巴西里约。方总因为没满意的人选，只抽调了一些研发的老部下，真从销售战线上转来的人很少——这部分正是由李总、许总和叶总评选的。

“还有谁去？”山总问。

“之前特招过来的FRAN中国区高管，叫臣享，他会跟方总去巴西。”李总拿出简历，“他熟悉FRAN的运作，毕竟FRAN在拉美根基很深，是我们的主要对手。”叶总也附和着，“他水平不错。”

山总点点头，忽然皱了下眉头，看到一个刺眼的名字：“为什么有这家伙？”

泰国项目的一些决策要上报EMT协商，李总记得，有一次，Jacob在不知情的电话会议上，让山总下不了台，想必山总并不喜欢Jacob。但其实，他并不知道这两位有另一次交集。

那一年，海外刚拓展不久，也正是华兴入不敷出、几近破产的时刻，山总出差到中东约旦，考察海外情况。他的秘书突然告诉他一个噩耗——他老家的至亲出了车祸，昏迷后脑死亡。那时，站在他对面见证他人生最黑暗时刻的海外老总，是还很年轻的Jacob。Jacob似乎并没有了解什么情况，也没有安慰。山总心如刀绞，要立即回国，可Jacob正相反，强烈建议山总一同去见约旦第三大运营商CEO，结果拿下了一份重要订单，为日后打下基础。

李总说：“之前安排面试，他不去，后来，他又来主动申请了。

臣享已答应去了，但他又说不去拉美就辞职。我想方总也是需要他的吧。”

山总问：“方总真这么认为？”

早年方总就受海外一线市场的欺压，为了满足一线而紧急开发产品，却因质量问题被投诉。当事人在高管大会上被批评，现场被迫自己砸掉原型机，拍成录像交华兴大学让全员学习。方总对Jacob这类人肯定有意见。前年，Jacob逼研发紧急开发泰国3G版CDMA，让研发掉了一层皮。方总从研发转市场，思维不可能那么一蹴而就。

李总说：“我先把小于放替补位上，方总自己定夺。”

“还是别用了，这家伙说来就来，说走就走。”许总补了一刀。

叶总辩道：“这活儿吃力不讨好，现在就他肯去干。”

山总呷了一口茶：“先别吵，他现在在哪里？”

“东南亚地区部，闲职。”李总回答。

“闲职？”山总把杯子拍桌上，“瞎搞，你们把老虎关在笼子里，老虎可是要病死的。”

小玲拿纸巾擦拭溢在桌面的茶水：“那就把老虎放出来，试试呗。”

这是她不该说的话，却不经意地插了嘴。

试玉要烧三日满，辨材须待七年期。就这样，Jacob踏上了拉美之旅，这次，他又创下了一个华兴的新纪录——第一个常驻三个片区的员工，横跨亚非拉。

2

“春节前走，您去旅游啊？”出租车司机很健谈。

“啊，是啊！”Jacob在后排礼貌地回答着。

司机阅人无数，虽只是平凡的对答，却感受到他身上散发着一股成熟迷人的男子气息，应该是个大老板，这正是年轻女孩仰慕崇拜的吧。

轿车飞驰，司机不再说话，车里变得寂静。Jacob也静下心来，研读一本名为《从拉美富豪到世界首富——卡洛斯传记》的英语书，大衣口袋里还夹了《西班牙语速成》的小册子。

司机说“先生，到了”，他这才反应过来。

H号柜台，地勤翻看他的护照，上面密密麻麻都是签证，问他：“去哪儿？”

“墨西哥城。”他改变计划，先不去巴西。

“行李超重了，您需要支付2000元超重费。”

他刷了卡。今晚，他要经巴黎戴高乐机场，抵达墨西哥城的贝尼托·华雷斯机场。

一周前，他与新上司方总做了第一次沟通，他知道方总对他没有好感，也会带心腹组建拉美片区的核心班子。Jacob一定不是这个圈子的。

Jacob说：“方总，我去墨西哥吧。”

拉美片区有三大地区部：墨西哥、中美洲及加勒比海地区部（简称：墨西哥地区部）、安第斯地区部和南美南地区部。方总也不想将Jacob这样的异类放眼皮底下，在新班子里乱搅局。所以干脆放他去墨西哥地区部，毕竟方总从巴西飞一次墨西哥，也得跨越半个地球。就让Jacob当一个“监军”角色去支边吧。

“Jacob，你可以去，但不管你以前多有经验，到那里就是新人，要空杯，要从零做起，要尊重墨西哥的行政管理团队。不要自作主张。”方总特别担心Jacob这一点。

“方总，没问题。”

方总转了转手里的笔：“另外，公司今年的资源紧张，不可能给我们派很多人，总部‘不见兔子不撒鹰’，哪里做出了业务，才能在哪里加派人手。所以，我不可能给你派人。”

总部不能向急需战果的拉美片区“资源倾斜”，否则，正在会战中的其他各大片区一定会叫嚷。这就像几个娃娃一个妈，奶水不够用。而在拉美内部，方总的战略是“聚焦巴西大国”，将仅有的资源汇集到巴西，单点突破巴西这个“超级市场”——巴西和印度都是“金砖四国”，其意义不输于印度。巴西成了，方总就能令拉美片区一战成名，扬眉吐气。

方总资源紧缺，又须在一年半内出成绩，他无暇全面经营三大地区部，只能All in巴西。相应地，Jacob将一个人去墨西哥。

"明白！我不占用片区的人力。"Jacob说。

"一个人哦，那你要什么？"方总问。

"给我一个任命就好。"

"什么头衔？"方总已把片区的销售副总裁、产品行销副总裁、人力副总裁、交付服务副总裁分封了，却并没给他留位子。

"头衔无所谓，只要我直接隶属于片区，向您汇报即可。"

那不等于是个无实权的片区幕僚吗？方总将信将疑，这家伙想混日子了吗？可又不像啊，否则为什么主动来拉美呢？

"好，我会跟大家说明。"但这只是方总的一道口谕，谁能仅凭一纸任命到地方上当官？还是个虚职，即便是钦差大臣空降地方，若无一兵一将跟从，强龙也斗不过地头蛇。

浦东机场里，Jacob到海关口，边检人员再次询问："墨西哥城，您去旅游吗？"

"嗯。"他穿着高级羊毛西服、黑色美利奴围巾，他真正要去墨西哥的另一个原因，FRAN的拉美片区总部不在巴西，而是在墨西哥。

边检起疑，这人打扮商务，怎么是旅游签证？但他如此镇定，海关还是盖了章："祝您玩得开心。"

事实上，他只能拿一张旅游签先出境，到了墨西哥再改。之所以着急，是因为他有一个特别任务，必须赶在今天出发。

飞机升空起飞，第一程是法国，旅法华人不少，有商人、移民华裔、留学生和游客。这些中国人在一堆欧洲人里，正用中文聊着家乡的事情。灯熄灭，乘客们休息了，但他没睡。

新的一站，让他从骨子里兴奋起来。他点亮阅读灯，又打开了那本卡洛斯的传记，从上衣口袋里拿出那支万宝龙，在书上做起了笔记。卡洛斯旗下最有钱的现金牛业务正是美洲电信，一个横跨拉美17国的运营商。

卡洛斯，世界首富，财富超过美国的比尔·盖茨和巴菲特。他原籍黎巴嫩，生于20世纪40年代末，家族因规避世界大战余波，举家移民到了墨西哥，从贩卖糖果杂货起家，渐渐做大。20世纪60至70年代，是墨西哥经济的狂飙时期，他开办了建筑工程公司，满足了当时激增的基建需求；另外，他还创立了百货公司，满足当时拉美的物质需求。当事业做大后，卡洛斯进军投资，在资本市场上崭露头角。

真正让卡洛斯登上世界财富舞台的，是他1990年收购了国有的“墨西哥电信”，直到今天整合出了这家跨国的“美洲电信集团”，电信业是他商业帝国的摇钱树。

Jacob不是为了避开方总才去墨西哥的，而是主动选定了另一条主攻路线墨西哥卡洛斯家族和他的美洲电信总部，美洲本土最大的运营商集团。

FRAN的拉美总部不在巴西，而在墨西哥，是因为从卡洛斯踏入电信业的那一刻起，FRAN就与他们共同成长。这二十年里，他们早已形成了一种牢不可破的联盟关系。在墨西哥的地盘上，FRAN已经封锁了多年。而华兴拉美片区正是没人相信能突破“美洲电信”，只能将总部设在巴西，与FRAN做差异化竞争。

Jacob知道这一点，但他一来拉美，却立马选择了一条不寻常的道路，一股情绪甚至一股直觉，把他吸引到了这片“盐碱地”。他相信打赢FRAN的封锁，就能一举进入美洲电信17国，这比突破巴西单一大国更有价值。

飞行时间很长，到巴黎要12小时，没有长途飞行经验的人会很难受。终于，灯亮了，空姐开始送饮料，此时是北京时间01：35，飞机正在新疆上空，再过一会儿就要离开中国领土。

当大家陆续醒来时，Jacob却合上书，站起来侧身绕过空姐，径直往机舱中间走。这是一架波音777的大飞机，载客达400人，他有事要办——找到一个人，臣享，就是那位从FRAN中国区挖来的高管。Jacob知道，臣享就在这个航班上。

在空姐配餐的飞机中段的横廊，他要了杯速食面，借故能长时间停留观察，搜索可能是臣享的人——他没有见过臣享。

上周，他打听到了臣享的行程：此人会沿美洲大陆，自北朝南，顺墨西哥地区部，经安第斯地区部，最后到达巴西总部。一看这计划路线，Jacob就猜这可能是以新一任拉美片区总裁助理的名义，首次巡视各地业务团队。

臣享，代表着巴西的大国战略。而Jacob，则选择了“美洲电信”的大客户战略。这是两种不同的思路，臣享一旦顺利到达，便会立即传递新一届拉美班子的新战略。今晚，Jacob要做的，就是截击臣享！

为此，Jacob连曼谷都没敢多逗留，火速赶上同一航班。他觉得臣享是刚招来的空降兵，思维还未同化，在华兴根基尚浅，还有机会劝住臣享调转战略。

可当Jacob一连吃了三碗泡面，来回去了两次厕所，都没有找到像臣享的人。这家伙在头等舱吗？华兴有规定，高管和普通员工一样，不许坐头等舱或商务舱，即使是EMT和山总也无权，只有两种情况除外：陪客户同行、海外就医。

难道臣享在外企高管的位子上，养尊处优，坐惯头等舱，所以自掏腰包升舱？Jacob放下杯面心想，如果真这样爱享受，也许臣享就是个虚伪的职业经理人，而不是个有进取心的企业家，这种人见风使舵，不好劝，Jacob也不喜欢。

上完餐，已是凌晨2点了，灯再次熄灭，乘客们又睡了，少数夜猫则在看飞机上的电影。反正也去不了头等舱，算了吧，他又坐回了座位上。

又眯了一小时，他却没有睡着。臣享有话语权，自己必须在抵达巴黎前先说服他。否则，屡战屡败的墨西哥地区部领导与臣享一交流，“墨西哥很难打开”的印象会被强化，这样，臣享就更难支持自己的“美洲电信”战略了。

幽暗中，他按了下座位屏幕的按钮，看了看世界地图和时区，飞机正以每小时900公里的速度飞掠在俄罗斯上空。而此刻，法国时间20点多。去掉降落盘旋的1小时，只剩不到3小时了，3小时里要改变一个思想成熟的男人很难。

不行，一定要干！他要不惜代价，把臣享这家伙炸出来！

通信业人士的国际差旅极多，按概率，这航班上也会有几位通信行业的人。刚才，Jacob看到一位美国商务人士正在笔记本上做PPT，他曾瞄到一眼，是关于“巴塞罗那全球通信展会”。

“巴塞罗那全球通信展会”简称“巴展”，是顶级的科技网络展会，也是由西方国家主导的GSMA组织的一场“武林大会”。每年2月，全球数百个运营商和几十家像华兴一样的顶尖通信设备商，包括高通、苹果、Google等产业链顶级玩家齐聚巴塞罗那。最新的黑科技、高瞻远瞩的未来研判都在大会中公布。

Jacob注意到有一页竟是关于华兴将在“巴展”上展示的科技主题。这可是公司重大机密，一般华兴要提前5个月专门准备“巴展”策划。一旦泄露，就如作战之前，把兵力阵形提前透露了。

这是一班从中国飞往欧洲的航班，这份资料多半是第三方刚窃取的商业情报，但公共场合，Jacob本不想声张。而现在，他将计就计。

他起身，来来回回地在那条走道晃，外套也碰到电脑上，引起美国商人的注意。美国商人警觉地合上了屏幕，起身也要去洗手间。两个人在狭长的飞机过道上狭路相逢了。

但Jacob并不打算为美国商人让路，美国商人觉得被Jacob侵犯了：“嘿，你在干什么？”

“你知道我在说什么。”Jacob回以挑衅的眼神，故意在裤子口袋露出了华兴工卡——行业内的人，无人不识那个醒目的华兴Logo。

美国商人心虚了，但心虚掩饰的人反而更有攻击性：“浑蛋，让我过去。”

Jacob1.8米，73公斤；美国商人更壮，看起来1.85米，有100公斤。Jacob没有动，他偏要等着双方的肢体冲突。

“你为什么偷看我的屏幕？你在侵犯我的隐私。”美国商人用力地拽了他一把，机舱里发出了巨大的声响。但美国商人没拉动他，Jacob一只手抓着椅背，站得很稳：“我没有看不该看的东西，也请你保持礼貌。”他暗有所指：“你应该明白，其实是你在侵犯别人的隐私。”

这时，所有人都醒了过来，有人开始劝架。机舱灯重新亮起，空乘人员也走了过来。

美国商人恼羞成怒，嘴里叫嚷着，不断地吐出各种花式英语，指责中国人不文明。但Jacob也避开具体的商业侵权问题——他不愿意让“华兴公司”的名字搅进去。然而，这样Jacob便显得理亏了。

满舱多是西方人。在场面上，Jacob的黄皮肤使他很被动。因为百年来对东方的刻板印象，亚裔男性在西方地位偏低，即便有人觉得老美过分了，但西方人也不多说。

在众人看戏的目光下，Jacob没有争吵，也没有委屈，更没有让步。他直接无视。

他站得笔直，举止体面，这令美国商人的声音越发喧哗嘈杂，反而引起整个机舱的反感——这可是法航，一半以上都是法国乘客。法国人天然地讨厌美国人说话的夸张劲，没多大事，就要“oh my god”“amazing”地在公共场合嚣张地表达情绪。在他们心里，美国的直爽是虚伪的，Jacob深知这一点。所以他表现得像一个受尊敬的法兰西绅士。

“你是个粗鲁的人，Chink！”美国商人有点肥胖，穿着皱巴巴的美式休闲服，用手指把眼睛搓成了一条线，讥讽他的丹凤眼。

“冷静，希望你体面一些！”他衣着体面，用一口法语回答。他在中东北非时学了法语，北非是前法国殖民地，法语是官方语言，又补了一句，“Yankee！”

整个机舱里，一大半法国人都哄笑了。接着，Jacob语言都切换成了法语，美国商人听不懂法语，咆哮起来：“你是白痴吗，英语都不会说就敢坐国际航班吗？”

机舱里一片嘘声！法国人天性自豪并以法语为傲，是欧洲出了名的不说英语的国家。美国商人犯了众怒。

“你必须向他道歉。”有人站起来，指责美国商人。

Jacob一笑，一切都在预料之中，美国佬不敢站在欧洲人的对立面。此时，空姐和空警也都过来了，简单询问后，要把两人带到飞机最前端人少的地方，进行调解。

几个人穿过经济舱、商务舱、头等舱，到飞机前方人少的地方去解决。Jacob抓住机会搜索着臣享——头等舱里的一个中国人好奇地探望着。

对，Jacob觉得很熟悉，好像上周在华兴大学的大厅时，见过这张脸！就是那个社招的同龄人。

空警调解完，Jacob坐回了座位，闭上眼睛，姜太公钓鱼……

“兄弟，真有你的啊，你是哪儿的？”背后有几个中国人围过来。

这些人来自国内的电梯企业、机械加工、食品服装、吊装工程。他们是中国走向海外的另一群人，不同的是，他们只出差做外贸但不常驻，也不是高科技，但也深知西方人表面文明，内心依然藏着歧视，所以出门在外总忍气吞声，多一事不如少一事。今天难得有个华人特别争气。

前排走来了一个中国人，着蓝色格纹西服，身高1.82米，四肢修长，格外优雅雍容："旁边有人吗？"此人像个西化的绅士，可态度显得不太友好。

"没有。"

此人一来，就把那些中国人驱散了："那我坐一会儿。"

Jacob留心观察着，他人高马大，散发着洋气，不，是男士香水味。皮肤洁白，儒雅干净，头发梳成大背头，眉毛也修过，很注重保养，一看，就知道家世很大、修养很好。

这副样子，让Jacob想起了佩妮家里交往的名门望族之后。

陌生男人问："你也是华兴的？"

"你怎么知道？"

"你华兴的工卡不是露出来了吗？"

Jacob在走向头等舱时，把华兴工卡塞回裤兜里，但故意把灰色的绳带露了一小截。只有华兴人才能识别这一截带子。

Jacob收好了工卡，这人观察力不错，但他还不100%确定："你是？"

"我也是华兴的。"陌生男人Show了一下工卡，上面显示出工号和名字。

"你叫臣享？这个姓很特别。"

"嗯，是的。你是老员工吧。"臣享的语气中带着鄙夷。

"哦，你怎么知道？"

"那根带子磨得很旧了，"臣享挑剔的性格比他的观察力更胜一筹，"你都老员工了，不觉得自己太冒失吗？"

很少有新人批评老员工，这可不是Jacob预想的开场白。可臣享正火辣辣地盯着自己，这让Jacob对臣享也很恼火，他暂时不想表露身份。

"美国人说你在侵犯他的个人隐私？这怎么可以？！"臣享也算是半个美国人，早已被美国文化浸染。他父母20世纪80年代到美国，自己也算是官三代，中学起就从北京四中转学到波士顿名校，而后又以优异成绩被常春藤学校录取，身边朋友都是名门之后，一直信奉精英路线。大学毕业，他加入了FRAN，在纽约、西雅图和洛杉矶工作后，被派往中国，担任大中华区高管。

“我不觉得冒失。”

“好吧。”臣享摇了摇头，真是夏虫不可语冰！

“我看到的是华兴参加‘巴展’的材料，这是一份商业情报。”Jacob说。

臣享潜意识过滤了这句话——他成长于美国，压根不信中国能独立掌握关键技术。长期的说法是，中国技术是从西方偷来的。尤其是互联网时代的BAT，更是赤裸裸地抄袭Google、亚马逊和Facebook。所以，华兴的资料，本质上也不算是华兴的。那个美国人只是拿回属于自己的东西。

“去海外，首先，你们能不能改改作风？”臣享带着一丝怒气说。

“我们？”Jacob听着这词不是滋味，“什么作风要改？”

“能不能别那么丢人！你不要把国内的耍小聪明、不尊重规则，都带到海外去。”他说，到了深圳后，臣享越发不喜欢华兴。

七年前，臣享刚到中国时，第一个投标项目是陕西移动，那是他与华兴第一次短兵相接。彼时，华兴正在国内崛起。华兴攻，FRAN守。FRAN为了稳固地盘，现场调集了三十多人的精英团队。谁知华兴竟派来三百多人。

光从衣着上看，FRAN都是喝过洋墨水的精英，而华兴则是没见过世面的土包子草根，穿着和举止都不入流。他们每天不停地工作，睡在公司床垫或客户机房里，销售人员真是太不体面了！

FRAN是世界排名第一的通信公司，头顶光环，从不低贱地伺候甲方，员工是从清华、交大、浙大、欧美名校等顶尖学府中百里挑一的高才生。而华兴员工中有二本学生和草根子弟，他们永远背电脑包、穿跑鞋加牛仔裤，又宅又土，连英语都说不好。

臣享的精英团队，凭借FRAN的领先技术，在技术评标中大幅领先，而华兴还在比拼测试中有过技术事故，可最终华兴赢了。尔后短短几年，在西方有主导优势的高科技战场里，他的全美械部队竟全线溃败于华兴的小米加步枪，他百思不得其解。

他把一切归结于华兴的龌龊手段和政府对外资的管制，挤占了FRAN等公司。而他来华兴，也是无奈——FRAN中国区的市场已缩小一半，位子不够了。

Jacob倒对臣享的想法有了点好奇心："但这几年，我们海外还是不错的。"

"乱拳打死老师傅，也就只能一两个回合。等人家反应过来之后……"

"又怎样？"

"不在你的地盘，当然可以秒杀你，"臣享顿了顿，"西方科技底蕴很强，而中国产品一直是低价低质的代名词。想抬高中国形象，就要从你鲁莽的言行改起。"

中国向海外走出去了一批企业，但得不到认可。因为站到国际舞台上亮相的企业家，缺乏西方认可的魅力。这种"软实力"输出难以落地，只是在华侨的小圈子里自娱自乐。就算这几年，海外旅游、投资和购物热潮兴起，反而引起了外国当地人的嫉妒和反感。人家还是不接受你，也不相信你。

满飞机的西方人，臣享觉得只有自己才是合格的，他一直以身作则，试图改变外界对亚裔的看法，可他形单影孤，势单力薄。他不再搭理Jacob，身子坐正感叹着：

"真不知道要多久，才能改变他们对亚裔的看法。"

Jacob再一次观察臣享，人很体面，也很有西式教养，谨遵秩序，就像民国时期在洋行里和西方人打交道的买办模样。不知怎的，他想起了《上海滩》中许文强的岳父——那个在英美租界"工部局"里的华人董事，一面对华人心痛，一面又对华人心烦。

Jacob也不爽起来："你永远改不了！"

"你不明白。"臣享侧过来说。臣享15岁时去的美国，他要比白人同学参加更多的社团活动、学更多的乐器、参加更多的体育比赛，才能证明自己。他确实很优秀，也想靠自己来改变现状，但总有些华人同胞破坏了自己的努力。

"我怎么不明白？"Jacob说。

他刚在泰国与FRAN交过手，而东南亚，美国的White Trash、Scumbag都能过得很好。在中东，华兴地区部总部的岛国巴林，正是美国第五舰队司令部驻地，科威特沙漠深处还有陆军驻扎，沙特有美国空军基地。他去过伊拉克，那边战后依然荒芜，在两大地区部交手时，哪儿都有他们的影子。

“你真该去美国感受一下。”臣享Diss他，“你去过美国吗？”

“我不需要去，也能了解。”

“那你也没什么资格说教，难怪在美国根本没有华兴的市场。”

“那你该去看看美国之外的美国。”

“什么意思？”

Jacob从口袋里掏出一沓护照——四本用订书机钉连在一起的护照，前三本已经剪角作废，但上面的每一页都覆盖了密密麻麻的签证：“这个世界很大，不要做个井底之蛙。”

其中有很多臣享不熟悉的国名，臣享一惊，猜测他的职位和经验都不弱：“你去哪儿？是哪个地区部的？”

“去墨西哥城。”Jacob说。

臣享注意到护照的第一页他的姓名：“你是Jacob？”

“正是在下。”

闻名不如见面，果然是怪人。忽然臣享反应过来——“你刚才是想找我？”之前他大费周章，不过是一出戏。

“是的，我们都刚到拉美，本想跟你谈谈，但现在没了兴趣。”

“找我什么事？”臣享把护照还给他。

“想交流一下对美洲电信和巴西的看法，怎么，你还想聊吗？”

谈业务，臣享变了个人，他立即忘了刚才的事，进入另一个状态：“巴西是单点突破，即使做成，辐射力也有限。而且巴西很难打，会有虹吸效应，吸干片区资源，四周却陷落，最后巴西成为一座孤岛；但美洲电信不同，一旦打开就火烧连营，向17国延伸，做大格局。”

Jacob很意外，刚才还批评自己的臣享，思路竟和自己一样——他们的格局都不再是一城一国的得失，他竟不用多费口舌。Jacob又对臣享回心转意了。

“第一仗打巴西，对全局未必是好事。”臣享说。

“我会做美洲电信，你跟不跟我做？”

“跟你？”臣享问，他现在是片区总裁助理，而Jacob什么都不是。

“那我跟你，行吗？”

如今的电信行业，早已不再是“某一国的电信公司”，经过一轮轮投资并购后，实现了跨国集团化——十几个国家的电信运营商，都由同一个跨国集团持有。一切重大采购权、决策权都在集团总部。因此，“销售运作”也需要顺应趋势，从传统的“国家销售模式”变成“集团大客户销售模式”，统一号令，避免各自为战。可华兴还因沿袭早年拓展海外时，以“国家”为基本单位而设立的分公司，从人力、考核到组织架构、后勤和IT流程都还嫁接在早年的“国家代表处”模式上。这就好比子弹装错了枪膛，臣享很清楚这一点，但作为一个空降兵，他不合适提出改变。

“我可搞不定。”臣享声音变低了。

“那你就跟我干。”Jacob狡猾而得意地一笑，把话语权又拿了回来。

臣享被Jacob绕了一把，但没有生气：“你也不行。”

“为什么？”

臣享并没有直接回答。

海外远程作战，能否打赢，考验的是协调总部资源的能力，可“大客户部”是“虚拟架构”，资源调动力的实体在地区部，他们将犹如一支独立团，是否能争取到武器，都是问题。

华兴真正成功独立的只有5个“大T客户部”——针对英国的沃达丰集团、法国的Orange集团、西班牙的Telefonica集团、德国的TMobile集团和卢森堡的Milicom集团，但那些是欧洲大T，因EMT高度重视而临时搭建的。欧洲尚且如此，更别提拉美了。方总初到拉美，比较保守，倾向于突破巴西的大国战略，肯定不会改变传统的三大地区部、十几个国家代表处。

“现在最好的办法就是等待Telefonica、Milicom两个大T，”臣享摘下眼镜抹了抹，“等欧洲大客户部统谈下来，可能会分给拉美单子的。拉美片区还是专攻巴西。”欧洲大T不但跨国，而且跨洲控股了一些拉美运营商，臣享的算盘是，欧洲片区若有好消息，兴许拉美片区能拿到一些订单，两全其美。而总部在西班牙的Telefonica集团和在卢森堡的Milicom集团，是拉美的两大欧洲电信品牌，也是美洲电信的主要对手。

“欧洲片区会管拉美吗？！”

“这是最两全其美，也最现实的方法。”

Jacob对臣享再次感到了失望，上一次无非是脾气和作风，这一次是人的品质——明明有眼光，但太精明，而缺少勇气。果然是一个职业经理人。

他身上就像有蚂蚁爬一样不舒服。但他也没办法，臣享不是张舒。

“总之，我不会碰美洲电信，劝你也别碰，只有一年半，做不开的！”

“怎么老是不可能？”Jacob有点恼火了。

“八年多来，墨西哥地区总裁换了三任，可连美洲电信的一扇小门都没打开。你知道为什么吗？美洲电信是FRAN经营了20年的超级铁盘，我在FRAN时，帕特里克的地位就很高，拉美就像FRAN的后院，而美洲电信就像FRAN的孪生兄弟一样亲。”

“那太好了，我要打的就是FRAN！”

“你……”

FRAN视美洲电信不容侵犯，华兴要打就成了一场投入大兵团的血战，只会徒劳地消耗。眼下，华兴资源有限，全球拓展上分轻重缓急，EMT的态度很明确，这两年的大资源投入只能铺在欧洲，而拉美，方总没有资源，便以田忌赛马的策略，用上等马去打人家的中等马，才选择了巴西。臣享知道巴西虽然不是最好的选择，但没有一种策略是完美的。

“我自己不会碰，也不会让墨西哥地总乱来的。”臣享不想再和Jacob纠缠。其实，他在头等舱时就认出了Jacob，先前批评Jacob的话，绝非仅因Jacob在飞机上的鲁莽举止。

八年前，陕西省那个项目上他见到过Jacob，那时Jacob还是一个销售小兵。他还记得项目到了最后一轮，FRAN和华兴各有优缺点，甲方决定考察哪一方更有合作性。省移动老总把华兴与FRAN两家叫来一起喝酒——在西北，喝酒可以试探人品——若你肯为我往死里喝，以后你就能为我好好干。

臣享极讨厌这里的劝酒文化，当时出战的是FRAN一位传奇女酒神。果然，她与省移动的领导敬酒，凭借她脱俗的气质和无限的酒量，气场力压华兴销售。直到她遇到了Jacob。Jacob预约了省第一人民医院的绿色通道——他知道喝不过她，但他知道这局比的不是酒量，而是诚意。Jacob不要命地喝到胃大出血，昏迷后被送去抢救。省移动领导说："你看，华兴都出人命了，FRAN就下次吧。"FRAN就这样赢了酒局，输了订单。

这个Jacob就是闯进瓷器店的大象啊，做事太赌徒了。臣享万万不想跟他掺和，起身离去。

"看来你也想混日子。"Jacob说。

臣享回过头："什么意思？"

"方总有他信任的人。你又是新人，做成了巴西，也没你什么事。"

"方总都搞不定那么多资源，你做美洲电信，你有几个人？"臣享想试探Jacob的背景多厚。

"我还没有人。"

"没人，那你疯了吧！"

"我能做到！"Jacob向站着的臣享瞟了一眼。

Jacob那么自信，倒让臣享越发起疑了："只有一年半时间？"

"是的，"Jacob神色镇定，"十八个月足以改变一件事，打赌吗？"

虱子多了不痒，债多了不愁，Jacob在东南亚混不下去，才来拉美的——臣享下派前也调查过Jacob的底细："你可输不起了！"

Jacob听出了他的挖苦："你赌不赌？"

"靠人海战术你们能在本土打赢。在拉美，你还想以少胜多？你可太小看FRAN了。"

"我在国内能赢过你一次，在海外一定能再赢你一次！"

臣享不以为然。

"你到现在还不知道，你在陕西的时候输在哪里！"原来，Jacob也认出了臣享。

"你！"

"输不起吗？"Jacob说。

开什么玩笑，当年臣享就看不起Jacob，如今在华兴，自己依然比Jacob职位高，臣享的自尊心不容许自己输给这样的人。

“赌吗？”Jacob说。

“赌啊，赌什么？”

“我一定能说服墨西哥地总，把你收在我身边，你就必须听我的！反过来，我就听你的。”

臣享有一丝恐惧，因为Jacob明显必败，却总摆出一种必胜的把握。

“吵什么？”他俩的声音有点响，刚才的美国商人憋着一肚子火，便过来找Jacob的碴儿，他挺着庞大的身躯叫嚷起来。人第一次的愤怒若未彻底扑灭，重燃的第二次怒火极难解决。

臣享站了起来，挡在美国商人面前，想方设法稳住这位，他说着漂亮话，找着共同语言，体面和平地解决问题。美国商人听出他也是美国人，倒也原谅，甚至笑着离开了。这让Jacob十分意外。

“你怎么让他走的？”

“我把头等舱让给他了，”臣享被迫坐回Jacob的身边，Jacob刚想说谢谢，可臣享又埋怨起来，“真倒霉。招的时候说去美国的，怎么就来了拉美碰到你？”

“那你还是别干了！”

“你被华兴洗脑洗得挺彻底。”

“没让你去非洲算照顾你了。”

“唉，”臣享叹了口气，厌倦了相互的嘴炮，“恐怕你这种人，还没享受过生活。”空姐刚好走过，他要了一杯红酒。

刚才臣享那么多话，唯有这句话刺穿了Jacob。

此时，飞机因为气流一阵颠簸，空姐失控站不稳。臣享帮她扶住了饮料车。他长相俊朗，举止优雅，英语法语都比Jacob好很多。漂亮的法国空姐对Jacob还比较严肃，却对臣享舒展起眉目。机舱里传出来了难得的欢笑声。

他很有魅力，比Jacob更擅长与西方人打交道。Jacob问：“你在墨西哥待多久？”

“我们不是在打赌吗？”臣享没有告诉他，因为即使是同路，但也不是同道。

一小时后，他们乘坐的法航抵达戴高乐机场。机场很大，要先入境再更换候机楼，换乘墨西哥航空的共享航班。

已是半夜1点，一批法国海关执法员在飞机接驳廊桥的通道等着，一一检查着乘客，人们排起了队。

“你这边，你过去。”法国海关以护照来区分人群，被挑选出来的一拨人会被海关管着。这几年非法移民太多了，执法者必须建立第一道防线，避免有人趁转机偷渡进法国。

“这是要去哪儿啊？”一个背着IBM电脑的中国小青年，茫然不安，他担心自己的语言能力，又担心赶不上转机航班，看起来是第一次去国外。

“关你小黑屋，直到你登机前才把你护送到登机口，”Jacob一把把那青涩的年轻人拉到身边，“过来排我身边。”

Jacob看出来这一排比较安全，而臣享因为不想和Jacob一起，站在了另一排，却因为一副亚裔的脸孔反而被带走了。那位美国人也略微被盘问了几句，便高喊：“我是美国人。”法国海关只好摇摇头，不想招惹美国公民。

长途飞行很累，转机等候也要7小时，Jacob在机场唯一开着的面包店点了面包和咖啡，又眯了一会儿。巴黎凌晨的3点多，他醒过来。在机场门外，他看着漫天繁星，抽了一支烟，想起了佩妮。佩妮就生活在这座繁华的城市里，夜空中，流星伴随往事，一起划过。可是Jacob不能逗留。

他又猛吸了一口烟，墨西哥城，究竟是什么样子的呢？陌生又神秘的阿兹特克文明、毒品泛滥的国度，还是电影里播放过的贫困样子？这种困惑，在他第一次去海外时也有过……

烟抽完了，是时候走了，他回到大厅，坐接驳车去另一个CDG1航站楼，飞往墨西哥的登机口不在这座CDG2楼。一转身，那个年轻人还在身边。

“你怎么还在这里？”

年轻人很着急：“我找遍了这座楼，找不到登机口。看到你，我就想……”

“第一次出国？”Jacob拿过他的票一看，也写着“登机口：63号，目的地：墨西哥城”，“63号登机口不在这座航站楼，跟我走吧。”

新安检口，一个漂亮的女官员进行盘查，她也是看人下菜，她放过了从容的Jacob，但看了看拘谨的年轻人，顿生怀疑：“把包打开。”

年轻人一股脑倒了所有的随身物件：电脑、手机，一张华兴的工卡，还有一瓶“老干妈”。女官员说：“这是什么？”

年轻人有一丝紧张，似乎听说过外国海关有食品检疫。肉食、奶制品、月饼或皮蛋就不能携带，他害怕被扣下来调查，甚至要被处以大额罚款或坐牢。

“请你打开。”另一位男性官员带着法语口音要求。

“照她说的做。”Jacob回过头说。

一股浓烈的蒜味飘了出来。“What is fucking this? Take it away.”女官员一脸嫌弃，捂住鼻子，恨不得立刻爆粗口让年轻人拿走。

年轻人迅速盖上盖子，脸上带着得逞的笑容，庆幸地逃到Jacob身边：“法国人，还好意思说自己懂美食啊。”

“你是华兴墨西哥的吗？”Jacob两眼放光。

“对啊，第一次外派。你也是啊，太好了，一起走！”年轻人兴奋地说，“我叫汪秦，无线产品经理。”

“说话不要一副猥琐的样子，”Jacob敲了敲年轻人的脑袋，“还有，以后出门换身得体的衣服。你的工资够买件名牌了吧。”眼前这位可以成为Jacob的产品经理，能负责技术销售。不管这小伙子现在多么幼稚，Jacob要把他培养成一个干练有型的男人。

而臣享跟在后面，与他们保持距离，他与女官员说了夸奖她的法语，又看了看他俩，摇摇头，仿佛给自己丢脸了，装作不认识地快步通过。

三人坐到了墨西哥航空上。飞机上的默认语言是西班牙语，墨西哥航空的Logo是一只墨西哥雄鹰和一位印第安人。

第一段到巴黎的12小时在黑夜中飞行。而第二段到墨西哥的10小时则全成了白昼。夜航时侧翼闪烁的红灯暗去，日出了，太阳在大西洋的那一侧，拼命追赶着飞机，正如一场僵持的竞赛。

从浦东机场起飞到现在已有30小时了，长时间的飞行令人极度煎熬，睡也睡不着，动也不能动，犹如上刑。汪秦近乎抓狂，臣享闭着眼睛。而这10小时里，Jacob一直打开舷窗遮阳板，看着窗外，下方是汪洋大海，这是他第一次看到大西洋，当年人们就是顺着这片大海，去新大陆探险。

今天他也像哥伦布一样，对未来充满迷茫，在航海学院和皇家学者的否定下，却向西班牙女王说谎——“我一定能向东找到印度”。打动西班牙王室的不是科学论断，而是那个人装出来的自信。

3

终于，飞机抵达墨西哥城的上空，这是世界最大的“堵城”，老旧的高架环绕着规模惊人的城市，下方车流密集，多数是几十年的老爷车；这也是人口最多的城市，多达2700万，从空中望去，漫山遍野都是平房，令人产生密集恐惧症。罕有几处高楼，有一处相对最高，叫“拉丁美洲塔”，但也才180多米、40多层——墨西哥地震频发，城市建在原阿兹特克帝国的湖泊上，地基松散。1985年的墨城超级大地震后，政府不允许建摩天大楼。

墨西哥城很不一样，有着东南亚的拥挤，却没有东南亚林立的摩天高楼；像美国洛杉矶一样的平面型城市，却又没现代化的样子。既有欧洲的宏伟天主教堂和小街风味，又有很多贫民窟。

总的来说，墨西哥城倒像北京一样，庞大、杂乱、古老、新颖，高度混杂。

乘客都贴在舷窗边，飞机上有人在欢呼雀跃了，那正是墨西哥人天生热情的性格，有人掏相机拍照，甚至毫不在乎地打开了手机给亲友打电话：“我到墨西哥城了，飞机正在下降。”

墨西哥的航路十分繁忙，同时有三架飞机在墨西哥城市CBD著名的Reforma（改革大道）上空盘旋，它们依次绕过漂亮的“马约尔大厦”，做270°的转向后，加速下降飞向机场。降落过程就像城市巡礼一样，Jacob感到墨西哥城荒凉、繁荣、现实、魔幻、富有和贫穷。

距离机场最后的30米十分惊险，飞机几乎贴着高架路和居民平房，才能正常着陆到机场，显然机场扩容到了极限，居民也无钱搬走。但空姐、飞行常客和地面上的居民似乎都不在意，一副乐天样。

飞机着陆，乘客欢快鼓掌，庆祝一切顺利。也包括拉美的“迟到文化”——飞机整整晚了两个小时。

墨西哥地区部派了一位墨西哥司机来接他们，可因为延误，也找不到司机。汪秦开通了国际漫游，想找常驻员工咨询，可他发现墨西哥的无线频段与亚太、非洲或欧洲的完全不通用，无法使用随身的手机。想咨询机场墨西哥人，但当地人不太会英语，刚一到，三人就蒙了。

“司机太不靠谱了，老墨都是这样懒散的。”臣享抱怨起来。

Jacob也不太满意，倒不是有人怠慢了他，在他以前的管理下，不管哪国人，行政上绝不会出现这种事。缺乏战斗力的部队，仅从后勤司机就能看出来。但是他也没想好，自己要和墨西哥地区部保持一种怎样的关系。

“站在这里别动。”Jacob用命令的口吻对着臣享说，喊得是如此自然，臣享竟然不自觉地听命于他。Jacob转而又对年轻人说，“你，去前后找找有没有举着华兴Logo的人。”

“我？”年轻人显得犹豫，他出国前，刚听说了故事：在尼日利亚，一个中方员工被假冒的华兴司机绑架了。

Jacob踢了他一脚：“去啊。”

一个典型的墨西哥胖男人迎面走来，他40多岁，身高1.76米，很壮实，穿着蓝色短袖衬衫，头发梳得很好。他甩了一甩A4纸，打印有华兴的Logo：“Hola Senores！Bienvendio a Mexico（西班牙语：你好先生们，欢迎到墨西哥），我觉得你们应该是华兴的吧，毕竟这里的中国人不多。”

他带着欢乐的口吻，说着一口拉丁式英语，就像拉美音乐旋律一样：“哦，Amigo，真抱歉，我叫Edgar，叫我艾迪（Eddie）吧，我11点就到了，可飞机晚点，所以我刚去吃了个午饭。”

墨西哥人有一种神奇的基因，跟他们一聊天就会很喜悦，再大的火气也都消了。这一点上中国人就比较严肃。

“行了，我们走吗？”臣享说。

“只有三个人吗？让我对一下名单，还得等一位姑娘。”艾迪说。

“为什么不再派一辆车？”

“地区部领导周末用了三辆。”

“工作？”

“不，郊游了。”艾迪笑着耸耸肩。

“……”Jacob叹了口气，一个分公司有一个分公司的风气，他对这里的官僚也无可奈何。

大约过了三个小时，一位看上去柔弱的小女孩终于出来了，她带着和自己的身材不成比例的大箱子。男生立刻上前帮忙。女生叫卢娟，行政经理，也是第一次出国。

“你怎么到这么晚？晚点了吗？”艾迪问。

“他们查了半天我的护照，我也不知道为什么。”她看上去很紧张。

艾迪拿她的护照一看，笑了——卢娟的护照上写着“Juan Lu”。

“哈哈哈，他们认为你应该是个男的。”Juan是“娟”的拼音，但恰恰是西班牙语最常见的男名“胡安”的拼写。

去宿舍的路上，已是夕阳西下了。艾迪一边开车，一边介绍着墨西哥城的路名、地标。余晖映洒在房子外墙的彩色涂鸦上，让人想起电影里的贫民窟，那里危机四伏。

车开到一处闹市，马路拥堵起来，似乎是封路了。墨西哥市民正围着一个倒在地上的女亚裔。她瘫坐在地上，头上冒着鲜血，上衣红了一大片。似乎刚被人打劫了。

“我看到她站在地铁站口，遇到了几个戴头盔开摩托车的人，她还来不及反应，对方就用锤子几下敲晕了她，将她身上的财物，包括电话、钥匙都洗劫了，甚至还摸她内衣里是否有口袋。”一个墨西哥人正在跟警察说明当时情况。

艾迪摇开车窗，问了警察路线，主动避开。他不想让新来的中国人对墨西哥留下坏印象。

Jacob看到了她，她的表情木讷，还没能从震惊中缓过来，那个女人衣着非常朴素，旧衣服、帆布鞋，不像是炫富的女人，她蜡黄的脸上像从来都没有保养过，甚至连眉毛都没有修过。是什么丧心病狂的抢劫犯，竟会对这样的女性下手。

墨西哥城的治安太可怕了。这里是地铁站口，闹市区警察还很多，每个街口都有几个，时间也还算是白天。刚才还处于兴奋中的卢娟和汪秦，一下子感到恐惧，他俩第一次出国，要常驻墨西哥至少三年，这三年的日子可怎么熬啊？

警察正在一旁，往车窗里看了看，似乎要把艾迪扣下，艾迪与警察的声音也越来越大了。

“ID、ID。”Jacob看到警察在说这个单词，卢娟和汪秦以为是查他们身份，他们和Jacob一样都是旅游签进来的，心里也没底。

忽然，Jacob明白了，恐怕是这位满头是血的亚裔女士的护照、手机、联系方式都没有了，而她现在的状态，应该无法正常沟通，她的身份、工作单位、住址都无从知晓，甚至连去医院的钱都没有。墨西哥警察恐怕也不会讲英语，所以想要这几个中国人帮忙沟通。

Jacob刚想喊住艾迪，车门已经拉开了，臣享走了过去，坐在地上抱着那个女士，安慰她。然后对着艾迪大喊："叫救护车。"

她说话语无伦次，但臣享渐渐听明白，她是个在这里工作的华人，除了刚回国的老板和远在国内的家人，她记不得任何这边同事或朋友的电话。这个时候打电话给家人是不可能的，怕会吓到她家人。

臣享拿了艾迪的电话，打开国际漫游，让她和老板通话。可是她还是蒙的，话基本说不清。还没说完，电话又因漫游限额自动断了。他装了个QQ，然后加了她老板的QQ以沟通情况。

不一会儿，救护车到了，医生能讲两句英语。

“怎么样？”西服上沾了血的臣享，回过头问Jacob，“你们先走，我陪她去医院。”

“艾迪，我们一起去医院吧。”Jacob对着司机说。

“她在这里有同事吗？”臣享陪在救护车上，在QQ上问她回到中国的老板。

“有一个本地员工。我刚联系他，他说15分钟就过来。我把电话也给你。”对面的老板写道。

“您是她的丈夫吗？”车上的医生问，“去私立还是公立医院？”

“最好的私立医院。”

私立医院的价格很高，一个验血就要3800比索（人民币2000元），但体检项目很细很齐，好在医院也没要预付才就诊，但臣享拿出了自己的运通黑卡。经检查，她头部受了四记锤子重击留下明显外伤，幸运的是，她逐步恢复了过来。

已经很晚了，Jacob觉得该走了。但臣享并没答应："她的同事还没来。"

"别等了，他不会来了。"Jacob说，那同事说了15分钟，1个小时后又说还要40分钟，"反正你也留下信息了。"

"等一下，我给她买药先。"臣享离开诊室，到医院外的药房，回来时，他身边还有他从药房老板这里找来的一个锁匠，"她钥匙也丢了，得给她换把锁。"

Jacob颇为意外，连自己也不会为同胞做到这么细致的程度。海外谋生的同胞很多都很不容易，尤其是在墨西哥这样治安难以保证的国家，并不是每个人都在华兴这样的大平台。

两个半小时后，她的墨西哥同事终于到了，臣享交代了几句，留下信息才走。

"你一直都这样？"Jacob问。

"我只是为异国谋生的同胞尽点绵薄之力。"臣享并不想搭理他，坐上车就闭眼休息。

今天艾迪的车开过一个历史城区的广场时，有一个火辣的女子组合在拍MV，那么多群众在围观喝彩，而附近地铁站的女同胞被锤晕洗劫，瘫倒在路边无人留意。Jacob也想起了那几年，有过好几位被谋害而魂断异乡的工程师，嫌疑人至今还没有被判决。

这里的救护车和警车的出车频率很高，这个下午到晚上，他们已经听到了十几次。

艾迪似乎有意避开刚才的话题，带他们开到漂亮的地方去看。

"看，那里是犹太人住的地方，他们有个犹太教堂，每周都来做礼拜；这里是Reforma大街，有著名的Chaputepec公园、天使纪念碑，这是墨西哥最发达的地方，就像香榭丽舍大街一样。"

汪秦和卢娟暂时也忘记恐惧，像两只雏鸟一样，对一切事物都很兴奋："那些山上的星光点点是什么？好漂亮啊！"

"远处山上是贫民窟，你们可别往那里跑，那些穷人都是不要命的。"艾迪绕不开只得直接讲明。

气氛又沉默了，汪秦问："艾迪，墨西哥真的有毒枭吗？"

艾迪一边开车，一边摇头晃脑地说："有啊，我来华兴之前，在拉斯维加斯做过几年，在赌场里也认识过墨西哥毒贩，惹了事我才躲回来的。你可要为我保密哦。"艾迪的语气半开玩笑，不知真假，这倒缓解了两个年轻人的压力。不过艾迪身上真有一点匪气，他掏出一张名片："不过你要有任何事，都可以找我，要记住，一个司机永远是神通广大的。"

臣享独自坐在商务车最后一排，没有参与对话。Jacob坐在副驾驶上，他看着窗外飞驰的墨西哥城和贫民窟，思考着明天该怎么办。

"臣先生，您住在这里。"艾迪开进了富人区Polanco的一条小路，那是个很安静、精致、豪华大气的富人小区，"这是领导们住的地方——'卡麦隆'（Cameron）公寓，里面有一个烧烤区、网球场、游泳池、私人保安，很安全。"

"再见。"Jacob对臣享说。

臣享先下车，却并没回应他。艾迪又绕了5分钟，才到剩下三人的宿舍——地区部分配给普通员工们住的一栋20层楼的San Isidro公寓。

公寓有200平方米，4人合住，三个卧室，每一间都有独立卫生间，还有一个保姆间。顶楼也有泳池和健身房，但还是不如"卡麦隆"。

卢娟一进门就傻了眼，她一个年轻女生，要和3个男生住在一个宿舍，而且还是保姆间，没有窗，也没有浴室，只有一张床和桌椅，连洗澡也要跑到外面。她一关房门，就感到了失落，放下行李，望着苍白的四壁，一天的长途飞行、海关的扣留外加下午的流血惊魂，这不是她期待的海外，一想到之后三年，她都要在墨西哥生活，她再也忍不住一个人蒙着被子哭了。

汪秦住的也是保姆间，虽然这里比他在深圳租的房子要好，但先前的兴奋之情很快熄灭了。与陌生同事住一起让他紧张，一股浓烈的思乡之情和不安情绪溢出来了。疲劳的30小时飞行耗尽了他的热情，北京时间凌晨4点，他也压抑得无法入睡。去海外工作，原来一点都不快乐，根本不像去旅游。

电梯到了Jacob的房间。"1302号？"他站在门口自言自语。和泰国的宿舍一样，也是一梯两户，可门上没挂门牌号。他站在狭小的走道中，迟疑着，他举起手却没有敲门。因为一敲门，就意味着在墨西哥的一切将正式开始了……

“你好，新过来常驻的吗？”两位室友刚好打开门，桌上一堆乱七八糟的食物，“要不要一起出去吃晚饭？”

“不必了，谢谢，飞得有点累。”

“那我们先走了。”

屋里只剩他一人，他放下了行囊，眺望落地玻璃窗外的景致，远处刚好看到的是半山的贫民窟，星星点点，那是万家灯火，也是今天那些骑摩托的匪徒们的家。

一轮明月升起了，他躺在了床上。

拉美与中国有11小时时差，是时差最尴尬的海外地区。白天与黑夜的分割，使驻拉美的员工难以与国内亲人同步。拉美，离中国最为遥远。正因为此，拉美片区，保持着华兴海外最高的离婚率。拉美不仅意味着市场荒漠，也意味着寂寞。

4

墨西哥城，海拔2300米，轻微高原反应外加时差缘故，Jacob凌晨3点就醒了，外面依然星星点点。这里是荒漠气候，极度干燥，他一抹，鼻子里干得出血。

拉美如此遥远，就像在另一颗星球。才第一个夜晚，他就有点想念中国了。他想给小玲打电话，但现在是中国下午，她也在忙吧？而且，一旦打电话，她也能猜到他还没调整到工作状态，还需要她的关心。他不想示弱。

客厅储酒柜里有一排酒，他找不到泰国喝的威士忌，倒有墨西哥的“龙舌兰”。

黑夜里，人们都在熟睡，他一个人醒着。他拿着笔，在一张空白的纸上写下了三个词，这是他要完成的步骤。重新认真工作，他还未适应，心中也还有种种疑问。

他走到窗边，打开小门，搬了张椅子，趴在阳台上思考。1月份的墨西哥夜里还是有点冷的，他披了一条毯子，一边喝着酒，看着这座城市。

说真的，来墨西哥，他又是在逆行。他也不知道对不对，他没来过墨西哥，也不了解美洲电信，他只能走一步看一步。

4点半，对面KPMG大厦的灯亮了，墨西哥保洁阿姨已在打扫卫生；5点，响起了军鼓号，附近有军医院，早上在操练；6点，烟火气浓了起来，墨城苏醒了，交通繁忙起来；6点半，楼下来了卖墨西哥早餐的小贩，8点，Jacob换好西服，他提前一小时走去办公室，在拜访地区部老大之前，先熟悉一下墨西哥城。

楼下，年轻的小贩，一边唱歌，一边做Taco，放着无限量的番茄青椒土豆酱；一位老奶奶正在用铁杆榨橙汁，她还卖着坚果酸奶水果色拉，配有葡萄干、核桃、蜂蜜、酸奶。

小贩拿铁铲敲击了铁板，招呼他。他各要了一份，没想到特别好吃。

他问多少钱，小贩用双手比画了下，橙汁8比索（5元人民币）、Taco 7比索（4元人民币）、色拉13比索（7元人民币）。

KPMG大厦边的书报亭也开了，卖着墨版“花花公子”，封面上是拉美美女，报纸头版则是“血腥凶杀”照片，男白领坐在高高的擦鞋椅上，一边看报、一边擦鞋。擦鞋匠是60岁的老头，工具和仪式感非常强，鞋子油光锃亮。擦鞋、读报、Taco构成了一种慢生活。

白领们很重视外表，除了鞋子外，他们的西服和衬衫都熨烫得很笔挺，头发用发蜡梳成大油头。擦鞋老头看看他的鞋，邀请他坐上去，但他没好意思。

一些女白领，站在大厦的吸烟点抽烟，“室内禁烟”的规定，墨西哥比中国早了很多年，她们规则遵守得很好。女白领们身着中性的职业装，气质优雅，最让Jacob过目不忘的是她们的臀部，那种S形达到了惊人的地步。

卖烟的小贩，在等待她们光顾。在墨西哥，特别的是，卖烟是拆开一包烟，一根根卖。

短短十分钟，Jacob已经看出来，墨西哥的阶层划分很明显——白领是大都会的白人，而劳动小贩则是印第安人与白人的混血或纯土著，似乎是从乡下来大城市讨生活的。

他沿着一段小路走，寸土寸金的富人区里，几个墨西哥建筑工人正在造一栋单体公寓楼，当工人们看到Jacob，跟他热情地打招呼。而对面别墅里，一个富贵的老太太，身边围着几条狗狗，正坐在2楼露台晒太阳、喝咖啡，并温和地向他致意。

走到大路上，红灯时，有外省的年轻人来帮人擦车，有劳动妇女来向司机兜售墨西哥辣花生，还有残疾人在十字路口表演杂耍要小费。但过马路时，豪车司机都像欧洲旧贵族一般，有礼貌地挥手让行人、弱者先行，一位行动不便的贫穷老奶奶过街，一排车都静静地等待，没人按下喇叭。

墨城是一座两极分化严重的城市，从肤色五官中，你能轻易分辨出，谁是富人、谁是底层——金发的白种人是富人，他们开着悍马H2；有穿着传统的土著后代，在路中间做买卖。

但大家都各安天命，乐观融合。

走了15分钟，Jacob到了华兴墨西哥地区部——Torres Esmerlada（翡翠大厦），这是高档物业。可物业虽好，Jacob刚才融洽的体验却都消失了——保安看到他，很厌烦，让他去前台贴一个“Vistante”（访客）。他给大堂前台姑娘一个笑容，但姑娘很反感，把访客证一甩。

刚才还觉得墨西哥充满着旧式礼仪，怎么到了最讲究的CBD里，反而带有歧视呢？

他纳闷地走向电梯，墨西哥人依次排队。门一开，墨西哥男士绅士地挡着门，女士优先。电梯是个小社会，男的头发梳得一丝不苟，女的香水芬芳沁人，无论是否认识，都会说上一句“Buenos Dias（早上好）”或“Como Estas（你好吗？）”。Jacob听不懂，却能感觉到暖人的氛围。

几个挂着“华兴”工卡的中国人，插队挤上电梯，手里还拿着带有气味的中式早饭。他们在电梯里边吃边大声说话，而墨西哥人一下子安静了——本地人对中国人是有看法的。

Jacob也沉下了脸。

华兴的办公室在18楼，也许因为业务少，才租了半层楼。门口站着一位墨西哥保安，就像夜总会的保镖，可他带着顽皮的笑容。一位墨西哥女前台，她是一个20岁的女学生，长相甜甜的，像是个法裔。

“Hola Amigo！”“Que Tal！”当墨方员工进来时，他俩像家人一般亲密，男人拥抱拍肩，男女间贴面吻。

然而见到中方员工时，他们不知该怎样处理，前台女孩几次试图问候，中方员工则快步离去，显得冷漠、疲惫。他们大多带着一晚上与总部开会的倦容，男士头发凌乱，西装沾着头屑，一坐下就抄电话与总部越洋吵架，似乎分贝越高，证明能力越强。而中方女生也蛮横得没有女人味。

公司里，本地和中方有楚河汉界般分明的隔阂感，连华兴自己的拉美员工，都没向心力。

“于总吗？您到得这么早啊，您的办公室还没来得及安排。”地区部中方HR总监十分吃惊Jacob提前到了，“您先找个空位坐，我先帮您办手续，转FM3工作签。”

Jacob看了看，HR是个瘦弱的三十多岁男子，带着HR的小心谨慎。Jacob声音很大：“地区部总裁在哪个办公室？”

“林总在走廊尽头，”HR总监揣测他的意图，到现在，HR还没拿到片区任命，只知道Jacob的头衔很奇怪——“拉美片区总裁特别助理”，可他到底管辖什么、官位多高，是实权还是幕僚，HR一点也不清楚，“您跟他秘书约一下，林总的日程表很紧。”

“我直接找他。”Jacob没有顾忌，径直走到尽头，在秘书的猝不及防中，一把推开总裁办公室。

“林总，我是Jacob。”他伸出手。

“啊，于总来了，”林总戴着眼镜，却遮不住黑眼圈，头发中也夹杂了不少白发，“本想给你接风，怕你飞太累，昨晚就没叫你。”

但他这话并没诚意——接机、吃饭、宿舍、办公座位安排都有怠慢。从昨天到现在，他至少该给Jacob个电话或邮件。林总也许就是给他下马威，先杀杀他的锐气。

“来，坐这边，久闻于总大名，拿下中东又守住泰国，可要多给我们提意见。”

Jacob心里一沉——说那么多，却只定位为“提意见”。没办法，一山不容二虎，林总是防备自己了。

“饭不急，急的是——‘美洲电信’，我想聊聊。”他开门见山，他必须在臣享来之前，先说服林总。

"唉，"林总叹着气，"你们没在拉美待过，总部也认为拉美的难度应远低于欧洲，但是拉美社会是严重分层的，上流社会掌控话语权，他们是欧洲移民后裔，存留着一种老欧洲的贵族认知。"

"没错。"这与Jacob在街上看到的两极分化感一模一样。

见Jacob认同，林总继续讲："相反，二战后欧洲的贵族消失了，欧洲更公平。而拉美商界，保持着老欧洲的样子，更固执保守，坚信西方科技是世界第一。"

Jacob眯了下眼睛，世界各地，哪个文明没有受过西方殖民，中东、非洲、亚太，谁不崇拜西方的科技和文化呢？别的片区从不找欧洲做挡箭牌，林总却找借口？

"哦，您的意思华兴是不是只有等欧美突破了，才能突破拉美？"Jacob把西服挂在了椅背上，不露声色地试探。

"高见高见！"林总笑了，"你吃过早饭了吗？"

"吃过了。"

林总走到落地窗前，敲了敲玻璃，对秘书做了个动作，回过身来继续说道："上流社会里充斥着Old Money，认为欧美才是他们文明的源头。我们单纯的低价战略，在东南亚或中东可行，但不能在拉美打动他们。"

"什么叫东南亚也许可行？"Jacob一下子翻脸了。

"嗯？"

"哪儿都不可行！"Jacob的声音变得很大。

"对，"林总抬了抬眉，果然来者不善，但他的声音也扬了起来，"但拉美更不行。"

秘书送进来两份咖啡，加上一份羊角面包，气氛才缓了下来。两人各自喔了口咖啡，安静了一会儿。

"为了避免我们沟通的问题，我还是先给你介绍介绍，"林总主动给了Jacob一份糖、一份奶，"拉美太特别，离美国太近了。从技术到资本，墨西哥跟美国还有NAFTA（北美自由贸易）协议，美国影响力太大了，拉美实在无法摆脱这种束缚。"

林总喝了口，嫌苦，又给自己加了一份糖，一边加，一边说："欧洲主导GSM/WCDMA，美国主导了CDMA，只有拉美大规模跟随美国的

CDMA技术……”

“我知道CDMA的问题，我在泰国有体会。”Jacob喝了一口，把糖还给了林总。

“不一样，”林总愣了一下，把杯子放了回去，“CDMA技术在全球失败了，拉美电信公司损失了几十亿美金建成的CDMA网后，重回主流的GSM/WCDMA，但拉美各国不计前嫌，继续采购美国版本的GSM/WCDMA技术规划。”

林总往前凑近Jacob：“你觉得一个人犯了死刑般的错误，为什么第二次还有人要跟着他？你能有这种机会吗？”

林总的话让Jacob无力反驳，显得格外被动。

Jacob拿着搅拌的勺子，搅了半天，咖啡不再冒热气了：“林总，你在第一次和第二次之间更新换代的时候，有没有做过努力？”

“那当然，这最好的市场时机，就像蛇蜕皮一样是它最弱的时刻。可是人家那种束缚和信任，像深渊一样不见底。”

Jacob倒吸了一口气。

“你看CNN新闻，美国在中东有石油和驻军，在亚太有贸易和代工，却很少谈拉美。美国对拉美的影响太天然了，就像空气和水。”林总往前挪了挪身子，走下制胜的一步，“于总，我没说错，这和你在中东和东南亚根本不是一个量级的！”

林总猜到，新片区派人来，一定是要来碍手碍脚的。所谓新官上任三把火，谁都要否定前任，才能证明新官的智慧，林总也正在试探Jacob的合作性，尤其是他打听到Jacob在东南亚时一意孤行的恶名。

女秘书进来了：“林总，您预约的时间到了，臣享在等您。”

“哦，我和于总马上就好了，让他进来吧。”

Jacob一惊，他故意提前赶到拉美，甚至今天还提前了一小时到公司，就是想在臣享与林总沟通前，先说服林总，一起做美洲电信。可也许正是飞机上冒失的赌约，臣享动作加快了，竟也在上班的第一时间就约好了林总。林总把这一天的第一个会议排给了臣享，显然林总更尊重臣享，因为臣享是方总的首席总裁助理，头衔比Jacob大。

Jacob透过百叶窗，看见了臣享，他穿着蓝色西服、棕色皮鞋，头发一丝不苟，正襟危坐着等待林总。

林总和臣享有着一致的观点，要真谈拢了，就会形成同盟，那Jacob就白来墨西哥了。

“再给我杯手冲咖啡好吗？”Jacob一口急速喝完，把杯子递给秘书。

秘书看了看他，又看了看林总：“您稍微等一下。”她先出了门。

手冲最花时间，想必她不敢怠慢，Jacob回过头：“那就谈谈‘美洲电信’吧。”

双方沉默了5秒，林总深呼吸一口，说：“卡洛斯家族不愿意给中国科技一个机会，哪怕一个小小的机会。不紧跟美国的首富还能是世界首富吗？”

林总一句话，就拒绝了Jacob。Jacob原计划想慢慢沟通，然而自己没能说服臣享，也没能说服林总，而臣享也开始回击，他已没时间一点点来。

百叶窗外，秘书正端着咖啡，走了回来。Jacob不能再拖了。

“你打算怎么办？”Jacob的口气像在以上对下地问话。

“我不是解释过了吗？”

“要不，换我来吧。”

空气忽然变冷，林总的脸色变了，他实权、职位、资历都高过Jacob，之前的对话也算是给足了Jacob面子：“你什么意思？”

他看着林总的座椅，突然袭击：“我想坐你的位子！”

现在破釜沉舟了。冷暖气团摩擦出闪电，氛围急速逆转。秘书一进来，像被高压电电到一样，林总挥了挥手，示意她立即出去。

女秘书端着咖啡，十分不满地出来了，她把咖啡重重地放在桌子上，又不敢自己喝，想着里面到底是什么人。

“好了吗？”臣享想进去，却被她拦在外面——“您再等下，房间里面在讨论很重要的事。”

林总，39岁，是华兴无线网络的研发奠基人之一，主导第一代GSM原型机开发的领军者，是关键研发战役的元勋功臣。尔后，他从研发转销售一线，有极高的历史威望。“你小子还不够资格坐这位子！”

“你也失去了资格，”Jacob冷冷地说，“你错过了打开墨西哥市场的最佳时机，就是你刚说的拉美CDMA更换GSM/WCDMA的转折期。”人人都想避开冲突，Jacob却偏偏一路逆行开快车，还不带刹车，一头撞了上去！双方已经没了回旋余地。

“你知道我付出了多少？”林总万分恼怒，这家伙不按常理出牌，哪有这么明着不合作的。

“但是你没有赢过。”

林总是公认的拉美救星，也是在拉美的第二代地总，若非他的元老资历和力挽狂澜，现在拉美可能连这个半层楼的根据地也争取不到。至少在他的努力下，地区部拥有了几个小运营商项目，也正在交付欧洲大T在中美洲几个子网的小型项目。

“我在这里跟FRAN的地区部总裁和片区总部打了几年，我……”

“我不管你这些老皇历，”Jacob打断了他，“我想拿掉你，就可以拿掉你。”

“谁给你这个权力？”林总气歪了。

“方总。”他说。

林总吓了一跳，拉美一直没成，想换一批新干部也不是不可能，只是他没想到方总下手那么快，Jacob更是第一天就乱来，可方总搞这么大动静要很大魄力。

Jacob在国内就想过，最极端情况下要对林总逼宫，哪怕他之后要付出代价，但不破不立，不搞什么请客吃饭，做好好先生。他没时间跟一个思路不合的人耗。

他已经把林总压迫到了极点。谈判，就是双方谁更加强势。

Jacob严肃起来，往前凑去说：“我并不想绕弯子。”

林总神经一紧，对手要出招了。

“我是方总的特助，他授权了，我随时能把你换下来，只要我能抓到你的小辫子。”

真是小人！“你刚来，我有什么问题？”

“方总只有一年半，你却说美洲电信不行。”

“可……”林总有点服软了，“我今年会把资源投到墨西哥第二、第三的运营商，Iusacel和Telefonica都很有希望。还有中美洲有一些Milicom的交付。”

“要做就做第一！”Jacob大声说。

林总在自己的办公室里变成了哑巴。

“Telefonica和Milicom是欧洲扔来试水的订单，你自己做的呢？那要你何用？”

林总被Jacob碾压着。这就是他在开头掩盖的——“欧洲做成了桥头堡，才有拉美的扩张”的原因，欧洲在拉美建立了一些电信公司，林总正在交付欧洲的订单。

臣享坐在沙发上等着，越等越焦虑，可他看不见百叶窗里发生了什么，只能听见里面一个人对另一个人发号施令。

“但林总您有苦劳，我常驻墨西哥在你身边监视，你也不好干。”Jacob话锋变了，开出了条件，“我只想你能让出一块业务，我独立负责。其他的我就不插手了。”

“美洲电信？”

“对，我单独做美洲电信。你做你的其他的。”Jacob并不想内耗，大规模变动需要长时间地整合而且会人心浮动。

“独立？像欧洲片区五大T那样？”

“对。”他要成立第一个拉美的独立“大T事业部”。

林总有一点颤抖，这就像搞了一个租界，Jacob是“治外法权”，权力即便脱落了一个角，也意味着不稳定、不安全，更加冲击着当权者林总的自尊心。

这让Jacob感到可怜。但谈判必须狠心，这也是Jacob第一次那么狠心地夺他人的东西。Jacob并非没有犹豫，在飞机上、凌晨在阳台上，他都在犹豫。直到早晨，他看着办公室里中方员工的废柴状态，“兵熊熊一个，将熊熊一窝”，他不可能和林总慢慢合作了。

“方总知道你想要这么做吗？你的大T把人安排好了吗？”

“还没有。”

“小于，你愿意帮我做美洲电信，太好了，我太欢迎了，太感谢了，”林总换了口吻，似乎重整旗鼓，“但你刚来，还不熟悉，也没有资源。我可以慢慢给你安排我的精兵强将，一起讨论、一起合作。”

“林总，我不占用你的人力，而我的销售业绩，双算到墨西哥地区部，算是给你打工。”

“嗯？”林总疑惑着，他本想用地区部的实际资源，招安只有一纸空文的Jacob，只要Jacob动用地区部资源，林总还能反制Jacob，Jacob实质还得听令于地区部，“你有什么条件吧？”

“当然有条件——你绝不能干涉我。”

“我给了你人和资源，你做不好，我还不能提意见？”林总重新站回了高地，“你别占着茅坑不拉屎。”

“我就要一年半！”Jacob在纸上写了一个“十八个月”，“我可以跟方总下军令状，你呢？”

“我也只要一年半。”林总把纸一撇。

“那我一年。”Jacob拿回了纸，认真地划去了原来的数字。

林总不敢跟了，他把纸揉成了团，愤怒地扔在地上。

Jacob低下身子，把纸团捡了回来，缓缓铺开，像用了内力般把纸压平，整齐地折好放进了衬衫口袋，充满了力量与克制。

“怎么样？不行就让出来。”Jacob伸出手，翻了翻手心手背，一条路是让出地区部，一条路是让出美洲电信。

他平静地看着林总，却压得林总喘不过气来。只是林总不明白，显然放弃美洲电信给林总留下的空间很大，但Jacob会走入绝路。

“为什么你这么想做美洲电信？”

“我相信我能做成，而且美洲电信的战略是对的。”

林总欲言又止：“有多相信？”

“120%！”他显示出绝对的自信，自信得几乎到了妄想的程度。

“120%？”林总对Jacob的激进十分诧异。

“是的。”Jacob没有半点犹豫。如果他不相信自己，别人也就不相信，也更难让自己跟别人有不同的想法，而与别人有不同的想法是创造大多数价值的地方。

“方总是这么想的？”林总皱了下眉头。

“方总认可。”

窗外有些动静，臣享还在外面，林总忽然反应过来，这家伙不是狐假虎威吧，那找臣享double check一下就好。

“芳芳，”他按下座机免提，叫着外面的秘书，“帮我把臣享叫进来。”

“林总，臣享也过来了，你是该问问他的态度。”Jacob把臣享推向了前台。

臣享的态度，Jacob已在飞机上了解了。关于美洲电信的战略，臣享十分矛盾，一面赞同，一面却放弃。Jacob只能导演一出空城计。

“那等一会儿吧，等和你聊完。”林总忽然改口了，新片区一成立，就派两位片总特助过来。见Jacob那么自信，林总也犹豫了，他也不想1 vs 2的尴尬场面。

“别等了。”Jacob说。

臣享来了，他代表新片区的班子，片区已经决定把“Quick Win”放在巴西，他巡回三大地区部的主要目的，是稳定老团队、掌握现状，沟通出一个合理的KPI。他并不想整顿三大地区部。一来，他是空降兵，实权和背景均不及地总，二来，他更不愿意刚到就找麻烦。

可一进门，就看到两人。“Jacob？”臣享很意外。

“嗯，我醒得太早了。要咖啡和面包吗？”Jacob看着他，然后像主场指挥起秘书来。

地总也没站起来，只是让秘书照办，但事实上秘书已经习惯了Jacob的命令。

没想到Jacob竟比自己还早。难道，Jacob与林总已达成了一致吗？作为一个新来者，臣享很谨慎。他一下子察觉房间里弥漫的一种奇怪的氛围。

“臣总，昨天旅途那么长，也辛苦了。对了，方总对墨西哥和拉美有什么看法吗？”

“哦，我先听听地区部自己的见解。”臣享很小心，揣测着刚才屋里发生的事情。而之前想好的话题全作废了，他思虑现在的新立场。

林总也被臣享的小心给搞晕了，他不能冒失，他怕Jacob说的是真话。双方陷入了循环猜测中，秘书进来了，再一次端着咖啡进来。

“谢谢。”臣享想起刚见到秘书时她说“里面在谈很重要的事”。

“林总刚表示，十八个月，墨西哥也能做好美洲电信。”Jacob终于开口了。

臣享很惊讶地点点头：“好！这么有信心就好。”

一切如Jacob预料，臣享绝不会在墨西哥的地界上，说巴西才是片区的工作重点。地区部主动承诺总是好事。

林总看着，只好跟着点点头。

“林总也愿意考虑，让我来负责美洲电信。”Jacob继续表演着。

这次，轮到林总先点了点头——见刚才臣享点头，也误以为片区有此意，那还是自觉些好。

然后，臣享也点头了。就这样循环点头着。两人都在试探，却不敢轻易点破。这就是Jacob要的基调。

“臣总，您对美洲电信的看法，是怎样的？”林强还是忍不住试探。

“直觉上我认为拉美的钥匙或许就在墨西哥。”臣享把他在飞机上的正面想法一股脑地讲了出来，臣享谈起业务总是滔滔不绝。但臣享与Jacob的区别是，臣享对自己判断的信心比Jacob少了一些。在他眼里，世上并没有精准无误的答案，而通往罗马的路也不止一条。只是当Jacob和林总都同意时，他的信心就大增了。

Jacob笑了笑：“是啊，我跟臣享在飞机上讨论过，虽有一些顾虑，但听到林总的认可，我们就放心了。”

林总也尴尬地笑着。

Jacob进行气势高昂的演说：“毕竟方总只有一年半时间。我们都要想方设法帮他完成。”

臣享说：“没错……”林总也用力点头。

“一旦突破美洲电信，将是全拉美的成绩。现在唯一的问题是，林总认为我们片区新来的人都是外行，”Jacob看了看臣享，“呵呵，我们能力不足，一定要派人支援。”

“没有没有。”林总连声解释。

“林总，我当你承诺了哦。美洲电信不是你墨西哥的一个人说了算的，它横跨三个拉美地区部。”Jacob抓住机会，当场咬定。

“片区的决定，我一定支持做好美洲电信事业部。”

臣享惊讶了——Jacob居然凭空创生一个新部门！“片区什么时候成立的美洲电信事业部？”

“方总说，他考虑过，之后会单独发文。”

“真的？”臣享怀疑道。他在飞机上还跟Jacob打赌，拉美不可能把销售建制从地区部、分公司，切换成更适应于“集团客户部”的模式。难道，Jacob还真的解决了？

“是的。”Jacob撒谎的时候，脸不红心不跳，诚恳又自然。

“先等等，我没听说。”臣享拦住了Jacob，作为钦差、方总的首席参谋，怎能有不知道的事情呢？而且，一个部门成立，不可能一气呵成的。臣享了解Jacob，“我给方总打电话沟通一下。”

“调到免提！”林总也感觉到了什么。

Jacob已经走到最后一步了，眼看就要成功，这样他就能以三人之力反过来再说服片区的方总。现在，Jacob又有了一关。

一番周折，巴西里约接入电话会议。方总听明白了来龙去脉。他沉吟了数秒，即将做出圣裁。

“你们讨论一上午，有结论了吗？”方总没有正面回答。

这话让臣享和林总都在揣摩方总的意思，不敢回复。

“差不多了，只是细节问题。”Jacob先跳了出来，“臣享就在等您怎么看了。”

臣享一惊，Jacob怎么把自己抬了出来。

“也别全靠地区部的平台，如果组织专门队伍来强攻‘美洲电信’是可以的，但为期一年，不能兼职，你们谁想上？”

房间内三人沉默着。

“我可以。”Jacob说道。

“你们二个，想清楚后再给打我电话。”方总并未多说，就挂掉电话。

林总不敢说话，而方总似乎也不完全信任自己，在地区部之外建立独立建制？然而，方总要求不能兼职，林总不敢跟下去。

臣享更感觉歇菜了，自己刚来的第一天，方总的决策Jacob知道，自己却不知道，他觉得什么首席参谋啊，自己就是个局外人罢了，他越发后悔选择来华兴，感觉职业前景暗淡。

Jacob凑近臣享的耳朵：“别忘了你输了，按约定得听我的。你真不该打这个电话。”

臣享鼻子眉毛皱到了一起。他一时冲动，为了赌约而愚蠢地拨打这个电话，方总被迫现场表态，方总不会喜欢他。而自己在林总的眼里，实际地位已不如Jacob了。至于与Jacob的心理战上，他更是输了一筹。

“我一会儿跟方总要你。你得愿赌服输。”

“他不会同意的。”

“除非你能够答应他一年内完成。”

臣享没作声。

Jacob到的第一天起，新生的“美洲电信事业部”诞生了。他推开办公室门，秘书看着他，笑着问：“于总，你们会开好了吗？

“好了。”他微笑着。

女秘书笑着，然后拿起电话，通知日程表上的人，终于可以进地总办公室开会了。门口还有一些地区部的副总裁、部长等人也正候着，他们看着Jacob，脸上带着观察和揣测。

“借过。”他迎着大厦外射进来的阳光，逆着走进办公室的人流往外走。

早晨所见的一切，让他决定这个计划：一个领导的管理，最重要的是氛围。林总是失败的，墨西哥中方在屡战屡败的阴影下，早就疲惫烂透了。短时间里，只有推倒重来，从一个新内核开始，全新启程。

他争取到了与地区部平起平坐的独立编制。独立是非常重要的，很多人常常会为了资源，放弃独立，最终陷入反噬。然而独立不是没有代价的——Jacob除了一个番号外，什么都没有。

他在西服内袋里，拿出凌晨时写下的三个词里的第一个词“权”（独立），画了一道横线。

走出办公室，Jacob立刻引来了好奇的目光。今天，墨西哥总裁办公室的动静有点大，员工都在议论他。

Jacob找了间小会议室，给方总打了电话：“方总，我是Jacob。”

“你们三个讨论好了？”

“他俩还没缓过来。”Jacob说，暗示着方总现在只有他一个人。

一归他管，这个让自己讨厌的家伙就不省心。方总深呼吸之后，斥责道：“都是你搞出来的好事！”

刚才电话会议上，他不可能当着墨西哥地区部的面，直接骂属于自己的新班底。

“你答应过我的，我跟您提的唯一要求就是，我是直接向您汇报的。”

确实有过，方总说不过他：“你去得罪林强干吗？他是研发元老，我也不可能不尊重他。”

“您也需要我这么做吧。”Jacob知道，方总的压力首先在于业绩，其次在于人事，如果Jacob能主动承担做恶人，方总不必跳出来做坏人，便不会拒绝一种可能性。

至于大T事业部，算是给了林总和方总之间一个最好的缓冲机制，既保留了林总地总的名誉，又尝试了一种新的机遇，制造着有限的内部竞争，也是好事。

“方总，如果您不希望我做美洲电信，我也可以不做。”

“Jacob，我们是坐在一条船上的。”方总回答。

“感谢方总！”生米煮成熟饭，终于既成事实了！一线工作久了，Jacob明白要破局成事，就必须勇敢走入一些“灰度性”的区域，因为没有管理层会给一个中高层100%的权力或承诺，“主权独立”从来就是争出来的。而方总也知道，最高领导的水平会限制一个团队的天花板，凡不敢走入“灰度”的，都不是一个领导者。尽管方总不喜欢Jacob，但他也要靠Jacob这条搅局的鲇鱼。

“我能不能要点人？”Jacob问。

“行了！财务上、合同、商务价，我可以让你走片区审批，也就不影响林总的KPI利益。但是人力，你也不是不清楚情况，我没法给你，最多只能帮你打个招呼，看看其他片区有没有淘汰不要的人。”

“昨天，刚到墨西哥的有两个人，您能给我吗？”

“什么级别的？”

“一些小虾米。”

“可以，如果林强不反对的话。”

“其他人我可以问林强要吗？”

“你不是不要人吗？”

“呵呵……那是之后了，我没保证过。”

“你和他商量。听着，你和林强可以斗，但不能破。今年你们拿成绩说话，不突破‘美洲电信’，就得把你编回林强手下。”

“我还有一个要求——把臣享也给我。”他在考验方总的想法。

“行！”方总答应了。虽然巴西重要，但臣享对自己的重要性，远不如对Jacob重要，那给Jacob一个机会去墨西哥试试吧。他挂掉了Jacob的电话。因为Jacob的脾气，方总似乎预料到了这个刺头可能会出幺蛾子，反而不太意外，但这种耐心是有限的，别说一年，一旦短期内做不出成绩，都会变成加倍的厌恶。

整个中午，办公室的空气就像静止了一样。荒漠性气候的墨城，一月份的紫外线很强，蔚蓝的天空，无风无云。办公室都知道上午发生了什么翻天覆地的事了。

Jacob虽然独立了，却立即面临自生自灭的窘境。因为没人愿做这个晦气的“美洲电信”——当地区部剥离了美洲电信的KPI，任何一个地区部主管都不愿意支援新成立的“事业部”。

林强更郁闷。片区横空给他架一层跨三大地区部的“美洲电信事业部”，双方共享墨西哥办公室，这是一件很麻烦的事。他佩服Jacob的后生可畏，如果刚才把Jacob按做自己手下，也许自己早晚能升为片总。可这匹野马，不服自己反而会带来危险。

想到这里，他不无遗憾。论资历，论级别，论名声，他是元老，Jacob却是会添乱的败将。

门又推开了，Jacob厚着脸皮：“林总，我想问您借资源。方总同意的。”

“一来就想另起炉灶，你恐怕还做不到——宿舍、食堂、行政和办公室你都离不开我，”林强压住心头火，世上怎有如此厚颜无耻之人？“刚才你不是不要人吗？”

“我要昨天到的两个人，汪秦和卢娟。”

“好，下不为例，今年总部给墨西哥的新名额，你不能再动用了！”

“那这里的老员工呢？”

林强瞪大眼睛：“如果你说得动各位主管，我就不拦着。”

“可那需要您发句话，我们业绩双算的。我成了对大家都好。”

“你？哼，你太高估自己了，”林总蔑视着他，“行了，Jacob，我也不能不支持你，”说罢，他给HR总监打去电话，“你看看再找几个人给于总。”

Jacob离开了林强的办公室，然而等他拿到HR给他的名单一看，竟是几位考评打过三次C、本就要淘汰的员工。也唯有这样他们的主管才不挽留。

天色渐暗，他到拉美的第一天就要结束了，第一天竟是如此撕裂。透过翡翠大厦18楼往下看，改革大道上车流如织，闪耀的车灯连成了一条晶莹剔透的彩带，无限遥远，仿佛能连到遥远的家乡。

墨西哥的陌生感涌了上来，他想起了到海外的第一个夜晚的紧张。

有人陆续下班，或去食堂吃晚饭后再回来加班，但没人跟他打招呼。作为一个片区派来的高管，他形单影孤，不招人待见。

他看着窗外，心里责问自己：为什么每一次都要跟人家争个鱼死网破呢？

今天到底是不是赢了？他也说不上来，但他“成功”地把十八个月缩短成了十二个月军令状。这已经是自己在海外的第八年了，还那么鲁莽，意义何在？

他很疲惫，或许这是倒时差最累的时刻。他找了个空座，勉强掏出胸口的纸，看着三个词中的第二个——“人（团队）”，笔捏在手里半天，却没划去。最终，他只是在Outlook里先建了一个新的邮件群组。

他走回公寓，公寓空无一人。远处半山上的贫民窟又亮起了灯光，他盯着发了一会儿呆后，独自坐到客厅巨大的餐桌边，餐桌上空无一物，他也没吃过晚饭。

管理千头万绪，战术千千万，敢打是第一条。面对孱弱的墨西哥团队，他不得不倒逼自己，也倒逼同僚与上司，逼着团队尽快打一仗，打出士气。

“明天上午9点，部门第一次开会！”他打开邮件群组，按下发送键，然后在餐桌上睡着了。

5

他把手上仅有的人都叫到了自己办公室——稚嫩的行政女孩卢娟，傻气的产品经理汪秦，还有一脸诧异的臣享。旁边两个墨西哥男人，正是被淘汰下来的。他们常年负责晦气的美洲电信。这两人36至40岁。一个客户总监叫阿曼多（Armando），皮肤很红，是梅斯蒂索人种（白人与印第安人混血），而另一个产品总监叫马里西奥（Mauricio），是白人。还有一个30岁的中方客户经理李森，是个英语不太好也缺乏自信的人。

这是林强留给他的一切资源了。

“今天成立‘AT（美洲电信缩写）事业部’，这将和欧洲的大T事业部一样。”Jacob开始了第一次演说，他对着世界地图，用流利的英语，讲他在多个国家的海外经验、曾经打下壮烈的大单项目、管理过的人员规模。接着他翻开了拉美地图，宣扬美洲电信是另一个“前路坎坷，但英雄终将完成史诗般挑战、获得伟大前程”的故事。

一碗鸡汤伴着鸡血灌下去，只有汪秦和卢娟听着激动，臣享不信，两个墨西哥人也一言不发。

隔了很久，阿曼多终于挪动了一下肥胖的身体，他像一个能言善道的墨西哥足球解说员：“Jacob先生，您讲得很棒，”这位捧场王鼓起掌，带动欢快的气氛，“您也去过很多国家，真诚地说，我觉得您太优秀了。但是……”

“但是”之前说的都是废话，Jacob停了下来。

“但是您不了解美洲电信，也不了解墨西哥人。”另一个墨西哥人马里西奥抢白了。

马里西奥头发有点卷，有点白，人也严肃些。他有学识，是工程博士：“先生，我充分尊重您，但每个中方领导刚来时都和您说过一样的话，甚至比您更有自信。我想您是一个通融的人，不介意我这么说话。

“我在这家公司待了五六年了，每一个中国老板来墨西哥，总要经历三个阶段——刚来时，都志气满满地说：‘我有很强的资源，一定能搞定客户。’过了一阵受挫改口：‘客户都是白痴。’到了最后被彻底打击后说：‘不是我的原因，是客户刻薄，墨西哥人是垃圾。’”

这暗指Jacob正处在“大说空话”的第一阶段。

阿曼多哈哈大笑：“没有，没有，这只是我们的玩笑而已。”

李森低头苦笑，墨西哥员工就是这么背后嘲讽着每一个自大的中方领导。

刚才还斗志满满的年轻人也察觉了问题。汪秦看着Jacob，恍然大悟：原来飞机上的Jacob就是泰国的于总啊。他记得在深圳时浏览论坛，原本看的是福田一带的租房信息，而有一天，他看到了泰国事件闹得沸沸扬扬。卢娟也一样，她曾上网发布交友信息，结果却看到了论坛说泰国CEO的八卦，什么傲慢、离婚、贪腐。

气氛让Jacob下不来台，连自己的团队都质疑他。

Jacob放下了记号笔，盯着向他发起挑战的人："马里西奥，你说你在华兴五六年了，怎么三年都被打C呢？"

马里西奥尴尬中带着委屈与怒火，一些墨西哥人爱笑也更注意自尊。

"It's very rude, Jacob."马里西奥非常严肃地用起了"Rude"，其他人屏住了呼吸。

"不想干，你可以走。"当走在充满火药味的地带，人人都要谨慎，可Jacob偏要带着一个火把。他冷冷地威胁："我想告诉你，你的职业生涯将在华兴结束！"

轰的一声，火药点燃了。所有人都恨不得逃出这间会议室。

Jacob站起来，他俯视着比他矮半个头的马里西奥，压制着他的傲慢。

"为什么？"马里西奥感觉很无辜，他十分优秀，曾是墨西哥最优秀的网络专家，是第一批考出FRAN网络认证的墨西哥人之一。

打C不是他的错，华兴中方领导招募他时曾夸下海口，却没能支持他。33岁的马里西奥加入华兴，如今38岁已到了不进则退的年龄，出去还能干吗？外面没岗位了，难道屈尊和20多岁的小伙子们做一样的工作？

35岁前靠专业吃饭，35岁后就得靠人脉吃饭。马里西奥并没有豪族的身份，他只有一个典型的墨西哥家庭：一堆亲戚，三个子女。他离婚后，重建了新家庭，又要抚养现任妻子的两个孩子。这是他的生活压力。

"你不能这样说！"臣享挺身而出，汪秦和卢娟也愣得盯着Jacob，表示难以理解。

"我当然能！"Jacob呵斥道。第一天，他需要树立权威，怎料有人不知轻重，这一步要退缩了，他就失去了掌控力。好好沟通太慢了，杀一儆百才最有效率。

“Jacob先生，他不是这个意思，”阿曼多连忙打圆场，“其实吧，美洲电信的高层已经拒绝见华兴的人了。前几届的领导都约不到人，这也不是一句话说得清的事。”

阿曼多吐字清晰、有亲和力。周围的人也期待着Jacob能借坡下驴。

“他们见不到？”Jacob说，“我一定要见到高层客户。”

“不可能。”马里西奥竟也毫不服软。

“我一定要见到！”Jacob一步步施压。

“真的办不到。”阿曼多拒绝了，李森也跟在后面。

这让Jacob被顶在杠头上了：“那你们就带我去见见中基层客户，今天必须见到。”

“今天？那你开除我吧！”马里西奥也豁出去了，像拳击手顶牛一样地瞪着Jacob。

“好！但你完成不了工作，是拿不到赔偿金的。”

听到这里，马里西奥愤然地摔门而出。

“Jacob，你有必要这么做吗？”臣享摇摇头，追了出去。

好不容易才争取到了六个人，哪怕是杂牌军，Jacob怎会愿意失去任何一人。他需要权威去管，胡萝卜加大棒，但他没有胡萝卜，只是这压力让整个团队都在崩溃边缘。

Jacob疑惑了，自己极限施压，才能知道他们真实的底线。这招在泰国很灵验，可在拉美用过头了吗？是马里西奥的态度问题，还是真的今天连中基层都见不到？他不相信，这个美洲电信竟然连一个中基层都见不到？

“我们想想办法，但也只能明后天了，不然您把他生吞活剥了也没用。”阿曼多摊摊手，“您可能不熟悉，这样吧，今天下午马里西奥去约，而我带您去看看FRAN和美洲电信的总部，您看行吗？”

“好吧，就宽限一天。必须把能约到的最高关系约到。”Jacob终于点了头。关于“人”的拿捏上，自泰国起，他就把握不准了。他不想做“暴君”，但逆行太久、目标太大，自己也容易迷失。

“最好还是不要见什么基层。”李森在角落里阴阳怪气地说。

一旁，汪秦悄悄问李森：“为什么不要约基层客户？”

“他去那儿不是让人看笑话嘛，而且小鬼最难缠了。”李森显得很不满地说，“美洲电信里流传一句嘲讽华兴的话：‘如果你想在玛莎利克（Masaryk）街上享受一顿墨城最高档的午餐，请在下午1点把华兴叫来开会。’客户就是这么看我们的。”

“玛莎利克是哪儿？”卢娟问。

“我们叫它名店街，墨城最高档的使馆区，一条街都是奢侈品店。”李森来墨两年，他倒愿意拿点补偿金被开除。

下午，阿曼多开着福特锐界，载着臣享和Jacob开到了墨西哥城的圣达菲（Santa Fe）。

“这里和历史老城区完全不同吧。”阿曼多把车停在一处茵茵的草坪边，远处是整齐的建筑物、酒店、商场和办公区，造型很现代化。马路宽阔而整洁，完全不像是脑海里拉美的样子——墨西哥城，多数地方像20世纪60年代，而即使富人区也只是80年代的模样。

“有点像硅谷。”臣享坐在后排往外看。

“那当然，圣达菲是一个新区。许多顶级互联网、科技创新、世界500强企业，包括Facebook、Google、Whatsapp、Instagram都把拉美总部设在这里，”阿曼多关掉引擎，“下来走走吧。”

Jacob仔细看了下，一栋栋后现代别墅，还有不少高档公寓。氛围和老一代富人区完全不一样：“谁住在这里？”

“New Money。”阿曼多望着这世外桃源，深呼吸着一口新鲜空气，这里根本没有犯罪、没有嘈杂的交通、没有肮脏的尾气。

这里象征墨西哥的新兴势力和新希望。新世纪随科技崛起的新一代富豪、富二代、外企高管住在这里。相比Old Money所在的传统本土富人区，阿曼多渴望能在圣达菲生活。

“当然，这里的房价很贵。我看着它一点点涨得很快。”阿曼多欣赏了一会儿景色，“Jacob，你知道谁是圣达菲最大的地主？”

“美洲电信？”

“哈哈哈，美洲电信才不会呢，他们只会搬到偏僻的地方，”阿曼多理了理米色西服，指着一块广告牌，“是FRAN。他们是圣达菲最初一批的投资者、奠基人。”

他们抬头一看，巨大的FRAN广告牌，以FRAN命名的巨大广场、超级研发中心、工程培训中心、联合实验室、客服中心、未来科技体验中心。在这个寸土寸金的地方，FRAN拥有了像整个世博会展馆那样大的地盘。

阿曼多说："20年前，FRAN带头开发了圣达菲，盘活了这片区域，就像硅谷的产业是靠'仙童半导体'带动起来一样。"

几个穿着T恤的美国人和墨西哥白人一起路过他们身边，浑身散发着追求财富和科技的热情，像极了在硅谷的极客和在谈生意的VC投资人。

"FRAN带动了很多科技企业，人们尊敬FRAN，科技新贵们也靠FRAN发了财。这就像一种信仰和家族传承。"

阿曼多带着他们沿着草坪走了过去，在巨大的FRAN Logo下，他们长久地伫立着，就像瞻仰着摩西的神杖。而华兴好像根本不在墨西哥的科技圈子里。

"我们在这里有办公点吗？"Jacob问，他看见了三晟、NEC。

"去年总算租了一个，很小。"

"那FRAN有多大呢？"

"圣达菲的拉美片区应该有2000人吧，我记得没错的话，它很特别。"臣享站了过来，拍了张照片。

FRAN拉美片区在FRAN集团里显得很不一样。臣享望着圣达菲FRAN拉美片区的恢宏建筑，他记起了帕特里克，那人在FRAN内一言九鼎，权力很大。10年前，他招募了臣享，8年前也是他派臣享去大中华区。不仅如此，在拉美片区比帕特里克更早的一位布雷德利，正是FRAN现任的CEO。圣达菲的今天，正是布雷德利一手打造的。

拉美在FRAN里始终有着不一样的待遇。FRAN有2000人，而Jacob才6人。

"Jacob，您刚问我，有谁住在这里，"阿曼多走到了FRAN的展厅边，"除了财富新贵之外，FRAN员工也能住这里。"

"是吗？"

"一直有个说法，在墨西哥顶级的人去FRAN，优秀的人去别的西方企业，比如爱立森或IBM，第三流的人去美洲电信做苦差，而被美洲电信淘汰的、无路可去的，可以去华兴。”

“那你……”臣享含蓄地问。

“哈哈哈，”阿曼多大笑，“我是华兴墨西哥的最初5个员工之一，当年我只能来华兴，您说我有多糟糕。哈哈哈。”

他看着这漂亮的环境，流露羡慕：“不过，您不该这么说马里西奥，他是有资格住在这里的。”

Jacob轻轻地发出鼻音。

“在墨西哥，一个人不需要被称为‘先生’‘阁下’‘部长’‘×总’。一个男人最大的荣誉就是在姓氏之前，加一个‘工学学士’，而马里西奥是美国常春藤的‘工学博士’，他是真正的一流人才。”

“不说这个，”Jacob打着岔，“下午马里西奥能约到的最高客户是谁？”

阿曼多说：“美洲电信集团墨西哥子公司Telecell技术部门的两个网络技术主管——奥斯卡和玛尔克斯。”

“子公司？技术部？”Jacob问道。在利益盘根错节的地方，技术会沦为傀儡。

这时，FRAN门口出来了几个显而易见的穿着盛装的真正大人物。他们戴着黑框眼镜、西装上别着丝巾扎成的胸花，手里拿着香槟，有说有笑，气氛融洽。就像在西西里岛上出席某个黑手党家族的女儿婚礼一样，充满了拉丁式家族的亲密。

阿曼多躲到一边，示意另两个显眼的中国人避一避，否则太尴尬。他悄悄介绍——美洲电信集团CTO office的美国人、集团CFO凯罗尔（Carol）、CEO的两位红人：集团采购部总监佛朗索瓦（Francios）和集团新技术部部长胡安（Juan）。

东面另一栋楼，还有一组人马，那是集团墨西哥子公司Telecell的CEO赫克特（Hector）和TeleMex的CFO萨利纳斯（Salinas），他们都是卡洛斯的老臣、美洲电信的董事会成员。

围绕他们的有FRAN地区部的一些高管，更有其片区三位总裁：销售副总裁古斯塔夫（Gustavo）、工程交付副总裁戴斯蒙德（Desmond）、解决方案副总裁西蒙（Simon）。

“都是高层，今天有什么活动吗？”Jacob问阿曼多。

“平常的一天。”阿曼多回到了车上。

果然，整个圣达菲FRAN区，进出着更多的美洲电信中基层，他们都不是一同来的，就像日常生活中逛超市买东西一般自然，他们正参加FRAN的技术培训、新业务研讨会、实验新产品、市场和工程进度。但Jacob很少看到甲方往乙方办公室去开会的。

双方的关系，从高到低，全方位对接，找不到一丝破绽。

阿曼多坐在车里，发动引擎：“您也不要太介意马里西奥，您也能明白他不是故意说丧气话的。”臣享总算明白了，阿曼多也正是在做新老板的“预期管理”。可这并不夸张，夸张的只是Jacob。

Jacob却一个人站在空旷的草坪上，毫不掩饰一个亚裔的存在，他两眼不住地搜索着：“帕特里克不在这儿吗？”

“只有重要事情，他才会从美国过来。”

帕特里克不在也能运转得那么好？Jacob像个孩子站在一个巨人面前，感觉到实力上的巨大落差。即便他已经到达美洲电信的战场，决心复仇，可连对手的边都摸不到。

Jacob重重地把拳头砸向一根仙人掌，仙人掌被打坏了。远处有人侧目过来。

“还去美洲电信看看吗？”阿曼多惊讶地张着嘴，轻轻地问。

“不去了。”他坐回车里。

车开回翡翠大厦的路上。帕特里克是公司级资深总裁，执掌着一百多个国家的销售，监管拉美，而自己还不如泰国时能拥有的一个分公司的资源，他才六个人，怎么斗？

马里西奥从美洲电信回来了，阿曼多给他使了眼色，低声说：“他比想象中更快进入第二阶段。”

“你约到了吗？”Jacob问马里西奥。

“确实没约到。”

“我对你的警告依然算数。”

阿曼多很意外，难道带新上司去看都白看了吗？

“Jacob，我有个客户，明天愿意一起吃个午饭。”李森试图给他个交代。

“在玛莎利克当饭票吗？你自己去吧。”Jacob瞪了他一眼。

“时间由我来定，”Jacob转过头来，进行更强力的弹压，“明天下午3点，马里西奥、阿曼多，你们得约到奥斯卡和玛尔克斯。”

Jacob粗暴地发号施令，否则他搞不定常年打C的老油条。讲道理没用，他们比自己更了解这里，失败者也总有道理。今天三人给他下马威，他就粗暴地回击。但这就像吗啡，镇痛效果只是短期的，而且效力会越来越弱、副作用越来越强。他必须抓紧时间做点什么，可今天他看不到任何机会。

已经傍晚5点了，他问HR总监，HR总监告诉他，FM3还没办下来，他要申请的一间独立的办公室也安排不下来。他手下六个人甚至也没有固定座席。

他寄人篱下，没办法只好找了一间流动的透明三人小会议室，当作自己的办公地点。

看了一会儿邮件，总部各片区喜报频传——“阿尔及利亚电信项目突破”“越南中标Viettel 3G项目”“俄罗斯代表处喜获Megafone DWDM 6000公里长途波分项目”“日本eJapan中标HSDPA项目”“摩尔多瓦电信城域网MSTP项目”。

表彰、道贺，看得Jacob有点胸闷出汗，他解开了领带——他想起那33岁乱刀斩的肉。

小玲的电话进来了：“于总，最近忙得怎么样？”

“很顺利。”

“没惹事吧你？”

“没……没有，”他忽然意识到了，“对了，你现在可是凌晨啊。”

“瞎说，我这里太阳好着呢。”小玲看着巴塞罗那的Fira会展中心，“我替客工部帮下忙，马上就要新一年的巴塞罗那通信展了。今年我也去。”

“哦。”他有点紧张。

她轻轻地说：“我能碰到你吗？”

她的声音就像樱花一样，温柔带着香气，轻轻地飘落。可他不敢回答。如果约不到高层，自己怎么会去呢？他正在犹豫时，电话里一阵嘈杂，她处理了一会儿：“嘿，我得挂了。到时候见啦。”

他搓了搓无奈的脸，去洗手间擦了擦，走到外面见到汪秦正无事可干。

“你进来一下，我找你聊聊。”

两人在那间透明的小会议室里，在外人看来Jacob就像一个奴隶主，而汪秦则像个被压迫的包身童工，接受很多不属于他无线产品的其他知识要求，譬如微波、光网络、核心网、数据IP通信。汪秦求饶，他没有打开文件的权限，也不该管这些。

“我们不是有床垫午休文化吗？现在不午休了，我每天中午会找人考你。我要你直接去见美洲电信的客户。”

汪秦的基本功实在太差了，在总部培训时，连流程、投标和配置报价都没有学好，就被总部扔到了一线。原本他还想跟着一线的老员工慢慢学，可现在自己要直面最可怕的市场与客户。他害怕自己出错，一个配置报价出错，是几百万的损失；一个流程或答标出错，就是巨额的连带赔偿；一个演示的口误，可能损失掉华兴几年的机会。

汪秦的压力实在太大了，泪眼汪汪地出去了。

“出去的时候，帮我把臣总叫进来。”

臣享一进门：“你刚才把压力全压到了汪秦身上？如果真的能见到技术客户，还是我去。”

“这不是你该干的任务。”事实上，他知道臣享是技术行销出身，产品功底很好。

“那我干什么？”臣享严肃起来，“离2月的巴塞罗那展没多久了，我如果不能技术打动高层、约不到客户，今年就别想干成！”

巴塞罗那通信展在全球信息科技领域有极高的地位，陪同客户参展意味着合作的基础，华兴也将展出最强的产品和实力，如果约不到就失去了唯一一次公司级接洽机会，更不可能建立了解与互信——美洲电信恐怕根本就对华兴一无所知，也毫无兴趣。

“你的任务是，先把这孩子的气质提升一下，他这样子见不了客户。”

臣享愣着：“都什么时候了！还慢慢来，你把我拖下水，不能慢。”他盯着Jacob两秒，生气地说，“你别以为我看不出来，这几天，你做的每一件事都是在加快进度，因为你心急。”

Jacob没有回答他，只是看着玻璃窗外。

“我都搞不懂你了！”

“我唯一的检验标准是，他能不能交到本地女朋友！”Jacob站了起来，说完就离开。

此时，卢娟正带着电脑包一个人回公寓。这三天，她都一个人孤独地回去，她还没交到一个朋友。Jacob跟在她身后，上前找她聊工作。

“卢娟，我们事业部以后还会壮大，会来很多的同事，以后行政的事情，都交给你了。”Jacob跟着她一路走回San Isidro公寓，“还有FM3工作签，租独立办公室，电子流程，总之，我们不能寄人篱下太久。”

“哦，好的。”她低着头，声音像蚊子一样。她心想：哎，这么多事，哪可能会有人来。虽然这个老板长得很帅，但她一点也提不起兴趣——这男人不幽默、不善良，还为人小气、阴险、野蛮。

夕阳正照在两个人的背后，形成一道剪影，可她想与他走得远些，连影子都不要叠着。

“我去食堂吃晚饭，你去吗？”

“我不饿，不去了。再见于总。”她挤出一点微笑回复道，肚子却空空的。

两人分开后，她走着走着又想哭了，连她自己的FM3工作签，地区部的行政与HR也因为这是AT事业部的事，而不肯管了直接说：“FM3在墨西哥城移民局，你可以去办。”

可她不会啊，她对墨西哥城东南西北一无所知，连路名都记不得，自己还没折腾明白，怎么负责大家的事呢？她不过是刚刚毕业的女学生，第一次出国，不会西语，甚至自己在深圳的住宿都是靠学长的帮忙，哪里能搞定海外的琐碎行政呢？光是合同、网站她都看不懂。原本她只是想跟着地区部的前辈慢慢学，都是Jacob不好。人初来乍到，又离开大平台的支持，她更心慌了。Jacob的任务让她压力大得不知所措。

走进公寓，她轻轻走入房间，避免被混住在同一宿舍的几个男生看见她红红的眼睛。然而一打开她的保姆间，房间门口竟然堆着别人的个人用品，还有一个男人正在里面张罗着。可这小小的保姆间里，放着她最后的私密呢！

“呃，这是我的房间。”她掩饰着内心的崩溃——地区部已经不让她住了。事业部独立，行政后勤会是最明显的。难道要在这危险的墨城里找酒店住了吗？

“刚才地区部分给我了。你们领导让行政给你搬到1202了，是个主卧。”

她疑惑地搬上去，她的主卧很大，落地窗、带阳台，有一个Queen Size的床，一个巨大带浴缸的卫生间，还有一个很大的衣帽间——她从没有住过这么舒服的房子。

“你是叫卢娟吗？”那边住了两个女孩，她们正在煲汤，“一起来喝点吧，比食堂好吃得多。”

天色已暗，Jacob回到了自己的新宿舍，他让出了自己的主卧，换到一间很小的房间，才逼行政腾挪出了一间给卢娟。但房间里依然看得见远处半山贫民窟的点点灯光。今天比昨天更累，他摊开纸上的第二个词——“人”，还是划不掉。他无法争取到更多的人和资源，下午臣享没说错，时间不是18个月或一年，也就巴展前的一个月而已。

但有一点臣享错了，Jacob并不因为时间焦虑，而是他总要激发手下。人只有被扔到绝境里，才能成长，他有体会。这也让他总是惹人讨厌。

忽然，有人敲了门：“谁？”

“是我，卢娟，我们炖了肉骨汤。你试试好喝吗？”

chapter 5
初战墨城

1

下午两点半，两位墨西哥员工开车带着Jacob去了Telecell。

“说起美洲电信的诞生，起源于TeleMex（墨西哥国家电信公司），因20世纪80年代末拉美金融危机严重，政府濒临外资逼债，急需资金解困，就考虑卖掉国企。1990年，卡洛斯以20亿美金倾囊收购下来。”阿曼多边开着车边介绍。

“从此，他从一个国家级富翁变成了国际级富翁。”Jacob坐在后排。

一辆绿色的老式甲壳虫出租车挡在他们前面，这是20世纪70年代大众产的，墨城如今依旧到处都是。阿曼多打着方向盘，变道绕了过去：“天哪，真不可思议。墨西哥是个穷国，可他怎么就成了世界首富呢？”

Jacob却没有阿曼多那种大惊小怪。墨西哥是穷国，但也是大国，人口1亿多，世界排名第11，GDP全球第13位，是仅次于巴西的拉美强国。且因毗邻美国，有免税协议，美国的大企业诸如福特、通用、卡夫食品、宝洁、Levis都把生产基地设在墨西哥，带动经济。私有化后的TeleMex背靠墨西哥经济，一跃成为拉美最强公司之一。

“收购国有企业总是一笔好买卖。”马里西奥似乎有自己的意见，但不想加入Jacob与阿曼多的对话。

“Jacob，我听说全球很多国家或地方首富，都是电信业的老大，是吧？”阿曼多说。

“是的。”Jacob说。科威特第三家族卡拉非家族，就是拥有10个中东国家的电信网Zain，泰国首富他信也是做电信的，印度首富阿姆巴尼创建Reliance电信，中国香港李嘉诚拥有“和记黄埔”，日本孙正义买下了沃达丰日本改名为“软银”。

电信业者，都拥有一只产金蛋的母鸡，提供稳定的收入，支持其进行多元化扩张。卡洛斯家族也不断扩张，还拥有航空、运输、能源、电力、百货、金融等行业超大型公司，堪称墨西哥的经济沙皇。

“看过今天美洲电信的股价了吗？”阿曼多问。

马里西奥打开手机，点开美洲电信的网站，首页上其在纽交所的股价又涨了：“看来他又能超过比尔·盖茨和巴菲特了。”

Jacob瞄了一眼，主页是一张美洲地图，上面标了17个国家的电信网络。

卡洛斯之所以能成为世界首富，因为他不仅垄断了墨西哥电信业，而且他称霸了全拉美的电信业，在每一个他进入的国家里，每个子网都是当地第一。

“Jacob，还有十分钟就到Telecell了。我们来得及见奥斯卡。”阿曼多说。

“好！”Jacob说道。车窗外，一路都是Telecell的广告以及TeleMex的投币电话。

1996年，移动通信崛起，提供固定电话服务的TeleMex，分出了一个新的移动运营商——“墨西哥移动”Telecell，而Telecell则是“美洲电信”的胚胎。

Jacob还记得在飞机上看的那本卡洛斯传：

卡洛斯被誉为投资天才，他嗅出了移动通信的潜力，也注意到拉美严重依赖着与美国的联动，他算出美国经济每十几年陷入一次衰退，他准备抄底收购。大约2000年，互联网和通信科技投资泡沫破裂，大量网站、科技公司、电信企业濒临破产。

他以敏锐的嗅觉、坚定的意志，大举逆势入场，对拉美各国电信展开一串眼花缭乱的跨国抄底收购。在阿根廷，他收购了排名第一的国有电信，接着在秘鲁、厄瓜多尔、哥伦比亚、巴拉圭、乌拉圭、智利也都陆续收购，同时他的手伸入中美洲，先后收购危地马拉、萨尔瓦多、尼加拉瓜、洪都拉斯等国电信业。当他遇到巴西，卡洛斯家族发动全力，举巨债收购拉美第一大市场巴西排名第一的电信公司。如今，其巴西子公司在集团举足轻重，销售占半壁江山。

每次收购，卡洛斯开源节流，削减管理层，并将办公地点从高档写字楼换到便宜的郊区，业绩提升迅速。果然，经济修复后，电信业回以他稳定的高回报。

今天，他抄底收购的泛拉美17国的移动运营商，整合为“美洲电信”，集团总用户达3亿，并继续向外扩张，进军加勒比海和美国，并登陆欧亚大陆。

一路上，他第一次注意到，在不少路段都有荷枪实弹的墨西哥警察。

墨城很像美国南部的模样，矮平房，但更老旧，且缺乏规划。不少商店门口，雇用着私人保安。墙上五颜六色，画满了涂鸦。这里，警力根本无法控制治安。

终于到了Telecell。

“这街叫Lago Alberto，Lago就是Lake，‘阿尔贝托湖’的意思。”阿曼多一边找着话题，一边把车停好，“墨西哥城以前就是一片湖，阿兹特克帝国就是建在湖上。”

如今物是人非，墨西哥城严重缺水，停车场里都是砂石，这里很干旱，能存活的植物都是耐旱的仙人掌，连水都是从外省调运来的。

“往这里走。”阿曼多引着路，他脸庞发红，梳着精致的大油头，中间夹着几根白发，穿米色西服，背棕色万宝龙的皮包，但皮都已经磨坏了。Jacob不带包，作为事业部总裁，他应该有自己的气派。

可上来就是一个下马威。即使连大门，他都进不去。

Telecell总部有一扇巨大的铁门，密不透风，像国安保密局一般神秘，只露着一个小窗口。阿曼多敲了敲小窗，用西班牙语跟门卫热情地打了个招呼。显然英语很不通用。

这里严格得就像个军营，Jacob料想第一个来墨西哥拓展的中国人，恐怕连进Telecell的大门也不容易，但这就是海外拓展。

阿曼多拿来证件说："Jacob先生，你得把护照押在这里，换上访客证。"

Jacob拿到了访客证，明明是Telecell，可标签还写着"TeleMex"。

Telecell是从TeleMex分出来的，就像中国移动从中国电信里分出来一样，但为节省成本，TeleMex和Telecell还共享着同一个办公区。在这里，TeleMex是"爸爸"，Telecell是"儿子"，而且"爸爸"说了算。

办公室是一层楼的，安保很严格，警卫拿着枪与电击棍，先对Jacob一行搜身，再是一道安检门，然后再次与被访的Telecell职员确认后，才放行进入内部。

他进入了Telecell办公区，作为美洲电信在墨西哥本土的总部，办公环境完全不像一个拉美顶级企业，反而很压抑：钢筋铁骨的仓库，放着一排排的长桌，坐着穿着格子衬衫的年轻技术人员，热情的墨西哥人都很安静，空气像凝固了的树胶，只有少数领导，才有资格发出欢笑声。其中一个欢笑的正是阿曼多，阿曼多走在前面，一路与每个技术员打招呼，激发出墨式热情。

果然是卡洛斯的风格，Jacob记得卡洛斯每次收购，都要降低运营成本，而且这里恐怕十几年没装修了。可他望去另一边，那边是"爸爸"TeleMex的办公区，环境明显好很多，而里面的人穿着打扮更加优雅，身着贵气的毛料西服，胸口插着万宝龙钢笔，头发梳得像《教父》里的人那样一丝不苟，员工年纪大些，欢笑声也多些，举止颇像傲慢的老贵族。

"我绕过去看看。"Jacob对阿曼多说。

"过去干吗？"

"去告诉他们——我来了。"他大步走去。

"告诉谁？"阿曼多看着他的背影，喃喃不解。

在墨西哥的中国人很少见，Jacob非常显眼。更显眼的是，他的打扮非常有气场，特意戴了金边眼镜、穿着深蓝条纹西服，戴着一块高级腕表，鳄鱼皮带、小牛皮高级手工皮鞋，潇洒中有一股分量感。

人人都会以貌取人，墨西哥更是一个讲究的地方，这里有很强的等级观念。每一位大人物都很注意体面。Jacob的外形很棒，走路带着力量与威严。即便他走在TeleMex的资深老人中也十分引人注目。他双手空空，又不像是一般所见的供应商，他大胆地走了一圈，更让人对这个陌生的亚洲人充满了好奇与猜测。

“三晟？”“NEC？”“Sony？”“Broadcom？”“新加坡投资局的？”——这人是谁！

昨天，他在圣达菲FRAN区，发现那里没有华兴的立锥之地，甚至连他一个亚裔的脸站在外面都会让阿曼多尴尬。在翡翠大厦，他相信之前林总的人，没给Telecell和TeleMex的权贵们或是普通员工留下好印象。而这就是马里西奥和阿曼多阻碍Jacob见客户的原因——他们怕又一位乱搞的中方上司坏了自己的体面。

今天他要用最耀眼的形象扳回一局。他走了一大圈，认识了偌大的TeleMex办公区，更让这办公区的人也认识了他，仿佛在告诉世界：他来了。

他回到了Telecell的区域。阿曼多介绍道：“这位是奥斯卡。”

奥斯卡坐在最后一排的独立办公桌旁，站了起来。奥斯卡32岁，穿着哥伦比亚牌的户外马甲，戴着书呆子般的眼镜，腼腆内向，很有礼貌地微笑。他伸出软绵无力的手，话很少：“您好，欢迎您。”

阿曼多这次没讲西班牙语。Jacob知道阿曼多是老牌客户总监，用西语讲话会“微妙”地垄断与客户的话语权，他提醒阿曼多——“客户能讲英语。”

实际情况比预想的好，奥斯卡很忙，但也没怠慢Jacob。

“这位是玛尔克斯。”马里西奥把另一位技术官员也带来了。玛尔克斯穿着格子衬衫，看上去更帅更活泼，他给足对方尊重，放下了工作，用墨西哥的热情半抱拍肩礼欢迎道：“您好，Jacob先生，”玛尔克斯叫得出Jacob的名字，“喜欢墨西哥吗？”

“Si, Me Gusta（我喜欢），”Jacob带着墨西哥口吻，讲了句西语，“但能和‘美洲电信’一起工作，Me Gusta Mucho（我会超级喜欢）。”

他话有点直接，但客户并不讨厌：“哈哈哈。你西语不错。我真不相信你只是昨天来的。”

“这么英俊的男人，他早就知道100种关于‘喜欢’一词的语言。”

阿曼多活跃着气氛。

来之前，阿曼多告诉他——奥斯卡和玛尔克斯，不仅负责Telecell的网络规划，在美洲电信集团采购时，他俩会替集团17国起草统一的技术标书。

Jacob记得Telecell是美洲电信的第一个子网，是最原始的“胚胎”。当另16个国家的子网被统一为“Clara”品牌时，Telecell是唯一被保留下来的品牌，其地位很不同。

美洲电信是私企而非国企，华兴若在技术上有不可替代的优势是有用的，虽然奥斯卡和玛尔克斯不是高管，但比起脱离一线许久的CTO们，“写报告”的比“盖图章”的更有用。

两人很客气，气氛还算融洽，Jacob忽然站起来：“我们找一间会议室吧，更方便些。”

玛尔克斯找了一间会议室。

既然马里西奥能约到这两位，就证明他们是自己人，Jacob关上了门。

“今年，美洲电信会有一个很重要的投标吧。”

“什么标？”四个墨西哥人吃惊地看向Jacob。

“明年，拉美各国要颁发新的4G通信频段，很快就会拍卖4G频段，所以，作为最领先的美洲电信，今年一定会筹备‘下一代4G无线网络’的大型竞标。”Jacob在深圳时就做了很多的功课，这也是他敢承诺十八个月拿下订单的原因。

马里西奥和阿曼多盯着老朋友玛尔克斯和奥斯卡，眼神中责怪他俩不把信息透露给自己，因为这意义太重大了。

无线网络，是一切电信业采购金额最大的项目，极具格局性。一旦一家厂商拿下了设备订单，就占山为王，很难换另一家。FRAN自TeleMex时代起，就一直封锁住美洲电信，外界进来的唯一时机就是“更新换代”的机会。CDMA转GSM/WCDMA的大换血时，林总错失了。现在，摆在眼前的又是一个新的历史机会。一旦华兴再次错过，FRAN将继续封锁美洲电信八年。

“我没说错吧？”Jacob问。

玛尔克斯像被揭穿了一样，笑了，他确实和奥斯卡一起做着4G技术标书的筹备："我们三周前收到了集团的通知。"

"我希望我们也能参与。"Jacob说道。

四个坐在椅子上的墨西哥人都很尴尬。奥斯卡僵笑着："这不是我俩说了算的。"

"对，这得集团决策。"阿曼多也觉得他这样很冒失。

Jacob没理阿曼多，又问："那您能告诉我，怎样的公司才能被集团邀标吗？"

"你……你得先证明你自己。"奥斯卡说。他有点天生结巴，所以才更腼腆。

Jacob说："华兴在'3GPP组织'中提出了很多专利，是4G规范的主导者之一，我可以保证的是，华兴设备在很多测试项目中技术都是全球第一的，包括在欧洲。"诚如林总所说，欧洲的认可是一块金字招牌。

"欧洲是欧洲，我们这可是美洲。"玛尔克斯说。

"欧洲？我们又不是跟屁虫。"马里西奥心里嘟囔着。墨西哥人有自己的骄傲，也讨厌被人代表着。

"那邀标要的是什么呢？"Jacob又问。

"是信任。"玛尔克斯纠正道。

"可是，标书里不会写'信任'，你们会怎么定义'信任'呢？"

"短名单，"奥斯卡推了推眼镜，"您还没被收录进美洲电信的短名单呢。按管理层习惯，只有已进入'短名单'，且与美洲电信有过良好合作的，才能被'邀标'。"奥斯卡详细解释他标书中的规矩。

在短名单，即"采购名单"（Vendor List），只有进入后才能邀标。这等于老名单之列的人，才能进入新名单，又是一个封闭内循环，华兴无缘于此。

"这不是鸡生蛋、蛋生鸡，难道我们永远都没机会吗？"阿曼多问。

"是的，没有办法啊。"玛尔克斯耸了耸肩，"唯一那次CDMA转GSM/WCDMA时你们没抓住。"

沉默了一会儿，话题僵住了。

"离您完成标书、最终发标还有多久呢？"Jacob忽然问。

"半年，大约8月中旬发吧。"玛尔克斯说。

话题又干涸了。Jacob看了看会议室外，正好对着奥斯卡的座位，桌上两块屏幕上，一块是墨西哥的网络拓扑图，一块是TechWeb的行业论坛。

Jack回过头：“奥斯卡，您真觉得华兴与美洲电信合作，一点都没可能吗？”

奥斯卡从Techweb获悉华兴在全球的进展，但结巴让他对这个复杂的问题一时语塞。

“如果华兴在美洲电信17国中某一个国家渗透了，华兴拿到了卢森堡Milicom电信在中美洲三国网络的订单，集团高层难道不会变化吗？”

玛尔克斯苦笑：“可那是集团的事，我只负责墨西哥Telecell。”

“是的，可就在墨西哥，西班牙电信集团Telefonica也给了华兴一份订单。”

Jacob了解过拉美各大运营商的竞争沙盘，Milicom和Telefonica是美洲电信在拉美的两大重要对手，对手网络的变动，不可能不引起美洲电信的重视。

“所以，改变是迟早的事，但那时，又是来自‘上层意志’，玛尔克斯，你不想抓住机会，体现价值吗？”

玛尔克斯从微笑变成了认真。

Jacob向外看着TeleMex办公区，他一来就闻到了老一辈TeleMex对Telecell后辈们的压制，这里充满了老人政治的臭味，年轻人为主的Telecell很压抑。

玛尔克斯也感慨，这么多年Telecell的移动业务贡献远高于TeleMex，可话语权不及TeleMex的腐朽老人。论资排辈没前途，如果他俩在4G上给华兴一个公平的机会，而且华兴的确能担当，那他们就将在“4G无线网络”中立功荣升。但若他俩不作为，维持现有供应商，那只好活该继续承担苦楚。也许，是他俩做选择的时候了。

Jacob笑着问：“FRAN已经与美洲电信相处20年了吧。”

“是的。”奥斯卡看了一眼玛尔克斯，尴尬地点点头。

“那么久了，恐怕你们一定有难言的痛苦吧。”

Jacob做出一般性假设，强势的乙方容易怠慢甲方中基层，那么FRAN与TeleMex的合作关系太好，对后辈的奥斯卡和玛尔克斯是没好处的。

两人互视一眼，欲言又止。就因为合作太久，FRAN在产品交付上屡屡懈怠，而他俩又无法推动FRAN，挨了不少老前辈的板子。

看着他俩思索，阿曼多连忙跟进："如果，我们能帮你们分担压力的话。"

玛尔克斯眯缝着眼，仰着打量这新来的Jacob，也许华兴真是一条鲇鱼？

"我想邀请两位参加'巴塞罗那展'，那是全球信息产业的大会，去看看其他公司的想法，对你们制订美洲电信的方案有帮助。"Jacob发出了他的邀约。

这次巴展上，华兴将展出全新一代的基站"All in 1的一体化站"，他希望把这个理念灌输到奥斯卡和玛尔克斯脑海里，然后他俩将之引导入标书中的"必须遵从项"（Mandatory Comply），这是连FRAN都无法完成的，这样，华兴将拥有巨大的技术优势。

——他听研发说，这种基站形态是华兴在世界上首先推出的革新概念品，据说还是泰国DGG紧急制造CDMA 3G的研发团队立项开发的。

"谢谢，西班牙我去过了。"老实的奥斯卡找寻不去的理由。

"我很明白你们的意思，但关于'下一代4G无线网络'的事，很多部门参与，细节我们不清楚，也不在我们手里。"玛尔克斯也拒绝了。

也许，他俩是太胆小了，让一个中层做改变是不太可能的。

阿曼多今天却被激起了一些憧憬，问："所以，还是回到了循环的原点——需要先进入'短名单'是吗？"

"即使进入'短名单'，你们也未必拿到标书。"玛尔克斯摇摇头，"是彼此的信任！"

"所以，那我们还能干点什么呢？"Jacob有点掩饰不住了。

"Jacob先生，一件事一个人做365天完成，但并不意味着你用365人做一天就能完成。我说的这件事，就是信任。信任是需要用时间去建立的。华兴太激进了。"玛尔克斯耸了耸肩，"FRAN的20年，你刚问我痛苦吗，是的，我很痛苦，但它的好处也不可能由任何一家，在短期内替代的。"

"玛尔克斯，老弟，你总得帮我想想，帮我做点什么？"阿曼多焦虑地攀起关系。

“我可以不把今天的事告诉FRAN和上头。这样，你们如果还想搞什么，就可以继续，不至于被上头明令掐死。”

话说到此，已十分尴尬，大家沉默了许久，谁都不知话题如何继续。就这样，Jacob连“4G无线”入场票都没摸到，就被两位技术人员挡住了。正题结束，接下来是阿曼多插科打诨的表演时刻。

“不好意思，我后面还有会。”奥斯卡低声打断——窗外，FRAN的售前销售经理已经等着了。

谁都沮丧着脸，唯有马里西奥像赢了一样，贴近Jacob耳朵：“你要见下阿里汉德罗（Alejandro）吗？”

“谁？”

“Telecell的技术总监，奥斯卡和玛尔克斯的老大，美洲电信是高度集权的，他能审批奥斯卡和玛尔克斯能否去巴展。”马里西奥挖苦着。

“不去了。”Jacob回答。马里西奥第一次听出他声音有些虚弱。

一出Telecell大门，他遇到另几家友商正准备进去。

一家是欧洲的爱立森，他们是高大的北欧人；还有一家三晟，带头的是个四十多岁、戴圆形眼镜的男士，身后跟了三位穿黑西装、拎硬皮公文包的韩国男人，他们面无微笑，凶悍凝重，唯有一个漂亮的韩国OL算点缀的花瓶。

已是16点20分，Telecell隔壁的一所中学放学了，穿校服的小孩子们都跑了出来，像小鸟般吵闹，他们穿黑皮鞋、灰短裤或短裙，除了黑灰外，他们系红领带，穿白衬衫、绿袜子。而红白绿三色正是墨西哥国旗色。母亲们开车来接孩子，有一些老奶奶步行来接孩子。总之，马路都被堵住了，阿曼多觉得车一时半会儿也开不出去。

“去吃Taco吧，美洲电信大门口正对面那个摊很好吃。”阿曼多建议。

他今天意外地想复盘，因为刚才Jacob的灵光一现，确实给了他一个新方向——如果能拿到短名单，就有可能获得“下一代4G无线网络”的邀标，只是玛尔克斯已经把进入美洲电信的大门堵死了。

Jacob单买了三根烟，一根给阿曼多，自己坐在高凳上抽了一根。墨西哥城海拔2400米，紫外线灼得有点痛，他的脸一半在太阳下，一半在阴影里。

身后的马里西奥与人寒暄完，跟了出来，见Jacob的状态，也不意外。正如他说：每一位中方都想在最初时凸显力量，但很快会被蒸发掉，就像水汽不可能存在于墨西哥的紫外线下。

小摊主迅速地翻炒着牛肉片，Taco里还夹着一些肉、辣椒、土豆、洋葱、番茄，墨西哥城最好吃的Taco不是在餐厅，而是像中国兰州拉面和沙县小吃一样在街头。

美洲电信总部，就在Telecell和TeleMex的旁边，只是隔着一条小马路。

“你看到那几个人吗？”阿曼多一指，几个高大壮实的金发男士正与集团客户喜笑颜开地聊天，“美国人，FRAN的。恕我直言，华兴在这里的优先级是最低的。”

识别欧洲人、美国人、墨西哥白人都不难。美国人的体态壮、语速快、吧啦吧啦表达不停，过度自信到了傲慢自大，而欧洲白人则相对内敛。

Jacob吃着Taco看着那几人，几个美国人看到了他，一番对视后，美国人发出了杀猪般的爆笑声，仿佛是轻蔑嘲笑，隔着马路都能听到。几位小贩也觉得很烦，一边做菜，一边向马里西奥用西班牙语抱怨着美国人的傲慢。

此情此景，让Jacob真有点联想到东南亚。在越战时期，一个普通的美国大兵都能在西贡过上高人一等的逍遥生活，而其他人必须谦卑尊重：西贡的年轻女子要爱他，为他生私生子而他却可以不必负责地跑掉；做小买卖的老妇或餐厅服务生则须像对待公爵一般尊重大兵，只因为对方是个牛高马大的美国人，而本地人成了三等公民。

“你吃到身上了。”马里西奥给他递了张餐巾纸，原来刚才对视时，他用力一咬Taco，浓郁的柠檬汁和红绿色Salsa酱，溅到了他精心打理的西服上。

Jacob随意一抹，就把纸巾扔在一边。

“Jacob，你知道吗？在我们墨西哥有一句谚语，”马里西奥也望着那个方向，用纸巾抹着嘴，“‘离天堂太远，离美国太近。’”

马里西奥是法国后裔，一位老愤青。他年轻时在美国读电子工程博士，也在美国思科和FRAN工作过，但美国生活反让他对美国不满意：“他们非常自大无礼，不懂得尊重，歧视墨西哥。你可以从好莱坞电影里、教科书里、新闻里，看到很多坏人都是墨西哥人。可哪有那么多坏墨西哥人，那都是一些农村辛苦去打工的人。”他看了看白发的老妪摊主，“相反，墨西哥一半的土地都被他们抢走了。”他滔滔不绝地讲起历史，美国和墨西哥曾经有过一场“美墨战争”，美国西部片里说那是民主解放的历史，然而美国夺走了墨西哥大量土地，变成了今天的得克萨斯州、加利福尼亚州、科罗拉多州、内华达州、亚利桑那州、怀俄明州、犹他州和新墨西哥州。

马里西奥吃得一干二净，把盘子拍在桌子上：“现在我们倒成了非法移民！什么狗屁虚伪的伟大国家。”

Jacob读的卡洛斯传里，也记载了一些墨西哥历史。19世纪时，美国策划了得克萨斯州脱离墨西哥，打败了脱离西班牙独立不久的墨西哥政府，甚至兵临城下攻入了墨西哥城，强迫墨西哥割地230万平方公里，拥有了大片资源，一跃成为世界大国，这就是为什么美国东北部都是英格兰名字（纽约、新泽西等），而西南部有那么多地名是西班牙语的原因（洛杉矶、圣何塞、旧金山、圣地亚哥）。而从此，墨西哥从400多万平方公里的领土，被肢解到只剩下190万平方公里。

“马里西奥，你可知道在美国这谚语还倒过来说呢——‘离天堂太远，离墨西哥太近’。他们还在抱怨我们呢，”阿曼多笑着打个岔，“怪我们穷得贩毒呢。”

“其实是美国吸毒的人多，才使我们有了一批毒贩集团。”马里西奥说。

“那为什么你们还要用美国设备呢？”Jacob示意小贩给马里西奥加一杯橙汁。

马里西奥说：“因为美国太强大了，而我们国家的时钟已经停了60年。”

墨西哥人，仿佛是一个会家暴丈夫家里的小媳妇，不喜欢美国却又离不开。很多家庭都有亲人在美国工作，司机、快递员、建筑工或是服务生。

“那我们得让墨西哥再强大起来。”Jacob点点头。

马里西奥有点意外。

Jacob对Taco摊的老妇人说：“买单。”

“不，这顿我来。”马里西奥拦住他，难得有人听他发政治牢骚。

“那好，下次再来的话，我请你。”Jacob拍拍他的肩膀。马里西奥也点了点头：“好的，下次。”

“下次？”阿曼多惊奇地问，“什么时候？”

“明天吧，马里西奥？”Jacob看看马里西奥。

“好！”这次，马里西奥没再找借口，但阿曼多觉得这次是真的不可能了，他们损失了一个借口，玛尔克斯暂时不会再见他们了。

学生们都走了，天色又要暗了。“回去吧。”

Jacob又回到了公寓楼，望着那半山上贫民窟的星星点点发呆，阿曼多想到的，他也想到了。自己又走入了死胡同。

他感觉关节肌肉酸痛，也许时差还没转好，他试图休息，却又亢奋得无法入眠。等到小玲约好的电话时间，他又睡着了，半夜醒来却发现衣服没脱，整个人横在被子外。

他有严重的睡眠障碍，这不是因为时差，长期工作改变了他十几年校园的作息规律。凌晨4点，他还没睡着。他摸了摸脖子，累得淋巴肿了。他越发意识到，如果没有一个女人，他根本照顾不了自己。

2

马里西奥果然没能再约到奥斯卡和玛尔克斯。

Jacob上班下班、约客户、失败，上班下班、约客户、失败。

洪坤说过：“时间是解决一切的钥匙。胜利无法取得，只能等待。”

可泰国老人的智慧在墨西哥失效了。因为距离巴塞罗那展不足一个月了，约不到，就无法进入短名单，更拿不到“下一代4G无线网络”的标书。

这两天早晨，他从San Isidro公寓下楼，在上班路上，路过楼下的Taco和果汁摊、路过擦鞋匠、路过卖报亭、路过建筑工人、路过卖烟小贩、路过改革大道上的擦车小伙子。

上午，他开完早会后，会去圣达菲看看FRAN。在那里，他看到最漂亮的新区、高档的小区、现代的别墅、年轻的财富新贵、正在拍照的女模特、投资家、本地的大佬和出差的美国人。

下午，他会在Telecell边的Taco摊，等着阿曼多和马里西奥去约客户，自己则看着进进出出的客户与FRAN的人。

晚上他又回到了San Isidro公寓，躺在床边，看着远处半山腰上贫民窟的点点星光，在睡眠障碍中，艰难地睡下。

第三天下午，阿曼多和马里西奥垂头丧气地从Telecell走了出来，在Taco摊拿着一个牛肉Taco就吃起来。两只野狗在他们身边，等着吃掉在地上的肉屑。

“我们可以约客户1点开会，然后在玛莎利克街吃午饭吧。”Jacob建议着。

马里西奥放下Taco，觉得这家伙好可怜，就像在旁边摇着尾巴的野狗。

“好吧，我试试看。”阿曼多拿出手机打了过去，一连打给了几个中层。

“喂，老兄你好啊。”阿曼多表现得个喜剧演员，话痨一般，跟人谄媚地套了十分钟的近乎，才找到了机会，“明天中午……嗯……阿根廷牛排馆？没问题……哈哈哈，USDA顶级的Prime。好，明天见。”

“约好了。”阿曼多沉重地咬了口Taco，觉得寡淡无味，喝了一口浓郁的阿兹特克海鲜汤来漱口，“我先走了，去奥特莱斯买根打折的菲拉格慕（Ferragamo）领带做礼物。”他刚要走，电话响了。

“喂，我的朋友，能改去那家墨西哥餐厅吗？我想吃那种蚂蚁蛋。”

“当然可以，哈哈。”阿曼多挂了电话，嘟囔着——“他妈的，想壮阳也找我！”他早已厌恶着这种作贱的伺候。

Jacob目送着阿曼多离去，又回过头看，门口又是FRAN的美国人，他们来去自如，又像是蝗虫一样无处不在。

第四天的中午，他们来到了Telecell，终于可以进去再聊聊了，Jacob昨晚失眠时想了一些新话题。

门卫拦住了Jacob，并把警卫室的话筒递给了阿曼多，那边客户充满歉意："阿曼多老兄，实在抱歉，我有个会议给忘了。"

阿曼多看着Jacob，表情喃喃失望，却嘴上欢笑着："没事没事，哈哈，下次好了。"Jacob也看着他，他是个高超的演员，但演员的精神世界通常是分裂的。

阿曼多不甘心："别急，我现在立即约一个，就不信没人想吃饭。"

然而那边没人接。

"走吧，我请你们吃阿根廷烤肉吧。"Jacob说。

他们去停车场取车，走到一半，就看到FRAN的人接走了那位约好的客户："司机，去NH Hotel。嘿，我们边吃边聊，聊下4G。"

阿曼多像个被贵族老爷玩弄了的情妇，瞪着喷火的眼睛却无可奈何。Jacob也震惊了，FRAN在这里简直是无处不在、无时不在。他终于体验到什么叫作"大后方""后花园"。

"NH有什么新店吗？"马里西奥习惯了。

阿曼多生气地看着出租车离开，倍感羞辱："有，还是一家中餐厅！"

大家扫了兴，又回到对面的Taco摊。

摊主是60岁的老妈妈，已经熟悉他们了，请这几位常客坐上高椅。

Taco摊像一种大型手推车，白色顶棚涂抹着色彩艳丽的涂鸦，背板上贴着圣母像。

她用传统铸铁机械榨汁机，用8个橙子榨了一杯橙汁，6元人民币。她20岁的孙子做Taco，肉多料足，3元人民币一个。

老式CD机正放着古怪而欢快的墨式音乐，孙子哼唱着。墨西哥人喜欢热情聊天，阿曼多和老妈妈聊了起来。

"你们聊什么？"Jacob问。

"我们在聊他们是哪里人、我是哪里人，"阿曼多喝了口果汁，"她们是从奇瓦瓦州（Chihuahua）过来找机会的。"

"奇瓦瓦州在哪儿？"

"北部，荒凉的沙漠地带，跟月球似的。"阿曼多瞄了眼她的木桶，里面是仙人掌。那里的土著会吃仙人掌和它的果子。

她用西语问起Jacob，阿曼多做起了翻译："她好奇你是哪里人、来墨西哥干吗。”

“Para Trabajor（工作），Chino（中国人）。”Jacob直接用西语回答。

“Chino？”老妈妈看了看他，她只是听说过中国，却不知究竟在哪儿，“Bien、Bien（很好），”她笑了，放弃思考，又叽里呱啦说了一堆。

“她说她另一个儿子在美国工作。”马里西奥说。

“我很想他。”老妈妈做了个Jacob看得懂的动作，又问，“Taco Rico（Taco好吃吗）？”

“Rico（好吃）！”

老妈妈开心地笑了，马里西奥同声翻译着：“我儿子说，美国那里做的Taco都没我做的好吃。你有机会也得吃吃妈妈做的菜。”

Jacob看着这母亲，心里又暖又酸：“你得让儿子早点回来。”

“儿子还不肯回来，因为我们又没有钱。”她说。而马里西奥的翻译声变轻了一个级别。

Jacob望着这对祖孙，这样干没有前途的，他心中有愧。他的生活属于这个国家的高端水平——住富人区豪宅，生活起居有保姆，出入高档消费场所，吃住行全报销，还拥有华兴的高收入、一份体面的工作。这足以让当地人向往。其实，他有资格住在圣达菲，与那些富二代、New Money、投资家、女模特、外企高管做邻居。

“他一个中国人住哪儿？不怕危险吗？”她问。

“Los Palmas区，很安全。”马里西奥替Jacob回答。

老妈妈羡慕了会儿又低头忙活——很多外省打工者也来吃午饭了。

他想起了每晚看到贫民窟的星星点点，人们不幸生于贫困的乡下，渴望富足生活而来到大城市。虽然这使墨西哥城的治安变糟，但正因为穷和贫富差异才会产生动荡。通信业，虽是最尖端的技术，却最面向普通百姓的。Jacob觉得自己能做点什么，因为只要链接，就能创造价值。无论是经济、教育，或是情感。他在中东时，亲眼见证过通信使得一个战乱之地恢复了生机与繁荣。

“她问你以前还去过哪儿。”

“泰国。”

“泰国在哪儿？”老妈妈问。

“哦，这里。”Jacob打开Google地图。

“看上去地图很像中北美洲啊（墨西哥和中美洲）。”老妈妈说。

“啊？哪里像了，我从没想到过。”阿曼多和马里西奥都凑过来了，冥冥之中，他看着地图，有了些灵感。确实有点像。它们都是北部宽，中间是海湾，一个是墨西哥湾，一个是泰国湾，细长的南部地峡分割着两大洋，哥斯达黎加和巴拿马分割了大西洋和太平洋，南泰的春蓬府和甲米府分割了印度洋和太平洋。

“您在泰国做什么？”老妈妈喋喋不休地好奇着。

“做……”忽然，Jacob像是顿悟了——那几年，做泰国南北部的偏远地区项目，那曾是泰国国企DGG用来与泰国私营运营商差异化的战略项目。

“你们觉得玛尔克斯真的没痛点吗？”突然Jacob语速变了，简直像成了另一个人。

“应该有吧，但不会是价格，也不是质量——FRAN质量也很好。”阿曼多说。

马里西奥说：“合作20年，就算有小问题，关系也不会动摇。”

“是啊！电信业里，网络的稳定比价格或技术更重要。我们只领先一点点，没用的。”

Jacob的脑子飞转，他必须有一个玛尔克斯和奥斯卡无法拒绝的理由。

“TeleMex和Telecell是墨西哥第一大运营商，对吗？”他问。

阿曼多说：“是的，因为Telecell用户数第一，而FRAN网络又稳定，Telecell不能也不敢更换网络设备的供应商。”

“别混淆逻辑，第一名用了FRAN的设备，但不意味着用FRAN就能当第一名！”Jacob似乎接近了关键，“到底为什么Telecell能成为墨西哥第一，这么多人用呢？”

“Telecell的网络覆盖是最好的。你看这些人，”马里西奥指了指老妈妈和吃饭的人，“他们老家都还在乡下，那里只有Telecell的基站能提供网络信号。所以为了能联系家人，即便Telecell的资费贵15%，他们也会选择Telecell。”他又指了指Jacob，“相反，大城市里的富人，并不要去乡下，不必使用Telecell。”

其实，是大量进城的外省人支持了Telecell。电信业并没“二八原则”，而是“得群众者得天下”。Jacob恍然大悟，泰国DGG当年的策略，不就是在曼谷之外的广大农村区域，做真正的国家级覆盖吗？这是国有企业与私人营利企业的区别，前者会赢得广泛的支持。

国人通常骂中国电信业垄断，然而不清楚一个现实——中外运营商在信号覆盖上存在巨大不同。中国电信业，往往有巨量的国家资源投入，几乎在每个山区和农村都有了基站的信号覆盖。而海外运营商多为私营，要考虑投资利润，因此只覆盖有价值的大城市，而不覆盖“人口少、利润低”的农村市场，因此信号盲区很多。

拿美国来说，很多小城镇都靠地方级运营商做通信服务，而全美三大运营商AT&T、Sprint和TMobile，在70%的地方没架基站。这是私有企业逐利的必然选择。

“但美洲电信不是单纯的私有企业，对吗？”Jacob的答案已呼之欲出，他做了最后的猜想，“美洲电信脱胎于前国企‘墨西哥电信’，之所以信号覆盖很好，因为它本身就是以国家级信号覆盖为标准，以政府责任来规划的。这和其他私有企业不同。”

“对对。”阿曼多感觉手心发热。

“那在卡洛斯收购国有资产TeleMex时，有没有承诺过，卡洛斯家族保证之后的网络覆盖不能比国有时下降？”Jacob问，“当年收购重量级国企TeleMex，卡洛斯冒着很大舆论压力，他一定向议会和政府做过妥协。”

“承诺过，我看过资料！”马里西奥兴奋起来，差点被呛到，果汁喷在了自己的领带上。但他也不在乎这么多，Jacob好像真抓到玛尔克斯的痛点。

Jacob说：“那就是说，Telecell作为一个私有企业，其实也不愿意在偏远的农村建设网络，是被逼的。那种偏远地区的通信建设，往往收不回成本，但又因为法律而没办法。”

偏远农村的通信，是不赚钱的生意，地广人稀，而基站投资很大，然而作为墨西哥第一大财阀，卡洛斯家族必须承担起社会责任，即使推三阻四，但表面文章还是要做的。

在中国，有“村村通”项目：通路、通水、架高压电，最后通电话，国企虽然亏本，但这也是中国政府执政的承诺。而墨西哥是民选政府，穷人再穷也有一张选票，政府为了拉选票，往往会对选区承诺基础设施。一旦当选，政府就会把压力传递给大公司，哪怕是最强的私人公司，也得与政府保持这种默契。

“那我们就来替Telecell干这个苦活！马里西奥，你查一下，墨西哥政府通信部，有没有对Telecell提出详细的无线覆盖标准。”

“这我知道！每年Telecell的公关部都会收到政府公文，公关部把球一脚踢给技术部，奥斯卡和玛尔克斯提过建设方案，但因预算太大、回报不足，又被投资部否决了。奥斯卡和玛尔克斯没办法，只能一点点折中修改。结果，两面不讨好，投资部和公关部两边挨骂。”

“投资预算……”Jacob想了想，“那免费送一些基站给Telecell‘农村覆盖’呢？”

“赠送？您之前的领导就试了，Telecell不要。”阿曼多说。

马里西奥说：“一来，Telecell不傻，我们能送多少，这不是Telecell的长远之计；二来，FRAN不傻，他们游说，说FRAN与华兴‘异厂商’系统对接，会破坏网络稳定性，就像排异反应。”

“根本不会，全球有很多对接的案例。”Jacob说。

“但FRAN说后果自负！”阿曼多耸耸肩，商业就是这样的，技术也不是纯粹的。电信业封锁性很强，FRAN核心网络会拒绝接入华兴的基站。

刚迸发的兴奋，又熄灭了。

“那我们就想新办法！”Jacob说着，他看上去就像一团火，再次复燃着雄心。

Jacob要了三瓶科罗娜（Corona）啤酒，递给他俩：“只要我们真心在帮客户，客户就会站我们这一边，倒逼FRAN。这是我们唯一的机会！”

当年华兴在中国也是从县级市、地级市一路打到省会，再打到北上广，最后总攻移动、联通、电信总部，进行集团统谈。“农村包围城市”这套方法，也正在海外继续生效。而偏远地区通信，从泰国DGG起恰恰就是FRAN一直不愿干也干不好的苦活。因为FRAN永远只盯着最有价值的大都会、研发最先进的高速率业务、服务最顶尖的10%精英。

一如它们在圣达菲高大上的氛围。

“你再帮我约一下玛尔克斯和奥斯卡。”Jacob对马里西奥说，马里西奥掏出手机又一次发信息。

一个电话进来了，马里西奥离开吵闹的摊子，到一边去接电话。

Jacob把50美金放在了桌上，老妈妈不知所措，她根本找不开钱。

“这顿饭很Rico。”Jacob笑着摆手。他转过头，马里西奥成了一个通红的发光体。

“Jacob！Jacob！玛尔克斯答应下午3点见面了！”马里西奥沸腾了，朝天挥拳，嘴里兴奋地骂了一句西班牙脏话，“Puta！”宣泄着久违的工作热情。

下午3点，Telecell技术部，双方第二次见面交流的氛围180°变了，主客倒置。

“公关压的政治任务，财务部却说ROI不过审，市场部被迫提高15%资费。”奥斯卡说。

“销售部很震怒——资费是全国统一的，15%会使竞争压力很大。”玛尔克斯也很认真。

因为这些压力最终尖锐地落在了他俩身上，怪网络技术部无能。

“FRAN的方案很贵，这是死循环，”奥斯卡很着急，“除非你们有新方案？”

“嗯，华兴有什么？”玛尔克斯充满期待，他的电脑上正展示着FRAN的方案。

马里西奥想的是了解需求，可玛尔克斯要的是一个答案，一个准确、有力、立即生效的答案。这让马里西奥措手不及。他打开电脑，急切地想找份PPT方案，但他清楚，华兴和FRAN虽有区别，但总体是一个类型。看着玛尔克斯的屏幕上FRAN的方案，他忽然意识到，若只是大同小异，纯粹价差，Telecell没有理由给华兴而不给FRAN机会的。

“有吗？”

“稍等。”马里西奥手心出汗，如今产品同质化的华兴甚至一直还落后于FRAN的形态。

啪的一声，Jacob合上了马里西奥的屏幕：“我们会去墨西哥的偏远农村做深入考察。我亲自带队。”

“啊！”玛尔克斯十分惊喜又很意外，“但有些地方很危险啊！”

“实验室产品品种单一，但实际场景有千千万。我只有到了当地现场，才能确保华兴提供给Telecell一套最符合实际、符合ROI的方案。”

一个中国华兴的Boss要亲自去？即使美国FRAN工程师级也不去，玛尔克斯有点感动了。

FRAN的基站方案从来是针对人口密度超高的大城市设计的，这种场景占了他们80%以上的销售额，从没有为偏远地区而优化。奥斯卡一直想解决偏远的小场景，但山高路远，他俩太忙又跑不开，而且到陌生的地方，地方分支也不配合。之前，他俩想让FRAN去，可FRAN工程师不管，说FRAN只去瓜达拉哈拉（Gudarajara）、坎昆（Cancun）、阿卡普尔科（Alcapulco）等一线大城市，连州府都不去，乡村只能全找外包工头。

偏远场景千变万化，虽站点少，但谁说不重要呢？

“那……您需要什么帮助吗？我竭力协调。”玛尔克斯的话匣子终于打开了。

“地图、联络人、基站列表、型号、村落、人口、经纬度。”

进入细节沟通，他们趴在桌上讨论。马里西奥看着Jacob，这个人好像和之前的中国人不一样，他散发着执念，而这股执念淹没了马里西奥。

聊到6点，他们才离开Telecell，很累，但很愉悦。

Jacob看着快要沉入地平线的太阳：“你们觉得我们赶得上巴展吗？”

两人没回答，最后一丝余晖照着他的剪影。

他伸出手指触了下太阳：“嘿，我觉得如果我们在天黑前，跑到停车场，就能赶上！”他回过头来，像个孩子和上帝打赌似的。

Taco摊的老妈妈看到，那三个三十多岁的穿西装的成熟男人，像可爱的顽童，在马路上追赶着。她也笑着，拿抹布擦拭了一下桌子。

“收摊吧，晚了就不安全了。”

墨西哥高原的温差很大，一阵风刮过，很冷。孙子收拾好了，取下圣母像，在照片像边，还摆放一串骷髅头。天黑透了，他CD机的墨西哥音乐变得无比古怪和邪魅。

chapter 6
乡野历险

1

离2月的巴塞罗那展，还有三周。第一周分配于乡野考察，第二周的前三天出报告，后三天打通客户内部，再用一周将Telecell报告传递到美洲电信的高层，邀请观展，一分一秒都容不得浪费。

马里西奥认真规划起一条墨西哥农村考察路线。他打开墨西哥地图：31个州，1个联邦特区。他们所在的墨城在墨西哥的中央高原。

东西南北怎么个走法呢?

首先，要避开危险地区，又要让行路有效，并具备墨西哥偏远农村的典型场景。他否定了北方，因为北方与美国接壤，贩毒分子因美国市场的滋养，以及来自美国的枪支走私，实力非常强，武装分子有40万，而墨西哥正规军才20万人，毒枭还经常悬赏杀害当地市长、检察官和警长。

西部也不行，除了毒枭盛行的锡纳罗亚州、米却肯州，最近格雷罗州崛起了新匪帮，还将一个“不听话”的女州长连续炸伤八次之多。如果是去农村地区，那是警察控制不住的地方，匪帮可能会更多。

他向南部看去，除了有美食和文化的瓦哈卡州之外，更多的是一些玛雅族居多的州，这些地方太过偏远，人口过于稀少、经济文化落后，肯定不会作为Telecell第一批解决的地区。早年，有工程师进去施工，结果400名村民拿着锄头和武器把两名工程师抓起来，还说要“献祭”，可能村民迷信，以为通信设备是一种不祥的东西，亵渎了神明。

他只有向东的一条线路，那是普埃布拉州（Puebla）和韦拉克鲁斯州（Veracruz）。普埃布拉州离墨城很近，行车方便，而且算是个大州，具有经济价值。农村地貌很具有干旱地区的代表性，可以代表墨西哥内陆。而韦拉克鲁斯州（Veracruz）是沿海大州，首府有庞大的进出口口岸，也有油田工业，贸易经济发达。当年西班牙征服者都从这里登陆拉美，这个州的气候和地形可以代表墨西哥沿海各州的场景。

看起来不错，而且这两个州还是在同一条路线上。马里西奥定稿了——从墨西哥城出发，先到普埃布拉州，再到韦拉克鲁斯州，走环形路，不走回头路折回，视情况还可以顺路经过伊达尔戈州、特拉斯州、莫雷洛斯州、圣路易斯波托西州、克雷塔罗州。这将是一份超级完美的“乡村考察报告”。

马里西奥给奥斯卡打了电话，让奥斯卡确认一下沿途中投诉严重的典型村庄，以便调研。奥斯卡对这条路线设计很满意：“我们全力给予支持。”

“要跟阿里汉德罗说一下吗？”奥斯卡挂了电话，询问精明的玛尔克斯的意见。

阿里汉德罗是Telecell网络工程总监，是个大胖子。因为CTO是极少露面的元老，所以他有了实权，掌控着整个Telecell的网络系统。时间一久，他也把办公室安在这区深暗处，不常出现，像一只伏在深洞里的巨兽，令人难以揣测。

“这点事他不必知道。”

可墨西哥残存着大农场主时代的余味，等级森严，奥斯卡面露难色。

“问了他也不同意，”玛尔克斯想起那肥头大耳的老板，“FRAN不给方案，又不让别人提。”

“好吧，先让华兴去做做看。”奥斯卡抬了抬眼镜。

“不能让太多人知道，”玛尔克斯伏着身，在奥斯卡的屏幕上，用鼠标放大着那条路线，敲击着键盘，“等我们拿到报告后再说。”

“你喜欢那家伙吗？”

“还行吧。”玛尔克斯说。

“如果报告还真不错，你会怎么在阿里汉德罗面前谈？”

这事很重要，任何主意都要得到当权者的默许，在墨西哥，没有这个，就等于一无所有。

“我没想那么多，只是给他看看我们的工作量。”他觉得阿里汉德罗很蠢、很闭塞，是个混资历的旧时代老顽固。然而，阿里汉德罗与FRAN关系很好，又有谁会讽刺老板的见解呢？

“偏远通信是他们唯一的机会，我们算帮了华兴去拿集团4G标书吗？”

“我们可管不了那事。”

别说新的4G标书，就是短名单这一关都很难，也需要集团的审批。任何一个子网的电信采购量都在亿美元级，牵扯人物众多，利害关系复杂，需要子网与集团双重审批。

而这一次集团17国统谈的“下一代4G网络”，更非阿里汉德罗能插手的，他上头有Telecell的CTO、CEO赫克托、CFO萨利纳斯等董事元老。还有集团CTO肯（Kane）、集团采购部佛朗索瓦、新技术部胡安、集团CFO凯罗尔，以及卡洛斯家族成员——集团CEO和COO。此外，还有背后的卡洛斯家族、亲信、互相入股的国际股东和墨西哥头面人物。这些人，又在集团上下从最高层到最基层都部署了人事，呈现一种“广场式”的放射性权力关系。想太多没用，卷入超等级的事也很危险，玛尔克斯只希望能把自己的活儿干好——偏远地区通信。

马里西奥在翡翠大厦18楼挂了电话。阿曼多走过来：“奥斯卡同意路线了？”

“同意了，”马里西奥看见小会议室Jacob正为考察队组队，“他选好人了吗？”

“他、你、臣享、汪秦。”

“怎么都是才来墨西哥几天的中国人？他们懂墨西哥乡土文化吗？”马里西奥皱了眉头，刚有的好感又掉了一截。

“他安排懂技术的去。”

“带那些人有用？哼，那个叫汪秦的小屁孩，他懂什么！连个真实的基站都没看过，只是PPT纸上谈兵。”马里西奥虽然嘴里嘀咕，但由衷感叹着中国的孩子还真幸运，一毕业就与行业精英在一起工作，要知道，在墨西哥别的企业等级体系，这份工作至少要10年以上经验。

“臣享也有点问题，”阿曼多看臣享几日魂不守舍，刚才还与Jacob争执了，“估计还有一场内斗呢。”

“这是我们唯一的机会，他怎么不让你去？”马里西奥重新问。

阿曼多苦笑着，他刚被安排了其他工作——“摸清‘决策鱼骨图’，从基层到高层的，每个人起的作用、在什么环节、喜好与职责。”

还有一个哭笑不得的“重要”任务：“他要我传递一个消息。”

“什么消息？”

“告诉美洲电信——‘Jacob来了’，还要我传得越大越好！”

马里西奥大感莫名。商者，诡道也，奥斯卡还要求刻意低调，但Jacob大摇大摆地暴露目标？他想到的唯一可能是——Jacob在立人设。Jacob要把自己设为一个“敢作敢当”的英雄、一个“说到做到”的预言家，无论敌人、盟友、旁观者都会敬畏。这样，资源、风向，甚至气运都会像滚雪球一般向他聚拢。

“你觉得他能点石成金吗？”阿曼多问，这次考察看来全得靠马里西奥了。

他自己不敢说，又觉得阿曼多话里有话：“你呢？”

“中等水平吧。”阿曼多看了看那间小会议室，在Jacob之前，有更英勇的中方人员前赴后继地尝试过。

小会议室里，争执还在继续。

“我们会提供一套全新的低成本农村通信解决方案。”Jacob说。

“怎么可能？”臣享质疑着Jacob，方案清晰地写在产品说明书上，不过是与FRAN同质化的产品，还能玩出花来？“你搞错方向了。马上是‘下一代4G网络’投标，应该找高密度城市，而不该跑去偏远地区做广覆盖，那里只是‘2G时代的遗迹’，没有无线高带宽的需求。这是南辕北辙。”

“哪怕是2G，也是重点，这是唯一的机会。”

“你懂数字信息科技的趋势吗？你什么专业的？”

“力学工程。”Jacob是客户经理出身，他第一次出国是援建尼罗河的路桥修建。

“呵呵，果然，”臣享摇头哼笑，“我不能去，你不能这么All in。Safety First，从业务安全角度来讲，一个部门的人甚至不能坐同一航班集体出差！”

“别来外企这套！你懂技术。”

“要去你自己去。”臣享越强硬也越显出他的紧张。

“你必须去！”Jacob手指冲着他，说完摔门而出。

臣享按捺着，这几天在浪费什么人生，天天就在教汪秦。他推开门，见到汪秦正兴奋地跟卢娟说：“我也能去，真太好了。”臣享走到笨徒弟身边，敲着他的脑壳：“好个屁。”他实在搞不懂，Jacob到底在干吗？

Jacob在楼下买了根烟，掏钱的时候，却掏出那张纸，第二个字“人”他一直没划去。刚才被臣享这家伙气死，只是他也离不开臣享。

臣享刚刚说错了吗？做偏远通信是正确的吗？他还真没底。但他知道，现在必须“因事起人”，农村通信是他能“圈到人”的唯一机会，有了这事，才有人，有人才能做事。

Jacob厚着脸皮，再一次杀到了地区部总裁林总的办公室。

“上次不是已经给你6个人了？”

“一个行政的女孩、两个不懂业务的客户线，去考察有用吗？这是浪费出差费！我要1个产品经理、2名网络规划、2名工程人员。”

“凭什么这么多？”

“这是最简配了。”

人力上，需要一名无线产品经理，以确定设备组网方案，眼下就半吊子的汪秦；需要一名工程项目经理，以判断工程可行性，目前缺人；还需要一名网络规划专家，这个也缺人。一共是3个人，完全没多加。人员上，最好“1中1外”——墨方员工更了解本地环境，而中方员工则能协调好中国总部的资源支持，中墨一起才能讨论出最佳方案。

“这算多吗？”Jacob故意划走了阿曼多、李森和卢娟，让人显得少些。

“马里西奥呢？”

“常年打C的废柴，能用吗？”Jacob讨价还价着，“林总，我连汪秦这小孩都算了，也没跟你要别的产品线经理，你还要细究吗！”

林强心里盘算了下，这样一共需要7个人、两辆车，然而眼下他有Iusacell和Telefonica，以及中美洲的项目正在拓展，资源怎能挪给一个空想的小项目？

“我要3辆车，加司机11个人，臣享和我也去。”臣享也是一块筹码，两个人一起压，林总得给面子。

“你俩都去？”林强一惊，这有点激进了，“穷乡僻壤很危险。”

“那你就给我多一点人，人多安全！”Jacob讹着林总的资源，“我今年销售‘双算’到墨西哥地区部。”

“停，Jacob！”林总单手阻挡着，认真地在办公桌前盯着他，“我知道你想要什么，你急着想建功立业，但你是新来的，不熟悉，你不可能在一天内建成罗马。”他深呼吸着，“借你两周，不能再多了！”林总一锤定音。

计划次日7点出发。

这一晚Jacob没能入睡，睡眠障碍更严重了。随着年纪变大，人胆子好像小了，在陌生地方睡觉常常得开灯，然而太亮了，他只能戴着飞机上发的眼罩。即使如此，他脑子里塞满了工作的事，被折磨得无法入眠。

他坐了起来，到了客厅，看了会儿CNN的全球新闻和CINEMAX的午夜恐怖电影《人皮客栈》，看得更疲倦，也更亢奋了，他对睡眠有些绝望了。

他望了望窗外半山贫民窟的星光点点，明天就要出发去穷乡僻壤了，他放松不下来。他端着电脑，坐到大餐桌边办公，检查着路线，还在大半夜给卢娟发了三封工作邮件，要她必须在回来时，落实独立于地区部行政平台的办公室、座位、公寓。他已孤注一掷了。一旦偏远地区考察失败，地区部就会加速停止后勤的支持。

忽然，他累得浑身虚汗，口袋里有颗糖，他含上但没用，大汗让他虚脱，他从内袋里找到纸，划掉了“人”，也划掉了第三个词“事（机会）”，终于像吃了镇静药一样缓解了下来。

他回到沙发上躺下。打开QQ，没有人留言。而白天，他没时间给小玲留言。深夜，他又不想让小玲知道他无法入睡。他唯一做的，只是刷一刷Facebook，看一看泰国好友们的动态，张舒和少将鱼钓得不错、洪坤会不时发点鸡汤语录。那个朋克女孩的Timeline上，显示她学上得不错，也开始有了新生活、新朋友，但他没有给任何人点赞……

隔壁KPMG大楼的保洁阿姨打开了灯，军医院的起床号也奏响了。应该是5点了，他终于能在QQ上给小玲留言：

“我大概能够在巴塞罗那见你。

“我没惹事，明天要去墨西哥的偏远地区，也许信号很差联系不到你。不过，放心吧，这里没传说的那么不安全。

“三周后见。”

还有一串乱码：“XNSNZTB。”

小玲没有回复，她也很忙，等她回来时，他已经出发了。拉美的时差就是这样——我住长江头，君住长江尾，日日思君不见君。

7点，车等在宿舍楼下。一共三辆SUV，一辆Jeep大切诺基、一辆丰田陆地巡洋舰、一辆三菱帕杰罗，都是标准的硬汉式汽车，以克服各种复杂的路段。墨西哥的道路有些是好开的国道，也有干旱的荒漠、飞沙走石的小道，还有崎岖高坡的山路。

SUV上面装满了设备——无线测试仪、示波器、天线系统、手持GPS、电子丈量器、绘图与网络规划工具。

人也到齐了——领队司机正是机场接他们的艾迪，车上负责人是Jacob；第二辆车司机是一个本地土著血统的马库（Marco），车上负责人是臣享；第三辆车的司机是混血的米盖尔（Miguel），由马里西奥负责。

“兄弟们，2月能不能去巴塞罗那，能否点石成金，就在此一举！”他站在领头的指挥车前，手指轻触着初升的太阳，鼓舞着大家。

Jacob怎能不知风险，但这是没有拧成一团的队伍，他必须压阵确保考察成功。

克劳塞维茨有一句名言：“面对战争中的不可预见性，优秀指挥官的两大要素，在和平时期一个都看不出来，但在战争时期绝对管用。第一，即便在最黑暗的时刻也具有能够发现一线微光的慧眼；第二，敢于跟随这一线微光前进的勇气。”

他摇下车窗，任凭墨西哥高原的风吹拂在脸上，像当年探险新大陆的征服者一样，他只能而且必须坚信自己的判断。

2

城市里，当遇红灯停车时，总有年纪很大的老奶奶走到车边，卖蘸着辣椒粉的坚果。外省的小伙子拿着抹布挥挥手，如不及时阻止，他们就往车窗上喷清洁剂，为你擦车玻璃，全程刚好一个红绿灯时间。这种服务也许你并不需要，但很多人是靠此生活的。

墨西哥城很大，看上去犹如20世纪六七十年代的美国南部。公路的指示牌上，是用一些怪异的拉丁字母组成的地名，比如“Xihichimilco”“Xlaspaco”，那是西班牙“征服者”科尔特斯来之前就存在的印第安地名，历经600年，依然保留了下来。

穿出墨西哥城，人烟稀少、街道颓败，道路两边变得荒芜，只有大型货车和集装箱车绕山随行。墨西哥城不依赖火车运输，每天大量的物资，如水、汽油、食物、可乐都是从外地用货车运来的。

一路上，他们看到的都是干旱的马德雷（Madre）山脉，马德雷西语的意思是“母亲”，它是如此绵长，一眼望不到头。其间，他们经过了一些小农村，有些乡村就在山边，一共只有几户人家；有些乡村则是欧洲罗马式模样：一个小广场在村中央，小广场中间有个社交用的小亭子，亭子边有警钟，用以集会或防御时召集村民。广场四周，一边是市政厅，一边是教堂，一边是邮局，一边是地方议会。无论村镇多小，都五脏俱全。

车辆飞速地驶过这些村子。从几百年前到今天，村子一直就这模样，只是如今人烟稀少，村子也渐渐破败了，石瓦碎砾、墙面斑驳，而在外务工的青壮年，连一个电话都打不到家乡。

“一代人之后，如果没了联系，那家乡乡愁也就没有了。”Jacob默默地想起了东北老家，其他人也这么想，汪秦、艾迪等，他们也都离乡背井，家乡都渐渐地在大都市的经济发展中消退了。车队里，唯有臣享无法感受这份乡土之情，他一直生活在大城市。车队沿中央高原，向东部转去，Jacob看到不远处一座海拔5000多米的山，山顶有积雪，那是著名的活火山，当地人叫它“波波火山”——墨西哥处于火山地震带，地震非常多。

车又开过山边一个急转盘旋口，那里，Jacob看到一户单独的人家，没有坐落在村里，房子是木头铁皮做的，看上去极为破旧贫穷，就像是世外的原始人。一个5岁左右的小男孩坐在山边玩耍，他脏脏的，小狗正围着他打转。这家里有一匹马，父母似乎都不在家，唯有奶奶照顾。眼前这一幕，就像中国的留守儿童一样。忽然，房里走出一个十几岁的女孩，秀发飘逸，五官是典型的拉美女子。她穿着廉价的牛仔裤和旧的格子衬衫，但掩饰不住她的清纯与漂亮。她欢快地微笑着，充满青春的朝气。她捧着一个木盆，正要把洗完的衣服都晒在两棵树间的晒衣绳上。绳子的一边，还有圣母的石膏像。

艾迪的车转弯时，Jacob与她目光交会了。

他在副驾驶，穿戴极为整洁、奢华出众。他盯着她，她也盯着他。然后，车就这么开过去了，等他转过头再望去，那漂亮的墨西哥姑娘已然消失在视线里。

他有点心痛了。她一定羡慕起了Jacob，她的未来会是怎样，他不知道，也无能为力。

Jacob来墨西哥几天了，见过办公室楼下西装长裤的OL，见过圣达菲的模特，见过富人区里的太太，见过精品店的时髦女子，还有在学校读书的学生。而她，什么都没有。他像被猛击了一拳打在脸上，人生来就是不平等的。

他回身坐正，目视前方，心里却为她的未来而祈祷。他希望自己的车队，并没打破她的简单平静，希望那尊圣母像能够抚慰一个青春期孩子的憧憬与无奈。

“我真是幸运。”他心想，他也生长于小乡村，母亲竭力给他最好的教育，中国又赶上了最好的时代，他才突破了社会阶层的天花板。但她在墨西哥这种等级社会能吗？

有什么办法能够解决呢？他想要一个答案。

一路上，艾迪谨遵“司机法则”，不多说一句，但现在Jacob发问了，艾迪就滔滔不绝，为他讲起风土人情、历史人文、黑白两道异闻录。渐渐地，墨西哥不再是一个名词了。

Jacob咀嚼着这样一个多灾多难、等级森严、贫富悬殊的国家，五味杂陈。他改变不了太多，但也许通信和互联网，能架起一座桥梁，改变人的命运。

3

大约开了三小时，他们进入了普埃布拉州的首府，首府的名字就叫普埃布拉（Puebla），这是一个阴性名词，对应的阳性词叫“普埃布洛”（Pueblo），意思是人民，也有村落的意思。这个城市建立于1535年，是一座历史悠久的古城。

进入市区后，他们直接开去Telecell在普埃布拉州的分公司，普埃布拉分公司是Telecell的大分公司，奥斯卡已与州分公司总经理通过电话，让他们特别接待Jacob一行人。在那里Jacob将拿到更详细的村落信息。

总经理地位很高，在自己的私人办公室里会见了他们。他45岁，个子不高，穿着双排扣的条纹西服，卷发油头梳得漂亮极了，还留着优雅的胡子，胸口还插着两支万宝龙的笔，看上去就像一个欧洲贵族，自傲而让人有距离感。

“他很像《黑客帝国》里Matrix的架构师啊！”汪秦被他的仪表镇住了。

臣享拍了他一记脑袋，真是没见过世面的孩子。

Jacob精心打扮过，在胸口插了小玲送的万宝龙笔。在Telecell和华兴的办公室里，他已留心到了当地的着装风格——在墨西哥，古典的打扮非常必要，当地有身份的人，还喜欢佩戴签字笔，这是一种文化传统。

总经理递了一张名片，以“DR”为Title，相比职位，他们更喜欢标上自己的学历。另外一位网络建设总监的名片，上面写着“Ingenieur”，这是Engineer的西语。他想起来阿曼多说过，墨西哥人认为写上“工程师学位”是一种非常骄傲的荣誉。

马里西奥递上了自己的名片——“工程博士”。

总经理很满意，他等着Jacob。Jacob递交的名片，只是写了“Head of AT Key Account”，名片还是昨晚刚印好的，用了加厚铜版纸，他不确定自己的身份，只能写模棱两可的“Head”。

总经理对Jacob审视了一番，认可了他的形象气质，才往下谈。

试探与破冰过关后，总经理话就多了起来，他抱怨起来，作为一线负责人，他最知道现实问题，分公司苦苦向总部提意见，但总部视而不见，墨西哥官僚做派也很多。但对于这一次总部把华兴派来了，总经理非常开心，一定要约华兴吃饭。

一切很顺利，可还是没进入正题。Jacob在等，等州分公司给他足够的资料。

这里的餐馆相对普通一些，总经理和他的团队，请Jacob一行去吃当地名菜——“莫雷酱配鸡腿肉”。

“事实上，墨西哥菜是世界五大菜系之一，与法餐、意大利餐、中餐，哦对了，与中餐齐名。”总经理说。

“那下次，我们请您和您的团队一起吃中餐。”Jacob找寻着话题。

墨西哥人天生健谈，只要他看得上你，就说个没完。但如果看不上你，就会显得冷漠。

席间，话题进行的十分顺利，一些人还讲了本地异闻录——说在普埃布拉大教堂下葬了一位中国公主，她先被海盗掳来，后来就在这里扎下了根，与当地融合，传授了中国的技艺，尤其是纺织技术，今天普埃布拉人一种特有的红绿相间的服饰就是她教的。

“市区里好像还立着她的雕像吧，我在路上看到过，是不是这张照片？”Jacob也说了起来，拿出手机里拍的照片。他提前做过功课，要和一个陌生的老外聊天，他必须准备到不漏过一丝细节。

“哈哈哈，是的！”双方相谈甚欢。然而，总经理依然没有给出信息。

墨西哥的午餐比欧美的更讲究，从下午1点开始到3点半，其餐桌礼仪如烦琐的晚宴一般，墨式的前菜、阿兹特克汤、牛油果沙拉，接着是两道正餐，还配有两到三杯饮料和酒水，接着是甜品。传统的墨西哥精英们极为注重社交礼仪。

一顿饭下来，老墨都做了一个动作——摇头摸一摸自己的喉咙，意思是吃得太饱了，已经堵到嗓子眼了。总经理很喜欢这样，这是好客之道。

Jacob相信，奥斯卡打过招呼，分公司又有需求，所以拿到信息不太难。他唯一担心的是，双方第一次见面，有什么失礼的细节惹恼了挑剔的总经理，毕竟聊得太久就会露马脚。

汪秦在餐桌的两小时里，没有失礼，Jacob甚至闻到了汪秦的香水味。这一点，Jacob对臣享的礼仪培训很满意。臣享在这方面是非常严格的：身处海外，中方即代表了中国。

吃得差不多了，眼力好的服务员，小心翼翼地端来了浓缩咖啡。服务员虽然年纪不小，头发花白，但扎领结、着礼服，精神抖擞，倒酒时还跟客人开两句玩笑，全程充满幽默，周到细腻，颇有欧式管家风范。

这么做，是因为墨西哥的服务业是靠小费生活的，客人会在账单上写0%、5%、10%、15%。当拿到15%时，他们能找到钱之外的成就感。

虽说客户请客，但汪秦偷偷跑出去买了单，还不忘记在“Propina”（西语：小费）上写下“20%”，给出了超标评价。这让几个老服务员乐开了花，用力鼓吹着中国人的好。

这一点没白做，总经理看了出来。他原本因为传统印象，对中国商人并没有好感，新闻中他们都是贪婪势利、排队抢货，餐桌上也是喝红酒对瓶子吹的人，但他觉得Jacob不一样，Jacob是体面人，他的团队也守规矩。

总经理拿起小杯，优雅地用勺子晃了晃，嘬了口咖啡：“‘中国公主’只是一段历史传说，我更期待你们能实际地解决我的问题，如果需要支持，我可以专门写报告给Telecell总部的官老爷们。”

说完，他就让手下主管把电脑打开，重新标注了小村庄的GPS经纬度、网络拓扑图和网络KPI，以便让Jacob等人给出一个新方案。

餐桌立即变成了办公桌。

“好，我们明天一早出发！”Jacob用力地与总经理握手，他感觉到了叩开美洲电信大门的机会。当顶层决策者不同意时，自下而上的力量虽微弱，但门毕竟没锁。

终于，在夕阳西下前，他们赢得了开局中小小的胜利，车队开进了市中心的主广场边，他们找了一个酒店。酒店边是世界文化遗产“普埃布拉大教堂”，那位传说中做过贡献的“中国公主”正长眠于此。

主广场上，斜阳中，父母带着子女，男孩陪着女孩，情侣携手，旅伴同行，当地人正在举办纯正的天主教婚礼，一派安宁的生活景象。

他们的到来，打破了原有的规则——普埃布拉虽是一座墨西哥休闲旅游之地，当地人见多识广，但中国人十分罕见，人们纷纷围着他们拍照，就连维持秩序的旅游警察都主动邀请他们合影。

Jacob在酒店窗前，可爱的小孩子在对他挥手，喊着“Chino！”“中国公主[1]”可能只是个传说，但也许数百年后，这里会留下一个“中国王子”的新历史。他回过头，团队正核对着客户新给的资料。明天，全队要直接去偏远乡下了。

“加油吧。”他回到大家身边，虽然昨晚没睡，他却一直陪到了深夜，现在是北京时间的白天了，小玲打了几次电话过来，但他正和团队一起加班，又没接通。在海外，错过电话是常态。曾几何时，佩妮就是如此不堪煎熬的。

4

马里西奥和地区部的项目经理王烁，在Google地图和网络规划地图上做了交叉验证，确认一共是三个村庄。

休息了一晚，车队就顺着这三个村庄开过去。第一个GPS的经纬度，并不是村庄，而是几个村庄间共享的农贸集市，周围村庄的人会开着皮卡，来这里交易。农村贸易，充满了赶集的乐趣。来的人，大部分是40~50岁的男人，连打扮都一样——戴着牛仔帽，穿旧夹克、肥大的牛仔裤。老妈妈们则穿更有民族特色的斗篷，但依旧遮不住她们的肥胖。

在农村，不是每一个中老年人都有手机，但都会有一辆车，这和城市非常不同。更滑稽的是，很多人会因为村子里信号不好，专门开车跑到公路上，或者另一个村子去打电话。而这个地方就是一个大家购物和打电话的集中点。

停好车，几个墨西哥员工开了道，中方就跟着在集市里兜。

网规专家拿着手持的测试仪，测量信号，拍照记录，丈量建筑物，

1 一位叫美兰的中国姑娘，1614年随父母到海外经商，途中遇到海盗袭击，辗转到墨西哥后，被当时的总督夫妇收养。她不但把财产都分给了当地百姓，还把中国传统刺绣和裁剪技艺传授给当地人，并与当地居民结下深厚友谊。后来墨西哥妇女按照她的设计仿制成的女装，成为今天深受当地女性喜爱的民族服装，被称作“普埃布拉中式女装”（China Poblana）。这个姑娘被当地人尊称为“中国公主”。

考虑在什么位置建点，布设天线的高度，多大的功率，要架几台基站；而项目经理则思考着附近有没有可以安装基站的机房空间、可利用的电力引线和传输网。

汪秦是无线网络的产品经理，他身负重任，要站在总体设计上，考虑什么样的产品选型最能契合客户的需求，既要性价比高，还要符合现场环境。

司机们倒是四处闲逛，像在菜场一样，挑选最新鲜的水果、工艺品和地方食物，就像回到了阔别已久的老家一样，欢快得不亦乐乎。

唯独精通技术的臣享一个人坐在车里，他觉得自己不该来这里。

他不喜欢Jacob，也不认可他的思路。自己明明要去巴西，却被Jacob截和了。自己身为FRAN的高级人才，却被滥用。Work/Life Balance的价值观也被敲碎了。

以前，他坐奔驰商务车，飞机是商务舱；现在一切都降档了，这次还与一堆人，像工头一样去现场，FRAN从不这样干。他对华兴这种作风从心里看不上。

“Lonely Planet上不会有这个地点，这人生体验比你在纽约工作好啊！”Jacob走到了臣享的身边，嘴里吃着一个老妈妈兜售的仙人掌果。

“哼，”臣享不想搭理，“你就不觉得危险？”

“农村很淳朴，”Jacob吃了口仙人掌果，“人也是自然而然的。”

“穷山恶水出刁民！”臣享狠狠抽了一口烟。

“你看这老妈妈哪点刁了？”他向那商贩挥了挥手，肥胖的老妈妈也对他笑了笑。

争辩中，技术人员传来讨论声——“找到问题了！”

那头，负责网络规划的两个工程师——罗德里格斯和董青在喊：“这里FRAN信号覆盖是有的，只是人一集中，话务量大了，FRAN基站就拥塞，覆盖半径也缩小了。”

汪秦说：“FRAN增加一些模块，升级扩容就好了。”

“那报告上只能写FRAN容量太小，”马里西奥跟了上来说，“但不足以干掉他们！你还得再想想别的办法啊。”

臣享坐在车里看，哼了一下：“当然干不掉FRAN。”作为前FRAN中国区高管，他很清楚FRAN的设备特性和防守方法。

已是正午，远超计划时间。但因为第一个站点，大家都还没有标准流程，是该走，还是继续采集数据、验证新方案？

Jacob一看天色，虽然留下可能发现更多的信息和机会，但会到很晚，陌生地区的住宿十分不便，危险与希望共存，怎么办？Jacob咬了咬牙："再做10分钟，然后下一站。"

三辆车又赶去第二个GPS点。可到了那里，什么都找不到，只有一条笔直的高速公路。

"难道是客户故意的？"——这下大家炸开了锅，开始怀疑起州分公司的诚意。

"可能是客户粗心吧，"艾迪已经在这里转了三个弯了，"墨西哥人就是这样的。"但在转第四个弯的时候，他也开始恼火了。

"再转一圈！"Jacob稳定住有情绪的车队。

客户可能会因为时间观念的差异而迟到，因为降低采购价而虚夸采购量，但吃这一行饭的人，无论哪国人，都绝不会在技术数字上失去精确性，他们得像尊重神明一样，尊重数字。

可还是没找到，Jacob说："再转！"

——"是不是那里？"这公路边，他找到了一根光秃秃的路杆——原来，那本该挂在上面的指示路牌已落入野草堆，看来这里的基建已年久失修。他们沿着这条线索，从一条荒芜的土陇路上，找到了村子的入口。

乡道全化成了砂石，汽车颠得很厉害，艾迪抱怨太磨胎了。

村口，"Bienvenidos"（欢迎）的字体已斑驳脱落，一股荒废的迹象。

这里没有任何生命的迹象，树都已经死了，干旱，荒芜，唯有一个老头靠着一面土墙坐着。老人皮肤干瘪，默然发呆，像一具死了很久的皮囊，没有生机。即便三辆陌生的车开进去，老头也没有反应。

这个村子没有像样的沥青道路，都是黄泥路。一个巨大的工程起重车停在这里，但又好像没有开工，它似乎要维修旁边一个红黄色的教堂。

在墨西哥，再差的村子都至少有一个教堂，教堂作为宗教中心，维持着村庄里的道德与精神。Jacob抬头看去，这个教堂非常大，不输给身为世界文化遗产的那座——恐怕这里曾经一度是个人口很多的地方。

确实，这个村子真的很大，但找不到人了。

大家下车，搜集数据。Jacob决定自己一个人去看看。这里是他一路见到最大的村庄了，但除了那老头外见不到任何人，难道天气太热都在午休？还是……

“这个村子不会有传染病吧，人都没了。”

“别胡说！”Jacob立即控制住恐慌的情绪，“这么干燥，又没水，怎么传染？”

他望着村头，总算有个小卖部，但非常破败，里面卖一些可乐和花生，墙面上有一些标语，其中还有一行——“TeleMex”，就是卡洛斯收购的那个“墨西哥电信”，美洲电信的起缘。但那是这家国企被收购之前的Logo，现在的新Logo应该改了。他顺着“TeleMex”的标志走去，这里有一个没人用的Payphone（投币电话），他拎起电话，话筒里没任何声音，包括拨号音和忙音。

他抬头看天，有电线杆，说明这里至少有电。但线缆连不成片，恐怕是会停电的，旁边还有一个柴油机，估计是用柴油发电的。

往村子深处走，他走到了主广场，主广场上有废弃了的亭子与警钟，一些给孩子玩的秋千都生锈了。他又看了看四周，Municipal（市政厅）的门关着，也腐朽了。

墨西哥房子一般都涂得五颜六色的，这是民族风格，但这村庄的颜色露出了水泥的本色。Jacob有一种说不上来的糟心感觉。

沿着广场往前，旁边以前可能是公共花园，但现在铁栅栏都坏了。路边有一栋房子，门是打开的。他一看，里面很黑，他往黑暗中走，忽然吓了一跳——四只眼睛。

两个脏得发黑的10岁左右小孩的大眼睛，紧张地看着这个中国人。

他退了出来，再往前边，有一片很大的空地，他辨别不出之前是干什么的。空地左侧，他看见了残破的圣母，那上面都是十字架，他猜到这是村子的坟地。往右拐去，上面写着“Escuela”，西语与英语的一个区别是，凡英语以S开头的字，西语要加字母E来开头，他猜测，这是School（学校）的意思。这里恐怕没有人了吧。

突然，他的背后神奇地出现了一大批小学生，他们穿着白衬衫，女孩子是灰色裙子，男生则是灰色短裤。小孩子们从他身边经过，像一群小鸟在他身边飞过。他忽然意识到，这和记忆中的农村一样，也是一个集体出去打工的留守村，村子里只剩下留守儿童和老人。

绕了很大一圈，他才把这个村子走完。时代苍茫，他觉得有一点可惜，一个曾经在历史上规模不小的村子，就这么消退了。而孩子和老人，更因为没有通信设施，联系不到父母，也渐渐与外界隔绝。村子会怎样，这里的文化会怎样，而他们的前途会怎样，没有人知道。

这个村子远比刚才的农贸集市有价值，他们该为此做点什么！

“Jacob，我们收集好了。”负责网络规划的董青和无线产品经理汪秦过来了。

“怎么说？”Jacob问。

“这个村子很难搞。想找一个空地架一个基站不难，但这里电力缺乏，连固定电话的传输网都断了，没有了‘回传网络’，就算装了基站，也没法把无线信号回传到电信局机房里。”汪秦一指，地上没有传输线，固定电话线也早已废弃。

无线信号的覆盖是以一个个蜂窝小区为单位的，每一个基站可以覆盖几百米到几公里的蜂窝半径，负责“最后一公里”，然而这只是一个个神经末梢，它得一级级向“中央核心”联通，最终到达大脑（电信机房）。可现在没了“回传网”的连接，神经末梢就废了。

小村子的基站信号，如何向外传到Telecell的中心机房，这才是问题核心。

“那可以用微波吗？”Jacob问，他在泰国的偏远地区时这么用过，“你们查过附近有微波塔做远距离传输吗？”

微波设备不必像中国采用的光缆那样开沟凿渠、在地下埋线。它通常是装在一些20米高的“信号塔”上，一个个微波塔连成“微波回传网络”，就像悬空在高处的轻轨的一个个车站，而微波就是轨道，把村子里的无线基站的信号像送乘客一样送回到电信局机房里去。

“这附近很难找到可以复用的微波站。”项目经理王烁说。墨方员工也摇了摇头：“除非我们自建一套微波网络。”

问题来了，用微波塔做回传传输复杂而昂贵。就算华兴同意免费送设备，但这些铁塔建设费必须美洲电信自己出。当年泰国DGG“交钥匙”中，最难最贵的环节之一，就是运输建造这些铁塔的土建工作。

“总之，想要向外把基站信号传出去，就要附加一套含铁塔的微波通信网。这成本太高了，Telecell不会掏钱的！”臣享走了过来，马里西奥也同意道。

正因为别人都搞不定，华兴才有一丝机会。这明明是最典型的村子，是最好的突破点，最有社会价值的，大家却一致否定了。留在这里继续研究，就像在赌博，也许有机会，也许没有，Jacob看着下午3点的太阳，虽还炎热，但很快就要下落了，他们的士气也在一点点坠落。

Jacob咬咬牙：“先去下一个村子。”

车开出了泥泞的土路，村口的老头依旧沉默地倚着土墙，让人心酸。一阵风沙吹过，墙上的“TeleMex”印记变得更加灰暗了。Jacob皱了皱眉头，这里的风沙、干旱和酷热，让皱纹加深了，接下来的最后一个村子，又不知道是什么难题。

随着GPS的指引，他们到了第三个村子。

这村子比之前的小了很多，但维护得还不错，涂料清晰、广场整洁，树枝也修剪过。还有两座教堂并维持运作。市政厅、邮局也在使用。当Jacob驶入时，一辆快消公司的送货卡车正在给村小卖部做补给，这一切都说明村子很有活力。

相比其他没落的乡村，它是幸运的。

技术人员下车收集信息，Jacob绕着村子走了一圈，在一个秋千边，他一个人坐下晃着。看着天空发呆——他依然忘不了前一个村子的老头。

臣享也坐了过来：“我就说不好弄吧。小村子的基建差、成本高，客户不愿意投的。”

Jacob没有说话。

臣享难得找到Jacob不还口的机会：“后悔了吧？”

“后悔。”

“后悔什么？”臣享顺势挖苦。

“后悔我在海外打工时，没跟家人多联系。”

Jacob总觉得那时国际电话费太贵了，中东的一分钟要30元，母亲和他一聊就很久，他总忍不住要挂。他现在才理解，她要的也只是和孩子的一个电话而已。他多想让这里的村民也能和子女通上电话，一个便宜的电话。

臣享愣得不说话了，默默地离开了Jacob。刚才那个村子也震撼了他。

秋千上，Jacob再一次抬头看天，仿佛母亲在天上，可现在哪怕花再多钱，也联络不到她了。

“喂，你俩过来一下，村长想跟你们聊聊。”马里西奥忽然喊。

村里的行政长官，50多岁，穿着Levis牛仔裤和格子衬衫，戴着西部牛仔的帽子，露出旺盛的灰白卷发。刚才，村长正好待在村口小屋里，看到三辆车进来，难免起疑。马里西奥一解释，村长倒是很高兴，要请他们喝咖啡。他告诉Jacob，他女儿现在在美国，家族其他人在墨西哥城，而他每周会出村赶集一次，做点小买卖，生活很简单，但和亲人的联络很难。这里唯有几个TeleMex的投币电话，但很不方便。他考虑过干脆搬家算了，可他又不舍得村里的老朋友们，以及伴随他成长的一草一木。

“你们能解决，是吗？”村长以为他们是来帮忙施工的。

Jacob没有否认：“一年内，我一定让你们通上电话。”

“那太好了。”村长高兴坏了。

恰逢下午教堂活动，村镇本就客人不多，这回还是难得一见的中国朋友，村长便邀请了Jacob一起参加。村子有两个教堂，这个教堂是仅供村内部人员使用的，但他对Jacob他们开放了。

内花园里，树木精心剪裁，教堂仔细修缮，喷水池、小雕塑、铜栅栏都维护得很好，一切都保持着西班牙殖民时代的美感。村民们都很爱护这里，一会儿，漂亮的姑娘，还有可爱的小孩也过来了，一个人拿出了一台大CD机，放着墨西哥音乐，载歌载舞，共享美食美酒。

最终，在村长的邀请下，Jacob的车队与他的村民拍了一张大合影。而车队众人的士气也重新振奋了。

“Jacob先生，一年内，我们能用上手机吗？”村长再一次问。

“能，一定能。在上帝面前见证。”Jacob看了看教堂的圣像。

“真的？”村长已经无数次申请，又迎来无数次的失望。

Jacob看着团队，团队也有了一份责任感，眼里也都是信念。Jacob

说：“先生，我们说到做到。”

Jacob是真诚的，大家也是。臣享忽然觉得一股歉意，之前他总是格格不入，抱怨这次出行，说风凉话，看不起乡村。

在这个村子逗留得太久了，等出来时已耽误了赶路。太阳已经沉入大地。

天色全黑，艾迪开错了公路，怎么也绕不回来。这些公路，没有路灯，也没有来往车辆的灯，艾迪打开远光灯也看不了多远，三辆车像在一个诡异无人的异次元世界，一个浓雾笼罩的寂静岭，令人想起一些恐怖故事。车像鬼打墙一样不停打转，一直绕到了近22点，大家又饿又累，又没有信号。大家害怕了起来。艾迪跟Jacob商量了一下，决定白天再走。可荒郊野外，怎么露宿？

“刚才来回开了几次，我记得好像看到一家Motel（汽车旅馆）。”艾迪说。

那是公路边唯一的落脚点，闪烁着幽蓝的光芒。这家Motel像极了美国公路惊悚片里的那种半夜闹鬼或杀人的凶店。是露宿，还是入住？大家左右为难。

“没有别的办法，住吧！”Jacob又做了一个为难的决定。

嗡嗞……是铁锈与沙石块刺耳的摩擦声，酒店铁门被拉开了，里面有个小停车场。

店主是一个老头，还有他的儿子。月光下，他俩长相都有点诡异，他们没有露出惊异，似乎客人就该这么晚才来的。“Motel”霓虹灯广告牌噼啪地闪烁着，似乎电路并不稳定。夜晚的寒风刮来，远处还有狼嚎。车队成员也难以想象，这个前不着村后不着店的旅馆，上一位顾客究竟是猴年马月来的？所有人都紧张起来。毕竟，荒路边的店究竟怎么运营的？难道真靠劫财？

23:30了，大家一点东西还没吃，旅店灯光很昏暗，老板只有小碗泡面，热水也得一点点烧。等大家吃完，已经凌晨1点多了。

每个人战战兢兢地回房了。每两人一间房，臣享和Jacob共一间。出乎意料，Motel倒是很干净，卫生间也很整洁，没有虫子也没有异味。唯一尴尬的是，这些房间都是大床房。

Jacob说：“咱俩挤一挤。”臣享一看，晕菜，他俩要睡一起啊，

“我洗澡去了。”

“洗干净点。”

“呸！”

赶走了臣享，Jacob一个人走到屋外给小玲打电话，然而，这里信号太差，打不通。

等Jacob回来，臣享已洗完，灯光太暗，他打开电视借光，结果电视只有内部录像带的4路频道，而且1～4全是成人电影，还有Gay频道。

“这房费真是值了！”Jacob收好手机，钻到床上，翻身叫道，“一起看呗！”

“滚！”臣享立马关掉电视机，也关掉灯，什么也不想说。过了一会儿，臣享还是没睡着：“喂，这个店，你怕吗？”回答他的只有Jacob的呼噜声。

墨西哥白天热晚上冷，而他们大床房就一张薄薄的毯子。半夜3点，臣享还醒着，睡得实在有点冷，就去抓Jacob那边的毯子，Jacob睡眼惺忪地抓了回来，臣享再抢回去，死也不松手。

Jacob一把抱住臣享，往他身上贴身取暖：“你不还我被子，我就抱着你睡。”吓得臣享乖乖地把毯子都给了Jacob。

第二天一早，Jacob醒了过来：“这是我这几天睡得最好的一次，你睡得怎么样？”

臣享两个熊猫眼，缩了下冻出的鼻涕，气得一言不发地去吃早饭了。他再次后悔来偏远地区考察。

车队成员，无一不精神颓废，大部分因为害怕。而司机更是熊猫眼了——他们看了半宿的成人电影。

Jacob冲了一把脸，没有和车队一起吃早饭，他在寻找信号，想给小玲报个平安，以免她担心。他越走越远，想避人耳目，因为他们这两个职位的人真谈恋爱，两个人中有一人或许得辞职。

终于有一格信号了，他奔了出去，然后信号又飘逝而去，显示“无服务”。他也不知道，这样的异地暧昧，两个人能否持久，暧昧只能几个月，激情退去，或许连朋友都维持不住。

那该不该表白呢？以现在的工作强度，异地恋只能让痛苦又轮回一次。爱情与工作，在他的人生中都不明朗，他开始怀疑，33岁的自己此生还能拥有婚姻吗?

他一个人回到铁门边，望着公路边的荒漠。太阳初升，月亮下落，空中同时有两大天体，而茫茫大陆上只有他一个人，就像墨西哥无比荒诞的神话一样。

身后车队已经整装集合，而他换成一副笑容：“出发！”

5

从今天起，他们进入了近墨西哥湾的韦拉克鲁斯州（Veracruz），这是一个重要港口，也是兵家必争之地——1519年，西班牙征服者登陆；19世纪，美国人在此登陆后攻下墨西哥，墨国割让一半土地；1862年，法国人也在此地登陆，直取墨西哥城，墨西哥帝国复辟，新皇帝登基。

一切墨西哥的外来入侵，都是从韦拉克鲁斯开始的。它见证了民族的多灾多难。

车队到了韦拉克鲁斯，地貌与普埃布拉大不一样，两边的山脉明显多了绿植覆盖，不再是干燥荒漠，因为靠海，这里气候潮湿，适于农业。

海拔向东逐步降低，下山的路上，艾迪开得比较快，低海拔使气压迅速上升，Jacob能感到像飞机降落一样，耳膜发胀。

盘山公路边，车辆停下休息。在这里，有一些半山小店出售土生土长、没有流通环节的咖啡豆，1公斤不过25元人民币。几个墨西哥员工闻了闻咖啡豆，比星巴克好太多了，他们买了不少咖啡豆，并对这儿十分感兴趣。

“真是个好地方啊！”马里西奥和几个老墨感叹。他们往山下望去，云雾缭绕，满目翠绿，环境优美。

路边有几张广告牌，写着“土地买卖”，车队里的墨西哥人很感兴趣。相比在墨城置业的钱，这里能买一大片土地，无论是度假还是搞一片种植地，都是绝佳的。负责网络规划的罗德里格斯，甚至拿着GPS和测量工具去测量了，这考察之旅变成了他养老投资之旅。

Jacob看着他们，看来墨西哥的城乡差距比中国还大，中国还有667

个地级市，而墨西哥严重依赖于前几个大城市，这一切都因为缺乏畅通的连接，只要华兴能提供“连接”，把这里的资源连通出去，乡村也能产生价值。

马里西奥走到Jacob身边：“现在客户给的GPS太少了，有很多场景，他们未必能想到。不然每到一个小镇，我们就停下看看吧。”

“对，Telecell也会喜欢的。”罗德里格斯说。

Jacob点点头。虽然会耽误时间，但大家斗志昂扬，还有什么比这更好的呢？只要人有斗志，再棘手的问题，团队也能自发解决。即使真没与FRAN差异化的方案，这也将是一份周全而有诚意的报告，足以打动客户。

一个接一个村子，车队一路上停车，记载，再停车，记载。有时看到FRAN的设备，他们也专注地记录下来，作为一手资料，做出优化建议，未来的偏远覆盖将有很大提升。

似乎希望就在眼前。

直到又一处村镇，处于山边盆地，看上去规模不小。

“停车，”中方网规经理董青喊着，他在车上用步话机与其他车辆通话，“这是个好场景，在山高处放一个基站，不用微波塔，也能居高临下，没有任何遮拦物，覆盖整片小村子。”

三辆SUV改道，从山高处往下，向低洼盆地的村子开去。村镇以一条主路为中轴线，分为左右两边，而两边不断地延伸出垂直和平行的支路，就像老北京正方形的城市规划。小村子四通八达。这个村子除少数砖墙外，都是铁皮房子，铁皮会形成“法拉第笼”，屏蔽一切信号，什么都不可能传进来。

“铁皮房子很新，可墨西哥人很少用铁皮来造房子。”马里西奥疑惑着。罗德里格斯拿着仪器，信号果然无法穿透。谁会拒绝通信接入呢？

这个村子也没有人，却又和普埃布拉的第二个留守村的废弃感完全不同。究竟怎么回事？车队在一片砾石土路上，越开越慢。

正当车队疑惑时，几个十来岁的年轻男孩冲了出来，一个在兜售花生，另一个想为他们清洗车窗。

艾迪挥挥手，表示不需要，然而孩子们叽叽喳喳的，艾迪只好摇下车窗，用西语驱赶他们。可是小男孩的清洁液已经倒在了艾迪车上，挡风玻璃上一片模糊。

忽然背后的车辆疯狂按喇叭——第二辆车被卡在中间，被人用手枪指进车窗里！那是臣享的车——他们恐怕误打误撞地进了一个隐秘的毒枭村！

尾部的第三辆是马里西奥的车，司机是米盖尔，一个经验丰富的高手，他戴墨镜穿西装扎小辫，像个西西里黑手党。米盖尔拼命按着喇叭，右手切到倒挡，左手狂打方向盘，疾速倒车，沿中轴线飞速往山坡上逃去。

决策只有一秒钟，电光石火之间，艾迪掌控的头车，打开雨刮器，准备撞开前面的孩子。只有他突围，臣享才可能跟上。

正当艾迪竭尽全力，一脚踩底地加速时，副驾的Jacob按住了他。

“我们下车吧！”

“你疯了，不行！”艾迪拒绝，每天报亭头条都是血腥的图文新闻，“这帮人可是玩命的。你不了解他们！他们可以剥了你的头皮，拔了你的牙和指甲，再把你的睾丸割下来，塞你嘴里！！！”

“但如果我们跑了，中间车上的人就一定会死！”

他知道只要自己的车一走，一梭子弹肯定会射向臣享的车，薄薄的汽车门板挡不住，甚至会有车辆继续追击。在这山道上竞速，必死无疑。

Jacob回过头，后排几位都惊恐地捏紧拳头。

怎么办？一秒钟就像过了一小时一样，他设想种种，但怎么做都会有危险，唯一有效的，也许就是牺牲自己。

他向外看去，匪徒身上挂着恐怖的骷髅挂件，是之前在Telecell老妈妈的Taco摊上见过的样子。之前林总、臣享和客户都告诫过墨西哥村落的危险，但他还是一意孤行。前两天的顺利，让他大意了。但归根到底，林总说对了：这一次打拉美，太心急了！

“我一定把你们所有人救出来。”Jacob下了决心，对艾迪说，“相信我，开门！”

他打开车门锁，举起双手投降。后面几个20岁的青年一把拉开车门，拿着小型冲锋枪，对着车里的人挥舞叫喊。中方人员听不懂他们喊什么，艾迪先走了出来，手抱脑后，双膝跪地，大家吓得跟着照做。

该来的终于来了，事实上，Jacob也害怕，但他告诉自己不能乱，他一乱，团队都完了。

花了30秒，两辆车的人都被喊了下来。排成了一排，臣享跪在地上，闭上眼睛，牙齿一直在哆嗦，他恨透了墨西哥人的乡野，恨透了Jacob不听他的话。

“Quien es Jefe? ”（西语：谁是老板？）一个看上去40岁、牛仔打扮的家伙走了出来，他身边有一个30多岁、穿短袖格子衬衫的人，像是副手。周围几个20岁的青年护卫。他们穿着黑色紧身骷髅T恤和修身牛仔裤，很瘦，但力气很大。

“Quien es Jefe? ”他们重复着问题。

双方僵持了一会儿，周围人荷枪实弹，墨西哥员工不敢说话，他们既不想出卖Jacob，又怕不回话的后果。而中方员工听不懂西语，不能沟通会带来巨大的危险，而且时间越久就会越危险。

40岁的家伙，来回转了一圈，审视着他们，然后走到体格强壮的艾迪身边，看了看他。艾迪是一个有点黑道经验、有点江湖范儿的家伙，他微笑着尊重地说：“Amigo, Por Favor, Con Permiso Por Nosotros...”（我的兄弟，请您谅解我们，这是一场误会）

副手挥手一巴掌，把艾迪打倒在地——艾迪很壮，有一百多公斤，把最强壮的人打倒，这是一种强力警告。站在对方立场上，艾迪这样一个带有黑帮气息的壮汉来到自己的地盘，是巨大的威胁与不敬，艾迪并不应该讲话。

周围的年轻护卫，冲上去把艾迪的衣服扒了，一则检验他身上是否带枪或跟踪器，二则是羞辱艾迪。

“Yo soy el Jefe! Chino Jefe! ”Jacob竟讲出了一串西语，他学了几个词，自行拼接成功，意思是“我是他们的老板，中国老板”。

那老大回过身来，蹲了下来，凑到Jacob旁，盯着他，眼神凶狠凌厉，然后用平静的语气问话，气势令人不寒而栗。

Jacob尽量平静地说：“lo siento, No hablo mucho espanol, solo hablo ingles, Senor.”（抱歉，我不会说很多西班牙语，只会英语，先生。）

老大示意扶起艾迪，让艾迪做翻译。

问：“你们是谁？”

答：“我们是华兴公司的，中国公司。”

问：“没听过，为什么三辆越野车？”

答：“我们在为Telecell做考察，帮助他们做偏远农村的信号覆盖。”

问：“所以你们不是政府军事单位？你们的设备是不是联邦军队用作军事仪器来探测我们的？”

艾迪一愣，他在第一天路上告诉过Jacob——墨西哥缉毒形势严峻，缉毒任务已从被买通的地方腐败警察，转由总统直属的联邦军队参与“毒品战争”。而Jacob也明白了，现在缉毒部队用高科技围剿他们，这些铁皮房子，正是防备信号追踪的。

答：“不是，我们是为没有通信信号的农村家庭提供电信和手机服务的。”

问：“我怎么相信你？”

脱身的机会来了。

“您可以检查我们之前的文件。”Jacob建议打开电脑，看之前这一路考察的线路、设计的网络图纸，一些人也拿出了Telecell访客牌、华兴的工牌，证明自己。

“好吧，但这图纸我看不懂，你们要是利用Telecell的电信网做监听监视呢？”副手依然质疑，这些资料完全可以是缉毒局卧底伪造的身份证明，他向老大眨了眨眼，捏了下喉结，多一事不如少一事。

艾迪识得黑话，他慌了。Jacob看着艾迪，知道这是最后的关口：“等等，先生，您可以打开我的电脑，我给您看看照片？”

“好。”40岁的大佬眯着精明的眼睛，因为细节越多，就越能看出是否伪造。

Jacob打开电脑，上面是自己当年在泰国、东南亚、中东、北非、地中海沿岸，与皇室、政要、军队、商界的合影。

“这就是我！”他站了起来——他要强硬地展示自己的身份地位，在墨西哥无人区里干掉一个nobody或许没人知道，但干掉他，后果很严重！

“你们到底是干什么的？”

“我跟您介绍一下华兴。”他点开一张签约的照片，讲解细节，就像他在给客户高层介绍华兴公司一样，只是他第一次给毒贩讲解。他讲得很细致，因为这次的演讲质量关乎性命，大佬不断询问细节，他也事无巨细，但又不能让大佬听烦。这么一来一回，大佬反而产生了好奇，也被Jacob的经历打动了。

听着听着，大佬紧张的面部也松弛了下来。Jacob说道："先生，照片上这些都是显赫的大人物，如果我是间谍，来监听监视，我不可能和这些大人物留下照片记录。我们只做民用的生意，为大众服务，才能与全世界做生意。即使是你这里，也一样要电信基站吧。"

看着眼前这个中国人，仪表堂堂、人脉通达又毫无威胁。而刚才面对生死抉择，他没有放弃自己的兄弟，至少说明他是条好汉，值得敬重。

"你们怎么找到这里的？"

"因为美国的设备又贵又不优化，城市之外没信号，我们一个个村子在想办法优化。"

"哼，又是美国佬！"大佬这句话，不用艾迪翻译。

"我向您保证，我不会透露您任何信息。我现在就告诉第三辆车，我们很安全。"

老大示意对Jacob松绑，Jacob用半双工步话机指挥马里西奥不要报警。还好马里西奥也没有冒失地报警，在这里地方警察有时与匪帮相互勾结，报警反而会被灭口。

"我们边走边说。"老大说起了英语。

Jacob陪着老大，就像陪着一个酋长、一位高管客户一样，他要拿捏住分寸，给对手足够的面子，既不能太强大，又不能太卑微，更不能害怕，他要在一个维度上远高于对方，但又在另一个维度上矮对方半个头。

他们沿着土路聊着，忽然老大做了一个姿势，Jacob被黑布袋蒙上头，塞进了一辆车。臣享惊慌地站起来，又被人按了下去。他怕Jacob被处决后活埋。

Jacob在袋子里什么都看不见，他不知道自己还剩几分钟，如果他还有遗言的话，他希望拿自己去赎罪，放过手下的员工们。

"Jacob，其实，我们没有做什么，只是在这里种点东西而已。"

老大先自我介绍了。

车停了，头套被拿下来，Jacob眼前是山间一大片大麻种植地。

老大是来自西北锡纳罗亚州的农民，那里土地贫瘠，种菜酿龙舌兰酒根本无法养活自己，甚至因为贫穷和荒芜，他们失去了村子与土地。他带着失去财产和经济来源的村民来到了韦拉克鲁斯，这里气候不错，但在农业竞争中，他们还是失败了。在老乡介绍下，他们铤而走险种植含麻醉效果的植物。

“这是为了生存，我们是农民，只负责种植，采摘的作物会提供给后端精加工基地，更不负责销售。Jacob，我不是十恶不赦的匪徒，只是农民。”

他指了指远处的铁房子，都是新造的，是为了不让信号穿透进来的反侦察手段：“但农民也需要保护好自己。”

“好吧，我和你无冤无仇，我们来谈谈吧。”他们在大片的大麻植株边的一顶遮阳棚下坐了下来，“你已经知道我的秘密。”

“我不会透露你的信息。”

“我也不想伤害无辜的人，但意外也会致死，口头的保证没有任何意义，”老大凑近着，鼻子快碰到了Jacob的鼻子，“我叫查帕，你现在又知道了一个秘密。”

Jacob身上在冒汗，但控制着不让表情烦躁，他告诉自己冷静。现在有一个办法，但这意味着Jacob本次一切努力和唯一的机会全部泡汤了。

“查帕先生，所有的设备包括我们的电脑，我都会留下，这样就没有任何记录。”

“很好，机器没了，可是人呢？人就不会说话吗？”查帕问。

“中国有句话——‘儿行千里母担忧’，这一次我带着这些中国的年轻人，我要为他们的母亲负责。墨西哥也有很多农村，孩子们也去美国或墨城工作吧，您愿意让母亲担心吗？”

“中国人可以走，”查帕同意了，“外国人不熟悉这里，但墨西哥本地人对我太危险，你不要怪我。”

Jacob严肃了起来，正对着查帕：“刚才我让司机停车，因为我承诺了他的安全，因为他知道我说到做到，现在我也向您保证！”

“你保证不了。”老大说。

“我必须保证！”Jacob的鼻子贴到了查帕的鼻子上，他忘了周围六七把M16冲锋枪。

“绝对不行！”副手跟上来，推搡了一把Jacob，从腰间掏出贝雷塔手枪朝天开了一枪，然后对着Jacob的脑袋。

枪声吓住了远处的臣享和艾迪等人，以为他们动手了。

但Jacob在曼谷射击场听过无数次了。他转过头来，对着副手的枪，用眉心顶住滚烫的枪管：“轮不到你说话，你要敢伤害他们，就请先对我开枪，来啊！”

他的眼里蕴藏了意想不到的狠劲：“但如果你对我动了手，我作为华兴的高管，你会知道我的能量。华兴是一个跨国公司，也有足够实力通过中国外交部给你们政府施压，这种外交危机下，以我的经验，黑白两道都不会保你。”

“你想把小事变大的话，先想想你的后半生，”他捏住枪口，把自己逼入绝境，“我看你敢扣动扳机！”

副手㞞了一下，毒枭虽敢在本国内横，但绝对不敢惹外国强人，几十年前杀了一位美国Dea（缉毒警）和一位墨西哥望族，随之而来的报复把墨西哥大毒枭基地被夷平。可身后还有十几个带枪的年轻人，胸口挂着骷髅，剑拔弩张。

“好好，你是个够义气的老大，我相信你，”查帕笑了，“但你得有重要的东西押在我这里。”

“抵押？我已经把最重要的都给你了。”

“电脑设备？不重要，刚才那个人，”查帕嘬了口咖啡，他说的是臣享，“你为了他才没逃走的，别再讨价还价了，这是我最后的底线。”

Jacob想了想，从口袋里摸出了一个名牌钱包：“这都给你了。”

“钱？”对方皱了眉头，对于匪首，钱远没有安全重要。

“不，抵押物是我自己，钱包里有我的名片，上面有我的地址和手机，如果我说出去，你随时可以来找我。如果你不满意，我留下。”

“哈哈哈，我们谈完了，我喜欢你的聪明！”查帕收下了钱包，用墨西哥的礼仪，对着Jacob拥抱拍肩，“你不能留下！”

惊魂了三个小时，两辆车终于被放行了。

6

车队重新会合，为了保住生命，一行的资料和电脑全都丢弃了。大部队沮丧地来到了韦拉克鲁斯主城。为了让大家散散心，Jacob让团队住在全城最好的万豪海景房。

这里也是世界文化遗产之地，有很多要塞景点、海鲜美食，但经此一事，众人虽然感激Jacob的救命之恩，但也萎靡疲软，窝在酒店里。

Jacob救下臣享，但惊魂未定的臣享在晚餐时当众爆发："如果不是他一意孤行，非来不可，我们根本不用他救！我再三说过，不该做这个项目！"说完就离席退场。

无论是因为恐惧，还是思路分歧，臣享又一次反对农村通信，主张大城市，他不懂为什么Jacob非带他来跑这一路。他讨厌华兴、讨厌Jacob以及他在美国时就看不起的在美墨西哥人。

马里西奥敲了门，来到Jacob的房间，两人站在阳台上，吹着海风，喝着Corona。

"这里有很强的海味啊。"Jacob强装着什么都没发生。

"什么叫海味？"

"就是腥味，对了，你能带大家下海玩玩吗？"

"这里是港口，不是海滩！"马里西奥不想再回避了，"Jacob，我觉得我们要回头了。现在大家的士气都不高，资料也丢了。"

Jacob实在不甘心，这是唯一"起事"的机会，他孤注一掷地要来了资源。一旦偏远地区考察失败，回到墨西哥城，地区部就会加速停止后勤的支持，Telecell将不会给华兴"短名单"的机会。一切Game over。

"马里西奥，我们能不能再走一些路线，重新买电脑、积累数据？"

这时，董青和王烁也走了进来："墨西哥地区部的项目很紧张，您看我们是不是回去？其实场景也都类似，我们也拿不出差异化的新方案来。"见Jacob没回应，他们又恳求道，"再拖一周也是老样子，林总还会更不满意的，早点回去还好交代些。"

马里西奥挥了挥手，让他们先回房："抽雪茄吗？我刚买的多米尼加雪茄。"

“现在放弃就意味着失去了一切。”Jacob取了一根。

“你已经失去了。”马里西奥为他点燃，火光照见他苍白的脸。

马里西奥沉默了一会儿，吸了几口：“这是墨西哥湾，我们已经到了加勒比海边，而你已经走得够远、做得够多了。”

伴着加勒比海风，楼下俱乐部传来古怪的墨西哥音乐，马里西奥站了起来：“谢谢你今天为我们做的一切！”他捏了捏Jacob的肩膀，把剩余半截雪茄放在栅栏上，走了出去。

点石成金只是个传说，在他选择救臣享的时候，他就意识到。现在，强硬下去也没有用，他决定明天全员放假一天。

第二天，很多人出门散心。Jacob留在酒店里，给总部打了电话：“我想给10个人申请个公司级的特别奖。”

第三天一早，正是周五，Jacob突然决定一早直接开回墨西哥城，多远都要一天开回去，中途所有可能路过的克雷塔罗州、伊达尔戈州、特拉斯州、莫雷洛斯州、圣路易斯波托西州的城镇乡村一概不停，他决定让大家回家过个好周末。

对此，中墨双方员工拍手称好，唯一难受的是墨西哥司机们。乐观的他们很快就忘记危险，前一晚在夜总会里通宵喝酒泡妞，今天起床全都红着眼睛，现在却要开十几个小时的车，真是要命了。

Jacob让车开得慢些，即使慢，只要不上厕所，中途车就不停。这条回墨西哥城的道路，与来时的路完全不同，这里是如此漂亮。一路阳光、鲜花、温暖，仿佛就像在南欧的小路一样，这里的小镇像童话一般漂亮，像儿童乐园一样欢乐，像花园一样五颜六色，摇下车窗，空中飘荡着浪漫的气息。

可再美，也不能停留。车飞驰着，他无神地望着风景，要记住这里乡村美丽的一切，转瞬即逝的风景不存在于旅游地图上，是一生一次的偶遇。

他拿出了口袋里的那张纸，上面曾经划掉的3个词“权（独立）”“人（团队）”“事（机会）”，他撕了几下，扔出了窗外。

深夜10点，路牌显示前方就是墨西哥城，环城高速路上，半山的房子星光点点就是标志。员工们欢呼着，他却睡着了。

chapter 7
Boyko方案

1

周日上午，坏消息已经传到了总部。

“喂，你决定要这么做吗？”小玲专门打来越洋电话问道。

“是的。”Jacob躺在客厅沙发上。

Jacob在韦拉克鲁斯时，向总部申请，为团队每人申报了一笔特殊奖金和荣誉。毕竟他们都冒了一次生命危险。

“可你知道后果吗？”小玲焦虑地问。

人人都将授勋，唯有Jacob作为主要领导，把员工置于险境，负有重大责任，这是一种不成熟的表现，尤其林总和臣享还劝阻过。泰国风波未平，拉美再险送人命，他的职业生涯就要断送了——连续两次重大错误，这意味着他将被打入冷宫，很快就会被停职调回国。

“我知道。”他发出闷燥的低音。

“你是为了工作，还豁出了性命救大家，其实员工能理解的，你不必那么做啊。”小玲急了。

他是可以瞒着不上报的，但他还是报了。

国内已是深夜，但她睡不着。跨越半个地球的异地感让两人充满不安。小玲愧疚极了。她工作太忙，无法为海外的知己分忧，而且是她鼓励Jacob去拉美的，更让她耿耿于怀的，还是她害得他33岁的“乱刀斩”没能在子夜前完成。

“大不了，你回国后先休息一阵。”

“我有点累了，你让我静一静。”他挂了电话。

当回到墨城，一股倦怠感在Jacob浑身蔓延，蚀去了他的锐气。他在泰国遇到挫折的传闻又开始在墨西哥地区部甚嚣尘上了。整栋公寓楼里都有人议论：“还好没跟他干，这人不成事。”

他能力强，这点没人质疑，但很多事成不成，一看运气，二看性格，能力反误事。他也怀疑自己，可没人能商量。30岁后，人很难找到朋友。年轻人有年轻人的圈子，而同龄人觉得他太异类，不愿交往。

昨天是周六，宿舍的室友都结伴去玩了，留下他一人。晚上9点，他待不住了，打车去闹市玫瑰区（Zona Rosa），陌生的都市里，竟找到了红灯区酒吧。酒吧轰鸣、霓虹闪烁，T台上有钢管舞。

一张小圆桌上，他放两个杯子。穿梭于酒吧的拉美女孩会主动过来：“嘿，Guapo（帅哥），我来自古巴。”也有穿着白色裙子的陪酒姑娘会借根烟，然后坐下：“帮我买杯香槟，今晚你想要一个美好的夜晚吗？”

但他把她们统统赶走——他不需要伙伴，也不是来买醉寻欢。海外的孤独，他习惯和自己对饮。这一次，他独自喝掉半瓶龙舌兰，吐了一地。

没有接小玲的电话，他又看见公寓壁柜上的几瓶酒，但宿醉头疼，不能再喝。

他趴在沙发上，打开电视机，播放CNN新闻，又关掉。他翻阅了一下西语教科书。以往他去一个新地方就学语言，复杂的阿拉伯语、法语、泰语，他都会一点。可面对不算很难的西语，他没翻几页就把书扔一边了。

他试图再次拿起书，正好看到一个“Red”的单词让他心生怨气。“Red”是“红色”，让人想起“红灯”。而西语里，“Red”是“网络”。

农村通信失败了，离“巴展”也只剩两周了，他已来不及约到客户，进而无法进入短名单，“下一代4G网络”的标书也拿不到，突破美洲电信成了Mission Impossible。自己还将被停职。

卢娟打来电话道歉，告诉他短期内，没办法更新宿舍、护照、办公室。

“没事。”他没责备，已无所谓了，明天就给她安排个去处吧。

他走到厨房，喝了口生水，又打开冰箱，找橙子解酒。宿醉让脑袋还在痛，厌恶之情随之扩散，他讨厌起了这里。诚如马里西奥预测：每一位到墨西哥的中方主管总要从信誓旦旦变成痛恨反感。

余醉发威，他躺在沙发上，时间像沙漏，迷糊中睡着了……

不知多久，午后的阳光洒进了房间，把他从蒙眬中晒醒。他走到落地窗往外看，天很蓝，阳光正在洒向大地，富人区附近充满着宁静。

他手指轻触太阳的轮廓，去晒晒太阳吧，晒掉点霉味，既然来了，就算“下野”，也得好好在周末感受下这座城市，体验下墨城生活。

他回浴室洗净身体，换上休闲服，下了楼。气温不冷不热，最舒适的季节，阳光、蓝天、白云、绿树，一瞬间就让他放松下来了，他深深吸了一口气，闻到了悦人的香味。

楼下卖Taco的小伙子乐呵呵地说：“Amigo, Taco?”（兄弟，吃Taco吗？）小伙子笑得快乐，嗞嗞的铁板烤，伴随着香气，小伙子杂耍般用铲子敲出悦耳的叮当声，洒上柠檬汁和红绿色的“Salsa酱”。

Jacob也被感染了：“Si!”（是的）。

他一口下去，汁水四溢，令人满足。

“Rico?”（好吃吗？）

好吃的食物有治愈功能，他伸出一个指头：“Uno Mas.”（再来一个）

60多岁的擦鞋大爷，正读着《花花公子》的杂志，看到他，就拿性感封面女郎招呼他擦鞋，弄得他不好意思。好吧，一直路过，最后也该试试吧。

他坐在1.6米高的高座上，接过《花花公子》翻阅。KPMG楼下一个加班的女生正抽着烟，他俩互视一眼，她调情似的“啵”，给他一个飞吻，挥手后加班去了。

他放下色情杂志，心情好多了。

“知道我为什么一把年纪还能工作吗？”老头拍拍他，“泡妞抗衰老，调情解烦恼。”老头挥了挥鞋布，“您的鞋擦好了，您要穿它去哪儿？”

看着十字路口，他也不知道：“附近哪儿比较好散步啊？”

“往北走是‘玛莎利克街’，是名店街，有两家豪华商场，一个叫‘蝴蝶’、一个叫‘铁宫’，还有美国百货‘西尔斯’和‘利物浦’。主街都是奢侈品店，有什么卡地亚、劳力士，是富人购物的地方，而且是使馆区，很安全。”

他想起来了，就是请客户吃米其林的阿根廷烤肉那里，阿曼多说，那里街道宽阔，百年来豪宅林立。

“有什么普通人去的地方吗？”

“那就往东走——‘改革大道’。‘改革大道’就像‘香榭丽舍大街’之于巴黎，周末老百姓很多，很热闹。”

“谢谢。”他付了钱和小费，决定还是去普通人去的“改革大道”。

大街两旁的大树上开满了紫色的花，那是墨西哥的蓝花楹。他从没看过这种花。突突突，轰鸣的机车开过，哈雷车队在巡游，那些穿着带钉皮夹克、留长胡须的大块头，正慢速通过。路边的孩子惊讶地叫唤，回头对着爸爸妈妈兴奋地蹦跳叫嚷，而骑摩托车的黑帮大叔们，摘下墨镜，扭动发动机声浪，和孩子们挥手。

周末的墨西哥城太欢快了，汽油味都带着甜，忽然，他也想要个孩子了。

“Buenas Tardes.”（下午好）一个80多岁的老太太迎面路过，向他打招呼，还牵着一大群狗。

这不是出名的“狗娘”吗？她是附近的可怜老寡妇，在某次航空意外后，她变得无夫、无子、无女，养了10条狗陪伴她，独自住在附近。

“下午好，我想去‘改革大道’，是那边吗？”他找个借口，想陪老人讲讲话，“我还有一天时间，有什么可以看的？”

“有啊，沿着大道有‘人类学博物馆’‘圣天使纪念碑’‘Bella Artes’‘宪法广场’……”老太太滔滔不绝，Jacob端详着这个可怜女人，她没有因为几十年来的沧桑和变故而染得寂寞憔悴、暮气沉沉。相反，银色的头发梳得整齐，妆容优雅、服饰精致，她把自己照顾得容光焕发。

狗狗们耐不住性子，拉布拉多、金毛、牛头梗、雪纳瑞，它们像她的孩子一样吵闹、争吵，而她力大无穷，精力旺盛地拉住这10条狗，安抚和控制着，就像她照料原先的那一大家子。

“你只有一天吗？太可惜了。”

“恐怕就这个周末。”

她笑着摇头：“今天有周末集市，我保证你逛完了，就舍不得走。”

他苦笑了下，那又怎么可能。

他到了改革大道的起点——查普尔特佩克公园（Chapultepec），这是墨西哥最大的公园，这里曾经是皇帝的住所。现在，草坪边有卖棉花糖的、卖玩具的、表演杂耍的，孩子和父母、兄弟姐妹、情侣在野餐，撒欢的小狗正追逐着鸽子和从树上爬下来的小松鼠。湖上有学生在划船，而周围冰激凌和热狗的流动餐车传出了快乐的音乐，到处都是笑声。

公园3号门外，那边有一个盛大的活动——《金刚狼》首映，休·杰克曼亲自到场宣传。

Jacob没关心那事，因为3号门的正对面，就是世界最大的人类学博物馆——墨西哥人类学博物馆。门票很便宜，这是他头一次或许也是最后一次了解墨西哥，他很认真地看着每一个州的遗迹，从奥尔梅克文化，到玛雅文明，到托尔特克文明，再到阿兹特克文明；从墨西哥城边的日月金字塔、瓦哈卡州的蒙特阿尔班遗迹，到恰帕斯州的帕伦克神庙，再到坎昆边上的图伦和奇秦伊察金字塔。

他们有独有的象形文字（玛雅文字）、数学（22进制）、天文（远胜欧洲的天文能力）、历法（极为长期的太阳历）。墨西哥与欧亚进化路线不同，但不输于四大文明古国的任何一个。

后来西班牙人来了，带来了科技，也带来了绝望的天花和奴役。接着，拿破仑战争间接使得墨西哥独立，可最初墨西哥拥有的500万平方公里，不久就在与美墨和法墨两场卫国战争后被肢解，再接着是墨西哥皇帝复辟、迪亚士独裁、1910年大革命、经济危机。

这使他真正认识了解了墨西哥，杀戮、疾病、征服、奴役、混合、独裁、革命、纷乱，这是一个多么可惜的国家，它曾多次站在世界的高峰啊。

他走出了博物馆，可外面竟然是欢乐的海洋。难道墨西哥百姓不该为自己失去的历史荣耀而生气吗？每个民族都喜欢把老祖宗搬出来，自认为是高贵的民族，有巨大的版图，用辉煌的过往来平复伤痛？可墨西哥不。

好像墨西哥人永远能忘记不开心的事。

众人一片惊呼吵到了他，一辆辆花车过去。今天是花车巡游，他也随人群一起看热闹。最受欢迎的花车来了，竟是一个打扮成“骷髅”的人偶，没看错，就是“骷髅”！连周末集市都有人售卖“骷髅”！家长们纷纷解囊，给孩子戴上“骷髅面具”，买“骷髅糖果”吃，孩子们嬉笑追逐，丝毫不怕鬼魂。

这个世界上，真没什么能让墨西哥人烦心的了。

他沿着改革大道继续走下去，绿植环绕、城市艺术雕塑林立，有专门的骑车跑步道，每个路口都有一尊纪念国家英雄的雕塑。两边是周末市集，一边是各色墨西哥的美食，另一边则售卖各色工艺品：有像多年后电影里《寻梦环游记》里的那种剪成各种灵界动物的彩色纸雕（Alebrijes），有斑斓的毛线版画（Nierikas），有镶着金线银线的天鹅绒骑士帽，有五彩的萨拉佩斗篷（Sarape），有银城塔斯科（Taxco）工艺精美的银器（Plateria），有普埃布拉釉彩的瓷器与珐琅陶器（Talavera Polana），有圣路易斯波托西的彩色长围巾。Jacob发现墨西哥的艺术竟然全是艳丽斑斓的，如果说艺术品有灵魂的话，那墨西哥的艺术品就有着快乐的灵魂。

而比艺术品更具喜悦感的，是这里的墨西哥人。在这片色彩与欢笑的海洋中，小孩子们像小天使一般围绕着他，而年少的大学生们遥遥地挥手，冲着他欢呼：“Welcome! ”

紫色的蓝花楹，五彩的城市，乐观的人民，非常和谐，真是人间美景。

终于到了“天使纪念碑”——纪念墨西哥独立的地标，他凑近看，顶端是金色正义女神，中间是为独立而献身的国父们，前方还有一个狮子和小孩，好像有什么寓意。

“Hola? ”一个50岁的劳动阶层的男人在他背后，是脏兮兮的乡下人，他不会说英语，只能比画，应该是想合影。

“OK.”Jacob很奇怪有中年男人想合影，但笑着答应了。

那男人退开了，把害羞的15岁乡下女儿叫过来——原来姑娘想和Jacob合影，却不好意思。

“三、二、一，”父亲憨厚地喊着，“Patata（土豆）！”这发音不但让人咧嘴，更让大家成了小可爱。女孩变得很甜美。Jacob也笑得格外灿烂。Jacob看着那宠爱女儿的老父亲，忽然招手把那父亲叫过来，三个人一起来合影，他相信这会是父女共有的回忆。

“Patata!”他们开怀地喊起来。

——墨西哥真好啊，只可惜自己要离开了。

改革大道已经走过四分之三，他走过琉璃顶的“国家美术宫”（Bella Artes），这也是老妇人推荐的，他本想进去看，可这里街头艺人也很多，马路成了步行街，越发喧闹，比起高大上的“国宝”，这里更值得体验。

艺人从20岁到80岁都有。老人穿着米色旧时代制服，转着19世纪的手摇风琴；有年轻人组的后现代乐队，做着表演。

最惹人注意的是一群中年男人组成的乐队，他们穿着传统礼服，戴着宽檐毡帽，绑着绣花宽腰带和彩色领结，用提琴、吉他、铜管弹唱着的民族音乐“马里亚契”（Mariachi）。

“马里亚契”是独一无二的音乐，那正是多年后迪士尼的《寻梦环游记》里的音乐。

原来他这阵子老听到的奇怪音乐，正是“马里亚契”！这次，Jacob却能听得懂“马里亚契”的精髓——他走过那么多国家，而这种音乐是唯一能让人从灵魂里欢笑的音乐，欢快得让人想跳舞。

如痴如醉时，一个二十出头的女子伸出了手——“马里亚契”乐队的女歌手，清新脱俗。他心想，好漂亮，真像《佐罗》里的女主角。

女歌手围着他歌唱，他一摸口袋，小费已在路上发完了。

她没在意，拉着他就跳舞，乐队的节奏更加欢乐，男吉他手接替主唱，引吭高歌，引来人们围观。一位中国男子和墨西哥姑娘成了街头的主角，将气氛推向了高潮，他帮着乐队赚到了很多小费。

女生身着白色修身裙，高筒马靴、金色胸针、白色短打西装、戴着圆帽。Jacob被她披上一件斗篷，戴上了帽子，他不失舞技，就像“佐罗”，人们为金童玉女拍手。

“Como Se llama? ”（您叫什么，先生）她的旋转，为两人隔离出一个私人空间。

“Jacob, y tu? ”（Jacob，你呢？）

“Selina! ”她笑着回应，两人的身体随着律动起伏。

“No Puedo Bailar.”（我不会跳。）

“Si Puedes Feliz, Si Puedes Bailar.”（你只要能开心，你就能跳了。）

“Esta Todo Feliz? ”（你们一直开心？）

“Si, Si, Nosotros somos Mexicanas! ”（是啊是啊，我们是墨西哥人啊！）她用力地点头，边笑边讲。她挥手示意音乐加快，自己跳得像只美丽的蝴蝶，Jacob也被她调动到了最高挡。

音乐更大了，他们一直跳到改革大道的尽头，经过最高的“拉丁美洲塔”，改革大道化作了狭长的青石板路，两边是数百年历史的老房子，带着一种文艺复兴的罗马风格，周边是老字号餐厅和名人故居。

乐队穿过了这条旧道，一下豁然开朗，Jacob到了终点——拉美最大的广场——“宪法（Zocalo）广场”，它大小仅次于天安门和莫斯科红场，是整个墨西哥的核心，宏伟的Zocalo大教堂、国家邮局、总统府、国会、最高法院坐落广场四周。Zocalo广场之于墨西哥，就像埃菲尔铁塔之于巴黎，斗兽场之于罗马。他告别乐队，大汗淋漓地坐在石阶上，静静地望着巨型广场。

这里，人山人海，情侣们你侬我侬，广场上什么都有，既有表演阿兹特克舞的，又有表演后现代行为艺术的；既有土著巫师点木片为人祈福的，也有天主大教堂飘出的赞美诗；老百姓在广场上购物、拍照、吃小吃，十几辆军车紧张地进出，却毫不违和；穷的、富的，洋的、墨的，传统的、现代的，在广场里融合了。

天色渐暗，鸽子在广场上飞舞，墨西哥国旗班正威风凛凛地举行降国旗仪式，那面旗子长55米，宽31米，1700平方米，由十几个士兵拿着。军人喊声震天，有着威严的仪式感。

看着墨西哥的国旗，Jacob也感到肃穆。

忽然大风一刮，那面巨大的国旗就被吹得东倒西歪，一会儿向东，一会儿向西，十几个士兵就一会儿东一会儿西地围着追，像是一群小狗在追赶鸽子。坐在石阶上的众人欢笑起来，士兵们也尴尬地笑，连军士也笑了，毫不严肃。

墨西哥啊，无论有多么困难，生活依然是美好的。即使最严肃的事情，也活泼生趣。他曾对来陌生的墨西哥感到担忧，自己又总遇到磨难，可今天，他总算领略墨西哥的皮毛，墨西哥百姓很穷，但精神很富，乐观豁达是他们取之不尽的宝藏。

Zocalo大主教堂的钟声再次敲响，这座拉美最大、最古老教堂的大门正敞开着，外面是喧嚣的人间，里面则隔离了尘世，成了一片心灵地带。他想寻求答案，不知不觉地走了进去。

暖色的灯光、马赛克和琉璃、金色的圣像、精美的壁画、悦耳的教堂回音，一进门就让他安宁和凉爽。人们一起安静地坐在木制长凳上，一种特别的力量让人们直面内心。他也安静地坐下，相对于快节奏的中国人来说，他羡慕起墨西哥人。

“你在这里？”一个女声悄然在他耳边。

他一看，“Selina？”——年轻的“马里亚契”女歌手。她换了校服T恤，背后印着“UNAM（墨西哥国立大学）艺术系”。

“你跳得很好，刚才还说不会跳呢？”

“我真不会跳。”

“我就觉得很好啊，”Selina看了他，然后在胸前画了个十字，“我每周都来。你是天主教徒吗？”

“不是。”

“那你肯定是来找答案的。”

他被点穿了，尬笑不语。

她看到他手上拿的小纸袋：“里面是什么？”

他拿出买回家的纪念品——“骷髅”，这是纪念Telecell门口给他灵感的Taco摊，也是毁掉他的毒枭身上的挂件。但他一直奇怪，为什么墨西哥人要把骷髅放在喜庆的花车上，甚至给孩子戴着。奇怪啊奇怪，骷髅是毁灭，为什么要崇拜它？崇拜骷髅的墨西哥，一个反复被灭亡、兴起，再被灭亡的民族。如今的墨西哥人连自我身份也充满困境——既不是印第安土著，也非欧洲白人，自己怎么开心得起来？

“哦噢，我知道你在想什么了，每个游客都问。”她的睫毛长长卷卷，十分好看，“你知道‘2012’，知道阿兹特克和玛雅的‘五个太阳历’吗？”

“知道一点，是预测世界毁灭？”

“我们不怕骷髅，因为我们从小就知道太阳历的时间是循环的。失败后能重来，死亡之后可以重生，就算2012年世界毁灭，也有新纪元啊！”

“既然一切能重新开始，”她挂着甜美的笑容，“那还有什么值得难过的呢？”

“你看到圣母了吗？”Selina指了指最前方的圣母像，“你看看有什么不一样吗？”

Jacob瞪大眼睛看了半天，样子虔诚又可笑。她笑了，解释道：“圣母玛利亚在这里被改为了圣母‘瓜达卢佩’（St Guadalupe）了。瓜达卢佩是前哥伦布时期的土著神，和基督教融合了。你看，西班牙人的玛莉亚走了，可瓜达卢佩还在墨西哥呢！只要你相信一切没结束，它就会复生，重新回来。”

Jacob仰望着圣母像，手里捏着骷髅，豁然开朗。

她眨巴着水灵的大眼睛，跪在长凳前的脚垫上，向圣母祈祷：“瓜达卢佩，我祈求您让这个男人也开心起来。”

2

周一一早，当地区部员工们都以为Jacob要走了，他穿了一套全新的Zegna高级西服和皮鞋，意气风发地走了进来。

昨晚，受到上头的批评，他没反驳。他知道这类事情，总部不会很快下达任免决议，这需要一个流程。所以，在新来的人到达之前，他还有“功过相抵”的最后机会。距巴塞罗那展还剩下两周，留给他的时间也还有两周，一切就看他能否改变美洲电信高层了。

但这一次，他不再蛮干了，要有清晰的计划。在考察前，他还留了一手——阿曼多留在墨西哥城，整理出了“决策鱼骨图”。

阿曼多走进小会议室，发现门口刚被Jacob贴了一个新牌子——“War Room”（作战室）。

“开始吧。”Jacob说。

“好。”阿曼多给了Jacob一沓人物简历，站到投影布前介绍。

“最顶层是卡洛斯，他通过控股和家族信托，掌握多元化业务的控制权。而家族内不同人打理不同的业务。

“家业中，美洲电信是最大的现金牛，由卡洛斯的女婿丹尼尔（Deniel）任CEO，丹尼尔40岁。COO为卡洛斯的外甥，卡蒂纳斯（Cardines），32岁，负责旗下17国日常运营和重大采购。”

屏幕上出现了这两人的履历，一看就都是墨西哥的上流人士，有魅力、强悍精干、英俊又有教养。

“他也负责运营和重大采购？很不一样吧？”Jacob翻看着卡蒂纳斯的履历，COO卡蒂纳斯有一种年轻英武的气息，与Jacob近乎同龄，他不免好奇。

“是的，卡洛斯曾派他任哥伦比亚分公司的CEO，让他积累一线经验，算是镀金培养。其实，卡蒂纳斯算是二号人物，负责移动业务的整体运营，并对供应商有直接决策权。”

Jacob用笔画了重点，示意阿曼多继续。

“集团CTO叫肯，美国人，60岁，来自美国顶级运营商AT&T的委派。”

这个人事安排比较特别——卡洛斯为了进入美国市场，曾与AT&T“交叉换股”，增加双方的利益绑定。于是，美方就派了一些人做高管。卡洛斯也让出CTO的职位，一方面也借用美国优秀的技术人才。

“那采购决策权是在CTO肯，还是在COO卡蒂纳斯？”Jacob确认着，因为一般海外项目里，CTO做设备选型的决策人。

“卡蒂纳斯，我猜，肯毕竟是外人，卡洛斯不会把核心权力让给外人的，拉丁人都是讲家族血脉的，”阿曼多指着PPT的组织架构图，“肯指挥不动，毕竟这不是美国公司的文化，他更像一个顾问，只专注重大项目的评估。但话说回来，他对技术的影响力很大。”

“肯是美国人，他对FRAN有天然好感吗？”Jacob又问。

“这还真不一定，”阿曼多摇摇头，“肯很中立的，他是一个纯技术派。所以卡洛斯也很信他的专业判断。再说了，美国人又不是都相亲相爱的，肯也要证明自己的价值。”

“干得不错！继续。”

屏幕移到下一位——CFO，她也是美国人，叫凯罗尔。

“我们是不是在圣达菲看到过她？”Jacob问。

“是的。”阿曼多介绍，她来自华尔街，年纪不大，38岁，比卡洛斯的老臣小了一代人。Jacob读着材料，觉得很奇怪，而且按理说，CFO是钱袋子，是老板最亲信的人，如此重要的岗位，为什么交给她？

她的履历上，并不是一路实业做上来的，更像一个投资银行家，负责华尔街投资者关系、股票、融资和投资。

阿曼多说：“她为了支撑美洲电信的收购扩张，负责一些国际化的事情，比如本币结算，国际资金支付交易的银行通道、财务安全，在纽约、巴拿马和BVI离岸群岛设立资金运作中心。”

“但既不做业务决策，也不决定业务预算是吗？”Jacob给出判断。

“对，那些基本上是COO卡蒂纳斯来定，CEO看一眼。”

那看来是一种弱CFO模式了——“所以，她在集团里不是很强？”

“很难说。她对业务没影响力，”阿曼多放下投影笔，又拿起来咬了下，“但谁都不太敢惹她。她和华尔街有很畅通的关系，资金运作上有绝对发言权。”

Jacob看着组织架构图，COO、CTO、CFO除了管理的子公司对应的CXO。这3人还有一个直属Office，相当于自己的专属参谋部。

他看了又看，COO、CTO、CFO，三人背后代表了好像三种不同力量——AT&T、华尔街资本、卡洛斯家族。他把眼睛转向了CEO丹尼尔，他算是卡洛斯和他元老一辈的前台代理人和总协调者。

CEO丹尼尔在三位CXO之外，还专设了“新技术部”和“集团采购部”，负责人分别为胡安、佛朗索瓦，两人直接向他汇报。从阿曼多的介绍来看，这明显与CXO的部分职能交叠，这也许是一种高层御人的平衡术。

Jacob摸了摸下巴，这说明虽然是家族企业，但内部还是很复杂，意见也非铁板一块，这种情况下，他需要找到一个关键人物，也许就能突破。

“你了解美洲电信的采购短名单是怎么定的吗？”

阿曼多找了块白板，画着流程图："分两类：一类是统谈类，由集团自上而下决策，就像这次4G投标一样；另一类是自下而上的上报类——拉美17国子公司根据需求，向在墨西哥的集团总部上报意见，集团审核后，进入集团短名单后，子网获批使用。"

"最终还是集团审批？"

"是的，每一笔子公司预算的执行，都要报备到COO office审批。只有小于两百万美金的采购，才能本地决策。"

"COO office决定？卡蒂纳斯权力不小啊。"

"没错。"

"但如果17国子公司提的不仅是预算，而是全新技术需求呢？比如说，提农村通信？"

"这个就很模糊了，一直职责定义不清。"

"怎么个不清呢？"

"COO负责日常性运营，小项目，其他CXO也不管，或不想管。但也有例外，一旦涉及全新技术和集团17国的整体新业务，比如'下一代4G网络'的投标，'新技术部'和CTO都要介入。"

"新技术部和CTO参与4G投标，"Jacob站起来，走到投影布前，"他们没这能力吧？"

"为什么？"

"坐在总部办公室的技术层，怎能空想出一套17国都适用的统一网络呢？"Jacob拿着蓝笔，在拉美地图上画了个大大的圈，"拉美那么大，光我们跑一次墨西哥偏远地区，场景就千差万别了。"他又用一支红笔，在组织结构图上点了小点，"美洲电信的集团总部又那么小！"

美洲电信的组织结构太简单，不像顶级的软银、沃达丰、Docomo、中移动，有直属的研究院，能中立地输出长远策略。CTO和新技术部在各地没有落地机构，根本无法将一套网络优化到符合各地实情，它们更像官僚机构。

"相比闭门造车的集团技术部，COO office因为日常与一线运营接触，反而更了解最优业务需要。"

"你是想把短名单的技术和商务的审核，都压在COO这里吗？可这毕竟是一个科技公司啊。"

是啊，CTO也不是吃干饭的，而作为卡洛斯家族成员，卡蒂纳斯怎会与华兴谈呢?

Jacob也不置可否。但他记得之前在圣达菲FRAN区侦察过的那几天里，他见到过集团CFO、CTO、新技术部和采购部的人，也有Telecell的高层和工程师，但唯独没有见到过COO。

这不奇怪?卡洛斯家族的利益，本该和FRAN走得很近。

“好吧，”他转过身来，问，“但CTO和新技术部都只能动口评审，真正是谁在落地执行?”

“落地层面嘛，墨西哥分公司Telecell技术部来协助，奥斯卡和玛尔克斯会调用墨西哥的数据给集团做参考。Telecell技术和工程总监阿里汉德罗会做建议。”

“不用Telecell CTO吗?”

“Telecell CTO才不搭理集团的人呢。别小看Telecell，它绝非一家普通分公司，它跟美洲电信是兄弟关系——TeleMex是它们共同的父母。另外，Telecell的CEO赫克特，他极度资深，就连集团CEO和COO都要给他面子的。”

“好吧。”Jacob没有回头，不再发问。他对着白板，用红、蓝、黑、绿，在整图上抽丝剥茧、穿针引线，大约5分钟，他勾勒出一条主线。

他依然把“农村通信”作为一把技术尖刀，先打通Telecell的奥斯卡和玛尔克斯，然后升级到阿里汉德罗；同时在集团CTO肯这边策应，这一条是虚线；最后升级到COO office商务谈判和最终决策，终止在了COO卡蒂纳斯。

“为什么你这么相信卡蒂纳斯能同意?”

Jacob在去Telecell的几次里，直觉美洲电信更像一个靠投资兼并和垄断政策而生的资本集团，但4G来临，再吃老本下去，又能吃几年呢?

一个公司的风格必然是CEO的管理文化的产物。Jacob读了CEO丹尼尔的履历，他30岁起被卡洛斯起用，当时把他推到台前当CEO，负责在美上市，他的背景更像一个谨慎的财务型CEO，而非一个企业家。他担子很重，背负着卡洛斯和元老们的利益，这几年的成功，就越注定丹尼尔的更为守旧，即便面临风险，也不可能大刀阔斧地改变。

而少壮派的卡蒂纳斯倒完全不同——他从小在美国留学，25～28岁时回墨西哥基层培养，28～31岁在哥伦比亚分公司任CEO一线锻炼，之后又调回墨西哥做集团COO。这种重点培养的路线，就像是卡洛斯家族为美洲电信为危急时刻准备的B计划。

卡蒂纳斯如能经受住考验，恐怕未来能接替丹尼尔，成为家族“印钞机”美洲电信的接班人。

“因为CEO和COO虽然都代表卡洛斯，但是卡洛斯没完全押宝在任何一个人身上。”

阿曼多被Jacob的分析镇住了。且不说对不对，这家伙总能在绝路中又找出一条歧道。

“虽然Telecell是17国里FRAN封锁最严格的，但我们来不及去另16个国家找项目，所以只能继续把农村通信做下去。”

“可是农村通信失败了。”阿曼多看着决策图在Telecell的部分，“别说打通阿里汉德罗，我们都没法跟奥斯卡交代。”

Jacob摇摇头：“现在只有这一个方向。”

“叮咚。”有人敲了敲门，他要的人来了。

一个其貌不扬、发际线令人着急的三十多岁男人操着四川口音：“于总好，我叫邓博，今天刚到。”

邓博矮矮胖胖，一看就是醉心于技术的理工中年男，他是方总从总部研发调去巴西的专家。在农村考察前，Jacob请求方总把第一次下派的邓博先给他几天做农村通信的方案。

“邓博，您是博士，19级高级专家，您能帮我们看看怎么继续做农村通信吗？”

“于总，我非常乐意效劳，您的数据按计划都采集好了吗？”邓博看了看Jacob。

“没数据的话，你有什么办法，报告能估算吗？”

“啊，那我怎么知道什么方案合适？”邓博大为意外，没数据简直是瞎搞。

作战室的门被推开了，一群人进来了——“能！都在我们脑袋里了，我们会帮他抓数据。”地区部的支持董青和王烁，“Jacob，我们跟林总说了，打算换到美洲电信事业部来。”

出乎Jacob的意料，他们怎么进来了？

“我相信你！”马里西奥等人给他看了一封已经传遍了华兴公司的邮件——是总部给偏远地区考察车队的表彰信，他们的劫难被通报为“英雄事迹”在华兴内部宣传，除了精神荣誉，还有物质奖励——每人还拿到了1万美金的奖金+1万美金的精神补助。就连三位司机也意外地拿到钱，大家兴奋极了。

“Jacob，谢谢你为我们所做的。”艾迪说。

大家感激Jacob，不是因为他救了他们生命，也不是因为这点钱，他们更感激的是Jacob为他们去申请了公司级特别奖，因为谁都没想到Jacob会这么干。人人都知道Jacob有多渴望干成偏远地区通信，而他坦白遭遇绑架，等于Jacob将被取消职权，等候发落。他算是为了大家，放弃了自己的一切。

一股蓄势待发的能量和忠诚的心，在大家的胸膛翻涌。

Jacob也没有想到，自己为了“人”而被迫放弃“事”，这些“人”现在反而成了真正的团队，创造真正的“事”。

“如果有数据，我觉得村村通还能做下去。”邓博腼腆地笑了笑，“我在中国做过‘村村通’的方案，关于阿里汉德罗，我们一起想办法。”

“太好了。”众人欢呼。

Jacob站到白板前：“来，请大家看清这张决策图，牢记在心里。今年，我们能否完成任务，就靠大家了。”

大家都被点燃了！唯独臣享在玻璃外，路过作战室，摇了摇头。

3

邓博负责整体技术策略，马里西奥主笔，汪秦负责产品方案。

董青、王烁和罗德里格斯三人，则负责网络规划、技术参数和模拟指标，三人虽然丢了电脑，但把记忆中的数据重新组合出来，拼凑服务器端存储过的资料，再通过查阅海量资料，购买有偿数据，叠加经验假设和模型拟合，恢复出丢失的信息。照片、场景、地图、数据、模型也都绘制出来了。

但汪秦依然很痛苦，资料恢复了也没用。他在墨西哥农村时就感受到了——作为无线产品经理，他早翻烂了产品手册，可华兴并没有便宜的偏远农村的解决方案。即使有一些亮点，也只是小进步，与FRAN拉不开差距，不足以打动客户。

提问题易，解问题难。他觉得“农村偏远地区通信”是个伪命题。Telecell无法解决，FRAN无法解决，华兴也无法解决。汪秦心里压根就没底，然而他一直没说，一怕Jacob怪罪，二不敢扫大家的兴。在韦拉克鲁斯被毒贩绑架时，他甚至觉得那对他是种解脱。

那什么才是镇得住客户的产品呢?

对于“偏远农村”这种低产值的市场，方案就要讲“性价比”，要“花小钱做广覆盖”。可汪秦能想到的，无非就是加大基站的发射功率，换大功率射频模块，换低损耗天线。可这不解决根本问题，若提交这种报告，FRAN在目前基站上更换模块或升级一下，就能解决问题，没有华兴的差异化。

只有一些极偏远的乡村，或被大山遮挡的场景，即使加大基站的发射功率，也无法信号覆盖。必须建新基站，这就是华兴的机会!

可建设基站，成本却不只是一个基站的价格，成本最高的是“交钥匙”里的土建成本：

农村越偏，基建就越差，运输和人工成本就越高，所以在农村建一个基站的成本比在城市里高得多。一个基站，首先要获取站点，这得村子审批，是一笔政府费用，各部门打点，然后找到一片空地，就要土地租赁费，接着打地基、灌浆、造围栏、建机房、布线、拉空调，设安防系统。最后是造很高的铁塔，在山里的塔可能有40米，几万美金一个。还要给铁塔安装上天线，从塔底到塔顶有50米，为了分“发射”和“接收”两路，就要两根独立铜缆，2×50，那至少100米。还因为多频段、多端口，可能要200米，甚至400米的铜缆，而铜的成本也高，很重运输起来也很不便。如果考虑到地形，基站得建在制高点的山顶，还得在山顶“修桥筑路”。天哪，一想到修路成本，汪秦傻眼了，这种当地“土建成本”太高，他也搞不懂。

这还没完，基站要供电，而农村是普遍缺电的，这得做电力勘测，也许得跑很远去找一个变电站或电线杆接一根电力线，有时得挖开路基，在底下埋电力管线，还要跟市政电力公司打招呼！可人家会理你华兴吗？汪秦的信心降到了谷底。

他继续查阅华兴知识库，知识库介绍：如果实在太远，那用柴油发动机（油机）来发电，然而，这要专用油罐车每周来回跑，他听说“油机方案”在非洲用得多，虽然CAPEX（投资成本）很低，但OPEX（运营成本）很高，会造成Telecell工程部（负责CAPEX）与维护部（负责OPEX）的内耗，一定会被内部抵制的。而且以Telecell全国统一资费来看，农村地区的高OPEX是要亏损的，若Telecell以利润KPI考核各州分公司，即便普埃布拉总经理，也会改为反对华兴了。

然而除机房、铁塔、铜缆、修路、供电，还有最重要的——“微波回传网络”。它是一张“大骨架”，没有“大骨架”的接续，最后一公里的基站信号就与“中央大脑”的机房失去联系了。

“微波塔”像“空中轻轨”，就像在大山里的高压电的传输塔，一级级地连。但如果“空中轻轨”在最初没整体规划好，如须再修补，难度大，成本高，为了一个破农村，改建一整套回传网络，客户怎能同意呢？

第一天过去了，汪秦睡在了公司里，他熬夜翻遍了所有资料，一无所获。

次日，他又只在中午眯了两小时，接着又是一个通宵。这个晚上，他倒时差与总部开会，讨论着他被憋出来的一招——“海事延展小区”（Extended Cell）。

这个功能，本来是为了“海事航运”服务的——当远洋船舶在沿海岸线航行时，沿岸基站能以牺牲一倍的时延、容量，换回扩张一倍的信号半径，有时半径可达35km。但汪秦也没有把握，毕竟这用于海事航行，海洋是平的，山地是起伏的。

“从来没人试过，我们不能保证！”总部的会议上，汪秦从市场接口人、营销支持部、产品管理部、产品线经理、系统架构师，一路问到了头，没有结论。

已经五十多个小时的鏖战了，汪秦连站也站不动了，年轻的皮肤显得衰老，眼窝凹陷——汪秦已到了极限。他只是个稚嫩的新员工，知识全源于书本，即使臣享亲自教他，可他毕竟没有工程经验。一个应届新员工培训五个月就被扔到海外，执行着不可能完成的任务！

他终于捂不住盖子了，邮件提交给了马里西奥评审。马里西奥也觉得Telecell恐怕不会往集团上提交。而王烁、罗德里格斯、董青也没有更好的方案。

作战室又小又闷，堆满了外卖，客户总监阿曼多背手踱步，他低声重复着：“包装啊，营销需要包装！”

没有人理睬阿曼多，谁都不愿意这么干。众人的焦点转到了19级技术的邓博，毕竟邓博是整体方案的把关人。

“我……我也不敢确认啊，真没有测试过！”邓博头冒热汗，桌上那几根头发就是他刚掉的，“这样，我今晚就让‘家里’开始实验室测试，看行不行。”

汪秦说：“来不及的，总部说至少两周安排测试。还得想别的办法。”

“什么别的办法？你新员工瓜娃子不懂，我在研发有很多老关系。”邓博的四川口音都憋了出来，他也没有别的招，只能极力自我辩解。

“你说谁瓜娃子？”汪秦几天没睡，肝火大旺，新员工也不给老员工面子，眼看要争执起来。会议室场面很难看。大家又看着Jacob，期待他来调解。

而Jacob坐着纹丝不动，他也不懂技术，但这个时候，他只能压着大家往前推。

“别浪费时间了，”一个靠在门上、交叉着双手的高大男人——久未发声的臣享站了出来，“就算来得及，也没用。‘海事延展小区’是3GPP协议标准里定义的。我告诉大家，FRAN也有这功能，只是不愿意给客户打开。”

“为什么？”大家知道臣享曾是FRAN的高管。

“因为这软件功能，需要额外付费的。若要大客户买，大客户肯定不开心，反而强制让FRAN免费提供，只有等到客户主动有需要时，FRAN才能销售得出去……”臣享犹豫了一下还是说了，“而且，如果不说，客户才能多建基站，FRAN才能有更大销售额。”

大家都喊着FRAN奸商，令臣享十分尴尬。臣享挥着双手使劲解释："我只是想告诉你们，FRAN完全可以升级，你们这条路走不通。"

大家还在批评FRAN，臣享顿感自己格格不入，便转移矛头："Jacob，信息不对称才能赚到钱，说太多反让客户满意度降低，你自己会不懂吗？"

Jacob终于出声了："不，就是因为FRAN一家独大，才会让客户吃亏！需要竞争！"

"那索性就以'海事延展小区'往Telecell上汇报吧。FRAN的恶行就会暴露的。"邓博叫起来。

"你觉得有用吗？"Jacob转过来，严肃地瞪着邓博，"你告诉我，FRAN和Telecell那么多年的关系，你一句话就能挑拨吗？你算什么，客户凭什么信任你？"

邓博羞愧得没再说话。

"FRAN无非就免费升级一次，相反，华兴成了告状的小人，还浪费了仅有的一次进攻机会。那个FRAN分分钟就能摧毁掉华兴。"

Jacob再一次问大家："如果没有真正的价值，客户凭什么信我们？"

聒噪都消失了，Jacob强顶住想要放弃的众人的技术说辞。现在，一切由不太懂技术的Jacob来裁决。

"停，推翻重来，我要一个令人震撼的方案！"Jacob说。无论是高发射功率，还是"海事延展小区"，都被他喊停了。他才是真正的把关人，绝不能让手下为了做一个方案而做一个方案。

"都这时间了，还重来？"邓博也绷不住，"这太难了！您恐怕不理解技术。"

时间少？他比谁都急，但要打动客户，他只有一次冲锋机会。一名校尉能在战场上冲锋陷阵，但一名将军更须掌握节奏，知道冲不冲、何时冲、怎么冲。

他其实预计过，前50小时的第一稿如果不能惊人，就是废稿。他必须把大家都逼到绝路上，才能激发出精华来。

"我是不懂技术。邓博也不必太钻技术。"Jacob给自己倒了咖啡，也给了邓博一杯，“时间来得及，今晚我陪你通宵！”

他料想美洲电信的COO卡蒂纳斯，也不一定懂技术，他整天面对的也都是一堆技术层的阻挠，但决策不在技术，而在于把握需求。若华兴想与卡蒂纳斯沟通，就要用对等的同理心，而不是钻牛角尖。

邓博战战兢兢地拿过咖啡，长叹一声：“外行。”

Jacob知道邓博是高手，只是脑子转不过弯的老研发还未适应海外销售的节奏，而汪秦也还没有突破极限。压力能塑形灵魂，唯有把他俩像弹簧一样压下去，才能弹出奇迹。

几个小时过去，一无所获。Jacob坐在那边一动不动，然后又是几个小时。

“果然是个暴君！”邓博敢怒不敢言，他翻阅着笔记本，可很久也没思路。他实在忍不住了，打开手机收音机，按下FM广播，想听听拉美音乐来放松一下。

一不小心多按了，到了更低频率的AM广播，他听到了远在韦拉克鲁斯州的新闻播报。他皱了下眉头，又按了一下，进入更低频率的“短波”，他听到了来自“美国之音”的广播，里面正播放着新闻。

忽然，灵感来了——“有了！有了！”那一刻，邓博像阿基米德在浴池里发现了浮力一样发疯叫喊。

低频电波比高频电波波长更长。波长相当于一个巨人的脚，脚越长，跨一步就可以绕过大山，甚至是大洲。邓博听到的FM音乐广播是高频的，波长短，覆盖很近但能量集中，所以清晰悦耳，适合做地方音乐台。而AM新闻广播，低频一点，能量分散，因此声音模糊，但距离大，可以成为国家新闻电台。至于短波广播，能跨越国境，用于灯塔海事通信。

“用低频段！我怎么忘了呢？”邓博不禁感叹，Jacob是对的，技术人员太钻在细节里，有时会忽略大道是至简的。

现在，邓博还不能高兴得太早。一般，通信频段受政府管控，或由官方授权国企，或租售给私企。邓博飞奔到马里西奥的座位上：“Telecell有低频段吧。”

“肯定有！”

马里西奥查阅了资料，二十多年前，TeleMex还是国企时，被墨西哥政府授权了一个低频段的使用权。当卡洛斯家族收购TeleMex时，这个低频段也就被一起拿了下来，因此Telecell可以用低频段去做农村通信！

两人讨论了一个小时，做出大胆计划——“建议Telecell启用低频段做偏远农村通信。”

大约到了凌晨4点，邓博终于向Jacob汇报方案：“墨西哥频段规划，是按照美国人做技术规划的，一般郊县用低频850MHz，城市用高频1900MHz，但墨西哥还有一个450MHz，450MHz频段可以绕射、衍射，绕过山地，覆盖很广。一个基站可以抵上6~10个站的覆盖范围。成本造价完全OK。而且，我们刚好有450MHz的CDMA产品，在西藏自治区和青海省等地广人稀的地方应用，性价比超高！”

CDMA，呵呵，又是CDMA，Jacob迷蒙的眼睛终于放出了亮光，他终于等到了。于是，这个“450MHz农村覆盖”的报告被连夜提交上去。然后他给汪秦打去电话：“这次，由你去Telecell！”

汪秦和墨方产品经理奥马尔（Omar），一中一外，被派去负责Telecell技术层的攻关。一清早，他俩拿着农村调研报告，见到了奥斯卡和玛尔克斯。

汪秦诚惶诚恐，他还没见过客户，也不知道Jacob为什么要派他这个新兵蛋子去。

然而第一次见面格外顺利，奥斯卡对这份报告兴奋不已！玛尔克斯也没想到，华兴这次给的方案和一路考察做得那么仔细，什么场景都有，他从来没想到自己的网络被分析得井井有条。

“针对您目前的场景，可以省下80%的费用。”汪秦拿出一份网络信号仿真图。

“太好了！我们很认可。”玛尔克斯拿着图纸，简直就像挖掘到了藏宝图一样。

汪秦稳住了情绪，讲起车队被匪帮拦截的事情。他讲得磕磕绊绊，但客户听得感动。他记得臣享教过他：如果客户关心你了，就说明你的方案有戏了。

“我们俩、臣享，还有马里西奥、Jacob都去了。”

“那最后怎么样，有危险吗？”

“感谢上帝，我们都毫发无伤地逃出来了。”

玛尔克斯看着奥斯卡，后者也点点头，他俩已下了决心，把这份报告交给了Telecell的技术总监——阿里汉德罗。

当天下午，马里西奥收到了一个电话，惊得心脏要跳出胸口，发疯地在办公室跑：“邓博，Jacob，他打来了，他打来了！”阿里汉德罗竟然破天荒地打来了，隔了多年，阿里汉德罗再一次同意见华兴的人。

整个翡翠大厦18楼，墨西哥地区部都为之轰动。

“派谁去？”作战室里正在决策。

Jacob脱掉灰色西装，挂在衣架上，他松了松黑色窄领带，把手放在桌上时，露出袖钉上印着的“J”。众望所归，所有人都看着他，这是最重要的一次机会。阿里汉德罗相当于一般分公司CTO级别的，必须砸开这道铁门。

“还是上次两人，汪秦和奥马尔搭档。”他说。

众人大感意外，这是唯一的机会，怎能有任何差错？

“汪秦还太年轻，级别也不够，”阿曼多说，“臣总的身份应该可以。”

“不，臣享不是去见他，”Jacob看了看臣享，“你帮帮汪秦，让他看上去级别高些，符合你的高标准。”

大家不知道Jacob葫芦里卖的是什么药，也劝不住他。

一天后，汪秦和奥马尔坐在Telecell最深处的办公区，焦虑地等着阿里汉德罗。李森告诉过汪秦，阿里汉德罗曾狠狠地羞辱过他，很不好对付。想到这里，汪秦紧张得手心出汗，丝毫不敢动弹。毕竟那家伙外号“洞里的巨兽”，自己就像被献祭给兽吃掉的贡品。

他本想拒绝Jacob，但Jacob说：“我就是要你去！”

秘书走了过来，指了指走廊的更深处。

走廊那边，更为漆黑，连窗户都没有，空气淤积着。

奥马尔陪着汪秦一起走，告诉他，阿里汉德罗从一毕业起就在TeleMex和Telecell工作，技术上极度资深，与FRAN也是几十年老交情了。

门开了，汪秦两腿打战，这是第一次见到阿里汉德罗。阿里汉德罗45岁，块头果然很大，有着墨西哥人典型的肥胖，但穿着格外精致考究——熨烫平整的白衬衫、小动物领带、挺阔的西裤、玫瑰金扣的皮带、锃亮的皮鞋、两支万宝龙金笔、名表和眼镜，梳着油头，散发出高档气息，虽然是胖子，但与那种牛仔裤和格子衬衫的平民胖子完全不同。

不过臣享调教过了他，他刚在“名店街”玛莎利克买了一套Hugo Boss西服，戴上一块欧米茄，胸口插着万宝龙，喷上香水，这一身花掉了他三个月工资，他心疼不已。作为直男，他本觉得男人不该靠这些外物加持。

臣享批评他：“男人要有点魅力，才能不落下风。”

现在汪秦体会到臣享是对的。可他还是太稚嫩，英语虽有进步，然而每次开口，都被阿里汉德罗轻易阻止，发言权一直是在对方那里。

然而到了后半段，他感觉终于挽回了局势。

阿里汉德罗问：“这都是低频做农村覆盖的技术论点，加上一些软件模拟图。问题是，你们有450MHz的网络设备和电话终端吗？”

这个问题汪秦很得意，他要起小聪明——在报告里不提华兴的产品，凸显自己的中立：“我们有的，但其他公司如果也有的话，我们愿意一起和各种产品做测试，Telecell选出一个最好的来。”

他自以为是地笑了，阿里汉德罗放下报告，也憨憨一笑：“好，那我就把这报告往上递。”

汪秦得意扬扬，一出门就对奥马尔说：“一点都不难搞嘛！你们以前是不是太弱了？”

奥马尔想说什么，可被汪秦一把拉住：“走，我请你去名店街吃东西，等回去就告诉大家这个好消息。”

名店街上，看着松鼠在绿树上蹦来蹦去，绿咬鹃在枝头上落脚，汪秦脚步轻盈，挑了个咖啡馆，欣赏起墨西哥上流地块上的美女，而美女们也笑着看他——他今天确实打扮不错，轻飘飘起来。

“奥马尔，看来我们可以去巴塞罗那了！”他挖着一勺哈根达斯，这是他第一次吃这么贵的冰激凌。

次日，“美洲电信事业部”等了一天，Telecell没回音。再后一天的中午，大事发生了。墨西哥地区部收到了TeleMex高层一份措辞强烈的投诉，TeleMex是完全超然于美洲电信集团外的元老院，能量之大，逼得地区部总裁林总亲自书面与电话道歉。

原来，在很久以前，TeleMex曾经就做过一个450MHz的农村覆盖，采用了FRAN的产品，当时这算是当政绩宣传，没想到2~3年后，FRAN信号覆盖大幅衰退而后项目终止。而华兴的报告像是重新撕开了TeleMex这道伤疤！

于是，TeleMex在邮件里，把恶气全撒在了华兴头上：认为信号衰退事件，虽然主产品是FRAN的，但天线是华兴的。他们附照为证：天线封装的白色外壳全部腐烂，螺丝弹出脱落，内部的极化天线生锈，方向弯曲变形，下倾角错误，引起信号衰退，是项目终止的罪魁祸首。

邮件提出了两点：

1.要求向华兴索赔200万美金。

2.宣称450MHz使用权属于TeleMex，TeleMex无意转让给Telecell。

不言而喻，TeleMex将一票否决华兴给Telecell的“450MHz农村通信”的建议书，并警告华兴不要觊觎。

林强一整天都在处理这件事，被迫承诺免费赠送新天线，但这条负面新闻正在发酵，干扰了地区部正在拓展的好几个项目。他找来Jacob，在办公室里臭骂一顿，并投诉到了方总那里。

“都是阿里汉德罗！他是从TeleMex出来的人，这是借刀杀人。”马里西奥、阿曼多、奥马尔和罗德里格斯得出统一结论。

阿里汉德罗与FRAN关系不一般，与FRAN墨西哥总裁有来往，这一次阿里汉德罗那么轻易同意见华兴，肯定是有问题！口头说上报集团，相反还故意泄露给FRAN，然后借TeleMex的元老势力，把早年FRAN的问题先扣在华兴身上，不但洗白FRAN，还借此封住了华兴搞农村通信的可能性。即便集团的人，也不会插手TeleMex反对的事。

可墨西哥Telecell攻不破，短名单根本无法走通流程。李森靠在门上，带着事后诸葛亮的表情：“我早说汪秦压不住阿里汉德罗的。”

而汪秦缩在角落，没脸见人。臣享轻拍这可怜的孩子，大家都茫然不知所措。邓博尤其愤慨，他的方案再一次被否决。

FRAN、TeleMex和阿里汉德罗联手将了华兴一军，彻底封死华兴。

而农村通信，从一种人民需求沦为了一颗政治棋子，FRAN自己不做，也不让别人做，完全封锁了Telecell。

“他为什么要借TeleMex之口？”Jacob的声音如钢琴调音的C声一样跳了出来。他冷静地陈述着：“你们有没有想过，阿里汉德罗这一次破天荒地见华兴，肯定因为他知道这种技术的迫切性！连汪秦这样的新员工去，他这样的大人物都不惜抛头露面地接待，以求第一时间拿到一手资料，亲自阻截，这正说明‘农村通信’在内部的重要性！”

Jacob看着李森：“你搞错了，是汪秦压住了阿里汉德罗。我们终于确认了，农村通信是真正的需求和FRAN的短板！方向没错！”

一语点醒李森，之前大家还不明白Jacob为何非让汪秦去，原来是探Telecell的底牌。Jacob完全把这匹野马的缰绳，拽在自己手里，节奏收放自如。

“他们三方联合做局封杀。你能想到这个FRAN的技术缺口，让他们有多害怕！”

“对头！”众人开始赞同起来，李森也看到了希望。

“所以，阿里汉德罗再讨厌我们，只要我们在低频450MHz之外，再找一个偏远通信的技术，他也防不住了。”

“这样臣总就有了再去谈的理由了。”李森赞叹着，原来Jacob是把臣享留待第二轮，高层vs高层。

臣享默不作声，他并不愿意接受。上次他就一直反对将农村通信作为主方向，更险些丧命，他怎么能接受Jacob的“变本加厉”呢？

“来，汪秦，”Jacob一把拉过低落的汪秦，“好样的！你看你这小伙子进步多大啊，来的时候还是土包子，现在多帅。”

他凑到汪秦的耳边：“你贡献很大。”并悄悄摸出一笔现金塞到他口袋里。

汪秦有点委屈。

“一会儿你去买根名牌丝巾放在西装胸口，下次再见阿里汉德罗的时候，要更帅气一些，他见到你还敢去，肯定会比你更害怕。”Jacob说着说着，汪秦眼泪流出来了，他变得严肃起来，“别哭，你是销售，是华兴的门面，丝巾不是给你擦眼泪的！你要用它耀武扬威！”

汪秦轻轻地点点头。

他扬起声音，让大家都听到：“阿里汉德罗已经欠了你一个大人情！下一次还是由你见他，行吗？”

“行……”

“大声点，能不能搞定阿里汉德罗？”

“我，说到做到！”汪秦抹掉眼泪，大声回答。

臣享既震惊又尴尬，其实，这次Jacob已不必再让汪秦去了，可他愿冒个风险，给汪秦获得一次突破自我极限的机会。

整个团队也都肃穆起来，李森也跟汪秦道了歉。阿曼多和马里西奥也不禁感慨起来。他们已真心觉得Jacob不一样。不管他怎么陷入麻烦，可他就是有一种重振人心的煽动力。

“好！”Jacob转过身面对大家，“各位，我们相信自己是有希望的，但林总不这么认为。如果不能在巴展前完成任务，我们就得搬离‘翡翠大厦’，要去星巴克办公了。”

卢娟脸红了，但大家毫不在意。

“各位，巴展还有几天？”他问。

“十天。”大家齐声回答。

他在白板上画了一个大大的“10”——“刚好，我们开始倒计时。”

“好！”大家摩拳擦掌，相信只要跟着他，就会有希望。

只有他自己心里清楚，自己在事业部的位置上只有10天了，之后恐怕就是臣享暂代他。臣享也是知道的，只要Jacob一走，他就能按照自己的想法去做。

“即使‘农村通信’是重点，但方案呢，邓博？”臣享冰冷地点穿了真相。

Telecell拒绝了450MHz低频段，邓博也没了新方向，靠什么去打？

Jacob没有看臣享，对着大家说：“我相信全世界有那么多偏远农村，又有那么多创新企业。就算华兴和FRAN这样的大公司不做，难道就没聪明人去创新吗？我们为什么不能参照他们的技术？”

对啊，方案就不能借外力吗？邓博又像被醍醐灌顶了。

“于总，我们就算翻遍全宇宙，也给你找一个解！”邓博第一次也立了军令状。

臣享没有回应，他不想和整个团队对抗。只有10天，他料定Jacob已再无后招了，所有的节奏掌控也已到头了，现在Jacob已完全在赌技术团队的超常表现。但Jacob那份雄心气魄，却感染着大家，为什么明明大家没了路，不眠不休地工作，反而信心更强大了？这真是一种天赋的魅力，连臣享也有点动摇了。

4

倒数第九天。

中方人员都在查阅华兴海量的资料，华兴在全球那么多的网络部署，肯定有一些特殊案例的，只是它们被沉没在文字之下，需要深度勘探；墨方人员则在公网上查阅英语与西语的全球资料，寻找创新技术，甚至去竞争对手和科技展大会的网站上搜信息。

马里西奥搜索科技大神们的Linkedin，看是否有人离开大公司、自立门户。他猜想，大神一旦脱离束缚，就会找大公司忽视的细分领域创业，可能就有“农村通信”的新技术。

邓博在学术网络上搜索，在麻省理工实验室、IEEE科研论文、Science期刊、3GPP和ITU等国际技术论坛，找有没有新鲜技术。

阿曼多则去Telecell和美洲电信集团灭火，他要为Jacob多争取几天，也要为华兴的负面新闻“消毒”，为最终的农村通信方案扫清障碍。

天色暗下来，墨西哥员工回家了，但海外的中方无家可回，看样子又要通宵了，在华兴拉美片区因为时差而获得一个外号，叫“拉美夜总会，夜里总开会”，他们又在跟总部开会了。

“通宵王”汪秦，正飞速成长，他像一个要翻案上诉的律师，不停在搜索科技卷宗，一看到蛛丝马迹，就给总部打电话。从行销到研发，从产品规划到系统架构，从普通员工到产品线总裁，他杀红了眼，不管对方级别，只为了顺藤摸瓜，找到源头。当源头指向海外某一片区，他就向欧洲、东南亚、中东、非洲的一线人员打电话，不管对方的时差，一遍一遍地打电话过去。

压力能塑造灵魂的形状，激发出年轻人无尽的潜力。这时，汪秦还真的查到了一个方案——Boyko基站方案。

那时汪秦还不知道，这误打误撞的发现，将彻底改变华兴、FRAN和美洲电信的关系，以及国际形势。

Boyko是一个东欧少数民族的语言，本意是“山地人”。这套方案曾在巴基斯坦偏远地区用过。巴基斯坦是一个多山的国家，除了几个大城市外，很多地方是部族文化，Boyko方案在那里的乡村部落有过不小的应用。这一信息被记载在一份案例的只言片语中。

汪秦一看这套方案很出色。Boyko基站很小，随意放置，不需要工程土建，若真要上塔，一个简易小塔即可；它耗电小，无需市电或油机，太阳能电池板就够了，供电问题也解决了；最重要的是，Boyko不需要建耗资巨大的“回传网络”——因为基站的控制信息无须同步到中心机房里，Boyko配一台不易死机的工作站级电脑，能模拟电信机房的核心网络，一切就能“本地交换”，电信工作人员只要每周甚至每月去那里手动同步一次即可。

这样村子内打电话就可以“本地交换”，若电话打到村子外，“回传”传输方案采用“卫星通信”，一般“卫星”是要租用的，价格很高。但Boyko的压缩编码效率很高，还能动态租用，成千上万个乡村平摊下来，“卫星通信”租用费很低。

这个方案经过邓博的审核后，判断有巨大的潜力。这一次，他们不敢怠慢，白天，马里西奥和阿曼多反复核实后，确认不会给TeleMcx留下口实。

这样，阿里汉德罗也无力阻挡，看似，这是一个完美的方案，契合Telecell的需求。

只剩八天了，已是深夜11点了，翡翠大厦里的人都下了班。只有这个团队全员最后冲刺，邓博分析完报告，这时又有一个问题来了。

“华兴能够实现Boyko方案中的‘卫星通信’‘本地交换’‘太阳能方案’‘小型基站’。但是我们没有Boyko中‘模拟核心网络’的技术。”马里西奥担心起来，“Telecell的核心机房是FRAN的，FRAN完全能拒绝与华兴的无线基站做系统对接。”

邓博惊讶地问：“他们能这样霸道？”

“想想阿里汉德罗吧，”阿曼多点点头，“Telecell中高层与FRAN

关系很铁，这点小事是默许的。”

邓博往后一瘫，又回到了死局啊。就算技术方案通了天，人际关系打不破，那技术就无法落地。这是鸡生蛋、蛋生鸡的循环。

无解的时候，几个人只能再向技术门外汉Jacob汇报。

Jacob看了汪秦的资料：“为什么不直接找Boyko公司合作？他们就有‘模拟核心网络’，FRAN就找不到理由了。”他注意到Boyko方案的提出者是Boyko科技公司，他们应该有可量产的设备。

解决一个问题，往往又创造一个问题。邓博摇头：“于总，研发确认合作方案要很久，‘联合研发’从立项到完成就要六个月。”

颇有实操经验的项目经理王烁也说：“从采购认证到投标，也要两个月才能完成合规审核。”

“还有合同商务和法务，还有IT系统内的建库录入……”汪秦也补充道。

时针指向了午夜0点，Jacob只有7天了。

“那你们给我一个两全的办法！”Jacob有点急了。方法永远都有，前提是不被条框束缚。在山穷水尽时，团队不能自我限制着可能性。

“难道没有计划外的特例吗？”他再一次问，但大家还是怕合规问题。

“你不能这样没原则啊，”臣享也看不下去，再不拦着就是毁了他，“你知道你为什么老吃亏吗？”

“我当然有原则，只要我能给出‘客户价值’，我就吃不了亏。”最后关头，Jacob也大声争执起来。

“Jacob，你太幼稚了！”臣享说。这样下去即使他停职回国也要被追责的。

Jacob叹了一口气，停了下来：“臣享，我俩有所不同，也有所相似。其实我一直想问你，你是不是只想做职业经理人？”

臣享无法回答，他刚空降到华兴，还在适应和试探的阶段。然而，人位置越高，反而越不自由，他何尝不想甩开膀子干一番事业。

“卢娟，帮我订张机票，我直接去美国一趟。”Jacob等不了臣享。

只剩不到八天了，要是给Boyko公司发邮件，等回复，恐怕来不及。为今之计，只有去总部在美国的Boyko公司一趟。而且必须他亲自去，只有主将冲在最前面开第一炮，中基层才敢放开手脚去实施。

卢娟轻声提醒道："你的美签办不下来，因为你的护照还没转当地FM3居留证，无法在墨西哥城办理美签。"

"什么？！"Jacob非常生气，竟会被这种小事卡着。已经午夜0点，他不管三七二十一，给林强打电话，像训斥孙子一样骂了起来。

林总本以为Jacob早晚要调走了，也就拖着不办，如今林总自知理亏，可也来不及了。为今之计，Jacob只有先飞回中国办签证，再飞美国。但这样恐怕太晚了。

臣享看着Jacob的样子，大局节奏的掌控不像前两天了，也许真的急了吧。

如果Jacob赶不上，臣享就能把这讨厌的家伙赶下台了，按自己的想法去突破美洲电信的4G项目了。

但Jacob也就彻底完蛋了。

"还是我去吧！我有绿卡。"一直消极的臣享终于开口了，"我刚看了，Boyko其中一个创始人我在美国认识。你还是留在这里坐镇。"

毕竟，当时Jacob是豁出命来救了自己的，一切得报了恩再说。

5

倒数第七天。

凌晨5点，臣享给Boyko公司发完邮件，就立即动身。现在一切都没有公司流程可走，连机票也要臣享到机场临时购买。

他静静地等在翡翠大厦楼下，虽说这里是富人区，但有人走夜路也被抢过。

臣享走下楼，司机艾迪已经待命，有这个充满匪气的大块头在，一切都很安全。臣享放心走到路上唯一亮灯的地方——墨西哥连锁的24小时便利店"OXXO"，买一包烟，回到车上。

"你们这里的便利店名字很搞笑。"他关上车门。

"哈哈哈，OXXO吗，这不是很正常嘛。"艾迪发动了汽车，行驶起来。

“但中方员工看起来，有点不那么正常吧。”

“你知道吗？我们墨西哥人觉得你们才不那么正常呢，瞧瞧多晚都在加班，我们墨西哥人都说你们是‘99%的工作，1%的睡眠，以及0%的性爱’，哈哈哈，我在想你们是怎么解决生理问题的。”艾迪一边开着玩笑，一边扔来一本《阁楼》杂志，“不过，臣先生，我觉得你不一样，很多姑娘应该会喜欢你，你在美国生活了很久吧。”

臣享没有回话，反问：“你在美国生活的时候怎么样？”

“有一个女朋友，我英语也是她教的。嘿，对了，你要学好西班牙语，就必须和本地姑娘谈恋爱。美国人常说，‘每个美国男人心里，都有一个墨西哥女人’，你也该有一个墨西哥女孩。”艾迪总不太严肃。

“别老说我，”臣享问，“那你觉得Jacob怎么样？”

艾迪瞬间变了，他在思考，讲话也像中方一样严肃：“他很了不起，是一个好领袖，他救了我。”

车上安静了，飞驰在高速路上，凌晨的墨西哥城一点不堵。很快，就到了贝尼托·华雷斯国际机场，他要搭乘墨西哥航空，赶往得州的休斯敦，那是著名的航天之城，有NASA的火箭发射基地，也还有很多因军工而孵化出的科技企业。

“臣享，我很喜欢Jacob，这次，我真心希望你们能成功。”艾迪在胸口画了一个十字，为他祈福，又摸出一个小挂件——是圣母瓜达卢佩护身符，“别的事情我做不了，我只能做这些。她保佑我逢凶化吉。”

“谢谢！但你还能做更多的，”臣享戴上了他的护身符，“我记得你第一次来机场接我们时，你说自己人脉很多是吗？”

“有一些，墨西哥也是讲人情的地方。”艾迪把行李拿了下来。

“卢娟有些行政的难题，你多帮帮那个小女孩。”

“包在我身上。Amigo！”艾迪用拥抱拍肩的礼仪，与臣享告别。

臣享带着一只机长箱、一套西装袋、一个公文包，迅速进入机场。墨西哥航空的标志，是一个印第安人顶着一只“神鹰”，这一刻，“神鹰”伴着他飞往休斯敦“布什”机场。

休斯敦，得州首府，美国第四大城市，这个城市的名字是纪念“得克萨斯共和国”独立于墨西哥时的时任“得克萨斯共和国”总统——山姆·休斯敦。

得州的美国海关是相当严厉的，尤其是针对从墨西哥边境过来的，一下飞机，他就受到盘问：“您来美国的目的是？”

“旅游。”他的绿卡因长时间不回美国而过期，这不是一个好的记录，现在他只有旅行签证，但绝不能说自己的商务目的。

官员怀疑地看看他，怎么看都不像：“我想您应该是商务签证才对。”

臣享用流利的英语回答：“我刚在墨西哥开完会，来这里度度假。”

官员又来回翻阅了护照：“之前开什么会？”

“通信行业峰会，我在FRAN工作。”

这位官员肃然起敬，FRAN是和谷歌一样受尊敬的企业，但比谷歌更老牌：“祝您度假愉快！”海关敲章放行。

他松了口气，悄悄藏好自己的新工卡，快步走出机场大门。

出租车飞似的开往了市区。车路过几根大型管道，那管道通往海湾，那是墨西哥湾的石油管线——休斯敦港是美国第六大港口，这个城市曾经靠着墨西哥湾储量丰富的石油崛起为全美能源中心，而后石油业衍生出化工制造业，而化工则产生了医药业，医药又产生了全美强大的医疗中心和生命科学。另一条支线上，美国NASA太空中心和登月计划起于休斯敦，这里也成了技术之城。在这些庞大的产业支持下，休斯敦的“财富500强”总部仅次于纽约。

Boyko并不起眼，它只是成千上万的科创小企业的一个，总部在郊县的一个科技园里。等臣享到达时，已是下午1：30，办公室空无一人，他预感糟糕，但转念一想或许是去吃饭了吧，就这样，他一直等到3点，还是没有人来。他一早发出去的邮件也没人回。他问隔壁办公人员，别人也不知道Boyko员工去了哪里。

恍惚中，难道这家初创企业已经破产了？

这已经是倒数第七天了。要这样，就山穷水尽了！难道Jacob就真要完蛋了吗？不，臣享不想Jacob因为自己而完蛋！要完蛋也得先还了这份人情债再说。

这时，有一个Boyko前台姑娘回来拿资料：“哦，CEO和总工程师不在得州。”

“啊？”他焦急地问，“在哪里？”

“在新墨西哥州，所有工程师都去了。”

“太好了！太好了！你们没有破产！”他开心到要亲吻这个女孩，“具体在哪儿？”

“在洛斯阿拉莫斯，做项目测试。”美国女孩一阵莫名，但还是给了他两位高管的联系方式，并给在洛斯阿拉莫斯的联系人打了电话。臣享立即赶回机场，再度飞赴新墨西哥州。

等臣享到达新墨西哥州首府圣达菲，已是倒数第六天的凌晨1点，洛斯阿拉莫斯是一个小城镇，Boyko的两位创始人——CEO和总工亲自开车从洛斯阿拉莫斯来到首府机场接他。

幸福来得太突然，他摸了一摸艾迪给他的瓜达卢佩护身符，他知道，这绝对有的谈！而且他必须赢得谈判。

新墨西哥州，也曾属于墨西哥，美墨战争后被割让。从地貌、植被和气候上，也像极了墨西哥干旱的山地农村，还有大量的阿兹特克遗迹。

Boyko两位创始人，一位是美籍华人，40岁的罗彬任总工程师；一位是荷兰裔美国人，60岁的佛洛森任CEO。在一次美国的国际交流会上，罗彬和臣享相识。当时罗彬还在著名的Molu公司当技术高管。

他俩在机场接到了臣享，带他上了皮卡。

“你怎么跑这里来了？我找你找得好苦。”臣享问。

罗彬说：“我接到了政府机构的采购招标，做覆盖偏远地区的通信方案，我们要在这儿完成测试。”

臣享点点头，这儿的环境荒凉，像极了墨西哥的荒漠，也非常适合模拟复杂山地，做偏远信号覆盖和稳定性测试都很好。但他也看出来了，Boyko的市场拓展并不佳，否则不会把整个团队都拉过来，甚至两位创始人亲自上阵。

“你们现在怎么样啊？”臣享试探地问。谈判并不是在办公桌前，它在相遇之初就开始了。

“如履薄冰，每一个单子都必须重视。”

“别担心，创业嘛，万事开头难嘛。”臣享觉得有戏了。

“可已经很久了啊！”

CEO佛洛森连忙插进来纠正：“好在这一行没有太多竞争，我们应该是这一行里数一数二的。”佛洛森也是科技人员出身，白人，比罗彬更便于在美国商业环境中行走，负责融资、商务、社交、销售谈判。作为谈判专家，他察觉罗彬说了不该说的。

“是的，因为大公司并不会看上这个细分行业。”臣享说。

“不，我们是在稳健地发展壮大。”佛洛森急于要证明实力。

臣享不给他机会：“如果飞速发展，你们的业务应该是现在的十倍，总部应该在Palo Alto（硅谷）了。”

佛洛森一愣。

“不过那样反而危险——等大公司发现机会，回过头在这细分领域一发力，很快就追上来。”臣享在后排，看着外面美国中部的荒凉艰苦的环境，“到时候，创业公司要么被超越，要么被卖掉，这就是创业者的黑洞。”

车里一阵安静，艰苦创业者的坚强与脆弱，却仅一线之隔。

“我找两位，其实就一件事，你们有机会变成现在100倍的规模——华兴公司有兴趣与Boyko合作，现在有整片拉美的农村项目。你们愿意成为我们的合作伙伴吗？”

酒香也怕巷子深，Boyko一直是独立拓展的，却屡屡失败，其他公司也看不上他们。创业公司很可怜，他俩也想过借力，但今天令人意外的是，他们从没有想到是借中国公司的力量。

佛洛森摆了摆姿态，说：“我们的目标很远大，并不希望没有自己的品牌。”

“你们不会被吸入黑洞，”臣享并不能拍板，但他已不再被繁文缛节束缚，“你们当然拥有自己的品牌，也不会贴华兴的牌，也不会被股权收购。华兴作为你们的经销商，你们提供技术，我们提供销售与服务。”

罗彬握着方向盘，皮卡的远光灯打在孤寂的66号公路，一言不发地开启了定速巡航。

“而且我会把你们介绍给美洲电信，作为第一个大客户。”臣享坐在后排，继续抛出诱饵。

两人知道美洲电信的体量之大，也知道Boyko产品很适合拉美。天上真的掉馅饼了。

“那你需要我们做什么？”

“合作。你们的技术不需要改动，因为测试已在新墨西哥州做了，很像墨西哥的环境。”

罗彬一脚刹车，把皮卡停在了公路边。

“我们签一份协议，你们看一下，”臣享拿出在飞机上草拟的协议书，“但这是一份排他协议，Boyko将与华兴做独家，您愿意吗？”

两人用车内灯光看着协议，商议一番后，还犹豫不决。

“五年一续约，不是卖身契，华兴承诺保底和年度续约。”臣享继续心理战，“五年对一家初创企业至关重要，是爆发，是消亡，还是半死不活？但我相信你们找不到比这更自由、更稳健的支持了。”

“成交。”一头白发的佛洛森伸出了手。

“等一下！在此之前，两位能放下手头工作，跟我一起去墨西哥城，一起去谈下这笔合作吗？”

“好，我们现在就走。”佛洛森没有迟疑，“墨西哥对美国免签。”

罗彬把方向盘拉了一个U Turn，高速驶回机场。

三人一直到机场，臣享才缓了一口气，他给在墨西哥城的Jacob打电话：“签了一份独家合作，我还把两位创始人给你带到墨西哥城来了。”

“你绝对是谈判高手！”Jacob大笑起来，“知道为什么我在第一天一定要把你留下？”

“为什么？”臣享反而腼腆起来。

“你有我办不到的事。”

倒数第六天的下午3点，佛洛森和罗彬出现在了翡翠大厦。

Jacob观察着佛洛森，老头头发花白，身高1.9米，是老派的美国人，非常可靠，也非常健谈，更加务实，他年纪虽大，却有年轻人的进取心。Jacob与他们迅速过完PPT，觉得技术可行，至于商务合作也很顺利。

"行！Boyko愿意与华兴联合投标美洲电信的农村市场。"佛洛森终于与Jacob握手达成一致。

Boyko不出营销费，借力低成本扩张；而华兴则借Boyko方案，进入美洲电信的短名单，对于这两家饥饿的公司，这种合作方案是双赢的。

双方一口气谈了6个小时，已近21点了，公司边上有一家著名的墨西哥餐馆，Jacob带着老头一起晚餐。美国老头很风趣，话题一刻不停，不让一秒冷场。从九一一事件谈到2008年次级债风波，再到佛罗里达的房价，到硅谷创业公司，最后以华尔街的吸血鬼和华盛顿的政客收尾。

佛洛森是一个社交能力极其出色的CEO，善言辞、风度佳，一把年纪了，还能与餐馆的美女服务员调情，他恭维女人时，就像意大利男人附体，让Jacob想起《了不起的盖茨比》里那种镀金时代的上流商人。

Jacob忽然说："佛洛森，我想明天你、马里西奥和汪秦去见一下阿里汉德罗。"

"Telecell技术总监？我是没问题，但罗彬更合适，他比我更懂技术。"

"我想让罗彬先教会汪秦。"

老头愣了——让汪秦做技术宣讲，靠谱吗？

"这孩子有潜力，我也想给年轻人一个找到自信的机会。其实见阿里汉德罗也绝不是纯技术讨论，有你在，反而镇得住阿里汉德罗。至于罗彬，我还有其他考虑。"

"其他考虑？"

"他会和臣享一起去见美洲电信CTO肯博士，你们两边一起谈。"

Jacob要在Telecell和集团总部，同时技术谈判，他确信农村通信是一个重要的需求，两边一起谈，就能将支持FRAN的阿里汉德罗逼入"囚徒困境"。

"那好！"佛洛森倒也爽快答应。

谈得差不多了，佛洛森却又要来了酒单，玩起了Tequila Shot，一杯接着一杯。西方男人的饮酒不输东北人，但对于一个60岁的老人，Jacob也有点犹豫：不知道这是贪杯、是面对大项目的喜悦之情，还是Social Drink？

但Jacob渐渐发现，佛洛森只是误以为中国商人喜欢喝酒，投其所好罢了。他想起自己在国内那次喝到胃出血。大家都是做惯乙方的人，Jacob不想无谓折腾老头。快到23点，他劝佛洛森早点休息。

一个身材高瘦的美国老人，没有打车走，而是一个人走在危险漆黑的路上，形单影孤。他坐上墨西哥的地铁，酒店没有在豪华的玛莎利克，也不在商务氛围浓厚的“改革大道”边，而是在三教九流众多的“宪法广场”边订了一间便宜的快捷酒店。

Jacob看着老人消失在夜色中，他本想送佛洛森回去，可他也知道这位美国老人很讲自尊。Boyko很小，也不富有，连经费都要精打细算，本该到了退休年龄的CEO更是不容易。这样勤奋的合作伙伴值得尊敬，而合作伙伴把未来也托付给了自己，他不能辜负！

他也走回到公寓，坐在床上，望着窗外半山的贫民窟，那里很多人都来自农村，揣着改变自我的梦想来到了大城市，但他们在追求时，也割舍不了自己成长的乡情。

农村通信，这块大公司食之无味的鸡肋市场，太多公司为了保护自己的价格体系，而忽略了农村留守的老人与孩子，忽略了在远方大城市奋斗的年轻人，忽略了新一代城市人的思乡。

明天，就是他们的最后一击！他要用Boyko这把利剑，刺破FRAN最不设防的虚弱部位！

倒数第五天，Boyko方案被连夜赶制了出来。提交给Telecell时，附加着一份TCO saving（Total Cost of Ownership Saving，总成本节省计算）的投资咨询报告，Capex和Opex的分析有理有据，详尽而漂亮。最关键是能在两年内实现当期盈利，四年里实现全局的盈亏平衡。华兴甚至做了财务担保。

没有人能抗拒可盈利的农村通信方案的魅力，成本合理，解决政客们的要求，又不受FRAN关于“系统对接”的阻挠，这意味着多年扯皮的“偏远地区通信法案”，终于能落实了。而且Boyko CEO也亲自到场了，在马里西奥的再三鼓动下，阿里汉德罗没有理由不见面。

但为防止阿里汉德罗拒绝，在Jacob授意下，阿曼多还故意向奥斯卡和玛尔克斯透底：

“两位，这份技术分析与450MHz低频方案不同，我们要在集团的‘新技术部’和集团CTO肯一起看，毕竟，Boyko方案适用于集团17个国家的所有农村，这将不限于墨西哥，这甚至会是卡洛斯家族用于做拉美各国政府关系和社会责任的招牌技术。”

Boyko摆脱了450MHz频段的限制，不但摆脱了TeleMex那封投诉邮件的掣肘，还成为17国通用的技术。阿里汉德罗陷入了一种集团内17国的内部技术竞争。

这样一来，阿里汉德罗就更想抢先一步了解Boyko，而且，他还可能率先使用Boyko，以求稳固自己在集团的技术领导地位。

这一天的下午，Jacob特意让艾迪开车送汪秦3人。去之前，Jacob把爱马仕的丝巾叠好，扎在了汪秦的西装胸前：“帅哥，搞定阿里汉德罗，赢回你的尊严！”

臣享看着徒弟汪秦离去，问Jacob：“万一阿里汉德罗问得太刁钻，他无法回答呢？整件事都会垮掉的吧！”

“不会的，”Jacob说，“阿里汉德罗一定不会纠结于技术问题的。”

作为一名技术转管理多年的老将，阿里汉德罗已经脱离新技术了，更在意的是办公室政治。Boyko方案该不该用、先在哪里用，都将是美洲电信集团内一件标志性事件。作为墨西哥Telecell，阿里汉德罗理应抢下来，哪怕是测试一下，都是首发之功。

只要有了这个测试，也就开启了华兴与美洲电信合作的一隙门缝。一旦答应，Jacob就会以Telecell技术部的技术意见，去会见美洲电信高层，顺邀巴塞罗那展，进入短名单。最终争取拿到4G标书。

先以集团17国的内部竞争，制约Telecell的抵触，再以Telecell技术部的被迫支持，反过来邀约高高在上的美洲电信。那Telecell与美洲电信的“鸡生蛋，蛋生鸡”的循环就能被打破了。

Jacob看了看表：“我们也到时间了，叫罗彬一起走吧。”

这三人旋即下楼，翡翠大厦楼下停着一排出租车，一位墨西哥调度员一招手，似乎知道目的地一样：“America Telecom？”（美洲电信）

“Si.”（是）他们点点头。

一辆红白相间的出租车到了面前，立即呼啸着驶向Lago Alberto

大街。

Jacob坐在车上，金黄色的阳光从树叶洒下，他正做最后的哲学沉思：政治与技术，究竟谁更有效?

之前“华兴天线质量门”，是阿里汉德罗向FRAN的一份投名状。而今天，Boyko技术如果够强，就能让阿里汉德罗改变姿态。历史上，一个过硬的技术，是能让人放弃任何政治派系的。

Jacob祈祷着：愿上帝保佑Boyko!

出租车司机说：“先生们，我们到美洲电信了。”

臣享、罗彬、Jacob第一次走进了美洲电信集团总部。

Telecell会议室。

阿里汉德罗是梅斯蒂索（西班牙与土著人）混血人，一位美国老派白人CEO在场，在墨西哥这种等级风气下，有直观的气场压制，阿里汉德罗自发地体现出尊重；而汪秦带着年轻人的复仇情绪，更让阿里汉德罗倍感羞愧。

汪秦的宣讲很成功，不再像上次那样唯唯诺诺的，他的眼神犀利，与阿里汉德罗有了对等的姿态。 佛洛森的社交能量，更加分不少，他步步紧逼：“我们已经在巴基斯坦和美国应用。”

阿里汉德罗手心出汗，他已经不能再说No了。这项技术，应该紧紧地握在手里。

马里西奥告诉他：“集团CTO office今天也正在看Boyko方案，但我们知道，技术问题一定还要与您先商量，Telecell的技术得有优势。”尊重的语气中夹杂压力。

今天派去的三人在不同的维度销售，推拉并用，阿里汉德罗容易顶不住而妥协，这样马里西奥就能实现他谈判中的三个目标——1.“开展实验局”；2.“方案上报集团”；3.“参加巴展”。

阿里汉德罗作为一线技术总监，他在协助集团CTO时，也熟悉别的子网的状况。压力与尴尬中，终于他开口道：“这件事，我觉得可以干，你们和奥斯卡、玛尔克斯讨论一下，在墨西哥城先进行测试。你们有测试基地吗?”

马里西奥回答：“有，在圣达菲有我们的技术服务中心。”

“圣达菲？好，就先这么干吧。你们先搞个实验局。”阿里汉德罗这头巨兽终于开始挪动了。

第一个目标达成了！马里西奥一面在桌下迅速给Jacob发消息，一面进一步追问阿里汉德罗：“您会和集团有关部门一起聊聊吗？”

“先看看测试结果再说。”阿里汉德罗眼睛一转。

“巴塞罗那有这个Boyko的展览，我想邀请你参观下。”马里西奥故意避开巴展中最核心的“4G主题”，以免刺激他与FRAN的关系。

“不去，我会和FRAN去西班牙。”他摆了摆手。

这答复让马里西奥又倒吸一口寒气，阿里汉德罗还有所保留。一出门，马里西奥又去了Telecell对面的那家Taco摊，复盘情报。

“也许我们都太自信了，”马里西奥没想到阿里汉德罗竟能扛住压力，捏着技术，引而不发，“在高层明确前，他作为资深人物，也绝不贸然表态。”

佛洛森已经有些紧张了。

“只有实验局先成功，他确信Boyko是有效的，他会第一个报喜的。”汪秦说。但他也知道一旦Boyko出现问题、或是高层有波澜，阿里汉德罗这个老狐狸一定会把资料交给FRAN，并在集团技术中落井下石。所以，实验局不能有一点闪失。

“说不好啊。”马里西奥担心道，实验局就算成功也要一个月，来不及邀约巴展了。

今天策划的两面夹击的攻势，一侧佯攻，一侧主攻，主攻方向是阿里汉德罗，打个时间差，再左右回合围歼，现在主力兵锋已被对方化解开了。

他们望着Taco摊正对面的美洲电信总部：“就得看Jacob在集团CTO那边怎样了！”

美洲电信总部就在Telecell隔着一条小路的正对面。Jacob约见集团CTO，助攻Telecell的阿里汉德罗一侧。现在，Telecell技术部的这一主战场没能打开，Jacob这里反而成了决战之地。

CTO肯也有60多岁，瘦高，满头白发，跟佛洛森比，他显得更加老一些，也更沉闷些，保持着技术专家的样子。

“肯博士，又见面了。”臣享与肯握了手。

这次会议能成，还是多亏了臣享。当时臣享在美国FRAN时，曾被派到AT&T的一个项目组里，肯对臣享有很好的印象：“好久不见啊。”

Jacob在国内时，对臣享做过履历调查，留心到肯和臣享有过共事，这也是他非把臣享留下，又逼臣享一起去偏远地区考察的原因——臣享是唯一具备高层客户关系的人，是一座桥梁。

“我们开始吧。”肯的寒暄不多，给的时间也不多。

Boyko方案投影上了墙壁，罗彬在圆桌前主讲，肯博士戴上老花镜，问得很细。

Jacob把罗彬的部署放对了位置，肯是个技术型的人，这是美洲电信的高管架构所决定的。若非罗彬在场，很难搞定这位CTO。罗彬作为一名美籍华裔的专家，跟同样博学的美国专家肯，很有互动感。

罗彬讲解了40分钟，肯用长长的手指拨拨点点着技术细节，像个巫师一样，最终他差不多听懂了，就不再问了。

臣享则扮演着聊天人，用“问”与“听”来带动肯的思考：“你觉得这个方案怎么样？”

“这是个好方案。”肯回答。

然后就又没话了，完全冷场。

臣享大感不对啊，美国人天性从不吝惜夸奖，可肯博士连“Excellent！”“Amazing”这种语气词都没——这一定是哪里出了错。难道在墨西哥待久了，变官僚了？

罗彬看看臣享，臣享看了看罗彬，两人把目光移到了一直不语的Jacob身上，等他做最后的努力。

可全程里，肯对不懂技术的Jacob不感冒，Jacob也只是在观察。

美国人肯是不是在保护美国企业FRAN呢？不会，很多人都保证过肯的人品。而Jacob观察到的肯，也确是一个典型的美国技术专家，对技术的追求压过山头利益的狭隘。但Jacob又不确定，如果农村通信这么重要，连阿里汉德罗都很积极，肯为什么不关心呢？

只有一种解释：这超越了肯的能力和KPI。

他决定要试探一下自己的假设。

“您是17国的CTO，每个子网的历史问题、发展进程、现状困境都很不同。农村通信很小，可能不重要。但如果是更大的领域市场，您会经常出差去当地了解吗？”

“我其实也不用去的，他们汇报给我就好了。”肯没有肢体语言，连嘴唇的动幅都很小。

Jacob确认了他的隐忧——肯是一个笼中兽。那狭小的身体语言已经说明了他正在高度忍耐。

一个美国人在墨西哥家族企业里做空降高管，威望不足、不受信任，更拿不到实权，甚至其手下17国的CTO们都各有派系和靠山，相反，肯是空心架子。Jacob想起阿曼多说过：美洲电信为了保护肯，在肯身上植入了一块GPS芯片，以防被绑架，这虽是墨西哥富人的常规安全保障。但也让肯觉得他的生活就像在监控之中。

唯一能让肯力争的而且必须力争的，只有在股东AT&T面临重大利益时，确保美洲电信不会在重大项目中选错技术路线。因此肯会在4G投标里出头，但未必会在“农村通信”中出面——因为空降兵要向元老们做权力妥协，个人能量要留待4G投标时才使用。

农村通信是历史遗留，肯不会去碰触既得利益者的现网格局，并且农村毕竟还是小头。

从政治考虑，CTO的最优解是“不查历史、不管子网，只参与集团全局的新项目”。这样才能借集团的大旗，顺势做技术决策。

他问：“您觉得Boyko方案如果在某子网试点，再上报美洲电信总部，您会支持吗？”

“各国都有自己的CTO，他们经验丰富，从一线实情判断。只要提上来，我一般不会反对，”肯保持着谨慎的措辞，“除非COO要我来帮他判断。”

“卡蒂纳斯？”Jacob问。

“是的，卡蒂纳斯会审批的。”肯始终不参与子网的决策，把皮球踢到了COO这里。

肯虽没反对，但也没支持，而高层不点头，阿里汉德罗分分钟就能破坏Boyko实验局。Jacob两翼夹击的计划又失败了，费尽心机搞来的Boyko，根本闯不过子网和集团的任何一道技术关卡，这样，COO卡蒂纳斯根本就看不到这份材料。

Jacob站起来：“肯博士，如果你有什么需要，或者任何技术需要，请联系我们。”

肯知道Jacob正向自己表忠心，帮助他在17国里树立威信，但肯并没有信心。

“我还有个会，”肯起身送客，“先生们，今天聊天很愉快，我真的喜欢这技术。”

臣享抓紧最后的机会问：“你会去巴塞罗那吗？”

“去的，FRAN邀请了我们。”

三人一看，FRAN的人已经在落地窗外等着了。

Jacob的心沉到了底，FRAN真是铜墙铁壁！

6

臣享回到翡翠大厦，这个工作日快结束了，距离巴塞罗那展只剩下三天半了。

邓博和大家正期待着好消息。

几天前，邓博被Jacob安排了新任务——要求在本届巴塞罗那展上，华兴展览Boyko公司方案。邓博虽是老研发，有资源协调，但“巴展”是公司最高品牌活动，其宣传主题、投屏PPT、物料搭建、演讲，都是提前四个月启动策划的，还要经层层审批，怎么可能在一周里说改就改呢？

邓博在压力下，假借了方总这前研发EMT的名头，来压总部。

最终，华兴“巴展组委会”决定在今年“4G”主题之外，增加以“偏远地区”为主题的一个方案展台、一个PPT投屏、一次主题演讲。

然而这边的消息传来，邓博沮丧到极点。巴展前调换宣传不是小事，他已豁下老脸，抵押多年的个人信用，向总部领导承诺“美洲电信一定来”，现在，鸽子放大了，信用清零了，总部老朋友也不会帮他了。

大家站在作战室里，像听到前方战败的消息一样，集体沉默。邓博、汪秦、马里西奥、臣享都已经用尽了全力，奥马尔、王烁、董青、罗德里格斯等人，也没有不努力的。就连Boyko的两位创始人也拼了命。

大家还在等着Jacob，像之前那样，期待他讲些什么，给一个出其不意的方向，告诉大家这只是他把握大局的节奏而已。

但Jacob还未出现。实际上，在翡翠大厦楼下时，他让臣享先上楼，自己则借口买杯星巴克，躲了起来。连番作战，他需要找个安静的地方独处。

臣享没说什么，宣布坏消息需要消耗巨大心神，一个受伤的人确实不太适合。

“一杯美式，超大杯。”点好咖啡，他找了一个皮沙发，苦闷地坐下。

透过咖啡馆的玻璃窗，他看见臣享进了电梯口，在回程路上就想过了，自己该把权力交给臣享了。

他叹了口气，然后喝了口咖啡，这味道太苦了，但不加浓，他精力撑不住。

好吧，是该想想怎么收场了。

墨西哥的星巴克里人很少，内部用的都是高档材质，墙面也有艺术气息，窗外是一片草坪，客人彬彬有礼，足以让他静心思考。但他还是很燥。

他知道楼上会发生什么。人人都把他想象成一个超人，期待他给大家希望，激发大家的潜力。大家也确实都突破了自己。但现在，是他辜负了大家。他不是什么超人，只是一个做事“加杠杆”的投机者，总会遇到崩盘清算的一天。

手机里，跳出一封e-mail——这是之前，他请求方总从其他地区部调派的人员的资料。

第一位：吕风，29岁，北非地区部的无线产品经理。两年前，他出差乘坐的航班失事撞了大山，机头折断，他大难不死，还救了幸存者。此事一出，他受山总接见，升了一级。女孩们也发情书给他。可他因目睹生死，周末总要去机场看飞机。因此，北非地区部担心吕风有心理问题。

第二位：方成杰，30岁，日本分公司。华兴日本是“地区部级分公司”，他也是身经百战的专家。在一次海啸核泄漏后，西方企业撤逃，但华兴要坚守，方成杰却因害怕而擅自逃回深圳，被记大过。如今，他的晋升都受阻。

第三位：冯程，被派去世界最穷的乍得，那里疟疾高发、有地方军阀。除了不安全外，生活也极无聊。可他年轻闲不住，每天爬30米大树发泄。有一次，他太无聊，追着院子里的几只小鸡，竟追出十里路，小鸡实在跑不动了，回头一瞥，吐白沫暴毙倒地。

……

唉，Jacob看着这些即将报到的员工，很理解他们，都想借一个新部门，忘记黑暗过去，换一个新未来。可这些员工得不到救赎，Jacob的“美洲电信事业部”将成为他们的终点站……

多日缺眠，他反应慢了许多——手机已经震了很久，楼上的人正在打电话给他。

他接了起来：“Jacob，你上来了吗？”

“……”他陷入了自我怀疑，他正南辕北辙地把全队带沟里，给他陪葬。他无脸面对楼上的下属。“等一会儿。”现在上去，他就得去和大家告别，他没想好说辞。

这时候，还有谁能和他说说话？说些无关紧要的牢骚。他望向空中，太阳正在西下，渐渐向黑暗沉下。

Selina——他忍不住想起那个女孩。

走出星巴克，他叫了辆车去往“国家美术宫”（Bella Artes）。在那里，他第一次和Selina相遇，他记得她的白裙、马靴和漂亮帽子。她跳舞时那么开心。

可惜，今天是工作日，路上安静平淡，他独自走在墨西哥街头，沿着改革大道，又沿着那条充满历史感的小径，走到巨大的“宪法广场”，找到上次的石阶，坐了下来发呆。

“宪法广场”里车辆乱按喇叭，一切都很混乱，墨西哥城再也不像上次那样乐观洋溢。他最后看一眼，迷失在墨西哥城，说着“Adios（再见）”。

人在异乡时，最害怕孤独。

他需要一个人能讲讲心里话，最好是一个陌生人，跟他生活工作平行、素无瓜葛，这样他才能坦然倾诉。Zocalo大教堂的钟声敲响，他走了进去。

Selina说过，她每周都会来。

他祈祷了一会儿，关于2012、关于轮回、关于重生、关于乐观、关于神圣、关于信念他都不关心。他只祈祷今天Selina会来。这样他就能和她讲讲话了。

然而，她并没出现。

他摸出手机，第一次搜索Selina的号码，犹豫再三。上次她把电话给了他，因为这拉美姑娘对他很好奇，也很喜欢他。但Jacob打过去，会不会是不好的暗示？

他找到了她的号码，可又陷入了天人交战——一旦拨出去，他算不算对不起小玲？他的状态一定会失控。

但他也只是个普通人，不过是想找个朋友，可以随便乱说话，做回自由的自己。而作为领导，他与同事、下属是不能做朋友的。

“Lo Sientoimos…”（我们很抱歉……）他听懂最初的几个西语，应该是运营商提示她关机了。好吧！无法告别，也不必自责了。Jacob的紧张感反而因此释然了。他抬手看表，已经太奢侈地花时间调节情绪，是该回去干活了。

他回到翡翠大厦，在楼下的吸烟点，他打算抽完最后一根再上去。

墨城的女烟民极多，女人吸烟是社会进步的象征。他问姑娘借了个火。

结果有人把火机伸到他嘴边。他一抬头，是另一个中国人，那人抢在姑娘前给他点燃了，嘲讽着：“二等烟民，有烟没火。”那人一身花花公子气，借着Jacob，搭上姑娘，聊得很欢，还交换了联系方式，女孩和他行了吻面礼，才恋恋不舍地放他走。

“等等，你的东西，”Jacob把打火机还给他，“你叫什么名字？”

“罗笑，”那男人拖着箱子上了大楼，“你这泡妞技术太差。”

虎落平阳，Jacob叹了口气，还是想想如何和下属们交代。可抽完烟，他回到了楼上，办公室里居然是一阵欢笑，气氛奇佳。

“兄弟们，你们海外的生理问题是怎么解决的？”罗笑正在作战室里说段子，“我跟你们讲，分到东南亚，那叫‘冲锋枪队’；分到非洲，那叫‘敢死队’；分到中东，那叫‘手枪队’。”

大家坏笑，猜想到了其中的隐意：“分到拉美呢？”

“你就是‘大清炮队’，性福啊，拉美可是最开放的。”

Jacob推开了大门："罗笑，你给我过来一下。"今天的邮件里也有罗笑的简历——拉美四年的老油条，西语熟练。

罗笑一看别人的眼神，察觉惹麻烦了，他心惊胆战地跟到了另一间会议室。

"我给你安排一个任务。派你去加勒比海拓展！"

"领导，楼下是玩笑，你不能公报私仇啊。"

"收拾下行李走吧。"

臣享夹着笔记本走了进来，把罗笑赶走，问："Jacob，你在干什么啊？"

"最后，我也得为你做点事。"Jacob打开那份"决策鱼骨图"。"自下而上"的项目，先要有17个子网提出强烈需求后，才能上报集团CTO，等集团CTO审核通过，再报给COO office。

既然FRAN在Telecell根深蒂固，那就从另16国找机会突破。Jacob看过，哥斯达黎加、巴拿马、牙买加、多米尼加和海地，今年也有新的机会点。

"肯说，他不会阻止分公司CTO同意过的方案，所以只要在16个国里有一个项目拱到集团，你就能突破肯这一关了，找卡蒂纳斯审批。"Jacob把一张A4纸给臣享，"这是之后要来报到的人，罗笑、吕风、冯程都是脾气怪的老员工，但能力都很强，如果你把他们放在墨西哥事业部里，和现在这些人很难融合，但派去16国里独立作战，都是好手。"

"怎么？你这是什么意思？"

"我的时间已经用尽了，接下去都靠你了，"Jacob伸出手，正式交权，"你也要抓紧，8月是最后邀标截止日。"

"胡说什么呀，你看看外头。"

他一看，外面大家好像气氛很轻松的样子，似乎没人放弃，那压根不是罗笑黄段子的影响力。

Jacob瞪大眼睛，盯着臣享，疑惑地问："你刚才怎么跟大家交代的？"

"我替你鼓舞了下士气，给了大家一个希望。"

"啊？"

“我说，你其实早就预计好了，你刚去找卡蒂纳斯了，”臣享对着那份“决策鱼骨图”点了点最上头的COO，“看，这最后一关，不是还没结束吗？”

“他们都相信？”他看了会议室的透明门外。

“相信，”臣享打开自己的笔电，蹲在Jacob身旁，“我刚以你‘事业部总裁’的名义起草了一份给卡蒂纳斯汇报Boyko的邮件。你看看合适的话，就发出去。”

Jacob坐在椅子上，端详着，他眼睛盯着决策图最顶端的COO——他曾与阿曼多反复讨论过，相信卡蒂纳斯是一个很不同的人，这人懂一线业务、权力很大，却不官僚。他年轻、务实、有进取心。他来自卡洛斯家族，虽然受FRAN的束缚，但正因为是家族成员，他有更大的自主权，不受FRAN遏制。

他本身就是世界首富卡洛斯的PLAN B。

但Jacob也不确定，毕竟他们谁都没建立过这一层客户关系。“你相信吗？”

“哼，不信，”臣享鼻子哼着，他看着翡翠大厦窗外半山的星光点点，拍了拍Jacob的肩膀，“但你也有我办不到的事！”

7

倒数第三天，大家都在祈祷。

天下绝无偶然的好运。

在偏远通信考察的前两天，阿曼多接到Jacob那个哭笑不得的“重要”任务，要他向美洲电信和Telecell传递一个消息：“Jacob来了，一年内要突破美洲电信。”Jacob大摇大摆地立了个鲜明的人设——一个改变规则的外来者。

在阿曼多的持续运作下，敌人、盟友、旁观者都听到了这样一个“外来者”的声音。而当这个“外来者”，从农村通信、CDMA 450MHz低频方案到Boyko技术，一个个大招不停使出时，而且怎么都打不倒时，业内人士都开始纷纷打听他并敬畏他。

Jacob有了自己的江湖名气。

美洲电信集团COO office终于来了一封邮件，想了解下Boyko方案在美洲多国的前景。

但这种见面，是一对一的，Jacob要在最后一刻，独自力挽狂澜。

车再一次到达Lago Alberto。

美洲电信总部外层，布有一些铁丝网，就像一个军事堡垒，让Jacob想起在中东时看到的美国大使馆。他进了大门右拐，集团COO办公楼是一栋3层的小楼。一楼不知是干吗的，COO office在二楼，坐了卡蒂纳斯手下的5个人——集团COO的“五根支柱”，五人的头衔是“国际业务经理”，但级别相当于每个国家分公司的CXO。“五柱”能直接与各地CXO对话，甚至因与集团COO有更近的关系，实际影响力比分公司CEO更高。

Jacob走上了二楼，二楼很安静，他皮鞋踩在奢华的樱桃木地板上，吱嘎作响。

二楼是一个私密的区域，有一位前台女秘书，她了解Jacob的来意，电话与内部确认后，说：“安赫尔先生正在他的办公室等您。”

今天，卡蒂纳斯并未亲自出面。

“谢谢。”Jacob往深处走去。里面有几间房间，“五柱”一人一间，房间的上半截是半透明玻璃，下半截是木质护墙板。每一间都半掩着，门上写着名字，每一间装修几乎都一样——一张高档的木质写字桌，几把高档椅子，一个衣帽架，就像欧洲政府内阁的办公室一样高贵简约。

Jacob知道，一旦墨西哥失败，另16国的业务就必须跟他们打交道。他用路过的一秒余光，观察每一个人，搜集着情报。

第一间写着里卡尔多（Ricardo），负责“中美洲大区”，30多岁，肥胖，头发稀少，皮肤白到过敏发红。他穿着名牌正装，白色蓝格的衬衫，银色领带，西服挂在了衣帽架上，稀少的头发依然梳成大油头。他是“五柱”中唯一戴眼镜的，像个书呆子，但有一种变态怪才般的高智商，只是他的眼里没有权力欲望，却散发一种冷漠感，冷到发阴。这种高冷，让Jacob感觉里卡尔多是出身于名门望族却被忽略的庶子。

第二间写着阿瓦罗（Alvaro），负责秘鲁、哥伦比亚、厄瓜多尔等安第斯山脉国家“新格兰纳达大区”，30多岁，他个子不高，比里卡尔多瘦一些，但还是很壮。阿瓦罗头发有点卷，皮肤较白，穿着白底红格衬衫，眼睛却不像纯白人那样凹陷。他富有热情，也积极主动，然而这种热情之下，Jacob能感觉到他躁动的野心——也许阿瓦罗正是靠努力和情商，从一个中产家庭爬到这个位置。

第三间就是安赫尔（Angel），第四第五间Jacob不能绕过去看，但能够想象，坐在这里的人可能是和卡洛斯家族沾亲带故的二代子弟。

Jacob很奇怪，五人中为什么是安赫尔来找他，现在明白了，安赫尔的办公室正在二楼的C位，他负责巴西，而巴西占美洲电信业务的半壁江山。

安赫尔30多岁，1.76米，在墨西哥人里不算矮，血统上，他是纯种白人，金发碧眼，身线完美，长得是五人中最帅的，像古典雕塑里的美男子，一点没有墨西哥典型的肥胖感。他一身洁白的衬衫，灰色羊毛西裤，鳄鱼皮鞋，戴着金表，胸口插着两支万宝龙，散发出浓烈的掌控力，又有种似深渊般的城府。

“这边。”Jacob一出现，就被眼尖的安赫尔叫了进去。从气场上看，安赫尔的烈度很高。

“Jacob先生，幸会，”安赫尔起身招呼，带着一丝西语腔，“卡蒂纳斯先生不在墨西哥城，但他觉得你们的‘农村通信’方案不错。另外，他也感觉到你们的诚意。”

Jacob的判断是对的——之前通过阿里汉德罗的反应，他判断农村通信是集团运营的要务，果然卡蒂纳斯很关心。

“安赫尔先生，谢谢卡蒂纳斯先生的夸奖，如能为美洲电信做贡献，是我的荣幸。”

“跟我讲一讲Boyko的细节、投资成本分析、现有对比吧。”

出乎Jacob的意料，安赫尔这样的一位非技术高官，居然问得很细，这一定是卡蒂纳斯的管理风格所致。而这样看来，美洲电信COO的管理权限确实比一般COO大很多，甚至是事无巨细。就只怕安赫尔的技术专业度把Jacob问住，那气氛就尴尬了。

“好，现有的基站在土建成本上很高，回传网络、铁塔……”

正因为Jacob亲眼见过墨西哥的各种场景，那第一手的新鲜感，让他应付自如。而他结合着在中东沙漠、伊朗高原，在泰国雨林、东南亚小岛的经验，对应到安赫尔问的16国不同的环境，他虽未曾亲临，但也对答如流。

双方的对话很顺畅，Jacob掌控着节奏，时而停下问，时而安静地听，时而不给答复而让安赫尔自己思考，引发出需求和双方的共识。

安赫尔听得有不少收获。Boyko是技术问题，但归根到底，业务运营还是COO兜底的，因此任何技术缺陷，卡蒂纳斯会大胆跨过技术部门，长臂管辖。

“所以这个方案，对于偏远地区和农村很有价值。”Jacob总结起来，准备最后抛出橄榄枝。

“是的，肯博士也这么跟我说过。”安赫尔说。

臣享还是用了自己的能量，让肯也表态了。

“那Boyko现在有什么应用吗？”安赫尔问。

这听起来像是最后一问了。“有，主要在美国和巴基斯坦。现在我们在圣达菲中心，与Telecell开展了实验局，也想听听卡蒂纳斯先生的意见。”

“哦，Telecell，”安赫尔意味深长地回应，但速度明显缓下来了，似乎要结束谈判，“希望有好消息，有了请通知我。”

“那您觉得我们在墨西哥之外的另16国里，能否也找到合作场景呢？我们在巴塞罗那展上将展示Boyko方案。如果卡蒂纳斯先生感兴趣，我想邀请您与他抽时间去看看。”

“FRAN邀请了，我们将和其他最高管理层一起去。”

FRAN真是无孔不入啊！Jacob平复着心跳，继续努力：

“那请问COO office的其他人呢？如果安排任何一位的话，我相信他会在他的辖区也考虑使用Boyko的……”

“他们不去。”安赫尔开始掌控着主动权。

安赫尔跷起腿，手指摸了一下嘴唇，问道：“我听说一句话：Jacob来了，今年要进我们集团的供应商。”

“是的，今年。”Jacob既不尴尬，也不退让。

“我知道你想找卡蒂纳斯，但是你没有注意到吗？COO office的五个人，没有人对口Telecell，卡蒂纳斯的审批不包括墨西哥Telecell。这是由CEO丹尼尔直接决定。”

原来，各国子网上报至集团CTO再到集团COO，并不适用于Telecell。

“既然你已经走了Telecell这条线，我想卡蒂纳斯先生就只有先等丹尼尔，再做决定了。”

安赫尔笑了下，摇摇头：“祝您今年好运。”

从安赫尔的反应来看，尽管COO office对Boyko有兴趣，但他已拒绝了Jacob。家族关系的水很深，安赫尔作为卡蒂纳斯的首席幕僚，绝对不赞成COO越界做一件CEO的事。

会议结束了。虽然COO实力之强，雄踞16国、凌驾于集团CTO，也无法干预Telecell的决策，哪怕仅仅是在圣达菲中心的实验局，卡蒂纳斯就插不上嘴。

这是婉拒。今天的见面只是礼节性感谢华兴，卡蒂纳斯都不露面。农村通信和自己的努力，依旧只是高层博弈的一个工具。

从汪秦的消息得知，Telecell也并未开展Boyko实验局的实质动作。而PLAN A的CEO丹尼尔是一个不折不扣的FRAN追随者。

“于总，我们的独立宿舍办下来了。”卢娟打来了电话，带来了一个好消息。

“辛苦你了。”不过太晚了，一切结束了，这次真的结束了。安赫尔已判了他“死刑”。

“还有呢，”她带着求表扬的骄傲口吻，“臣总让艾迪找了移民局内部的关系，我们的FM3也搞定了。”

“真的？！”这意味着，自己可以在墨西哥办理申根签！Jacob又一次死灰复燃，“给我们尽快办理申根签，预订去西班牙的机票和酒店！”

“您约到了客户？”

“不，我们巴展现场截人！”

自己被判死刑，但还没执行枪毙呢！要直到巴展闭馆，才算他的最后时刻。而许多运营商重大的决策恰恰都在巴展后。

巴展是世界顶级的信息科技展。他还有最后一线生机，他要在法场之上，最后一战，扭转乾坤！

chapter 8
绝杀巴塞罗那

1

巴塞罗那，西班牙第二大城市，靠近地中海，是西班牙最重要的贸易港口、工业和金融基地。这里气候宜人，风景旖旎，古迹遍布，是世界会议中心之一。一年一度的MWC大会——全球顶级的移动通信展，就落户在此。

这是人类科技的盛会，来自220个国家及地区的800家移动运营商、230多家移动生态系统中的企业、1000位业界CEO、10万名行业决策者应邀参加，包括手机、软件、网络、互联网、金融、医疗、媒体、交通等行业的企业。在这里，将确定人类未来3～5年的科技走向。每一个伟大的公司都要在巴展上，争奇斗艳，奠定自己对科技的发言权。

这里，真正唱主角的是华兴、爱立森、FRAN、三晟、诺阿、西门子等顶级网络设备巨头。他们是人类科技文明的底层基石，上影响物理、芯片、材料，下影响互联网、生活、医疗、金融、交通。

本届主题是大热的4G，而FRAN打出了跨越下一个十年的宏伟战略"1000亿次链接！"——这甚至是一个5G预研的探索方向，FRAN科技实力可见一斑。

FRAN表示会在通信方面，提供更广泛全局的链接，如手机网络、物联网、车联网、工业联网、智慧城市、新农业、新零售、新金融、新交通、新安防、新教育……未来目标要创造一共1000亿个链接，而不再是单单60亿人口的手机这么多，而是“万物互联”。这将形成巨大的经济价值！

“1000亿次链接”是高瞻远瞩的大战略，“万物互联”的概念一提出，就吸引了上下游的各界，共同参与、做大蛋糕。一个充满想象力的新商业市场和人类科技前景，将在本届大会上赢得满堂彩。FRAN也被再度封神，它的伟大创新就像发明蒸汽机一样，将把世界带进“第四次工业革命”的新纪元。无疑，这是行业的领头羊才有的气魄。而华兴在行业里排名第四，中国公司在世人印象里还是“低价”“抄袭”“替代品”。

但人们的印象通常是滞后的。

深圳宝安机场！上海浦东机场！北京首都国际机场！香港国际机场！南京禄口国际机场！成都双流国际机场！西安咸阳国际机场！杭州萧山国际机场！这是华兴深圳基地及国内各研发中心所在地的机场，2000名华兴员工登上从中国飞往西班牙的航班！

从技术到品牌、从战略到规划、从行销到产品，三级、二级、一级部门总监或总裁，乃至华兴最高的9大EMT成员，都将同行。

这还不包括华兴从国内30省的分公司、海外6大片区、15个地区部、上百个分公司飞去的业务骨干。在全球顶级展会这种事上，华兴绝不会省钱，他们一共将派出5000多人，向全世界证明，华兴是最优秀的。

这一切行动的组织，全都是华兴的“后勤部”统筹，这堪称国内最强战斗力的行政部门，保障着全球员工和客户及时拥有当地签证、机票酒店、餐饮会晤、通信交通、物流、会场安全、休闲娱乐等，处理各部门的紧急变更，24小时运转以应对紧急事态。

最特别的是，华兴总部有一支特别的会晤招待大队——“客户工程部”。

“客户工程部”，相当于华兴的会务公司，下设4个部门：外务、展厅、礼仪、首席接待。“礼仪队”学历虽一般，但长相身材都是模特级的，经专业礼仪训练，负责迎宾接待；“外务接待”，他们细心且富有经验，至少懂两门外语，每当一位客户抵达，他们要定制三到四天的行程，从参观城市、考察公司到餐饮、娱乐、培训和会晤，全程外勤陪同；“展厅接待”，则是最具技术知识含量的，展厅里放满华兴几十条产品线的历史和现有产品，客户从技术基层到CEO、从教授到科技泰斗、从政府要员到商业巨子，“展厅接待”会用技术震慑住任何客户。而4大部门中，“首席接待”的选拔要求是最高的，要参与公司高层会晤谈判的陪同接待，他们会3种外语，情商智商都很高，悟性和忍耐力也不一般，样貌也不输礼仪，小玲就曾是首席接待。

平时，“客户工程部”就在深圳，他们有一套神奇、精密的接待流程，能保证无论有多大偏见的客户，都180° 转为好感。在巴展期间，数百位“客工部”员工被派到巴塞罗那，负责在当地协调与组织。

中午12:55，“伊比利亚”航空公司航班号IB6400，一架巨大的空客A330从墨西哥城起飞，10小时30分钟后，抵达马德里。1小时内转机IB730，再飞1小时15分钟，于当地次晨8:45在巴塞罗那El Prat国际机场降落——这是巴展开幕前的一天。

Jacob、臣享、马里西奥、阿曼多、李森、邓博，一共六人。此外Boyko的罗彬与佛洛森也同行。其余人则由汪秦负责，留在圣达菲完成Boyko实验局，危机前，春节期间谁也不打算回国过年。

十来个小时的长途飞机上，“巴展小队”休息得很差，但已容不得补眠了。在飞行中，Jacob把大家拉到飞机中段，部署任务。

“美洲电信是高层驱动的，这次‘巴展行动’的核心，就是要借展会的东风，让集团管理层对华兴Boyko产生兴趣，并进入短名单，以求拿到4G标书！”Jacob鼓舞着大家，“只要一件小事，也许就能打动客户了。”

“目标是哪些客户？”李森问。

“集团CXO级。在美洲电信，只有CEO丹尼尔和COO卡蒂纳斯有家族的血脉，他们是有最终话语权的，他们是最终目标。而其他管理层虽没有决策权，但也不能在关键时刻惹麻烦。”

阿曼多给每人发了一张打印纸：“这是我搜集到的高层出访的时刻表。”

“你怎么拿到的？”臣享问。

“东拼西凑，再加一点想象力。”阿曼多戳了戳脑袋，有的信息是从秘书这里探出口风的，有的从奥斯卡这里刨的，有的从客户邮件里估的，有的是与其他友商情报交换的。最搞笑的是他从美洲电信大门口的出租车司机这里探来的——这些出租车常年占据这市口，对FRAN的美国职员也很熟悉，每当美国人上车回圣达菲时，闲聊的信息就被司机得知。

阿曼多凭借这些，像解“数独”谜般构建出了行程：

“美洲电信的CXO们会去五天，前四天是巴展，从会晤到晚餐都与FRAN一起，唯有最后一天，集团和分公司高管开17国的闭门峰会。”

“FRAN全程封锁？”大家又一次震惊和无奈。

阿曼多说：“FRAN历来赞助集团出访巴展。他们贴身盯防、全程陪访，决不让其他友商近身。”

“要不从墨西哥外的其他16国分公司入手？”臣享建议，“那里比较松。”

“必须聚焦集团管理层！”Jacob拒绝了。

“不是16国可以自下而上地提需求吗？”众人也疑惑地看着Jacob的决定，包括罗彬和佛洛森。

“子网没有用，因为COO office一定建议卡蒂纳斯拒绝16国提上来的Boyko需求。”

安赫尔已经表明了态度，作为“五柱”之首，他的责任之一就是保护COO卡蒂纳斯不受官僚体系的伤害。而他治下的另四人，也不会同意他们辖区里的Boyko需求。

Jacob从没有神机妙算，是一次次失败试错，给了他不断逼近真相的依据。

“可FRAN平时就无处不在，这次贴身盯防，你怎么突破？”

叮咚，飞机一阵颠簸，空姐要求大家回到座位上去，会议临时解散。臣享坐在Jacob的隔壁，飞机上第一次相遇，一个月后他俩又坐在了一起。

Jacob束好安全带：“离开墨西哥前，我在地区部和客户这里散布了一个消息。”

“什么消息？”

“Jacob要下野了，臣享将成为接任的新总裁。”

“这？别开玩笑。”臣享吓了一跳。

“反正本来就是真的，”Jacob淡淡笑着，“对了，我问过你，你相信农村通信吗？你说不信。你说现在是4G宽带时代的投标，看什么陈旧的农村信号覆盖。”

“那是当时的气话。”

“我觉得你是真心话，你一直在繁华城市里长大。而我们的经历不同，想法也南辕北辙。”

臣享顿了顿：“我信什么不重要，因为我在一个月里，也做不到你这样的程度。一切还是靠你来定方向。”

“不，有关系！”Jacob转过头，看着臣享，“就因为我们不同，你才能做一次佯攻。”

高层关系复杂、波谲云诡、暗流涌动，犹如不可预测的“三体运动”。但巴展能将总部各怀鬼胎的管理层和17国子公司高层集中在一起，在这个“拉格朗日点”，各方力量达到暂时性的平衡，这是他唯一扭转乾坤、重塑新格局的机会。

Jacob像只有一发子弹的神射手，要在千米之外，毫秒之间，高速移动中瞄准，十环命中，才能绝杀FRAN。

“你想打哪个方向？丹尼尔，还是卡蒂纳斯？”臣享唤醒着思考中的他。

Jacob没有想好。丹尼尔是符合流程却保守的最终决策者，卡蒂纳斯则是在流程之外的脆弱二把手。

“无论是谁，我都可以，”臣享停了下来，“但离开幕只剩下24小时了，你很难改变他们，他们都是墨西哥的大人物啊。”

2

巴塞罗那的阳光已经照耀在机舱外，一下飞机，“巴展小队”发现，从接驳廊桥到机场通道、转机大厅，整个机场都被广告牌包围了，满目都是参展公司的海报。日韩、美国、欧洲和中国科技厂商的竞争，从机场就已白热化了。

机场历来是国际商务人士第一印象的来源，乃兵家必争之地。但这只是宣传战的起点，各方角力不停延伸，在“巴展小队”赶往市区的一路上，公交站广告、高速路广告牌、建筑外墙广告、楼顶户外广告，整个城市浸染在本次规模空前的展会所带给广告业的饕餮盛宴中。

但脱颖而出的当属FRAN的KV（Key Visual，主视觉画），那句“1000亿次链接”的口号，不但是4G的标语，更包含了未来5G的理念，简洁有力、未来感极强。而华兴对4G主题的口号则是基于从2G/3G/4G逐步演进的理念“All in 1”（归于一体）。

臣享的心情很复杂，一面他看着老东家FRAN的实力，不禁激情澎湃；一面看着现在的华兴口号，有点简陋。不，不仅是简陋——FRAN向前迈向5G，华兴向后回头还看着2G，相形之下，简直是人与神不可触达的境界之差。

他看了看Jacob，Jacob没有任何挫败的样子。

Jacob一行的出租车到了巴展场馆——“Fira会展中心”，在门口的广场上，已做好了各种安保措施：栅栏、铸铁拒马、保安、警犬、X光扫描机都一一就位。

今天是展前最后一天，充气拱门、宣传旗、吉祥物、悬挂型海报、玻璃幕面投影、电子巨屏、互动装置、集装箱展示车、联名赞助的超跑都已经贴上了各大公司的广告，当地可用于广告展示的资源已被榨干了。Jacob抬头向天空看去，华兴还动用了“空中力量”——租用直升机彩带、高空气球秀广告，喷气式飞机做宣传。

忽然，300位美女出现了，乍看是空姐，但这些东方女子，胸前佩戴华兴的工卡——这是“客工部”。她们穿着统一羊绒大衣和呢料短裙，盘起利落的头发，扎起真丝围巾，拖着机长箱，整齐地排成一字长流，就像美女组成的一列300节人形列车，浩浩荡荡开进“Fira中心”。她们面带微笑、气质超群，阵形蔚为壮观，即便是火辣的西班牙女郎，也黯然失色。

IT和财经记者们纷纷按下快门，周边的本地人、布展公司都被这架势镇住了。在IT男性主导的纯技术领域，她们显得格外突出，这才是华兴一张与众不同的品牌名片。

一切似曾相识，Jacob恍惚记得，他第一次参展时，小玲也在队伍里，他俩在Fira的门口也这样相遇，而那年华兴海外还在草创……

“走吧，进去吧。”Jacob要为后几天的行动踩点。他拿出卡纸，这是小玲帮他们传真过来的特别通行证。

“Jacob，这份是Fira展馆内部图，上面有各区位置和线路规划。”李森拿来资料。

他们要推算出美洲电信管理层可能在馆内的步行线路、停留地点和时间表，从而制定相应的截击策略。

Jacob卡着秒表，走遍了整片场馆，哪些是对手的展示区、互动区、演讲区、展厅、圆桌讨论区、高端私享区，他都默记在心，就连距离长短、顺序、步速、干扰因素，也都心算出各种排列组合下所需的时间。他又走了一圈，查看会议室的议程表，估算美洲电信的会晤计划。

现场测量完，他们又去了美洲电信将入住的酒店——W Hotel。他必须观察地形，知道客户作息安排和交通出行。W Hotel是顶级奢华酒店，要想在巴展期间入住，必须提前一年预订。Jacob只能在附近的Holiday Inn住下。

从墨西哥到现在已连轴转了20小时。

“大家睡一会儿吧，一会儿我会来叫你们的。”Jacob订了间套房，成为临时指挥室。

今天又是一个除夕，隔壁房间的中央四套正直播着春晚，传来阵阵欢笑。

工作是麻痹自我的方法。他煮了一杯咖啡，坐在写字桌上分析情报。阿曼多的客户画像、邓博的总部资料、现场收集的信息，化成一张张卡纸，都摊在一张大桌子上，而他像一个操纵塔罗牌的巫师。

只有一个人在32岁的卡蒂纳斯之上——40岁的最高决策人CEO丹尼尔！

丹尼尔，稳重老派，善于财务分析与投资收购，眼界高瞻远瞩，Jacob听说他把事务交给手下，自己抽身于宏观大局，关注长远战略，但并不太知道下面的情况。

咖啡壶发出沸腾的啸叫，Jacob一手冲泡咖啡，一手翻着他的资料。

8年前，已是CEO的丹尼尔曾提携24岁还是新人的卡蒂纳斯，双方很亲密。但随着卡蒂纳斯在哥伦比亚一线不断成长，也有了自己的想法。两人理念的冲突越来越大，一个是资本运作，一个是实干运营，但碍于家族荣誉，双方从不会撕破脸。

卡蒂纳斯作为二把手，身负各项运营KPI，为了完成艰难的目标，必定扩大自身权力，扩权对职业经理人很难，但家族成员的卡蒂纳斯却没有阻碍，不过即使如此，扩到一定时候，二把手与一把手就会产生一定的摩擦。

丹尼尔作为一个战略家，遇到了掌握指挥权的卡蒂纳斯，也就怕沦为太上皇。

“那丹尼尔在管理层里能拉拢谁呢？”Jacob坐了下来，推换着桌上的卡牌，上面不小心沾上了咖啡渍。

CFO凯罗尔，背后似乎有人，但她都要听命于CEO丹尼尔。

CTO肯，总是代表AT&T，很独立，但胆子不大。

那么，是采购总监佛朗索瓦。佛朗索瓦在这位置坐了十多年，利益早已盘根错节。当他的采购权受到了卡蒂纳斯的审核权的挑战，他必然投靠丹尼尔，而丹尼尔正好利用他平衡卡蒂纳斯；而技术上，丹尼尔也要有自己的喉舌，限制卡蒂纳斯对技术方案的长臂管辖，于是一个新部门成立了——“新技术部”部长胡安就是丹尼尔任命的。

Jacob把牌分成了三列。左边：丹尼尔、佛朗索瓦、胡安、凯罗尔是一条战线的；中间：肯是中立的；右边：卡蒂纳斯是另一条独立的线。

卡蒂纳斯在丹尼尔的布局中，满是对手。

咚咚的敲门声传来，大家并没有等他来叫：“我们也睡不着，Jacob，说吧，具体怎么干？”

Jacob看着卡蒂纳斯的卡牌，又看看丹尼尔的。显然应该押在丹尼尔身上。然而，华兴任何一个主题，都未曾引起丹尼尔一系四人的注意，而卡蒂纳斯对Boyko方案表示过兴趣。

“卡蒂纳斯。所有方案都围绕他来策划！”

他只有迎难而上了。

3

卡蒂纳斯下了飞机，他金发褐眼，像希腊神话里的战神阿瑞斯一样俊美。他一言不发地跟在丹尼尔身边。他俩的身后，则是肯、凯罗尔、佛朗索瓦和胡安。

管理层外围还跟着些随从：

丹尼尔的首席秘书官玛莉娅（Maria），她随时要记录丹尼尔的讲话指示；卡蒂纳斯则带着安赫尔；肯带着CTO office的三个专家，他们是肯从AT&T带来的。和肯一样，他们长得很高，荷兰血统，着装很随意，这与爱讲究的墨西哥富人不同，与其他人总有若即若离的感觉；凯罗尔走得离丹尼尔最近。她身边带着两位资深副总，华尔街美式精英的样子；丹尼尔的亲信——胡安和佛朗索瓦，穿着毛料的大衣，锃亮的大油头，凸出的大腹显得很有派头。他俩也是TeleMex的元老。

今天FRAN陪访的，正是FRAN全球高级总裁兼拉美片区总裁帕特里克——那位在泰国DGG项目里露面的FRAN高管。

帕特里克44岁，强壮有力，白色皮肤上有点雀斑，虽然如今的他已是放眼全球销售的高级总裁，但他还是放弃了一切其他要务，专心陪伴美洲电信。

“丹尼尔，你看到了吗？”帕特里克春风满面，机场里全都是FRAN的“1000亿次链接”。身为爱尔兰后裔的他，用着西语与集团管理层交流，口音地道。

FRAN的科技宣传片，一个女性声音正在说——“哪里有链接，哪里就能产生价值。”

“FRAN将新创造出1000亿次链接，互联网和创新企业能将链接商业化，改变传统行业，这能做出一块超级蛋糕。”帕特里克阐释着FRAN的科技哲学。

世界经济熄火，金融危机余波反复，而FRAN的新概念，有着一条长长的生态产业链，像一个火车头，将重新拉动世界的繁荣。

“很有新意和前景！”丹尼尔保持着绅士风度，但眼神里藏着墨西哥国旗上的老鹰般的锐利。玛莉娅从白衬衫的插袋里，抽出一支白色“嘉宝”，记录下——“1000亿次链接”。

“1000亿次链接，很有未来战略的想象力，增加到在第五天集团峰会里研讨。”丹尼尔说，玛莉娅迅速挥笔。

CFO凯罗尔赞许道：“这是一个很有增长空间的巨大市场，我们能投入的话，是爆炸性的话题，美洲电信的股价和融资也将有良性的反应。”

“很好。”丹尼尔点点头，对凯罗尔表示满意。

佛朗索瓦大声跟上说：“太棒了，丹尼尔，这真是个天马行空的点子啊！回想十多年前，移动通信是高科技，这几年互联网压得我们喘不过气了。FRAN能帮我们重新引领一个新时代，做回一个伟大的公司。”

“不仅是4G，更是5G。”新技术部部长胡安不甘人后，“我听得真兴奋，这感觉好久没有了，就像我刚参加工作时一样有干劲，我觉得‘1000亿次链接’就是‘万物互联’，把网络切出无数新的细分行业，价值不可限量！”

丹尼尔微微点头，向肯看去。帕特里克也等着肯的表态，肯咳嗽了下嗓子，却用英语简单而僵硬地回答：“不错，前瞻。”

CTO office的三位专家也不想表态，概念化的5G若急于在集团里立风向标，一铺开推广，就会是不适用于一线实际的“大跃进”，将在落地中乱象丛生。为保护AT&T的利益，他们更务实慎重。

胡安对肯的表态很不开心，毕竟他的新技术部，需要新技术。

“五柱”首席有资格参与此项讨论，但安赫尔打马虎眼，狡猾地附和对他本不是难事，但他想看卡蒂纳斯的姿态。

然而，卡蒂纳斯看到的第一张广告，不是FRAN的广告。职业习惯使他关注到的是作为竞争对手的本地运营商广告——在这里，是西班牙电信，Telefonica集团。

机场也是运营商的品牌必争之地，每个国际商旅人士一落地，会在机场更换当地SIM卡，各大运营商都会抢夺这类高端用户。

美洲电信虽然是巨人，但巨人也是有敌人的——17国里都有强大的对手，如爱尔兰的“Cable & Wirelss”电信集团、卢森堡的“Milicom”电信集团、意大利的“Telecom Italy”电信集团和美国的“Nextel”电信集团。

而最强大的对手，就是西班牙的“Telefonica”电信集团的拉美分支。

巴塞罗那是Telefonica的总部，集团23万名员工，在欧非拉都有业务，是世界顶级电信集团，仅在拉美就有16个子网，实力仅次于美洲电信，是卡蒂纳斯最大的对手。说起来，西班牙远征新大陆，策源地之一就是巴塞罗那，Telefonica再次攻进拉美，让卡蒂纳斯心里不舒服。

“你怎么看？”丹尼尔问卡蒂纳斯。

“什么？”

“集团峰会增设一个主题，‘1000亿次链接’也许这是未来业务战略点。”

卡蒂纳斯笑了笑：“好的，我没问题，你定战略吧。”

安赫尔一边走，一边配合着笑，他心里知道峰会主题全是丹尼尔拍板的，还问卡蒂纳斯干吗呢？上次COO office曾在集团里推行过一个计划，但没多久就消退了。

这群人继续快步行进，皮鞋踢踏作响。

“这边走”——为了方便，帕特里克安排了绿色通道。

谁都没经过机场门口的电信柜台，去试一试Telefonica的网络。在西班牙国土上，Telefonica的信号是最好的，普通乘客都去换了SIM卡。可这些大人物继续使用美洲电信SIM卡的国际漫游。

帕特里克租了5辆奔驰S600、一辆迈巴赫，来运送这些VVIP，却不为他准备Telefonica的SIM卡。

“稍等我下，真不好意思，我吃坏了肚子。”安赫尔上个厕所，回来时，悄悄把一张Telefonica的手机卡塞到了卡蒂纳斯的手里。

帕特里克和丹尼尔坐在一辆车上，他知道丹尼尔是一块唐僧肉，会被友商盯上。而且大会上展示那么多的新技术，客户只要动一丁点心念，也会对FRAN拉美市场带来风险。

针对每一位CXO，帕特里克都暗中配有墨西哥地区部级乃至拉美片区的副总裁“照顾”。即便是随从，他也没有疏漏。他们“一对一，人盯人”，不给友商逼近的机会，但也会变换盯防阵形，免得客户生厌。

丹尼尔由帕特里克亲自盯防。

至于卡蒂纳斯，虽然不那么重要，但也不得不防。他交给了心腹——墨西哥地区部总裁海米（Jaime）。

在W Hotel，FRAN与美洲电信同住一层，吃住一致，友商无从下手。而一旦美洲电信高层进入Fira会场后，FRAN的引导动线也做了“反侦察”的规划——帕特里克将卡着每一家友商的日程表，带着客户如蛇一般绕行前进，回避各对手核心的演讲区、展示区，尤其是那些美洲电信最关心的主题。

当然，他也制造友商与客户的接触机会，但这些都是在他控制之中的陷阱——他们所经停的区域，友商展示的内容都是在美洲电信内“枪毙”的主题，友商的热情推销，只会增加管理层的抵触情绪，更认为FRAN才是理解美洲电信战略的“知心爱人”。这份信任牢不可破。

这样的事，帕特里克已经做了七年了，他是真正的战略高手和心理大师。一收一放中，FRAN在美洲电信的领导地位无人挑战。

四天展会的头一天，美洲电信7点半早餐，8点出发，9点准时进Fira中心。

他们参加大会致辞，听了FRAN的Key Notes（主题演讲）、中午午餐，帕特里克安排得很严密，没有不该见的人、不该听的内容。

下午2点，他们又参观了FRAN展厅，听了一次FRAN组织的全球客户分享会——好不好，光听供应商是不行的，更要听同行的点评才有代入感。当然，客户分享会上一片赞美。

下午3点30，丹尼尔和胡安应邀担任了两场最高规格的Panel Discussion（讨论会）嘉宾，上面一共四人，都是福布斯榜单的巨子，台下坐满了同行的CXO。这也是帕特里克安排的。毕竟在全球同业中，有资格成为嘉宾是一种荣誉与地位的象征，帕特里克给了丹尼尔一份参与感和成就感，巩固着彼此的共同愿景。

Panel Discussion上，丹尼尔侃侃而谈、发挥出色。他的首席秘书官玛莉娅则在后台飞速记录下丹尼尔在台上的发言，准备传回墨西哥公关部发文。只是她拿着录音笔，又拿着笔记本和电子路由器，狼狈得手忙脚乱。

帕特里克手下帅气的客户总监克里斯（Chris）拿来一个FRAN新科技设备。他贴近玛莉娅，轻轻为她一触，纸面信息和语音立即数字化，存成美化过的PPT、Word，呈现在镜面屏幕上。

“好漂亮。”她说。镜面薄如蝉翼，能卷曲和延展，即使她的“嘉宝”实体笔，也可与电子墨水交互修改。这个颜值超高的设备，内置网络增强，克里斯又点了一下，转瞬就让500Mb数据快速传出去。

“送给你，看你很辛苦的，这会方便你的。”克里斯温柔地说，甜得融化宇宙。

“真的很方便。”玛莉娅难免感动，她笑着，心里越发喜欢这些细心体贴的FRAN员工。她研究起这漂亮的“新玩具”，上面还镶了碎钻做装饰，等她翻过设备的背后，她读出了上面的刻字——“1000亿次链接，FRAN，送给美丽的玛莉娅”。

她再次感谢：“嘿，真像魔法一样。”

“是的，”克里斯露出迷人的微笑，“能改变我们的生活。”

“嗯！你们能改变的。”玛莉娅认同。FRAN的Logo刻得很深，仿佛已刻到她心里去了。

客户关系必须无处不在，首席秘书也须博取好感。

晚餐时分，帕特里克选择了一家高级餐厅——Via Veneto，米其林一星餐厅。而在巴塞罗那，还有米其林二星的“Enoteca”和米其林三星的“Las Arte”，可他偏不选更好的。

帕特里克知道，大人物对餐饮是充满矛盾的。他们虽食不厌精，也需要安静，他们早疲倦于高档的环境，更想感受下烟火气，因此要在高档与平凡、现代与传统中找平衡。

那两家米其林都在高水准的酒店里，对丹尼尔毫无意义。而一星的Via Veneto外观普通，低调隐蔽地开在居民楼下，是一家没有招牌的餐厅，唯一的标志就是旁边有一台用了三十多年的提款机。他们从居民楼走进餐厅，让丹尼尔有了新鲜感。

“Via Veneto1967年开业，一直都是巴塞罗那政界、商界及艺术名流聚餐的地方，包括西班牙大画家达利。”帕特里克边引路，边为他们介绍。

“是吗？真看不出来。”丹尼尔有点意外，根植了西班牙文化的墨西哥人，对这餐厅的名声相当满意。

“是的，这不算太豪华，只是有点私人化而已，希望您海涵。”

“不不，帕特里克，我很喜欢，你知道卡洛斯崇尚务实简朴，我们并不奢靡。”丹尼尔回答。

帕特里克微笑地点点头，那种与伟人同行的感觉就是丹尼尔所追求的。他深知丹尼尔隐忍、自律、传统，因此他选的这家餐厅很对味，它保持着半个世纪以来的传统风格，真皮座椅、红木餐桌、银质餐具，古色古香，虽然旧但很有味道。仔细一看，周围也都是考究稳重的人，这充满了墨西哥富人崇尚的旧欧洲传统。

几位服务生帮他们挂衣服，在预定的餐桌边，拉开凳子让他们入座。菜单送上，侍酒师送来酒单，建议着搭配餐酒。帕特里克兴起，就让主厨出来为他们推荐时令菜。丹尼尔也放松下来，和主厨聊得不亦乐乎。

地中海式料理带给他们惊喜，无论是肥美清新的三文鱼、金黄酥脆的烤鸡，还是沁人心脾的松露，佛朗索瓦连连点赞，气氛很不错。

帕特里克举起酒杯说：“这家店，还有个特别之处——地下六米有巴塞罗那市区最大的地下酒窖，藏有近万瓶美酒，我们好好享受这个夜晚。”

丹尼尔拿起小银勺敲击了酒杯，发出清脆的铃音——这是传统西方的祝酒动作。

“各位，我相信4G乃至5G，下一个10年我们都能继续成功。”他转身对着帕特里克，“为1000亿次链接干杯！Salud！（西语：干杯祝酒词）”

“Salud！”FRAN和美洲电信的人齐声欢呼。

第一天过得很好，帕特里克知道，出差是一个增进感情的好机会。一旦来到陌生的国度，丹尼尔也会失去原有的力量，当王子变得脆弱，他更能讨王子的欢心，进而提出诉求。

4

“帕特里克的细节滴水不漏！”Jacob说。

大家围坐在Jacob的套房里。展会四天，他们只剩下三天了。

李森一抬手腕，手表显示已经凌晨00:30了。

"你先回W Hotel。"Jacob让李森先走。

在客工部的努力下，李森搞到一间W Hotel的房间，他的任务是要全程记录着帕特里克在场馆之外的部署，比如作息、路线、人盯人，以及情绪反应。

又是在客工部的帮助下，李森拿到了Via Veneto的预订座位，这在资源紧缺的展会期间，也几乎是不可能的。但在这个公司，客工部就是一种神奇的存在，如果你告诉客工部为了某个销售任务，今天务必凑齐某种资源，客工部总能搞定。

"有友商近身过吗？"Jacob问。

"爱立森和诺阿想带他们去看看展，但不怎么成功。"阿曼多说。

"那今天美洲电信和FRAN有没有进行高层会谈？"Jacob又问。

"还没有。"

Jacob往后仰躺了一下，那估计明天就会是他们高层会谈，在这么好的气氛下，能签订合作备忘录。

原计划，他认为FRAN在第一天是防守最紧的，CXO们聚在一起，不如放爱立森或诺阿冲在前面。可没料到，帕特里克在第一天就与美洲电信进入极佳状态，明天还签约，而华兴若是行动晚了，客户也不会再对别的技术有热情了。

所以，小队的行动就必须在明天！

他问臣享："你们明天来得及吗？"

臣享今天没去展会，与邓博和马里西奥一起研究佯攻丹尼尔的计划。臣享的思路是必须以技术为突破口，吸引住CEO。不喜欢农村通信的他，自然没有用Boyko的方案。他们仨研究了一天华兴的"All in 1"概念，但怎么也比不过FRAN的"1000亿次链接"。

4G的前夜，一个回头看2G的方案，怎么可能比一个前瞻5G的有吸引力呢？

"你们在研究什么？"Jacob问。

"本次我们的4G主题——All in 1，去年方总还管研发时，就说这是华兴第一次不跟随西方企业推出的自主革新概念。"邓博摇摇头说，"不过玩概念，华兴还是玩不过FRAN。"

Jacob拿过来，眯着眼睛像发现了什么："这是不是当年紧急给泰国

DGG开发CDMA 3G的研发团队做的？”

“是啊。”邓博点点头。

Jacob打开电脑，找到他写的《泰国项目总结》产品篇：“如果有一种通用硬件模块，能够适配2G软件和3G软件，这样就避免2G一次、3G一次地重复更换安装，加快DGG的网络部署，避免因有争议的工程延期而被罚款。”

臣享盯着电脑端详，兴奋得如获至宝：“佯攻我有招了！”

第二天，美洲电信的作息如故，对于传统贵族家族，都秉持刻板自律的原则，日程是不会变的。CXO们今天上午要与FRAN集团研发总裁签订一份4G战略合作备忘录，然后午餐。

可一早，阿里汉德罗收到了一封马里西奥的邮件。

“无线网络是1G之后建2G网络，2G之后建3G网。但前几个大周期里，从1G—2G—3G，旧网络并没‘退市’，而是‘并存’，客户同时管理三套网络，‘三世同堂’对于运营商维护麻烦，成本极高。

“请您试想如果您1G—2G—3G—4G—5G，这基础设施的维护会怎样令Telecell沉重到无法呼吸？

“而华兴的All in 1，可以同时让1G/2G/3G/4G都工作在一台设备上，硬件通用，铁塔、传输、电源等设施共用。把四套设备压缩在一套里，一次硬件部署，节约时间与成本，以后升级只须软件远程导入，一次安装，一劳永逸。”

信底还写着“1G—4G，简化归一”，邀请阿里汉德罗去看看华兴展区。

阿里汉德罗没有怀疑，他听说臣享接替了Jacob，拓展策略也放弃了Boyko，主攻主流的方案。这封邮件内容非常可怕，他立即传给了陪他来的FRAN“朋友”。

这就是臣享攻击FRAN“1000亿次链接”的痛点，FRAN虽然考虑到5G，却从没有“平滑演进”的思考，虽然在前三代中大获全胜，可“三代”的存量优势倒成了它沉重的负担，任三代堆叠一起，每个基站的占地、空间、能耗、工程都越加复杂——不解决2G，却妄谈5G，再下去任何一个运营商都吃不消。

早上7点半，早餐时间，肯也收到一封臣享的邮件，肯赞叹惊呼，深深地被这一高度节省的方案所打动，这才是真正实用的方案啊！而且在臣享的邮件里，以他多年FRAN工作的经验，谈及FRAN的设计缺陷问题。

“丹尼尔，我上午有点事，可能不能参加中午的活动了。”肯带着自己的一个专家，准备去见臣享。

这是对AT&T非常重要的投资。肯无论如何也要去，哪怕缺席意向书的签约仪式。

帕特里克吃着Tapas，观察着细微的变动，内心却震荡起来。他已经收到情报，估测肯准备去研究华兴的思路，而他也听说是臣享负责美洲电信，看得出来，这些邮件文字确是出自于臣享之笔，让他担心的是，臣享非常了解FRAN的弱点。

FRAN有先发优势，因此全球电信网有大量FRAN存量设备，出于商业考虑，总想把利润先吃透，总是扩容、堆叠、加模块，谁会去把自己的存量设备更替了呢？这是“巨人的困境”。也只有存量较少的新兴企业才敢去打破旧框架，做“攻型创新”。

如果肯回来，把这件事告诉丹尼尔呢？

一夜之间，形势逆转了。“丹尼尔，我们聊一聊。”帕特里克非常紧张，必须在丹尼尔给他施加压力前，先将异议前置，用尽他的话术来洗脑。

中午合作意向签完，今天剩余的时间，CXO们依然在场馆里参观。但FRAN所带领的行进路线，已在Jacob的计算之内——用排除法，排除昨天的，剩下的就是他们必经之路。

展馆依旧很大，然而帕特里克在臣享的干扰下，今天已做出了调整——完全避开有华兴的一切场地。

这反而进入Jacob的陷阱，FRAN变得无路可走，只有这一条。而今天下午的日程和场地活动，Jacob三天前就踩过点了。至于人盯人的关系图，驱赶爱立森等友商的手段，李森已经为Jacob拿到，Jacob不会重蹈其他友商的覆辙。

此刻，他正在会场高处，像个特工一样，指挥部署。当他人生又一次看到帕特里克时，他对着步话机道：“行动！”

此处正是展馆内的十字路口，还对着一个边门。四向的人流一下子拥挤起来，旁边又刚好是韩国三晟的展区，馆内信息繁杂，到处在交流、会晤和拓展。

丹尼尔等人走到了三晟附近，几位漂亮的东方女子走了过去，吸引了所有男士3秒钟的关注力。

就在3秒钟里，几位打扮成古希腊战士的吉祥物，迅速走了过来，隔开了丹尼尔和帕特里克，并在场内做起了Cosplay的艺术表演。

吉祥物戴着头套，面容可掬，并不惹人厌，帕特里克察觉到了异样，但丹尼尔看得正欢，这些表演者头戴古希腊头盔，左手盾牌，右手持剑。

“像极了阿兹特克战士不是吗？”丹尼尔说道，他有点兴奋，阿兹特克战士表演通常会在周末墨城的“宪法广场”看到，虽是街头表演，但丹尼尔已很多年没看到了——他已不方便独自上街了。

“没错，他的头冠，他的靴子。”佛朗索瓦附和着。

帕特里克暂时无法全面兼顾，只能迅速向丹尼尔靠拢，却又被表演中的“古希腊人”大声吼叫，驱赶到一边。“古希腊人”不断旋转方位，靠近“三晟”角度。这时，几位东方面相的工作人员见到了机会，迅速靠拢了丹尼尔。

FRAN的人也都察觉到，几个美国人用高大的身形堵住了东方人的去路。

FRAN客户总监克里斯一点不含糊地抢走了这几人手上的资料：“走开，走开。”他拿来一看，那正是三晟的资料，“哼，韩国佬，差点给他们逮到机会。”

帕特里克看了看，三晟为配合“4G网络”的大趋势，想让运营商勇敢放弃原有西方企业，大胆选择三晟的4G，今年打出的口号叫“Choose like a real hero”（英雄般的抉择）。三晟全球拓展，为了讨好西方，用西方文化源头的古希腊英雄，倒很合适。

但是他们都错了，只有卡蒂纳斯知道，那压根不是“古希腊人”，而是希腊人的对手——“特洛伊人”，就是荷马史诗“特洛伊之战”中，与希腊联军对阵的特洛伊人！

之所以他知道，是因为卡蒂纳斯的大学是在洛杉矶的南加州大学（USC）就读的，“特洛伊人”是南加州大学的标志，在校园中央就竖立着这么一尊青铜的特洛伊人雕塑。

在卡蒂纳斯18岁到25岁期间，他在南加州大学获得了马歇尔商学院和维特比工学院的双学士。整个青春都在那里度过，毕业后，他不得不回到墨西哥承担家族事业，而后又去哥伦比亚。他已经8年没回过母校。

他抬头一看，墙上有几面屏幕打上了一行字幕：“‘特洛伊家族欧洲分会’，17:00，Fira会展中心，万丽酒店2层。”——特洛伊家族，是USC校友会和兄弟会的代名词。

会展中无数的信息流中，大脑自动屏蔽看不懂的信息，没人在意这句话。唯有卡蒂纳斯才能提取信息中的密码。有人送来了暗号，就像送来一只特洛伊木马。

帕特里克把全部防守精力投在了丹尼尔、“特洛伊”吉祥物和韩国三晟的方向，然而那只是Jacob的佯攻，三晟是误导，“特洛伊”更是障眼法，真正的目标是卡蒂纳斯。

当“特洛伊人”舞蹈开始右转时，一个巨大的空当就暴露了，正当帕特里克“照顾”丹尼尔时，一位西班牙女孩悄悄给年轻的COO送来了一张三折页的校友会邀请函，上面印满了南加州大学的校园建筑、洛杉矶的海滩，以及特洛伊人铜像。

一时间，卡蒂纳斯天旋地转。

5

Jacob正站在高处看着每一步细节，电光石火中，环节不容一丁点闪失。

臣享吃惊不小，他吃惊的不是Jacob的策划，而是这背后的执行部门——全都靠那神奇的客工部。

“为什么要给邀请函，这样他一定会知道这是冲他而来的。”李森问道。

“不这么做，他下不了决心，”Jacob用步话机回答，“至于他去不去，也只能赌一把。”

卡蒂纳斯拿到宣传页，漂亮的西班牙姑娘就消失了。

卡蒂纳斯犹豫了一会儿，对丹尼尔说他想找个地方休息会儿，丹尼尔点点头。

帕特里克了解臣享这人，他相信丹尼尔才是臣享的目标。

帕特里克说："嘿，卡蒂纳斯先生，别错过今晚的球赛，我在'诺坎普'球场订了贵宾包厢。我们晚上在那边简单吃点，兄弟们，汉堡王怎么样？"

墨西哥人很兴奋，拉美人都是球迷。诺坎普是西甲豪门巴塞罗那主场，欧洲最大的足球场，更是全球球迷的圣地，常常一票难求，如有幸能在此看一场球赛，那种氛围会让无论懂球与否的人都终生难忘、幸福感爆棚！

"吃什么都行，"丹尼尔满意地笑了，用西班牙语说，"帕特里克，我的朋友，我们可都是巴萨的粉丝。"

"再来点啤酒，我们肯定会享受好这个夜晚的！"帕特里克客套了一下。珍贵的独立包厢，将又一次封锁美洲电信管理层的夜生活。

肯有点尴尬，美国人对足球没什么兴趣。CTO也感叹地看着假装喜欢足球的帕特里克，这美国人也不容易。好吧，墨西哥老板的面子还是要给的。

"卡蒂纳斯，那我们晚上见。"安赫尔借势把自己的老板推出去了。

卡蒂纳斯点点头，便出了门。

走出Fira中心，他终于呼吸到了新鲜空气，他打开那张三折页，虽然他知道有人可能故意为之，但他还是来了。

他的母校USC，是美国最受国际留学生青睐的大学，也是加州最古老的大学。当年，他没有去美国东部纽约和麻省的常春藤名校，而是去了USC，南加大与美东名校完全不同，不会担心传统的社会阶层，包容而开放。但也常常受传统名校的嘲讽，说USC是富二代大学，除了学费很高，只是名人和明星的子弟，是"水校"，甚至还把"USC"改成"U$C"，讽刺学生除了钱，一无是处。

但他和校友们是不服气的，所有USC学生入学后都有一句口号——"像特洛伊人一样进攻！"即便"特洛伊人"败给了希腊人。这种自强的校训，刺激着卡蒂纳斯等学生。USC出过很多奥运冠军，总数超过了哈佛、斯坦福和UCLA（加州大学洛杉矶分校）。

除了体育，USC在全美专业排名都是顶尖的，卡蒂纳斯就读的马歇尔商学院排名商学院前十，辅修的维特比工学院专注通信电子领域，更出过诺贝尔奖获得者。

但是嘲讽不会消失，也摘不掉“水校”的帽子，这种委屈反而使卡蒂纳斯和校友们更重视荣誉与团结。所以USC的校园人脉网络——“特洛伊家族”十分强大，在毕业后反哺母校，向学校捐助投资，或常回来为学弟们提供就业指导、项目扶持与资金支持。

只是他从没有回去过。想着想着，他先是愧疚，继而兴奋，加快脚步走了起来。是该回报一下母校了。

17:00，万丽酒店二楼，“特洛伊家族欧洲分会”先举办一个冷餐会，做社交预热，大约19点才有正式晚宴。他的戒备心很快就放下来了，其实，在巴展旁，举办一个全球同业的校友纪念会，也很正常。

会场里，大家拿着香槟闲聊，他解开领带，松开衬衫扣子，也融入其中，听到旁边的人讲道：

“当年，我拿到USC和UCLA两家Offer，但我想申请换一个专业，可UCLA一副爱理不理的样子，然而USC的教授可是秒回，我的天，那可是半夜11点半啊，所以我来了USC。”

“是啊，我也觉得USC好，我记得以前常去圣莫妮卡海滩，哇，一片沙滩，阳光刺眼，看花裤衩男孩海边冲浪，比基尼姑娘晒太阳。”

“没错，你上过那个维特比工学院的Raji老师的课吧，那口音我都快崩溃了，考他的试一连4小时，13张A4纸，我都接近大脑的极限了。”

Raji教授——卡蒂纳斯想起来了，那是他的导师，古怪又可爱的印度教授。卡蒂纳斯很愉快，18~25岁是人最美好的岁月，他想起来，在USC，你只要伸出手，就有人会拉你一把。

他也记得，那时校园里都是穿西装、打领带、踩着滑板去某个Office申请投资面试，每个年轻人都有自己的想法。他也曾像Facebook的扎克伯格这样创业过，可是，最终卡蒂纳斯必须回墨西哥，回到家族去，从一个自由的加州，回到了一个沉闷的地方……

他无法违命，他深知，自己读顶尖的学府，都是卡洛斯舅舅一手安排的，这是为美洲电信做的家族人才储备。他不可能按照自己的想法实现人生。

“卡蒂纳斯先生吗？”一位亚洲面孔的人问。

“是的。”

“一会儿您坐第二桌吧。”

“不了，我一会儿就得走了。”他看了看手表，再晚就来不及看球了。

“这场会议，是华兴赞助的。我毕业后，也加入了华兴。”

“好吧，”卡蒂纳斯也并不意外，“我能理解你们的动机。”

“明天下午，有两个不错的主题，无关乎商业，但想邀请您来听听。”

“我不一定有时间。”卡蒂纳斯保持体面文雅，尤其与校友的社交，他不会像公对公时那样强硬。

“可是维特比工学院Raji教授的内容，他是IEEE的Fellow（IEEE国际电子工程师协会，院士级别），另外还有商学院的老师，一同探讨的主题。”

“Raji？”这是他刚才谈论过的导师。

“您愿意来听听吗？”

他胸口起伏了一下：“把时间给我吧。我看看情况。”

6

Holiday Inn的套房里，连续几天，大家已疲惫不堪，但又有一股肾上腺素冲击的兴奋。今天他们动用了公司客工部很大的资源，还算是成功的。

然而明天就会是第三天，第四天就要闭展了。明天是最后的机会。

“可万一明天他不来呢？”李森又浇了一盆冷水。

邓博也担忧了：“是啊，研发都请了Raji这位大神，不来就……”

明天下午讲解的主题，Jacob强迫产品线临时更改，连主讲人也都换了，动静很大。总部之所以给资源，Jacob不是没有代价的，他给了总部足够的承诺。

“他会来的！”

可即便去听Raji的演讲，就能打动卡蒂纳斯吗？电信设备采购，年采购额都是十数亿美金，运营的基础都寄托在产品上，相当于把生命线都交给了对方。没有高层间的互动，仅凭吹牛，缺乏信任的基石。这道理臣享很清楚。

臣享问：“你约了什么级别的领导？”

“无线产品线总裁，一级部门总裁；全球无线解决方案销售部总裁，二级部门总裁；商业咨询部总裁，二级部门总裁。”邓博建议起来，这些人都是炽热手可热的，主题相关性很强，这些人也得排号。

“第一次见面，不到EMT级别，就是对卡蒂纳斯没诚意。”Jacob列了很高的目标。

可巴展期间，临时越级找大领导，就是讨骂。别人想也不敢想。

“你能搞定吗？”

“这不是‘能不能’，而是‘必须能’的事，如果不能在卡蒂纳斯出差西班牙、心态最弱时改变他，回到墨西哥的地盘上，我们一点机会都没有了。”Jacob穿上大衣，“我现在就去找领导！”

臣享问：“可是，我们还敲定不了卡蒂纳斯的时间啊，又怎么确定领导的日程？”

已经半夜了，Jacob正走到门口：“那就让领导等！”说完就消失了。

阿曼多耸耸肩，与马里西奥对视了一下。他们已经很熟悉Jacob的风格了。

第三天下午，卡蒂纳斯如约出现了，安赫尔也来了。

Raji的主题里，并没有谈论任何华兴的产品。Raji的主题是：“复杂与精简。”

“网络已不是第一代或第二代网络了，未来的网络是一、二、三、四代同时并存，所谓‘四世同堂’，当TDMA、GSM、WCDMA、LTE多种制式放在一起，你该怎么办？一个站点机房能承受吗？不，网络太沉重了！

“哪儿有那么大的空间，同时存放四代网络设备，四套电源、四套回传网络、四套基带模块、四套射频模块、四套天线和铜管馈线。还有站点的空间吗？无论城市或乡村，都很难扩大站点。另外，有限的频谱是从政府高额买来的，怎么分配四代不同制式的频率，还保证信号间没有干扰？

“移动通信，已不是第一代网络那么简单轻盈了，经过四代通信网的沉淀以及一些CDMA的弯路，如今网络结构的历史包袱很重、高度复杂，现在还再叠加一套新网络，这就像‘滥印钞票’来防止经济泡沫被刺破。而我觉得，你们应该停下来，先把历史的欠账还了再说，而不是把泡沫越吹越大。”

这话说到卡蒂纳斯的心坎里去了，他是个接地气的人，但更重要的是，他对教授很亲切。

FRAN所谓“1000亿次链接”，看起来很鲜亮，却增加了网络复杂度，谁真的知道有多少冰山之下看不见的运维隐患，可管理层里，有些人就是视而不见，结果高层谄媚、中层硬扛，下面也没人敢反对！

“通信网络不要盲目，不能像互联网一样为快而快。我们有几十亿用户要负责，商业应用更得像水、电、煤一样可靠。”

Raji教授说的话，他都听进去了，年轻时师长的影响力远比同事、专家更大。

他想起来，在墨西哥、秘鲁和智利的部分地区，还有人用第一代的TDMA设备，想省成本停止对他们的服务，清退用户和设备是根本不可能的。17个国家的统一化部署，一刀切会带来问题，而身为COO怎能不顾及还在使用的老客户？哪怕只有少量客户，他也得服务，这是电信业的责任。COO不是只看钱的，还有社会责任和职业荣誉，这是投资出身的丹尼尔所不理解的，丹尼尔总把美洲电信当作提款机。而更讨厌的是FRAN，FRAN只谈新技术，只想着销售产品，却从不处理他提出的老网络遗留问题，这令他对帕特里克并不满意。

“所以，面对复杂沉疴的现状，唯一的应对就是‘简化归一’。”Raji总结起来。

归一，正是华兴的主题。

Jacob看了一下手表，差不多了，他要出马了，这是两人的第一次对话。

“卡蒂纳斯先生，您好。”

“您是？”COO看到了一位仪表堂堂的中国人，与他见过的中国人完全不同的气度。

“Jacob Yu.”Jacob伸出手。

“Boyko的那个人？”

“卡蒂纳斯先生，您的记忆力过人！”他大气地回着话。

“4G的问题，我解决不了，涉及很多部门，现在也没定。”COO直截了当地拒绝。

“不，我们就谈谈Boyko。Boyko是个灵活性很强、简化归一的方案。您愿意抽15分钟，去了解一下吗？”

COO没说话。

“肯博士说您对技术十分理解，而您拥有电子与商业的双学士，是懂技术和运营的全面型领导。所以Boyko有没有价值，您花15分钟，很快就能辨别，但如果没有，您最多只损失15分钟。”

“你做过很多我的功课。”卡蒂纳斯走近了一步，他比Jacob还高6厘米，1.86米的他居高临下地俯视着Jacob，COO身负千钧、不怒自威，怎能遭人故意算计。

“是的，”Jacob正用力地顶住那层目光考验，仿佛炽热的太阳正灼烧他，“但我在农村通信上花了更多功夫。”

COO沉默了会儿：“我欣赏你的努力，”他给出了奖赏，“回墨西哥，你发我材料吧。”

安赫尔插了进来：“Jacob，回去后你把材料发给我，我会整理好转交给卡蒂纳斯先生。”

不，如果不能当场促成，再回到墨西哥，时间一拖久，合作的氛围感就会消失，中间若夹一层安赫尔，那就多一层挡箭牌。卡蒂纳斯绝不会有勇气去改变的。

Jacob不能让安赫尔挡道，必须与COO建立直接的沟通渠道。他再讲究礼仪，没有必要。

“您来这里的目的是什么？”他挪了一步，绕开安赫尔。

卡蒂纳斯一愣，一时反应不过来。Jacob毫不客气地连续三连问。

“来西班牙，您见到了FRAN以外的技术方案吗？那些是能解决您困扰的方案吗？您完成了自己真正的目的吗？”

卡蒂纳斯被问蒙了，从没有人敢对他这么直接。

“只要15分钟，如果您不去，那对华兴没有什么损失，但对您管理的17国大产业来说，可就是失去了一次战略走向的问题。我不知道15分钟里，您还有什么更高优先级的事要着急处理？”Jacob强势而坚定，“您身为COO，或许不喜欢我，但这是私人的事。但看不看方案，这是您背负的责任。我相信您会做出正确的选择。”

说完，Jacob牢牢地盯着卡蒂纳斯的眼睛，毫无退怯。虽然他出身贫寒的农村，却与显贵的美男子是对等的。

金发的卡蒂纳斯，调整了一下姿态：“你想要得到什么？”

“一个机会。”

“你想拿到标书？”

“是的，但是我凭本事来拿。”他毫不掩饰。

“那我能拿到什么？”

“我也回报您一个机会。高科技是寡头行业，您最能理解，供应商一家独大下，运营管理也很为难。保持多家供应商竞争，而美洲电信才能平衡好一切，这也是最有利的。”

“Jacob，”年轻的COO第一次喊出他的名字，“你太自负了，但我答应你，我去你们展台看看。”

下午，他们参观了Boyko方案。佛洛森和罗彬做讲解，卡蒂纳斯听了进去，气氛很融洽。

可当谈到双方高层会晤，这却确定不下来，这相当于商店逛了半天，没买就要离场，可Jacob不能再逼卡蒂纳斯了。原本等卡蒂纳斯的华兴高层领导，只能白白坐在会议室里等了2小时。

Jacob递了一份邀请函：“明天是最后一天，华兴EMT全天会等您，明晚上一个晚宴想邀请您，若您觉得太正式，那我们也可以找个咖啡吧。”

“你的方案已经让我很震撼了，我们公事公办。你不要浪费资源，明天我都有安排了。”

“华兴的资源是为客户服务的，您随时来，我们随时候着。”

“我很感谢。我只能说等回到墨西哥再说。”卡蒂纳斯与Jacob握了手，便离开了。

安赫尔跟在COO身边试探："你真去吗？"

"不！"

"这人放话今年一定要拿下美洲电信。"安赫尔暗自给Jacob减分。

卡蒂纳斯摇了摇头："做梦……"

卡蒂纳斯一走，今天下午安排的那位领导——EMT战略体系的许总，愤怒地走了出来，当着众人的面骂了起来："于佑杰！昨晚你答应好的，结果浪费了我2小时，这2小时，我能见四个集团的CEO。可我就在这里发呆！你在浪费公司的重要资源！"

巴展时刻，华兴海外一线会把外国VIP客户带来，与华兴高层会晤对接。但因项目太多，领导日程，都像齿轮的啮合，这边一结束，领导作为一种资源立即释放，紧密续接到下一个项目。

Jacob静静地挨训。臣享看着这一幕，谁对谁错不是一句话说得清的，但他觉得Jacob也很委屈，能做到今天这一步已经很不容易了。

等到许总发泄完离去，臣享上前轻声安抚："你明天还要再请EMT吗？"

"我答应了卡蒂纳斯。我们必须证明华兴会对美洲电信提供充足的资源。每年十亿美金的订单，如果连EMT都不来，那承诺就是放屁！"

"可你听到他说的话。"

"那你也听到我说的话！"Jacob穿上大衣，拨着电话，快步出门找资源。

"笨蛋！你不给自己留点后路吗？"臣享喊道。

周围的邓博、李森、阿曼多、马里西奥，还有Boyko的两位创始人都愣着，这些都是有职场经验的老人，谁都知道摧毁自己前途的——不是外部客户，而是内部客户——那些大领导。

"我没有后路了！"Jacob停下脚步，回过头，放下耳边电话，然后继续前行。

臣享目送着他，看来Jacob是铁了心要说服其他领导了。也许以后Jacob不在，真得自己主持大局了。

从下午起，Jacob打电话找各领导助手、托秘书、到会议室门口堵人。

他找了EMT销售体系的叶总，叶总是主战的，也很支持Jacob，但叶总不是只有拉美一个方向，还得兼顾亚太、欧洲、中东、非洲等。

“3小时。不能再多了。”叶总勉强答应，但如果是等一整天，Jacob还缺一位EMT。

Jacob又找了EMT研发体系的庄总，庄总曾欣赏Jacob，然而庄总已是主和派。当年华兴早期拓展，是从亚非拉先打起的，那时Jacob也在穷地方。但此一时，彼一时，现在庄总为了打开品牌局面，必须把精力放在欧洲战场上——他兼着欧洲片总的身份。因此他调集研发火力，集中满足欧洲大T运营商的各种稀奇古怪的要求，开发欧洲产品。可Jacob上门，必然要让庄总在美洲电信面前承诺开发拉美频段产品，庄总索性避而不见。

无可奈何下，他找了上一任研发总裁、现拉美片区总裁——他的上司方总。

“我也没办法！”方总没好气地说。他的日程也排得很满，对于Jacob，从研发时代起，Jacob在中东和泰国时不断逼迫研发，他就极不喜欢Jacob。而自来了拉美，Jacob还不听话地去墨西哥，搞得鸡飞狗跳，闹出绑架，方总就更看扁他。

“我已经是无路可走，才来求你。”Jacob低声下气，他终于栽在研发老总的手里。

方总看着Jacob，唉，这家伙真有点可怜，不过他不到一个月，却也真搞出点名堂。

“好，我去！我以拉美片区总裁身份去赴会。”

“不行，必须是EMT研发总裁。”

方总下派拉美时，已不是EMT研发总裁了。

“您就是研发总裁！你比庄总在研发方面更元老。而且交接不没结束吗？”

方总一愣，都说好销售得敢吹，敢走在边缘，这些事，方总以前不理解，甚至讨厌Jacob。如今自己到了一线，他越发体会到Jacob的可贵。

搞定两位高管，但事还没结束，多次失败让Jacob懂得还需要有一项Plan B。

凌晨1点，巴萨罗那，小玲出现在蒙大拿街的一家叫“海明威”的酒吧。这间酒吧不大，Old Fashioned，鸡尾酒做得很漂亮，氛围也很好。

小玲穿着黑色礼服，拎着羊皮小包，踏着高跟鞋，当她推开门时，吸引了里面的人。

Jacob一个人坐在吧台，向她招手："这里！"小玲穿过拥挤的人堆，坐在他身边："不好意思，刚忙完，直接就过来了。"

他终于信守承诺，在巴展上见到她了。

帅气的酒保拿来了酒单，偷瞄着她。她风尘仆仆，略显憔悴，但夜色里更性感迷人。她放下香奈儿小包，捋了下头发，认真地研究喝什么鸡尾酒。

酒保说了一连串Jacob听不懂的西语，逗得小玲花枝乱颤，旁若无人地聊了起来，却把Jacob晾一边。

西班牙帅哥递来了一杯酒，金酒为基酒，上面有奶泡，点缀着女孩子喜欢的石榴与樱花花瓣，最让Jacob不爽的是，酒保把酒放在一个鸡心酒杯里，还点上一根浪漫的蜡烛。

"I will buy her this drink!"Jacob立即为她付掉了钱。

"你干吗？我只是和西班牙帅哥放松一下而已。"她笑着说，"这几天太累了。"

Jacob这才意识到，自己和小玲并没有确定关系。

他把鸡心形的酒杯给她："别介意，我是想谢谢你，你帮我从客工部调动了那么多资源。"

她抿了一口，放下杯子："没事，你呢，好像在那边过得挺辛苦的吧？"

"是不太好！"Jacob的语气有点硬。他也不知道怎么就使小性子了，也许是他只剩下最后一天的巨大压力，也许是刚才的醋意，也许是她逼他去拉美害他险丢性命。

气氛有点尴尬，她悄悄塞给他一张纸，纸上写着"XNSNZYQ"。Jacob一下子看明白了，那是他去偏远地区考察的凌晨，在QQ上给她的留言——"XNSNZTB"。

Jacob：想你时你在天边。

小玲：想你时你在眼前。

这是他以前常唱的一首歌，在与佩妮海外异地恋时，他特别喜欢这两句歌词。

嘭，忽然窗外礼花盛放——巴塞罗那的华人放起了烟花，庆祝农历新年。他俩一同看着窗外。对他来说，不知道多少个春节都没回家过了；而她也是，每年春节都与巴展重合，无法与父母一起。

Salsa音乐响了，小玲一把牵住他的手，带起他在舞池中旋转。

“我不太会跳啊。”周边都是高手，Jacob一下子很尴尬。

她旋转着，一下转近他脸庞：“我听说有三种人在拉美不会有女朋友，第一种是不会跳舞的男人。”

他笑了，所有的尴尬也就化解开了，他不得不佩服客工部女孩的待人接物：“那第二种呢？”

她的舞姿轻盈，牵起他的手，从他的掌心划过手指：“无名指不戴戒指的男人。”

“不会吧。”他睁大了眼睛。

“女孩也有征服欲啊！她们要证明自己比另一位更好。”她笑着把手举高，从他的胳膊下旋转进他的怀里，眼睛倒映着月光。

Jacob像个小傻子一样：“那第三种人呢？”

“我还不知道，等你下次告诉我。”

他笑了，这是他俩第一次跳舞，但跳得很默契，大汗淋漓，充满喜悦、惊奇与冒险。Selina曾说过，与一位好舞伴进行一场酣畅的拉丁舞犹如一次性爱，她说得没错。他享受着这一刻。

“你舞技不错嘛，交女友了？”小玲问。

“跳舞不用学，只要人开心就会跳。”

“那你和我跳也开心吗？”

“当然啦。”

他忽然问：“我还想要你在巴展上再帮一个忙。”

“说服EMT吗？”她已经听到他的风声，“我也办不到啊。”这次，她已帮他动用不少客工部的关系。

“不是！”

他凑近她耳语着一个秘密。

“不行，之前能帮你的事情，也都要三天，我一天内怎么办得到！就算办得到，我也不能这么干！”她大吃一惊。

7

上午，叶总果然扑空了。叶总也难免心生怨气。

也许卡蒂纳斯被封锁着？中午时分，Jacob的时间剩下不到5小时了，接下去将是臣享的时代了，臣享做了很多，已报了恩，再没义务去帮他了。

“我去制造点机会。”臣享主动去了FRAN的展台，想通过自己接近肯或丹尼尔，让卡蒂纳斯溜出来。

下午，大会最后一天的最后几小时。离结束时间越来越近，会场里欢声笑语，人们都准备撤展回家或在当地度个小假。但巴展小队的神经却如发射倒计时般紧张。

方总问Jacob时间，但Jacob给不出答案，又恳求方总别走。最后，方总也越来越失望了。

16:30了，离大会全部结束只有30分钟了。

“他不会来了。”方总要去参加华兴晚宴，Jacob也留不住他。

李森克制着失落的情绪，建议道：“我们也去晚宴吧，我们给过他邀请函，或许他晚上会过来。”

“不会的，白天不来，晚上更不可能。”阿曼多遗憾地说。

“你们先去。”Jacob说。

巴展终于结束，Jacob站在刑场上，午时三刻已到，一切都结束了。

大约晚上8点，FRAN的晚宴。Jacob和一位漂亮的女孩手挽着手出席。

FRAN会晤前台登记员问：“您是？”

“泰国DGG董事素帕猜先生和太太。”他拿出了请帖，借用了老朋友的名字，拿着小玲给的请柬。

“呃，泰国DGG，”登记员搜索本子，“我看一下，有没有您的资料或您的客户经理。”

Jacob和女孩先是表现出不耐烦，用泰语抱怨起来。他知道登记员绝对不敢拦着一位董事级客户。这时，另一位FRAN会务经理赶来：“DGG，是我们的重要客户，请进。”

“请留步。”经理觉得好像信息不符，DGG已经不再是FRAN的客户了。

汶查中将从Jacob的背后走了过来："难道我们不能看了吗？"

"哦，不不，"会务经理认得出汶查，那是两年前的冬天，当时帕特里克为了打下DGG，亲自邀请的。

走进了FRAN的晚宴会场，他找了两个空位子坐下，毕竟这种场合总会有人不来的。

女孩悄悄问他："你确定这样没问题？"

"大胆些，"他看了看这位客工部"首席接待"，"你还得好好向你的学姐多学习。"

现在的Jacob已毫无退路，必须突破FRAN的物理防线，更要突破卡蒂纳斯的心理防线。

晚宴过半，一对舞者表演完西班牙特色的弗拉明戈后，开始了舞会，一派欢乐的氛围。他俩跳着舞，寻找客户。

终于他找到了卡蒂纳斯。卡蒂纳斯充满了惊异。

"卡蒂纳斯先生，您一定很吃惊我为什么会在这里。我来这里只是想告诉您一句话，我们一共有三位EMT在不知道您会不会来的情况下，坚持等您。这就是我唯一在这里出现的原因，我需要告诉您我们的诚意。"

卡蒂纳斯毕竟是名门望族，他还是有一些歉意的。

"您不用觉得抱歉，他们只是等一天而已。但我有问题请教您——如果下一代4G网络的选型上，您错过了，至少还要等六年才能进行再下一代5G网络的更替。您能等吗？"

此话如机锋棒喝，卡蒂纳斯体会着，那意味着丹尼尔和FRAN会继续把控六年，可丹尼尔未必懂运营，FRAN的方式也未必是对的，元老派将越来越多地成为机要部门一把手，而深入一线实务干活的人，却没有跃升的机会，美洲电信还能保持领先吗？这种体制要改吗？

卡蒂纳斯曾觉得他只要乖乖地，维持局面，他就能顺利完成权力交接，成为家族最重要的产业的执掌者。但未来六七年里，4G将带来新的运营方式和竞争对手的速度，元老们却只依赖着垄断、陈旧技术经验和官僚风气，这撑不住新时代的变局。

"您认为卡洛斯会怎么看您？我是知道傅山会怎么看我。

“傅山不需要一个墨守成规的人，他需要一个能用灵活手段来解决新问题的人，时而传统，时而打破规矩，我相信卡洛斯也一样，站在顶层的人物，以结果为重，都不会拘泥于一成不变的规则。

“而你我其实也一样，我出现在FRAN的晚宴里，就是想告诉您，我是能打破规矩的人，而你也一样！”

卡蒂纳斯作为PLAN B的储君，他更容易受到复杂的考验，过于激进容易得罪元老派，但元老令业绩下滑，元老却未必会被换掉，但卡蒂纳斯一定会被换掉。

“你知道后果吗？”卡蒂纳斯严厉地问。

“是的，打破规矩，都是有代价的；但是现在不打破，未来代价更大！”Jacob回以更大的反弹力。

这时，主桌的帕特里克，已发现Jacob和卡蒂纳斯在交谈。糟了，他想起那正是与他在泰国有过一面之缘的Jacob！

可盯梢卡蒂纳斯的海米竟然没有察觉，还以为是客户。帕特里克连忙放下餐具，准备过去，却被一个人拦了下来。

“臣享？你怎么进来了？”

“我留有FRAN老员工的通行证。”

“你已经负责华兴的美洲电信事业部了，来这里不合适吧？”

“我不是负责人，”他看了看远处的Jacob，“还是他！”

白天他佯攻不顺，现在，他决定为Jacob的生死关头，抵挡住FRAN最后的冲击。

“帕特里克，我敬您一杯。”

“你个叛徒。”在体面的晚宴上，帕特里克苦涩地喝了一口酒，却不能动粗。

臣享心头一抽，但他记得，每当他在大中华区苦苦索求资源，抵抗华兴时，帕特里克从没有真正给过帮助和支持，而全都给了海米等心腹，在FRAN里，他始终有着华人的天花板。

这个爱好礼仪文明的男人，正决定自己不要脸，也得为Jacob争取多一秒时间。

他知道这个世界上分两种人：一种是依靠希望的；一种是成为他人的希望的。邓博、马里西奥、阿曼多，佛洛森和罗彬，个个都是有才能和经验的人；汪秦和卢娟他们都是年轻充满朝气的人，可这些人，甚至包括他自己都是前者。而Jacob天性中不可理喻的顽固，让其成为后者。加油吧，哪怕到最后一刻也不要放弃，因为你就是大家的希望，你有我做不到的事。

“告诉我，你想要怎样的结果？”卡蒂纳斯逼近Jacob，居高临下地俯视。

“我们只需要一个证明自己的公平机会。也为16国的普通百姓争一个公平的信息机会！更为美洲电信分公司一线业务员工争一个公平机会！也为你自己。”

金发的男人思考了许久，展露着战神般的姿容：“好！我允许你们从Boyko在墨西哥测试开始，然后向16国逐步试点。”

Jacob终于让卡蒂纳斯金口一开，COO决心一搏。

chapter 9
墙外之墙

展会后的一天，美洲电信集团年度峰会。17国子公司一、二把手和集团总部管理层，在巴塞罗那闭门研讨。

这一次集团峰会的主题是丹尼尔定义的——“一个美洲电信（One AT）”。

丹尼尔的管理是财务导向的，每当他坐在办公室里看着书面报告，17国报上来的信息是如此多样繁杂，他空想出来的纸面战略就像战马遇到了各种复杂地形的阻碍，有高山，有大河，有沙漠，有森林，无法一马平川地推进。丹尼尔对文件有了洁癖般的偏执，想抹去一切“地形”差异，化山川河流为平原，让他的战略执行驰骋得一日千里。

“一个美洲电信”口号，就是希望增加统一感，他要把自己信任的、懂得财务的、理解资本运作和服从集团指标的中央文官放到不同的地方上做一把手，强行贯彻集团意志，形成“强中央弱地方”的垂直管理格局。然而卡蒂纳斯知道，强行压制天然的差异化，短期没事，但隐性后果将在某一天爆发。

新技术部部长胡安上台了，他滔滔不绝地谈起了FRAN增加的“1000亿次链接”议题方案。然而，台下17国子公司高管，应者寥寥。闭门造车、空谈概念没有得到多少呼应。

卡蒂纳斯的主题里，他忽然谈及了“农村通信”，从技术、政治到投资回报，讲得头头是道，美洲电信17国的一线CXO对Boyko的热情很高——这是一线更关注的痛点！

“我们注意到‘1000亿次链接’，但也别忘了‘木桶原理’。之所以美洲电信能排第一，不是因为技术长板有多先进，而是我们没有短板——美洲电信能全境覆盖，用户到哪里都有我们的信号！这才是我们的护城河。”卡蒂纳斯总结陈词，“在墨西哥测完后，我希望在16国内，把需求报上来。”

台下一片热烈掌声。

“这一点我也认同，美国就是这样，能全国覆盖的网络才是顶级运营商。”轮到CTO肯博士表态，“而Boyko是我见过的能做农村覆盖的最有性价比的技术。”

丹尼尔很意外，为什么卡蒂纳斯忽然加塞这些主题，然而看到这么多人支持，连肯也支持，圣达菲测试已从Telecell层面，改为集团层面的测试，应用于除墨西哥外的16国，流程上也绕过了Telecell，毫无纰漏。

“加上墨西哥吧。”丹尼尔也觉得没必要反对。既然卡蒂纳斯不反对FRAN的“1000亿次链接”和自己的“一个美洲电信”，那就当一种妥协交换吧，反正Boyko是一种补充工具，只针对偏远农村，不在主要城市，又非4G核心，不足为惧。

就这样Boyko的方案在集团推行，实验局获得了管理层同意。管理层在第五天的闭门会上通过了决议。

Jacob随着巴展小队回到墨西哥城后，一面听到调令的传言，一面得到玛尔克斯的这一通知。

他在“死后”又“复活”了！

相反，FRAN的海米被撤职了，帕特里克对墨西哥的总裁们进行了严厉撤裁，就像一年前在FRAN东南亚地区部一样。

华兴终于有戏了，只要Boyko实验局成功，逐步进入短名单，那“下一代4G网络”标书也可能到手了。

墨西哥，汪秦在“圣达菲中心”主导的Boyko实验局进行得很顺利，这是他在海外的第一个春节，在实验室度过，连给留守员工的春节晚宴也没去，只为了不出一点闪失。功夫不负有心人，效果很不错，而阿里汉德罗得到了上头的许可，也放手干了起来。

之后，佛洛森和罗彬也常驻墨西哥，并把Boyko公司三分之一的技术团队调到了墨西哥。

Boyko的方案不需要FRAN的配合，美洲电信支持，技术数据稳定，团队资源充沛，看来成功并不遥远。一旦实验室测试通过，只要在墨西哥找一个村子做实地测试，打造出“Boyko农村样板点”，未来很快会在拉美17国推广。星星之火，可以燎原，再从农村走向城市。不但能拿到“下一代4G网络”的标书，有Boyko这么好的技术，至少华兴可以在美洲电信里切走一块小蛋糕。

千辛万苦，Jacob兑现承诺。总部和领导们也对Jacob在一个多月就能取得如此进展而刮目相看。农村通信意味着“零的突破”，总部资源开始向他倾斜，为了支持“Boyko”，储备“4G网络”投标，加大了人力输送：网规专家、产品经理、工程经理陆续进入Boyko实验局。

一个月后，他已有30多位员工，属于事业部的独立办公大楼和公寓也签了租约。编制上，他还能招聘1：1的本地员工，今年Jacob有了70个人员的配额，覆盖各产品线、工程线、客户线、商务线。而这些员工也很优秀，都经过了英语选拔、演讲考核和专业测试，将为最后的4G决战做准备。

一连三周，新人蜂拥而入，20多岁的年轻人居多，除了忙碌的工作之外，生活也变得生动鲜活起来，有着烟火气。

每天白天去客户那里，晚上大家都在公寓里一起加班，1天工作16小时，但大家一点不觉得累，在一个共同的目标下，部门的文化氛围正在形成。

这个幸福的周末，臣享建议搞个大聚餐。大家分工起来，有人去家乐福买菜回来。一位同事是“四川大厨”，把房间里弄得一股花椒味道。女生爱张罗，把一个个人都叫来，男生女生从下午3点一直忙到晚上8点，弄出一顿超级大餐。煎炒烹炸，来自中国各地的可爱“厨娘”做出了风味独特的好菜。

臣享要求邓博、李森、王烁、董青等老员工一律不准动手，全都让年轻人来。他又把阿曼多、马里西奥、罗德里格斯、奥马尔和艾迪等墨西哥同事也叫来。

新员工平均年龄也就二十五六岁。毕业不久，多数还未真正地下过厨房，他们学起了父母的样子做菜，更让部门平添了家的温馨。

Jacob敲敲门进来了，大家一阵拍手，又放起小礼花，好像在欢迎这个“家”的大家长。

当酒足饭饱之后，汪秦站到了椅子上，俨然成了年轻人中的老大，毕竟他来得最早，又牵头实验局。Jacob看着他成长的速度，也很欣慰。

汪秦对着大家喊：“夜晚用投影仪一起看恐怖片的去那间房，玩三国杀的去这间房，真心话大冒险留在客厅！”

气氛开心得就像重回大学生活，但又比大学更放肆些。房间里，处处洋溢着项目即将胜利的气氛，年轻人放起音乐，壁橱里堆满智利“红魔鬼”红酒、墨西哥Don Julio的龙舌兰、危地马拉Zacapa的朗姆酒，很快都被一饮而尽。

Jacob看着大伙，那些中方员工就像墨西哥人一样欢腾乐观，区别就仅在外貌了。

汪秦察觉坐在角落的Jacob，大喊：“来，今天老大得讲两句！”

“对，讲两句吧。”其他人也一副期待的眼光。

Jacob觉得没什么好讲的，他不喜欢长篇累牍，但是激励队伍是他的责任。

他举起杯子说道：“凡不能毁灭我们的，必使我们更强大。”另一只手插在裤袋，摸着那只骷髅挂件。汪秦带头重复着：“凡不能毁灭我们的，必使我们更强大。”

说罢Jacob拿着一杯龙舌兰，一个人坐到公寓阳台上独饮。

他在富人区往外看，半山贫民窟的点点灯光很漂亮。他相信，Boyko的很快普及，会让住在那里的农村务工者与老家通上电话。社会的改变不是一蹴而就的，但通信能从一个切面转化社会的微观面貌，当世界全面连通时，财富的堰塞湖也就会发生变化，就像水一样向下流淌，滋润着每一方土地上的人。

他想起了在韦拉克鲁斯山腰上的那个十几岁花季女孩，想起普埃布拉的留守村里的那位麻木老人，想起精心保护延续百年村子文化的村长，想起离乡背井，来墨西哥城奋斗的Taco小贩、擦鞋匠、洗车男孩、建筑工人、白领，他甚至想起那个毒枭，只要有别的活路，何必提着脑袋违法呢？

也许，Boyko方案不但能用在拉美，他想起在泰国DGG时，他也深入掩藏到泰北山林中的村子，他想起在约旦沿着“国王公路”从安曼开往佩特拉的那片荒漠上一路的遗迹小镇。

如今，全世界那么多被大山大河切断联系的偏远乡村，也都能连入网络，城市之外的父母，也能听到子女的声音。

他想起了妈妈，又不禁想起了佩妮。

楼宇边挂着的一轮明月，让他忽然有一种迫不及待想给小玲打个电话的冲动。

这时，臣享走了过来，Jacob收起了手机。

“你在晚宴的最后一刻不帮我挡帕特里克，现在你就是负责人了。”

“还是还清你的人情更重要。”

夜空下，万籁俱寂，臣享喝了一口白兰地，望着半山上的灯光：“我觉得我好像相信了。”

“相信什么？”

他什么都没说，只是跟Jacob碰了一下杯：“听说你爱抽雪茄？”他拿出了Cohiba。

“谁说的，我不爱抽，”黑夜中却冒出了两个小红点，“最好你有空陪我去钓鱼，我好久没钓了。”

“开什么玩笑，墨西哥城没河了，500年前就被西班牙人填了。”

“哈哈哈，那就陪我去开枪！”

两人的笑声划过了夜空，室内汪秦他们则闹成一片。

终于在一个周五下午，Boyko方案在实验室成功了，过了这周末，他们就将与Telecell联合宣布喜报，接下来将选择在普埃布拉州做“样板点”，州分公司总经理很高兴。看来，Jacob就会拿到“下一代4G网络”的标书了。

这个周末，注定是一个特殊的夜晚，大家都要疯狂庆祝。

年轻的员工都去了市中心热闹的“玫瑰区”（Zona Rosa），那是著名的“红灯区”，大家平时都好奇，却又不敢去看。今晚，无论男生女生都毫不娇羞地涌进Table Dance成人俱乐部，看脱衣舞表演，彻底放松。

"喂！大家怎么不等我就开始了？"汪秦绕开夜总会门口浑身肌肉的保安，走了进来。他刚才因为长得像未满21岁还被查了护照，差点不能进来。

大家齐刷刷地看着他。汪秦身边，正站着一个娇羞美丽的墨西哥女孩，这是他的女朋友。他不但完成了Boyko的实验局任务，而且还真按Jacob给的要求，找到了本地女朋友！

大家爆发出疯狂的尖叫："快交代！"

"别吓到人家！"他对她爱护有加，其实他也没想到，在学校里万年单身狗的自己居然第一个女朋友是拉美女生。

"您叫什么？"有人问。

女孩娇羞地说："阿梅丽娅（Amelia）。"

"快教教我，你怎么追到拉美女孩的。"有男生猴急地问。

"不行，除非我们换个地方，她都不好意思了。"

"换！换！换！"

汪秦来的时候，还是一颗没有发芽的小种子，但Jacob把他种了下去，臣享帮他浇水施肥，阿曼多等人给他温度和氧气。现在，他成了一棵小树，转而又哺育着其他新来的伙伴。传、帮、带，美洲电信事业部的氛围就这么生长了出来。

午夜未央，年轻人点着小焰火，但还不尽兴，一段时间的辛苦需要彻底释放。他们又去了附近高级夜店，有一个新来的核心网产品经理，他是华兴的街舞协会会长。舞池里，他的舞技引起了全场墨西哥人的瞩目，也引来了另一个墨西哥高手。双方在舞池中Battle，场面激烈，DJ也兴奋地放出最激烈的音乐，中国和墨西哥的年轻人一边豪饮，一边各自加油欢呼，最后不分彼此地一起在舞池中跳起来。

今晚，不醉不归。明天，一切就将是新的历史！

周六一早，Jacob坐在阳台上，微风和煦，他一边吃着早餐，一边看着电脑。楼下的孩子们在欢快地耍闹。

帕特里克，他终于接近了这个他非常讨厌的男人，这次他终于报了仇，有机会与他在4G战场上掰掰手腕了。

可是，Jacob忽然觉得这一切来得有点简单。虽然自己拼尽了全力，可是帕特里克是FRAN全球高级总裁，曾让两任华兴拉美片总黯然下野，更是在六年半前，美洲电信CDMA转网GSM/WCDMA，FRAN最危急的时刻，他以一敌八，力战日韩、欧洲、美国等科技群雄，一战成名的猛将。现在，自己也赢得太轻松了。

这时，他在行业网站看到了一条新闻："Boyko公司创始人，涉嫌盗窃美国洛斯阿拉莫斯军方实验室机密，华兴高管在国际机场被带走调查。"

犹如晴空霹雳，他一下子愣住了——不会看错了吧，不，没看错，没看错，他手有些颤抖。这是一颗重磅炸弹，不仅将毁掉Boyko项目合作，对17国的农村通信釜底抽薪，还将消灭华兴拿到美洲电信"下一代4G网络"标书的可能性，更会引发不可估量的蝴蝶效应，毁掉整个华兴。

一瞬间天旋地转，肾上腺素狂飙，咖啡杯也碰翻在地。换别的原因，他一定会大怒，可现在，他的元气一瞬间被抽为真空。

围墙之外，还是围墙。

（第一部完）